Graham Norton, Schauspieler, Comedian und Talkmaster, ist eine der bekanntesten Fernsehpersönlichkeiten der englischsprachigen Welt. Geboren wurde er in Clondalkin, einem Vorort von Dublin, aufgewachsen ist der Sohn einer protestantischen Familie aber im County Cork im Süden Irlands. Sein erster Roman «Ein irischer Dorfpolizist» überraschte viele durch seine Wärme und erzählerische Qualität, er avancierte in Irland und Großbritannien zum Bestseller, wurde mit dem Irish Book Award 2016 ausgezeichnet und wird nun auch zu einer Fernsehserie. «Möglicherweise war es Verschwendung, dass der Mann die ganzen Jahre im Fernsehen war», schrieb Bestsellerautor John Boyne in der «Irish Times».

«Eine besondere Lektüreerfahrung bei Graham Norton ist, dass man alle, die hier vorkommen, vermisst, sobald das Buch ausgelesen ist. Sie spuken lange weiter im Kopf herum und in Gedanken redet man noch tagelang weiter mit ihnen über die Dinge des Lebens.» (NDR Kultur)

«Ein gewaltiger und warmherziger Roman ... voller irrwitziger Wendungen: liebevoll und brutal, rau und sanft – ganz so, wie Irland ist.» (WDR 5)

«Unheimlich und voller Atmosphäre, man kann das Buch einfach nicht weglegen.» (The Times)

GRAHAM NORTON

Eine irische Familiengeschichte

ROMAN

Aus dem Englischen
von Silke Jellinghaus

Rowohlt
Taschenbuch Verlag

Die Originalausgabe erschien 2018 unter dem Titel «A Keeper»
bei Hodder & Stoughton, An Hachette UK Company, London.

4. Auflage Januar 2026

Veröffentlicht im Rowohlt Taschenbuch Verlag,
Rowohlt Verlag GmbH, Kirchenallee 19, 20099 Hamburg, August 2020
Copyright © 2019 by Rowohlt Verlag GmbH, Hamburg bei Reinbek
«A Keeper» Copyright © 2018 by Graham Norton
Redaktion Katharina Naumann
Die Nutzung dieses Werks für Text- und Data-Mining
im Sinne des § 44b UrhG bleibt explizit vorbehalten.
Covergestaltung any.way, Barbara Hanke und Cordula Schmidt
Coverabbildung Peter Bartels
Satz aus der Mercury bei
Pinkuin Satz und Datentechnik, Berlin
Druck und Bindung CPI books GmbH, Leck
ISBN 978-3-499-27665-1

Kontaktadresse nach EU-Produktsicherheitsverordnung:
produktsicherheit@rowohlt.de

Für Jono

ZUVOR

Er sehnte sich nach Stille. Das Brüllen des Windes verschmolz mit dem rauschenden Rhythmus der Wellen und erfüllte seinen Kopf. Jeden Morgen wachte Edward mit diesen Geräuschen auf, und wenn er am Abend mit schmerzenden Armen die Decke über sich zog, füllte derselbe Lärm seine Träume. Wann würde er Frieden finden?

Edward Foley kauerte auf dem kleinen Felsvorsprung, der Grenze zwischen der Wiese vor dem Haus und dem Meer. Wolken versteckten die Sterne und den Mond am Nachthimmel, wodurch sich die dunkle Haube aus Geräuschen noch undurchdringlicher anfühlte. Seine Tränen waren getrocknet, aber nun war sein Gesicht von dem salzigen Nebel aus Gischt benetzt, den die heranhämmernden Wellen versprühten. Hinter ihm waren gelegentlich Stimmen und das leise Schlagen einer Autotür zu hören.

Wenn er doch nur denken könnte. Er musste über die Zukunft nachdenken. Was sollte er als Nächstes tun? Niemand hätte ihn als jungen Mann bezeichnet, trotzdem konnte man sein Leben mit einundvierzig nicht für beendet erklären. Er dachte an seinen Bruder James, der vor langer Zeit von den Wellen verschlungen worden war.

Er selbst hatte sich den Luxus aufzugeben nicht leisten können, aber genau das war es, was Edward jetzt wollte. Sitzen bleiben und seine Knie umklammern, bis die Flut kam und ihn mitnahm.

Durch das Prasseln des Regens und das Rauschen der Wellen hindurch hörte er einen Motor starten, und das nasse Gras um ihn herum leuchtete erst rot auf, dann blau. Er wandte den Kopf und sah, wie der Krankenwagen langsam auf dem Weg davonfuhr, am Obstgarten vorbei auf die Straße zu. Er kam sich so dumm vor. Welches Recht hatte er, Glück zu erwarten? Dies hier fühlte sich plötzlich an wie das Ende einer Geschichte, die schon vor langer Zeit für ihn geschrieben worden war.

Er stand auf und sah sich zum Haus um. Alle Lichter darin brannten, so sah es jedenfalls aus. Von einem Boot draußen auf dem Meer aus hätte man glauben können, sie feierten ein Fest. Hinter dem hellen Raster der Fenster konnte er den Schatten der Burgruine ausmachen, die dem Haus seinen Namen gab. Die unzähligen Jahrzehnte, in denen Foleys auf diesem Land gelebt hatten. So viel Geschichte, die nun nur noch an einem dünnen Faden an der Zukunft hing.

Er wusste, er sollte wieder hineingehen, aber er konnte den Gedanken nicht ertragen, seiner Mutter zu begegnen. Er stellte sich vor, wie sie am Küchentisch saß. Eine Tasse mit Untertasse vor sich. Sein Teebecher gegenüber. Ihr endloser Strom von Worten würde die Stille ausfüllen, aber es war ihr Gesicht, das ihm verraten würde, was sie wirklich dachte. Irgendwie war all das seine Schuld. Es wäre derselbe Gesichtsausdruck, mit dem sie ihn bedacht hatte, als James gestorben war. Ein Ausdruck, der besagte, dass sie ihn noch immer liebte, ihm aber niemals würde vergeben können.

Seine Mutter war keine Frau, die einen auf den Knien wippte oder an ihre tröstliche Brust zog, wenn einem alles zu viel wurde, aber sie war stark, einfallsreich und entschlossen. Er wusste, wenn er dies hier überstehen wollte, brauchte er sie. Er schlug seinen Kragen im heulenden Wind hoch und ging quer über das Feld auf die Lichter des Hauses zu. Eines war für ihn sicher.

Seine Mutter hatte einen Plan.

JETZT

1

Zwei Weihnachtslichterketten hingen schlaff über der Hauptstraße. Sie schwangen verloren im strömenden Regen, manche Lichter rot, andere grün, die meisten schon kaputt.

Elizabeth Keane seufzte, als sie mit ihrem kleinen Mietwagen über die Brücke in die Stadt fuhr. Teilweise deshalb, weil der Nachtflug von New York nach Dublin sie erschöpft hatte, hauptsächlich aber wegen der Erinnerungen, die beim Anblick von Buncarragh an einem nassen Nachmittag in der ersten Januarwoche in ihr aufstiegen. Die schon vergessenen Geschenke, die letzten Quality-Street-Bonbons von der Sorte, die man nicht mochte und lustlos auf dem Boden der Dose herumschob, der längst verpuffte Neuigkeitswert der Fernsehfilme am Nachmittag. Jedes Haus war nur noch ein Wartezimmer für die bald wieder beginnende Schule. Sie fragte sich, ob sich in den zwanzig Jahren etwas verändert hatte, seit sie hier weggezogen war. Vermutlich nicht. Bestimmt tippten die Kinder alle auf ihren Telefonen herum, und obwohl es inzwischen Hunderte von Fernsehprogrammen gab, konnte sie die überhitzte Langeweile beinahe spüren, die aus den Reihenhäusern in den Nebenstraßen der Bridge Street strömte.

Sie war überrascht, wie kurz die Fahrt gedauert hatte. Als sie hier aufwuchs, war Dublin für sie eine weit entfernte Metropole gewesen. Doch jetzt, mit der funkelnagelneuen Schnellstraße, lag Buncarragh nur ein paar Ausfahrten nördlich von Kilkenny. War das Land geschrumpft, oder hatte Amerika ihre Wahrnehmung von Entfernungen verändert? Die frischen blauen Verkehrsschilder mit ihrer hellen reflektierenden Schrift und den Kilometerangaben schienen irgendwie nicht zu den Orten zu passen, auf die sie verwiesen. Verschlafene graue Marktflecken, die in der Vergangenheit verwurzelt blieben.

Würde dies das letzte Mal sein, dass sie diese Reise unternahm? Jetzt, wo es ihre Mutter nicht mehr gab, hatte sie keine echten Bindungen mehr an diesen Ort. Natürlich gab es ein paar Cousins und Cousinen und ihren Onkel und ihre Tante, aber sie hatten einander nie nahegestanden. Wenn das Haus erst verkauft war, welchen Grund hätte sie dann, wieder herzukommen? Vor sich auf der linken Seite, hinter dem Geländer der kleinen methodistischen Kirche, sah sie das Familiengeschäft: «Keane and Sons». Der Name hob sich in verschnörkeltem Stuck von der Fassade ab, die, solange sie denken konnte, in einer blassen Farbe gestrichen gewesen war, die an rohes Hähnchenfleisch erinnerte. Sie wurde langsamer, um in die Schaufenster zu spähen. Links der Tür stand ein Wäldchen aus künstlichen Weihnachtsbäumen, die Auslage rechts bestand aus ein paar Flachbildfernsehern und drei neuen schwarzen und chromglänzenden Buggys.

Sie fuhr mit dem Wagen gerade an der Tür vorbei, als diese sich öffnete und eine glamouröse Frau heraustrat, deren Aufzug gar nicht in die Umgebung passte. Scheiße. Es war Noelle, die Frau ihres Cousins Paul. Die beiden führten nun das Geschäft. Hatte sie sie gesehen? Elizabeth blickte in den Rückspiegel und sah einen langen, dünnen, winkenden Arm. Herr im Himmel, die musste ja die Augen eines Habichts haben. Elizabeth stöhnte. Sie hatte gehofft, es unbeachtet bis Convent Hill zu schaffen, doch jetzt war klar, dass sie anhalten musste. Dieser gesamte Teil ihrer Familie hielt sie ohnehin schon für eine hochnäsige Kuh. Sie legte den Rückwärtsgang ein und fuhr vor Noelle an den Straßenrand, die sich eine Plastiktüte von Keane and Sons über den Kopf hielt, um den Regen von ihrem leuchtend blonden Haar abzuhalten. Noelles trug hauteng Jeans und eine kurze gefütterte Jacke, die es allen ermöglichte, ihre schlanke Figur zu bewundern. Wie konnte es sein, dass diese Frau drei Babys hervorgebracht hatte? Elizabeth dachte an ihr eigenes locker sitzendes Sweatshirt, das einiges verzieh, und ihr kurz geschnittenes, dunkles Haar mit den grauen Strähnen, über das ihr Sohn Zach vergnügt sagte, das sei keine Frisur, sondern bloß geschnittene Haare. Sie drückte sinnlos auf ein paar Knöpfen herum, bis das Beifahrerfenster herunterfuhr. Sie lehnte sich hinüber, verdrängte wacker den Gedanken daran, wie schlimm sie mit ihrem ungeschminkten, übernächtigten Gesicht wohl aussah, und rief:

«Hi, Noelle! Schlimmer Tag, was?»

«Und ob. Sehr wahr. Ich dachte doch, dass du das bist! Die Haare sind mir als Erstes aufgefallen.» Noelle stieß ein kleines Kreischen aus, um anzuzeigen, wie sehr sie ihr eigenes Wahrnehmungsvermögen begeisterte. «Das war bestimmt keine schöne Fahrt. Wir wussten gar nicht, dass du kommst.» In ihrer Stimme schwang ein leiser Vorwurf.

«Ich wusste es selber nicht», log Elizabeth. «Zach ist zu Freunden gefahren, da dachte ich, komme ich doch her und räume das Haus aus, bevor das Semester wieder anfängt.» Das war ebenfalls eine Lüge. Ihr Sohn war zu Besuch bei seinem Vater an der Westküste. Sie fragte sich, warum sie nicht einfach die Wahrheit gesagt hatte. Vermied sie damit ihre eigene Betretenheit oder die von Noelle?

«Du hättest uns Bescheid sagen sollen. Wir hätten die Heizung für dich angestellt. Aber du kommst zum Abendessen, oder?»

«Das ist sehr nett von dir, aber nein. Ich habe auf dem Weg aus Dublin raus ein bisschen was gegessen, und alles, was ich wirklich will, ist schlafen. Ich komme morgen vorbei. Du solltest reingehen, Noelle, du wirst pitschnass.»

«Na gut, wenn du meinst, aber falls du dort bist und deine Meinung änderst, komm einfach rüber. Wir essen immer noch Reste von Weihnachten! Wir haben deine Mutter dieses Jahr natürlich vermisst.» Noelle zog ihre knallroten Mundwinkel nach unten, um ein Bedauern zu signalisieren, wie man es einem Kleinkind zeigt, das sich das Knie gestoßen hat. «Willkommen zu Hause jedenfalls!»

Elizabeth zwang sich zu einem Lächeln und winkte. Selbstgerechte Schlampe. Kapierte Noelle nicht, dass sie Elizabeth unmöglich noch mehr Schuldgefühle einflößen konnte, als sie schon hatte? Das schreckliche Gezerre zwischen ihren Pflichten als einziges Kind einer sterbenden Frau und denen einer alleinerziehenden Mutter, die Tausende von Meilen entfernt lebte, war endlich vorüber. Sie musste zugeben, dass sie froh darüber war. Elizabeth legte den ersten Gang ein und fuhr weiter.

Die Straße verbreiterte sich zu etwas, das als The Green bezeichnet wurde, obwohl es sich lediglich um einen schmalen gepflasterten Streifen mitten in der Straße handelte, auf dem eine Parkbank und zwei Mülleimer standen. Kurz dahinter schaltete die einzige Ampel der Gemeinde auf Rot. Elizabeth starrte auf die nasse, leergefegte Straße hinaus, ihre Scheibenwischer schwangen ermattet hin und her, und eine eigenartige Wut blubberte in ihr hoch. Sie schlug mit der Hand heftig auf das Lenkrad. Sie war keine fünf Minuten in Buncarragh, und schon stürzten all die Gefühle wieder auf sie ein, vor denen sie davongelaufen war. Es war völlig egal, wie eifrig sie lernte und wen sie zu ihren Geburtstagspartys einlud, man würde ihr in dieser Stadt immer das Gefühl geben, minderwertig zu sein. Arme Liz Keane. Die ohne Daddy aufwuchs. Es war überraschend, wie oft in einer Klosterschule das Wort «Vater» gesagt wurde, und jedes Mal, wenn das geschah, hatte sie gespürt, dass alle sie ansahen.

Nun, da sie selbst eine alleinerziehende Mutter war – noch schlimmer, Zachs Vater weigerte sich, von der Bildfläche zu verschwinden –, begriff sie, wie stark ihre Mutter gewesen sein musste, um all die Seitenblicke zu ertragen, das Geläster, wenn sie in den Siebzigern ihren Kinderwagen die Straße entlangschob, die Gespräche, die abrupt aufhörten, wenn sie kam. Sie fragte sich manchmal, ob die Demütigung durch ihr eigenes Eheleben eine Art von Strafe dafür war, dass sie als Mädchen so hart über ihre Mutter geurteilt hatte. Oh, wie sie ihre Mutter dafür gehasst hatte, dass sie keinen Mann hatte! Was war das für eine Frau, die es nicht schaffte, sich einen Mann zu angeln? Sie beobachtete die Eltern ihrer Freundinnen. Diese Frauen waren nicht so hübsch wie ihre Mutter, sie hatten ungekämmte Haare und trugen manchmal nicht mal einen Hauch von Lippenstift, und trotzdem hatten sie alle jemanden aufgetrieben, der «Ja, ich will» gesagt hatte, jemanden, der ihre Töchter an der Hand hielt, wenn sie mit ihrer zahlreichen Brut aus der Messe kamen. Die Erinnerung daran, wie sie und ihre Mutter mit klackernden Schuhen den Gehweg entlanggegangen waren, während aus den Fenstern der vorbeifahrenden Autos heraus verschwitzte kleine Gesichter neugierig zu ihnen herüberschauten, verursachte ihr immer noch einen einsamen Schmerz. Dieses Gefühl, irgendwie nicht vollständig zu sein. Kein Daddy, keine Geschwister, kein richtiges Familiengefühl.

Weihnachten. Kein Wunder, dass Elizabeth es so hasste. Zu wissen, dass alle anderen von ausgelassenen Familien umgeben waren, die sich auf zusammengewürfelten Stühlen um einen Tisch zwängten, während ihre Mutter und sie in der Sonntagsstille auf ihren Tellern herumkratzten. Natürlich hatten ihre Tante und ihr Onkel Einladungen ausgesprochen, sie und ihre drei Cousins zu besuchen, doch ihre Mutter hatte stets abgelehnt. «Wir verbringen einfach ein schönes, ruhiges Weihnachten als Familie. Nur wir beide. Lass sie ihre eigene Sache machen.» Als Erwachsene verstand Elizabeth den Stolz ihrer Mutter und all die Schuldgefühle, die sie ausgehalten haben musste, aber als Kind hatte sie das Gefühl gehabt, bestraft zu werden. Sie hatte immer gedacht, ihrer Mutter sei der äußere Schein – das Haus, ihre Frisur, neue Schuhe für die Schule – wichtiger als ihr tatsächliches Glück.

Niemand, und ganz bestimmt nicht ihre eigene Mutter, hatte sich je mit ihr hingesetzt und die Geschichte ihres Vaters in allen Einzelheiten erzählt, doch mit den Jahren hatte sie deren Grundtenor herausbekommen.

Ihre Mutter, Patricia, hatte ihre Großmutter gepflegt, bis diese gestorben war. Zu diesem Zeitpunkt hielten die meisten Leute für sie den Zug in puncto Männer für abgefahren. Sie war eine alte Jungfer, Schwester und Tante, mehr nicht. Aber dann war aus heiterem Himmel das Gerücht aufgekommen, sie treffe sich mit einem Mann, und beinahe bevor die Menschen die Möglichkeit gehabt hatten, diese Tatsache zu verdauen, war von Hochzeit die Rede. Nach verdächtig kurzer Zeit jedoch war sie plötzlich mit dem Baby Elizabeth im Arm zurückgekehrt. Keine Spur von einem Ehemann. Die Gerüchteküche kochte über. Der Mann hatte sie geschlagen, die Schwiegermutter hatte sie aus dem Haus getrieben, es hatte nie eine Hochzeit gegeben. Dass sie den Nachnamen Keane behalten hatte, machte das Geheimnis und den Skandal noch größer. Niemand kannte die Wahrheit. Als Elizabeth älter wurde, hatte sie versucht, mit ihrer Mutter darüber zu sprechen, was mit ihrem Vater passiert war, und hatte stets dieselbe vorgefertigte Antwort erhalten: «Er ist sehr jung gestorben, aber er war ein wunderbarer Mann, ein liebenswerter Mann.» Wenn Elizabeth hartnäckig blieb, versicherte ihre Mutter ihr, dass er Einzelkind gewesen sei und es keine Familie mehr gab. Sie stellte sich ihren Stammbaum als ein paar nackte Zweige vor, und auf einem von ihnen hockte ein uralter Geier.

Die Beerdigung war erst drei Monate her, aber schon kam ihr der Anblick von Convent Hill seltsam fremd vor. Die Größe der Häuser wuchs mit der Steigung der Straße, bis sie Nummer 62 erreichte. Die Straßenbeleuchtung ging gerade flackernd an, als sie vor dem Haus anhielt, in dem sie aufgewachsen war. Viele freie Parkplätze. Die Leute sind bestimmt noch im Urlaub, dachte sie. Sie spürte den Regen angenehm auf ihrem Gesicht, als sie aus dem Wagen stieg und an dem Haus hinaufblickte, das noch immer imposant wirkte. Es war drei Stockwerke hoch und hatte eine symmetrische Fassade. Ein Bankmanager hatte es erbaut, aber ihr Großvater hatte es gekauft, als sein Laden zu florieren begonnen hatte. Sie erinnerte sich, wie ihre Mutter ihr erzählt hatte, dass Onkel Jerry und besonders seine Frau Tante Gillian es sich nach Grannys Tod unter den Nagel reißen wollten. Aber das Testament ihrer Großmutter war unmissverständlich gewesen: Jerry bekam den Laden, und Patricia bekam das Haus.

Der Regen rann die dunklen Glasfenster hinab und tropfte von den Fensterbänken. Elizabeth hatte Mühe, sich daran zu erinnern, dass sie hier jemals glücklich gewesen war, aber sie wusste, dass sie es gewesen war. Am schwarzen Geländer, welches das Haus von der Straße abgrenzte, hatten Ballons geschwebt, und kleine Mädchen in bonbonfarbenen Kleidern waren von Müttern in schweren Wintermänteln an der Haustür abgegeben worden. Eine ihrer ersten Erinnerungen überhaupt war, wie ihre Mutter sie an der Hand genommen und über die Straße geführt hatte, damit sie zusammen die Lichter ihres eigenen Weihnachtsbaums durch das Esszimmerfenster bewundern konnten. So lange her. Es kam Elizabeth beinahe so vor, als wären es die Erinnerungen einer anderen Person. Ihr Leben spielte sich so weit entfernt von diesem Haus ab, von diesen Menschen, von der Stadt Buncarragh.

Jetzt lebte sie in einer engen Zweizimmerwohnung ohne Fahrstuhl über einem Nagelstudio auf der Third Avenue. Ihr eigenes und Zachs Leben in Räume gepfercht, die zusammengenommen nicht viel größer waren als ihr Kinderzimmer. Sie war froh, dass ihre Mutter niemals zu Besuch gekommen war. Die Wohnung durch ihre Augen zu betrachten hätte sie für Elizabeth verdorben, denn trotz seiner vielen Einschränkungen liebte sie ihr kleines Nest. Das warme Licht der Lampen am Abend, die Morgensonne, die sich durch die Lücken der angrenzenden Gebäude zwängte, um ihre winzige Küche zu erfüllen, Zach, der stolz an seinem klapprigen Schreibtisch saß, den er auf der Straße gefunden und unfachmännisch selbst angestrichen hatte, aber vor allem liebte sie das Gefühl, etwas geschafft zu haben, das die Wohnung ihr gab. Das Leben nach Elliot war nicht leicht gewesen. In manchen schlaflosen Nächten hatte sie gedacht, sie müsse nach Buncarragh zurückkehren. Daher fühlte es sich jedes Mal wie ein Sieg an, wenn sie den Schlüssel in ihre eigene Haustür in Manhattan steckte.

Jetzt suchte sie in ihrer vollgestopften Handtasche nach den Schlüsseln für Convent Hill. Um die abgetretenen Steinstufen herum bemerkte sie einen grünen Rand aus Unkraut. Sie hoffte, dass das Schloss nicht allzu verklemmt war, aber der Schlüssel ließ sich leicht drehen. Vermutlich Tante Gillian, die herumgeschnüffelt hatte, um nachzuschauen, ob es da etwas gab, was sie haben wollte. Elizabeth überlegte gerade, worauf ihre Tante es wohl abgesehen haben könnte, als sie die Abwesenheit zweier Rosenbüsche in Kübeln bemerkte, die auf beiden Seiten der flachen Eingangsterrasse Wache gestanden hatten. Dieses verflixte Weibsbild. Mit einem leisen ärgerlichen Ächzen stieß sie die Tür auf und tastete nach dem Lichtschalter für die Diele. Vor ihr lag ein unsortierter Haufen Post auf dem Boden, und jemand hatte noch mehr Post auf den schmalen Dielentisch gelegt. Alles sah so aus wie immer: Der gold-grün gemusterte Läufer, der die Treppe hinaufführte; Schneewittchen persönlich war über diese Treppe vom Ball geflüchtet, aus Jumbojets waren Popstars über diesen Teppich auf den Asphalt heruntergestiegen und hatten ihren bewundernden Fans zugewinkt. Die gerahmten chinesischen Drucke hingen noch immer rechts und links der Wohnzimmertür, der enge Flur führte noch immer an der Treppe vorbei nach hinten in die Küche, in die sie jeden Tag bei der Heimkehr von der Schule als Erstes gegangen war. So vertraut, als sähe man sein eigenes Gesicht in einem Spiegel, und trotzdem hatte sich etwas verändert. In den tröstlichen Duft nach Möbelpolitur und Kohlenfeuer mischte sich der fremde Geruch von Feuchtigkeit und Vernachlässigung. Niemand wohnte hier mehr, und diese Erkenntnis traf Elizabeth mit weit größerer Wucht, als sie erwartet hatte. Sie hatte das Gefühl, als sei ihr etwas gestohlen worden.

Nachdem sie den Wagen ausgeladen hatte, setzte sich Elizabeth mit einer Schüssel Tomatensuppe an den Küchentisch. Sie fühlte sich eigenartig befangen, als sie den Löffel an den Mund führte, aber natürlich war niemand hier, der sie beobachten konnte. Niemand würde hereinkommen. Ihr fiel auf, dass sie in diesem Haus vermutlich niemals zuvor allein gewesen war. Babysitter, Nachbarn, Schulfreunde und natürlich ihre Mutter – immer war ein zweiter Herzschlag da gewesen. Sie legte den Löffel ab und blickte sich in der Küche um. Jede Oberfläche war vollgestellt mit uraltem Geschirr, das nun mit Staub und Schmutz bedeckt war. Hinter jeder Schranktür aus Kiefernholz standen weitere Teller und Töpfe und Pfannen. Chutney-Gläser und Dosen mit Kapuzinererbsen, die vermutlich älter waren als sie selbst. Unmengen von Zeug, und das hier war bloß ein Raum von vielen. Eine schwere Welle der Erschöpfung schwappte über sie, und sie fühlte sich angesichts der enormen Aufgabe, die vor ihr lag, bereits geschlagen. Sie sah auf die Uhr. Erst acht. Es war ihr egal. Sie würde einfach ins Bett gehen und hoffen, voller Motivation wieder aufzuwachen. Sie griff nach ihrem kleinen Handgepäckkoffer und stieg die Treppe hinauf.

Oben auf dem Treppenabsatz zögerte sie. Wo sollte sie schlafen: in ihrem alten Kinderzimmer oder im Zimmer ihrer Mutter? Die Aussicht auf ihr schmales Kinderbett war nicht besonders einladend, und irgendwie hatte sie das Gefühl, wenn sie dort schliefe, würde es das Zimmer ihrer Mutter noch leerer machen. Zu Hause in New York hatte sie Schuldgefühle gehabt, weil sie ihre Mutter nicht stärker vermisste, aber in diesem Haus fühlte sich ihre Abwesenheit an wie ein körperlicher Schmerz. Sie öffnete die Tür zum Schlafzimmer ihrer Mutter. Das Deckenlicht war viel zu hell, also machte sie stattdessen eine der Nachttischlampen an. Abgesehen von der verwaisten Gehhilfe und dem hässlichen Toilettenstuhl, den ihre Mutter vor ihrem Tod benötigt hatte, war der Raum so, wie sie ihn in Erinnerung hatte. Sie setzte sich auf die schimmernde grüne Tagesdecke, die das Bett bedeckte. Die Federung knarrte unter ihrem Gewicht, und plötzlich war sie wieder ein kleines Mädchen allein in ihrem Zimmer, die dieses Geräusch hörte und wusste, dass ihre Mutter im Bett und sie in Sicherheit war. Sie würde dieses Gefühl nie wieder haben. Überrascht stellte sie fest, dass sie weinte. Sie stützte sich mit den Händen auf die Knie, senkte den Kopf und ließ den Tränen freien Lauf. Ihre Mutter war fort, und sie selbst konnte nie wieder nach Hause kommen. Manche Tränen galten ihrem eigenen Kind. Sie hoffte, dass Zach sich so sicher und geliebt fühlte, wie sie selbst sich gefühlt hatte, bezweifelte es aber. Die Welt war furchteinflößend, und niemand konnte so dumm sein zu glauben, dass eine Dozentin für romantische Dichtung, die in einer winzigen Mietswohnung lebte, jemals in der Lage wäre, einen sensiblen, leicht zu zerstreuenden jungen Mann vor all ihren Gefahren zu beschützen. Sie legte sich zurück und sank in die emotionale Leere, die der Zeitunterschied, der Jetlag und der willkommene Schlaf ihr boten.

2

Das warme Licht der Lampe schien noch immer durch den pfirsichfarbenen Lampenschirm, als sie erwachte. Beim Blick zum Fenster konnte sie kein Anzeichen von Tageslicht erkennen. Sie sah auf die Uhr. Sechs, aber welches Sechs? Hatte sie ihre Armbanduhr umgestellt? Sie konnte sich nicht erinnern. Sie schob die Hand in die Tasche ihrer Jeans und zog das Telefon heraus.

Sechs Uhr morgens. Da sie wusste, dass sie vermutlich nicht wieder einschlafen würde, tapste sie über den Treppenabsatz, um sich die Zähne zu putzen und auf die Toilette zu gehen. Wo auch immer sie hinsah, standen «Sachen». Sinnlose Sachen bedeckten jede Abstellfläche. Als sie beim Zähneputzen den Kopf wandte, sah sie eine Flasche mit Keine-Tränen-Shampoo und ein Schaumbad von Matey dem Seemann. Beides hatte hier vermutlich gestanden, seit sie ein kleines Mädchen gewesen war. Sie öffnete die Spiegeltür des Badschränkchens über dem Waschbecken. Jedes verschriebene Medikament der letzten vierzig Jahre schien dort zwischen die Einlegeböden gequetscht worden zu sein.

Im Schlafzimmer war das Gerümpel nicht auf den ersten Blick zu erkennen, aber Elizabeth wusste, was sie in dem großen Schrank aus Palisanderholz und der dazu passenden Kommode erwartete. Warum hatte sie sich entschieden, das hier selbst zu machen? Gab es auch nur einen einzigen Gegenstand in diesem Haus, den sie haben wollte oder in den letzten zwanzig Jahren vermisst hatte? Sie hätte einfach eine Entrümpelungsfirma bestellen oder Noelle und Tante Gillian freie Hand für die Plünderung geben sollen.

Vorsichtig öffnete sie die Tür des Kleiderschranks. Das Erste, was ihr entgegenblickte, war das Spiegelbild ihrer selbst in Lebensgröße. Lieber Himmel, sie sah scheußlich aus. Sie sah ihr Gesicht an, von dem gewisse Freundinnen sagten, es wäre auf jungenhafte Weise attraktiv. Seltsam, dass diese Frauen üblicherweise stupsnasige Schönheiten mit vollen Lippen waren. Sie fragte sich, wie sie wohl mit ihrem kantigen Kinn und der länglichen, geraden Nase zurechtgekommen wären. Selbst in diesem Licht sah ihre normalerweise gesunde Gesichtsfarbe blass und abgespannt aus. Ihre leuchtenden haselnussbraunen Augen blickten sie aus geschwollenen Lidern und schweren Tränensäcken an. O Gott, war dieser Fleck schon die ganze Reise über auf ihrem Oberteil gewesen, oder war das bloß die Suppe von gestern Abend? Ihr Haar bildete einen eigenartigen Kamm über der gesamten linken Kopfseite. Sie strich ihn glatt, doch das war zwecklos. Als sie ihre Aufmerksamkeit wieder auf das Innere des Schranks richtete, brachte sie ein kleines Grinsen zustande. Ja, er war zum Bersten vollgestopft, aber die Hand über die Stange mit Mänteln und Kleidern gleiten zu lassen war wie ein Besuch im Museum ihrer Erinnerungen. Der blaue Tweed dieses Mantels, den ihre Mutter getragen hatte, wenn sie stocksteif am Schultor auf sie wartete, die schmal geschnittenen Kleider, die für ein ganzes Leben voller Taufen und Hochzeiten gekauft worden waren, einschließlich des marineblauen Strick-Zweiteilers, den sie getragen hatte, als Elizabeth in Ann Arbor Elliot geheiratet hatte. Ihre arme Mutter. Der wärmste März, an den man sich in Michigan erinnern konnte. Ihr verschwitztes rotes Gesicht blickte einem von jedem Hochzeitsfoto entgegen. Elliots Mutter neben ihr sah aus, als sei sie aus Marmor gehauen. Elizabeth schauderte bei der Erinnerung an diesen Tag. Wie beide Mütter mit besorgten und argwöhnischen Gesichtern auf sie zugekommen waren. «Keinen Champagner für dich?»

Sie blickte zu dem Einlegeboden über der Kleiderstange hinauf. Auf einer Seite stapelten sich gefaltete Pullover und Strickjacken, in der anderen Hälfte schien ein zusammengerolltes, vergilbendes Federbett zu liegen. Das könnte vielleicht nützlich werden, falls die Heizung nicht ansprang, dachte Elizabeth und zog daran. Es quoll heraus und landete als weicher Haufen vor ihren Füßen. Jetzt, da die Decke weg war, sah sie die Kiste aus dunklem Holz, die ganz nach hinten geschoben worden war. Sie konnte sich nicht erinnern, sie jemals gesehen zu haben, und fasste hinein, um sie herauszuziehen. Sie fühlte sich nicht sehr schwer an, was sie etwas enttäuschte. Sie setzte die Kiste auf dem Boden ab und kniete sich davor. Als sie den Staub vom Deckel gewischt hatte, wurde das dunkel glänzende Holz darunter sichtbar. Walnuss? Die Ecken waren durch kleine Messing-Intarsien geschützt. Sie hoffte, dass sie nicht abgeschlossen war. Nein, der Deckel ließ sich leicht aufklappen. Der erste Blick hinein war ein wenig niederschmetternd: ein winziger gelber, gestrickter Babyschuh und darunter ein kleiner Stapel Briefe, die mit einem uralten cremefarbenen Band verschnürt waren. Elizabeth zog den ersten Brief heraus und begann zu lesen.

***

Castle House,
Muirinish,
West Cork
30. November 1973

Liebe einsame Lady aus Leinster,
ich bin mir nicht sicher, wie ich anfangen soll. Ich habe
noch nie auf eine dieser Anzeigen geantwortet. Vermutlich
sollte ich Ihnen einfach ein bisschen von mir erzählen,
damit Sie entscheiden können, ob ich so klinge, als könnten
Sie mich mögen.
Ich bin einundvierzig, also deutlich unter Ihrem Höchst-
alter von fünfzig! Ich bin gut 1,80 m groß und habe noch
immer den Großteil meiner Haare. Ich lege ein Foto bei,
damit Sie einschätzen können, ob ich anständig aussehe
oder nicht! Ich bin Bauer, was Sie ja Ihrer Anzeige zufolge suchen. Der Hof liegt in der Nähe von Muirinish in
West Cork. Er ist knapp fünfzig Hektar groß, aber wenn
ich ehrlich bin, sind davon nur zweiunddreißig zu etwas
zu gebrauchen, der Rest besteht aus Marschland. Ich halte
Milchvieh, was mir Freude macht, obwohl es einen ein
bisschen unfrei macht.
Warum also ist dieser tolle Fang noch zu haben? Tja, die
Situation zu Hause war nicht ganz einfach. Mein Bruder
hatte den Hof geführt, nachdem mein Vater gestorben
war, aber als ich siebzehn war, kam er bei einem Unfall
ums Leben. Also musste ich übernehmen und meiner
Mutter helfen, so gut ich konnte. Das bedeutete, dass es
nicht einfach für mich war, aus dem Haus zu kommen und
jemanden zu treffen, und wenn ich ehrlich bin, hat es mich
auch etwas scheu gemacht. Die Zeit vergeht ja schnell, und

ich bekam das Gefühl, etwas unternehmen zu müssen, um eine Ehefrau zu finden, bevor es zu spät ist.

Wegen des Melkens wäre es für mich schwierig, zu einem Kennenlernen zu Ihnen zu kommen, aber ich würde Sie gern in der Innenstadt von Cork zum Mittagessen oder auf eine Tasse Tee treffen. Falls Sie möchten, dass ich Ihnen das Fahrgeld für den Zug schicke, lässt sich das bestimmt arrangieren. Ich möchte nicht unhöflich klingen, aber es wäre schön, wenn Sie mir ebenfalls ein Foto schicken könnten, damit ich sehen kann, ob Sie so reizend sind, wie Sie klingen!

Ich hoffe, Sie schreiben mir zurück, aber falls nicht, wünsche ich Ihnen in Ihrem Leben alles Gute.

Mit den allerbesten Grüßen
Edward Foley

***

Castle House,
Muirinish,
West Cork
15. Dezember 1973

Liebe Patricia,
vielen Dank für Ihren Brief. Ich war sehr glücklich, als ich ihn erhalten habe. Danke auch für die Fotografie. Sie sind so schön, wie ich Sie mir vorgestellt habe. Was mein Foto angeht, gut geraten – ja, es ist bei einem Oldtimertreffen in Upton aufgenommen worden!

Mein Beileid zum Tod Ihrer Mutter. Das muss sehr schwer

für Sie sein, zumal Weihnachten vor der Tür steht. Es ist
bedauerlich, dass Ihr Bruder Ihnen keine größere Hilfe
gewesen ist. Ich habe es in meinem letzten Brief nicht
erwähnt, aber ich lebe mit meiner Mutter zusammen.
Keine Sorge! Wenn ich eine Frau finde, haben wir die
Planungserlaubnis für einen Bungalow, also wären Sie die
Hausherrin! Was natürlich nicht heißen soll, dass ich schon
glaube, meine Schäfchen im Trockenen zu haben.
Ich bin sehr glücklich, dass Sie sich im neuen Jahr mit mir
treffen wollen. Meine Mutter sagt, das Metropole Hotel
habe ein gutes Fleischbuffet, und es liegt beinahe neben
dem Bahnhof. Klingt das dem Anlass angemessen? Um
Ihnen die Wahrheit zu sagen, ich bin ziemlich nervös
deswegen und hoffe, dass ich Ihnen nicht zu still bin.
Ich hoffe, Sie verbringen ein schönes Weihnachten und
sind nicht allzu traurig.

Mit allen guten Wünschen
Edward

***

Castle House,
Muirinish,
West Cork
3. Januar 1974

Liebe Patricia,
vielen Dank für Ihre Karte. Ist die Stadt, die darauf zu
sehen ist, Buncarragh? Meine Mutter bedankt sich eben-
falls.

Ich bin sehr aufgeregt wegen nächster Woche. Ich hole Sie vom Zug ab. Hoffentlich erkennen wir einander von unseren Fotografien. Nur für den Fall: Ich stelle mich neben den Kiosk des *Cork Examiner* gleich neben dem Eingang. Ich werde eine Tweedjacke tragen, weil ich offen gestanden nur diese eine anständige Jacke habe!

Es wird fürs Mittagessen noch ein wenig früh sein, aber wenn das Wetter nicht allzu rau ist, können wir vielleicht zuerst einen Spaziergang am Fluss machen. Wenn ich ein bisschen still bin, denken Sie bitte nicht, es läge daran, dass ich Sie nicht mag. Ich kann nur noch nicht sagen, ob meine Nerven mitspielen.

Also sehen wir uns am Zehnten. Oh, und falls Ihr Zug Verspätung hat, machen Sie sich keine Gedanken, ich werde warten.

Mit allen guten Wünschen
Edward

PS: Falls Sie es sich anders überlegen, lassen Sie es mich bitte wissen.

***

Castle House,
Muirinish,
West Cork
11. Januar 1974

Liebe Patricia,
mit Worten lässt sich nicht beschreiben, wie herrlich unser
Treffen gestern war. Du bist in natura sogar noch schöner
und dazu noch lustig und liebenswürdig.
Danach, auf der Fahrt nach Hause, sind mir all die Dinge
eingefallen, die ich Dich fragen und die ich sagen wollte.
Nächstes Mal! Ich hoffe, Du möchtest, dass es ein nächstes
Mal gibt.
Die Sache bei Deiner Ankunft tut mir leid. Ich war nur so
furchtbar nervös. Ich hätte Dich nicht vorbeigehen lassen,
ohne Dich zu begrüßen – es hatte mir bloß die Sprache ver-
schlagen! Ich habe alles genossen, sogar den stürmischen
Spaziergang! Ich fand das Mittagessen gelungen, auch
wenn Dein Hühnchen ein wenig trocken aussah, obwohl Du
gesagt hast, das sei es nicht gewesen. Du bist zu freundlich.
Ich hoffe, Du findest mich nicht zu forsch, wenn ich sage,
dass mir der liebste Teil des Tages unser Abschiedskuss
war. Es war wunderbar, wie sich Deine Lippen anfühlten.
Ich wünschte, ich hätte Dich länger festgehalten. Seitdem
denke ich daran. Wann darf ich Dir einen Begrüßungskuss
geben? Ich hoffe, bald.
Meine Mutter sagt, Du bist herzlich eingeladen, uns in
Castle House zu besuchen. Sie wird anwesend sein und
Aufsicht führen, also besteht keine Gefahr eines Skandals!
Sie fragt sich, ob sie an Deinen Bruder schreiben sollte, um
ihn in dieser Hinsicht zu beruhigen.

Ich kann nicht lügen. Ich war seit langem nicht mehr so glücklich.

In der Hoffnung, Dich bald wiederzusehen
Edward

***

Elizabeth legte den Stapel Briefe auf den Boden. Ihr Vater! Edward Foley. Dieser Name war alles gewesen, was sie bisher über ihren Vater gewusst hatte. Sie hob die Seiten wieder auf, und ihre Hand zitterte. Der Mann, den ihre Mutter ihr nie erlaubt hatte kennenzulernen, hatte dieses Papier berührt. Sie wusste, es war lächerlich, aber wenn sie seine ordentliche Handschrift betrachtete, die schwarze Tinte auf dem blauen Briefpapier, fühlte sie sich mit ihm verbunden. Hatte ihre Mutter die Briefe hier aufbewahrt in dem Wissen, dass sie sie finden würde? Waren die Briefe ihr Geschenk aus dem Grab heraus?

Elizabeth las weiter. Ein weiterer Besuch in Cork. Ein Wochenende, das sie in Castle House verbrachten. Die Briefe wurden zu echten Liebesbriefen. Es gab weitere Küsse und sogar eine Anspielung darauf, wie sich die Brüste ihrer Mutter anfühlten. Vielleicht hatte sie sie doch nicht finden sollen. Am Boden des Stapels dann befand sich eine Seite desselben hochwertigen Briefpapiers, aber diese hier war mit blauem Kugelschreiber bekritzelt. Nur zehn große Buchstaben erstreckten sich über die gesamte Seite. Sie waren in dünner, zittriger Handschrift geschrieben, aber Elizabeth war sich sicher, dass das Wort, das sie buchstabierten, VERZEIHUNG hieß.

DAMALS

1

Die überzählige Schüssel verspottete sie. Die längliche Neonlampe in der Küche spiegelte sich als glänzendes, zahnloses Lächeln im Boden des Tellers, und Patricia Keane beschloss, ihr Leben als alleinstehende Frau hinter sich zu lassen.

Es war beinahe fünf Monate her, seit ihre hochbetagte Mutter gestorben war, und noch immer geschah es, dass sie den Tisch aus Gewohnheit für zwei deckte oder zwei Tassen neben den Wasserkocher stellte. Ihre Mutter war so lange krank, im Grunde kaum noch da gewesen, und trotzdem war Patricia ihr Tod, als er endlich eingetreten war, wie etwas Plötzliches vorgekommen. Der rasselnde Atem der alten Frau war für sie so etwas wie das Ticken der Wanduhr oder das Rauschen der Blätter vor dem Fenster geworden. Man bemerkte es nicht, bis es aufhörte, aber dann war die Stille mächtig und erschreckend. Natürlich war die Leere schnell durch Leute gefüllt worden, die mit Tellern voller belegter Brote vorbeigekommen waren, oder fremde Frauen, die sie kaum kannte, die sich aber gegenseitig darin übertrumpften, die Küche zu wienern. Erst nach der Beerdigung kehrte die Stille zurück. Aber es war mehr als das: Die Räume waren nicht leer, sie waren mit Abwesenheit erfüllt. Die Toten verschwinden nicht, sie bleiben als eingeprägtes Negativ in der Welt bestehen. Patricia hatte in *Reader's Digest* einen Artikel darüber gelesen, wie Menschen, die eine Amputation hinter sich hatten, am Stumpf ein Jucken verspüren konnten. Sie stellte sich vor, dass sich das ähnlich anfühlte, wie wenn sie «Tee, Mama?» die Treppe hinaufrief, bevor es ihr wieder einfiel.

Die Idee für die Kontaktanzeige war nicht ihre eigene gewesen. Dieser Geistesblitz war ihrer Freundin Rosemary O'Shea gekommen, dem einzigen anderen Mädchen aus ihrer Klasse in der Klosterschule, das noch immer unverheiratet war. Mit zweiunddreißig waren Patricia und Rosemary definitiv alte Jungfern. Alle schienen einen Mann gefunden zu haben. Selbst die schmuddelige Annie und Niamh Rourke mit ihrem unvorteilhaften Äußeren, deren Spitzname «Zinken» lautete, hatten es geschafft, vor den Traualtar geführt zu werden. Rosemary war anders. Sie schien allein vollkommen glücklich zu sein. Sie arbeitete als Friseurin im Schönheitssalon von Buncarragh, wenn auch nicht einmal die Wohlwollendsten behauptet hätten, dass sie für den Salon ein Publikumsmagnet war. Sie hatte ihre Eltern und vier Brüder draußen auf dem Hof zurückgelassen und sich über Deasy's, der Apotheke, eine kleine Wohnung gemietet. Im letzten Jahr hatte sie sich sogar ihren eigenen gebrauchten Fiat gekauft. Welche Verwendung hatte sie da noch für einen Mann? Patricia wusste nicht recht, warum, aber sie verließ sich auf Rosemarys Einschätzung. Rosemary hatte zwar nicht allzu viel von der Welt gesehen, aber ihre Überzeugungen waren ansteckend. Es war Rosemary, sie sie überredet hatte, sich die Haare schneiden zu lassen. Die geraden braunen Haare, die sie Zeit ihres Lebens schulterlang getragen hatte, wurden zu einem kurzen Bob getrimmt, dessen Seitenscheitel ihren alten Pony ersetzte. «Du bist nicht mehr in der Klosterschule, du brauchst Haare, mit denen man leben kann», hatte Rosemary argumentiert, und irgendwie hatte Patricia gewusst, was ihre Freundin damit meinte. Es war ebenfalls Rosemary, die ihr die unförmigen Trägerröcke ausgeredet hatte. «Du hast solches Glück – du hast eine Taille!», hatte sie gesagt und dabei auf ihre eigene fülligere Figur angespielt. «Gib damit an!» Ein Stapel Schnittmuster von Simplicity wurde ausgeliehen, und Patricia staubte die Nähmaschine ihrer Mutter ab, um sich ein paar Röcke zu machen, von denen sie zugeben musste, dass sie ihr standen. Rosemary gab ihr das Gefühl, als läge das Leben im Bereich des Möglichen, als müsse man sein Schicksal nicht einfach akzeptieren. Es war eine Lektion, die Patricia dringend nötig gehabt hatte.

Mit achtzehn war ihr Leben völlig neu geschrieben worden. Ein Autounfall tötete ihren Vater, und ihre Mutter war danach nicht mehr in der Lage, allein zurechtzukommen. Und so fand sich Patricia als Vollzeit-Pflegekraft wieder, anstatt auf die Universität zu gehen oder eine schöne, sichere Stelle bei einer Bank anzutreten. Da sie die unverheiratete Tochter war, stand anderes nie zur Debatte, sie musste ihre Vorstellung von einem eigenen Leben begraben und sich eine Schürze umbinden. Die letzten vierzehn Jahre hatte sie damit verbracht, darauf zu warten, dass es ihrer Mutter besserging oder dass sie starb. Jetzt hatte sie nichts. Nun, genau genommen stimmte das nicht. Sie hatte ihr großes Elternhaus in der Stadt geerbt und, solange sie keine Möglichkeit fanden, sich aus dieser Verpflichtung zu winden, auch einen kleinen Zuschuss aus den Einnahmen des Familienunternehmens, das von ihrem älteren Bruder und dessen Frau Gillian geführt wurde. Patricia fühlte sich bereits unter Druck gesetzt, das Haus zu verkaufen oder das Schickliche zu tun und es ihrem Bruder und seiner jungen Familie zu überlassen. «Wozu brauchst du all diese Zimmer?» Aber sie behauptete sich. «Dieses Haus ist deine Belohnung», erinnerte Rosemary sie.

Sie saßen zusammen im Coffee Pot, die größte Annäherung an städtische Kultur, die Buncarragh zu bieten hatte. Eileen Moore, die mit Cathal dem Drucker verheiratet war, besaß und führte den Laden. Nach einer vielgepriesenen Reise nach Paris hatte Eileen beschlossen, ihr eigenes Café zu eröffnen. Eine gewaltige, glänzende Kaffeemaschine war zusammen mit einer riesigen marmornen Bar aus Italien importiert worden. Leider war der Bartresen beim Transport in zwei Teile zerbrochen, aber Eileen hatte eine Vitrine mit Würstchen im Schlafrock auf den gekitteten Riss gestellt, und nun sah man die Reparatur nur, wenn man danach suchte. Es wurden sogar Tische und Stühle auf die Straße hinausgestellt. Patricias Mutter hatte das nie gebilligt. Sie verstand nicht, wie es jemand in Ordnung finden konnte, dass Krethi und Plethi im Vorbeifahren sahen, was man auf dem Teller hatte. Sie wäre sich dabei vorgekommen wie eine Kuh auf dem Feld.

Rosemary teilte ihren Schokoladen-Eclair vorsichtig in zwei Teile. «Na ja, hier gibt es keine Kerle. Keinen, den man nehmen könnte jedenfalls. Alle anständigen sind vom Markt.»

«Cormac Phelan war so ungefähr der Einzige, der mir gefallen hat, und die nuttige Carol hat ihn abgekriegt.»

«Sie ist eine üble Schlampe», stellte Rosemary fest und schleckte sich Sahne aus den Mundwinkeln.

«Schlimm», stimmte Patricia zu, und sie versanken zusammen in nachdenklichem Schweigen. Woher einen Mann nehmen?

«Kilkenny!»

«Das kann ich nicht.»

«Kannst du doch. Ich fahre uns beide an einem Sonntag hin. Da gibt es diese großen Tanzveranstaltungen im Mayfair. Alle meine Brüder sind dort hingefahren, um Mädchen herumzuschieben.»

«Rosemary, schau mich an. Ich bin zweiunddreißig. Man wird mich für eine Mutter halten, die ihre Kinder abholen kommt. Ich kann auf keine Tanzveranstaltung mehr gehen...»

«Doch, kannst du. Du siehst toll aus.» Aber der Entgegnung fehlte die Überzeugungskraft.

«Ich will nur einen netten Bauern. Er muss nicht besonders jung sein. Es macht mir nicht mal etwas aus, wenn er nicht hier in der Gegend lebt. Bäuerin. Klingt das nicht hübsch?»

«Doch.» Rosemary klang nicht überzeugt.

«Ich glaube einfach, man kommt sich dann nützlich vor. Man wäre ein Gespann.»

«Vermutlich.»

«Wie findet man einen Bauern?»

Diese schwierige Frage ließ sie einmal mehr verstummen, aber dann setzte sich Rosemary kerzengerade auf und fächelte sich mit beiden Händen vor dem Gesicht herum. Sie hatte die Lösung!

«Das *Journal*!»

«Was?»

«Das *Farmer's Journal*! Darin gibt es Kontaktanzeigen. Habe ich im Salon gelesen.»

«Ihr habt das *Farmer's Journal* im Salon?»

«Die Leute lassen es liegen. Aber der Punkt ist der, es gibt darin Anzeigen, eine Kontaktbörse. Sie besteht aus Bauern und Frauen, die Bauern kennenlernen möchten.»

Patricias Gesicht verriet, dass sie noch immer nicht ganz begriff.

«Auf der Suche nach Liebe und so. Einsame Herzen. Das ist das Beste, was du machen kannst, glaub mir.»

«O Gott, Rosemary. Ich weiß nicht.»

«Es ist jedenfalls einen Versuch wert», sagte Rosemary und stopfte sich das letzte Stück Eclair in den Mund.

Zwei Wochen später gab eine aufgeregte Rosemary alles, um Convent Hill hinaufzuspurten. Ihr violetter Mantel flatterte hinter ihr, und sie hielt eine Zeitung in der einen Hand, während sie mit der anderen versuchte, einer schwarzen Schultertasche aus Leder Herr zu werden. Sie sah aus wie ein Bischof auf der Flucht vor dem Schauplatz eines nächtlichen Fehltritts. Bei Nummer 62 läutete sie und lehnte sich keuchend an die Säule der Eingangsveranda. Als Patricia die Tür öffnete, blickte sie in das Gesicht ihrer Freundin, das noch roter war als sonst, eingerahmt von ihren unbändigen dunklen Locken, die vor Schweiß glänzten. Rosemary sagte kein Wort – sie schob lediglich die zusammengerollte Zeitung in Patricias Hand. Sie blickten beide darauf und begannen dann gleichzeitig zu kreischen. Sie war da!

Am Küchentisch falteten die beiden die Zeitung auf, dann blätterte Rosemary schnell zu dem Teil ganz hinten. Ihr abgekauter Nagel fuhr die verschiedenen Anzeigen entlang, Junggeselle aus Bantry ... Mittelgroßer Bauer aus Fermanagh ... Romantische Telepathie ... da war sie ... Einsame Lady aus Leinster! Die Wortwahl ging auf Rosemarys Kappe. Patricia hätte für etwas Diskreteres plädiert, aber ihr wurde in unmissverständlichen Worten dargelegt, dass Diskretion ihr nicht dabei helfen würde, einen Ehemann zu finden. Rosemary hatte auch dazu geraten, ihr Alter zu senken oder ganz zu verschweigen, aber Patricia war hart geblieben. Sie hatte argumentiert, dass sie eine potenzielle Beziehung nicht mit einer Lüge beginnen wolle. Man hatte sich auf «Anfang dreißig» geeinigt, doch wenn Rosemary vollkommen ehrlich war, fand sie, dass das ihre Freundin wie mindestens vierzig klingen ließ.

Nach der anfänglichen Aufregung, die Anzeige tatsächlich gedruckt zu sehen, und nachdem sie einander versichert hatten, wie gut sie aussah und im Vergleich zu den anderen Anzeigen formuliert war, fühlten sich die Frauen eigenartig ernüchtert. Nun blieb nichts zu tun, als zu warten.

Tage, dann eine Woche, dann zwei Wochen vergingen, und immer noch keine Antwort. Jeden Morgen ertappte Patricia sich dabei, wie sie auf den Postboten wartete. An manchen Tagen gar nichts, an anderen Tag das vertraute Klackern des Briefkastens, gefolgt von dem leisen Aufprall eines Briefs auf der Türmatte, aber jeden Tag eine Enttäuschung. Sie verfluchte sich dafür, dass sie auf Rosemary gehört hatte. Das hier war schlimmer, als es vorher gewesen war. In der Zeit vor der Anzeige war sie wenigstens bloß einsam gewesen, jetzt fühlte sie sich auch noch zurückgewiesen. Sie hatte begonnen, Umwege zu machen, um den Schönheitssalon von Buncarragh zu meiden und Rosemarys Gesicht nicht sehen zu müssen, das ihr erwartungsvoll aus dem Fenster entgegenblickte. Sie bildete sich ein, dass die Leute hinter ihrem Rücken feixten, weil sie dahintergekommen waren, dass sie die Einsame Lady aus Leinster war. Sie schalt sich selbst dafür, dass sie zu glauben gewagt hatte, ihr stünde ein Neuanfang offen. Warum hatte sie nicht einfach akzeptiert, was alle anderen schon wussten – sie war eine alte Jungfer. Sie probierte die Bezeichnung aus, als sie sich vor dem Spiegel die Haare kämmte: «Alte Jungfer.» Ihre Haut war noch faltenfrei, und trotzdem kam es ihr beim Wiederholen der Worte so vor, als nähmen ihre Haare eine leichte Graufärbung an.

Es war der Tag, an dem seit dem Abschicken ihrer Anzeige samt Postüberweisung genau drei Wochen vergangen waren, als der leise Aufprall auf der Fußmatte ein kleines bisschen bedeutender klang. Patricia stand erstarrt in der Küche. Sie wollte hinrennen und nachsehen, verabscheute sich aber selbst dafür, sich so leicht demütigen zu lassen. Sie zwang sich zu einem weiteren Schluck Tee, stellte den Becher auf dem Tisch ab und ging gemessenen Schrittes zur Küchentür. Sie lehnte sich an den Türrahmen und reckte langsam den Hals, damit sie um die Ecke in den Eingangsbereich blicken konnte. Ein großer brauner Umschlag. Zu groß für eine Rechnung.

Könnte es ... sie bewegte sich Zentimeter für Zentimeter vorwärts und beugte sich hinunter, um ihn umzudrehen. Ein Aufkeuchen. Da stand, gestochen scharf, in der linken oberen Ecke der Absender: *Farmer's Journal*. Sie hob den Umschlag auf und huschte zurück in die Küche.

Darin befanden sich vier weitere Umschläge. Im ersten befand sich eine Postkarte mit den Ruinen von Ennis Friary vor einem chemisch blauen Himmel. Eine eigenartige Wahl, dachte Patricia. Sie drehte sie um und las: «Du klingst nach einem guten Ritt.» Erschrocken ließ sie die Karte auf den Tisch fallen. Warum in Gottes Namen schrieb jemand so etwas? Warum schickte das *Journal* es ihr? Sie schob die Postkarte zur Seite und öffnete vorsichtig den zweiten Umschlag. Es war immerhin ein Brief. Er war mit anscheinend zittriger Hand auf liniertes Papier geschrieben worden. Unter Schwierigkeiten entzifferte Patricia, dass er von einem Mann stammte, der in Tullamore lebte. Nicht allzu weit entfernt, dachte sie. Er war schon zweimal verheiratet gewesen. Das gefiel ihr nicht. Als hätte er ihre Gedanken gelesen, beruhigte er sie, seine vergangenen Beziehungen bedeuteten doch bloß, dass er wisse, was er tue. Patricia bezweifelte, dass dies der Richtige für sie war. Er war Bauer gewesen, lebte nun aber in einem Altersheim. Ach du liebe Güte. Besaß sie ein eigenes Haus oder nicht? Sie zerknüllte das Blatt. Der dritte Umschlag enthielt eine Karte mit der Zeichnung einer Blaumeise auf einem Zweig auf der Vorderseite. Sie stammte von einem Mann in Carlow, der es vollkommen angemessen fand, sie um ein Foto von ihr in Slip und BH zu bitten. Sie war hin- und hergerissen zwischen ihrer Wut auf Rosemary und der Ungeduld, ihr diese schockierenden Antworten zu zeigen und das laute, kehlige Lachen ihrer Freundin zu hören. Was für eine Zeit- und Geldverschwendung!

Der vierte Brief sah anders aus. Er war mit schwarzer Tinte auf dasselbe blaue Briefpapier von Basildon Bond geschrieben, das auch ihre Mutter benutzt hatte. Die Handschrift war sauber und, was wichtiger war, sah nicht verrückt aus. Ein kleines Schwarzweißfoto fiel heraus und landete auf dem Tisch. Ein Mann mittleren Alters, vierzig?, stand neben einer altmodischen Dampflok. Seine Hand lag auf dem großen Radkranz aus Metall unterhalb des Fahrersitzes. Er blickte direkt in die Kamera, und seltsamerweise lächelte er nicht, noch sah er allzu ernst oder traurig aus. Patricia entschied, dass ihn das Wort «gutartig» am besten beschrieb. Sein dunkles Haar wurde an beiden Seiten seiner Stirn bereits schütter und ließ Geheimratsecken erkennen, und seine großen Augen blickten freundlich. Sie sah es sich genauer an. Ja, definitiv freundlich. Er trug ein einfaches weißes Hemd, das am Kragen aufgeknöpft und bis zu den Ellenbogen aufgekrempelt war, und der Gürtel seiner dunklen Hose betonte seine schlanke Taille. Er ließ Patricias Herz nicht höherschlagen, aber sie war auch nicht abgestoßen, und unter den Umständen kam ihr das vor wie ein Hauptgewinn im Lotto. Sie las seinen Brief.

2

Ob die Leute es ihr ansahen?

Patricia musterte die anderen Fahrgäste in ihrem Zugabteil. Ein glatzköpfiger Geschäftsmann mit fettglänzendem Gesicht, der in seine Zeitung vertieft war, eine junge Frau, die mit ihren beiden gelangweilten Kindern «Ich sehe was, was du nicht siehst» spielte, eine ältere Dame, die gedankenverloren an ihren Zähnen saugte, während sie etwas Kleines, Rosafarbenes strickte. Sie schienen überhaupt nicht zu bemerken, dass sie im Alter von zweiunddreißig zu dem aufregendsten und skandalösesten, ja, das war genau das Wort dafür, dem skandalösesten Abenteuer ihres ganzen Lebens aufbrach.

Rosemary hatte sie zum Bahnhof in Kilkenny gefahren. Sie hatten einander auf dem Bahnsteig umarmt, und als der Zug eingefahren war, hatte sie Patricia einen leuchtend gelben und roten Schal um den Hals gebunden.

«Um dich ein bisschen aufzupolieren.»

Patricia sah geknickt aus und blickte an ihrem dunkelblauen Mantel hinab zu den schwarzen Schuhen. «Sehe ich annehmbar aus?», fragte sie, und Panik kroch in ihre Stimme.

«Nein, nein! Du siehst schön aus.» Rosemary nahm sie an den Oberarmen und blickte ihrer Freundin in die Augen. «Wirklich.»

Der Zug war zum Stillstand gekommen. Pfiffe ertönten. Türen schlugen zu.

«Viel Glück! Ich kann es nicht erwarten, alles zu erfahren. Ich warte heute Abend hier auf dich.»

«Vielen Dank, Rosemary. Du bist grandios.»

Patricia stieg in den Zug und blickte über die Schulter. «Tschüs!» Dann stieß sie ein lautes, nervöses Lachen aus, das beinahe ein Hilferuf war.

«Du wirst es großartig machen!»

Ihr letzter Rest an Selbstbewusstsein hatte sich auf der langen Reise, bei der sie zweimal umsteigen musste, langsam in Luft aufgelöst. Als sie bei der Anfahrt auf den Bahnhof von Cork durch eine Reihe von langen Tunneln fuhren, fühlte sie sich wirklich unsicher. Eines der Kinder hatte zu schreien begonnen, weil es seine rote Wollmütze nicht aufsetzen wollte, und der Geschäftsmann zwängte sich in seinen Mantel. Endstation.

Patricia blieb einen Moment auf dem Bahnsteig stehen, um sich zu orientieren. Am Ende des Bahnsteigs zu ihrer Rechten war ein großes Schild, das auf den Ausgang verwies. Sie band sich den Gürtel ihres Mantels neu und drehte Rosemarys Schal auf, wie sie hoffte, kesse Weise mit dem Knoten zur Seite. Sie setzte einen Fuß vor den anderen und hielt ihre Handtasche fest umklammert in dem Versuch, das Zittern ihrer Hände zu unterbinden. Ihr Herz fühlte sich an, als würde es vibrieren, so schnell schlug es. In Gedanken wiederholte sie ihr Mantra: «Du wirst es großartig machen. Du wirst es großartig machen.»

Draußen schien es sehr hell und laut zu sein. Auf der Straße hinter dem Parkplatz vor dem Bahnhof fuhren Autos vorbei. Als sie sich umblickte, fand sie schnell den Kiosk mit dem großen Schild darauf, auf dem *Cork Examiner* stand, und da ... gleich dahinter erkannte sie Edward, der auf sie wartete. Tatsächlich machte er auf seinem Posten eher den Eindruck, als versteckte er sich. Sie fragte sich, ob er sie gesehen hatte. Er starrte konzentriert in die andere Richtung. O Gott, das war alles ein riesengroßer Fehler. Sie wollte direkt wieder zurück in den Bahnhof und in den nächsten Zug nach Hause steigen oder den nächsten egal wohin. Nein. Sie war den ganzen Weg hierhergekommen, und seine Briefe waren reizend. Edward Foley würde sich mit ihr treffen, ob er wollte oder nicht.

«Edward?»

Keine Antwort. Der Kopf des Mannes blieb abgewandt. Zitterte er, oder sah sie das falsch?

«Edward?», wiederholte sie etwas lauter. Dieses Mal tippte ihm der alte Zeitungsverkäufer auf die Schulter, und er war gezwungen, sich umzudrehen. Die dunklen Augen, die auf dem Foto so freundlich gewirkt hatten, waren vor Angst geweitet. Sein Mund stand offen. Patricia wusste nicht, was sie als Nächstes tun sollte. Sie hielt ihm ihre Hand hin und sagte: «Hallo. Ich bin Patricia.»

Edward blickte auf ihre Hand, als habe er noch nie zuvor eine gesehen und als wisse er jedenfalls nichts damit anzufangen. Patricia spürte, wie sie vor Scham errötete. Der alte Zeitungsverkäufer beobachtete feixend ihr langsames, steifes Puppentheater. Sie fürchtete schon, gleich in Tränen auszubrechen, da nahm Edward, als habe jemand einen Schalter umgelegt, ihre Hand und schüttelte sie. Seine Haut fühlte sich warm und rau an. Der einfache Handschlag kam ihr eigenartig intim vor. Ihre Blicke begegneten sich einen Moment, bevor er schnell zu Boden sah. «Hallo.» Seine Stimme war tief und heiser. Selbst bei dem einen Wort konnte sie den schweren Akzent der Region um Cork heraushören. Als wäre er von diesen Bemühungen, sich sozialverträglich zu verhalten, bereits ausgelaugt, ließ Edward seinen Arm herabfallen und sprach kein weiteres Wort mehr. Patricia seufzte tief. Es würde ein sehr langer Tag werden.

«Wollen wir spazieren gehen?», schlug sie vor. Er riskierte es, den Blick kurz bis zu ihrem Gesicht zu heben, und ging dann los. Patricia wertete dies als Zustimmung, und so folgte sie ihm. Sie gingen schweigend, bis sie an eine Ampel kamen. Edward zeigte nach links und informierte Patricia: «Der Fluss ist da unten.»

«*The Banks of the Lee*», sagte Patricia und bezog sich auf das alte Volkslied, das den Fluss besang.

Edward starrte sie an, als habe sie gerade eine Äußerung in Althebräisch von sich gegeben. «Ja. Nur da runter.» Er ging wieder los. Patricia fragte sich, was er wohl täte, wenn sie ihm nicht folgen würde, aber sie ging hinter ihm her.

Sie gingen bis zu einer Metallbrücke hinunter. Am anderen Ufer des Flusses bogen schaukelnd Busse zum Bahnhof ein und fuhren wieder los. Die Menschen auf dem Gehweg hasteten an ihnen vorbei, sie schienen in großer Eile. Rund um sie herum lebten alle ihr Leben, während sie sich hier diesen eigenartigen Mann aufgeladen hatte, der nicht das geringste Interesse an ihr zu haben schien.

Auf halbem Weg über die Brücke blieb Edward stehen und blickte über die Balustrade hinunter ins trübe Wasser. Patricia tat es ihm gleich. Vom Fluss her stieg ein starker Wind auf und blies ihr das Haar um die Ohren. Sie wusste, dass sie einen schlimmen Anblick bieten musste, aber es war ihr egal. Sie hörte etwas, und als sie Edward ansah, begriff sie, dass er leise etwas sagte. Sie beugte sich vor, um ihn zu verstehen.

«Ich liebte sie innig, fürwahr und treu. Niemand auf der Welt hatt' ich lieber als sie.»

Wovon in Gottes Namen redete er?

«Bei jedem Busch, jedem Kraut, jeder wilden Blume, denk' ich an meine Mary am Ufer des Lee.»

Natürlich. Jetzt begriff sie. Ihr Kopf senkte sich, sie begann ebenfalls zu sprechen, und ihre Stimmen vermischten sich im Wind.

Und so pflück' ich der Liebsten Rosen, wilde irische Rosen,
Ich pflück' meiner Liebsten Rosen, die schönsten, die es je gab,
Und ich leg' sie auf ihr Grab, der Herzallerliebsten,
In dem kalten stillen Tale, wo sie liegt unterm Tau.

Die Liedstrophe endete, ihre Stimmen verstummten, er wandte sich zu ihr um und lächelte. Sein Gesicht *war* freundlich. Patricia lächelte zurück. Sie versuchte sich etwas auszudenken, das sie sagen könnte, um den Schwung zu erhalten, aber ihr fiel nichts ein. Als er sich umwandte und weiterging, folgte sie ihm.

Das Mittagessen war eine Tortur. Er schlürfte seine Gemüsesuppe ohne Kommentar hinunter, während sie an ihrem kleinen Glas Grapefruitsaft nippte. Als die junge Kellnerin ihre Vorspeisen abräumte, schenkte sie Patricia ein kleines aufmunterndes, mitleidiges Lächeln. Die Fragen zu seiner Anreise, zum Hof, zu seiner Mutter vermochten nichts in Gang zu setzen, was einem Gespräch geglichen hätte. Die einzige Frage, die er ihr den gesamten Tag über stellte, galt seiner Sorge, ob ihr Hühnchen trocken sei.

«Nein. Nein, es ist gut, danke.»

«Sieht trocken aus», stellte er fest und säbelte einen großen Bissen Lamm ab.

Irgendwie machte die Tatsache, dass er recht und ihr Fleisch die Konsistenz einer Kreidetafel hatte, die Sache nur noch schlimmer. Es war, als wäre es seine Schuld.

Endlich waren sie wieder zurück am Bahnhof, eine halbe Stunde zu früh für ihren Zug, aber das war Patricia egal. Sie wollte nur, dass der Tag endete. Sie standen einander am Eingang des Gebäudes gegenüber, und sie wollte ihm gerade die Hand schütteln und sich für das Mittagessen bedanken, da stieß er seinen Kopf vor wie ein Kuckuck aus der Uhr, der die volle Stunde anzeigt. Bevor sie wusste, wie ihr geschah, hatte er ihr einen flüchtigen Kuss auf die Lippen gedrückt. Ihr entfuhr ein unwillkürlicher Überraschungslaut.

«Oh, Entschuldigung, ich ...» Er suchte nach einem seiner wenigen Worte.

«Nein. Es ist...» Patricia kämpfte ebenfalls.

«Also.»

«Ja.»

«Dann gehe ich wohl.»

«Gut. Danke für das Mittagessen.»

Nun starrte er sie mit hochgezogenen Schultern an und knetete seine Finger. Patricia sehnte sich danach, dass er endlich ging, aber er stand noch immer da. «Geh!», schrie sie ihn innerlich an. Das hier machte ihm doch bestimmt auch keinen Spaß, oder? Sein Gesicht sah aus, als dächte er an etwas anderes, als erinnere er sich an eine große Trauer. «Entschuldigung», flüsterte er, drehte sich dann schnell um und ging fort.

Patricia wollte ihm plötzlich etwas hinterherrufen, ihn irgendwie beruhigen, ihm ein besseres Gefühl geben, was ihre Verabredung anging. Sie dachte über diesen Mann nach, der den gesamten Liedtext von *The Banks of the Lee* kannte. Warum war es ihr nicht möglich gewesen, den Nachmittag mit ihm zu verbringen? Wie kam es, dass der Mann, der ihr solch reizende Briefe geschrieben hatte, in ihrer Anwesenheit völlig versteinert war?

Patricia stellte sich unter die große Bahnhofsuhr, zuversichtlich, dass es kein nächstes Mal geben würde.

JETZT

Sorgsam, als könnte ihre Mutter herausfinden, dass sie sie gelesen hatte, faltete Elizabeth die Briefe wieder zusammen und legte sie in ihre staubige Vergessenheit in der Kiste zurück. Wer war ihre Mutter damals gewesen? Sie konnte sich nicht vorstellen, wie die strenge, ungerührte Frau, die sie großgezogen hatte, auf diese süßen, scheuen Briefe geantwortet hatte. Die Mutter, die sie gekannt hatte, war jeder Spur von Romantik beinahe mit Hohn begegnet. Ein kleiner Knoten aus Trauer und Bedauern zerrte an ihrem Herzen. Sie würde die junge Frau, die sich ein anderes Leben erhofft hatte, niemals kennenlernen. Sie dachte an die alten Schulfotos unten, die sie als Kind immer so eingehend studiert hatte. Onkel Jerry in kurzen Hosen. Er hielt ihre Mutter vor deren Erstkommunion an der Hand. Zwei Mädchen im Teenageralter, die vor dem Eingang von Convent Hill standen, die Arme Irish-Dance-mäßig gerade und eng an die Körper gepresst. Eine Sommerbrise blies ihnen das Haar um die lachenden Gesichter. Eine glatte, makellose Stirn, eingerahmt von einem blassblauen Satinband, das zum Brautjungfernkleid ihrer Mutter passte, die neben der Braut Tante Gillian stand. Das Lächeln in ihrem Gesicht, die in einer Mischung aus Hoffnung und

Aufregung glitzernden Augen. Nicht das leiseste Anzeichen von Sorge oder Vorsicht. Elizabeth hatte diese Frau nie kennengelernt.

Sie dachte daran, wie sie sich damals gefühlt hatte, als sie vor all den Jahren Elliot in New York kennengelernt hatte. Sie hatte damals an ihrer Doktorarbeit geschrieben. Er war nicht ihr erster Freund gewesen, aber was sie für ihn empfunden hatte, war mit allem, was die unerfahrenen Jungen am University College in Dublin ausgelöst hatten, nicht zu vergleichen. Elliot war gefährlich. Er erregte und ängstigte sie gleichermaßen. Diese gebräunte Haut und die winzig gezahnte Leiter aus Knochen, die seine Brust hinauf und aus dem Ausschnitt seines geöffneten Hemdkragens stieg. Die selbstbewusste Art, ihren Körper zu berühren, seine Hände, die sich auf unergründliche Weise genau an den richtigen Stellen wiederfanden. Sie schluderte bei ihren Aufsätzen und versäumte ihre Schichten im Café, nur weil sie bei ihm sein musste. Es hatte sich nicht so angefühlt, als hätte sie eine Wahl. Sie war Feuer und Flamme gewesen. High vor Liebe. Bestimmt war es ihrer Mutter nie so ergangen, oder? Andererseits hatte sie sich in diesem Fall auch den qualvollen, zehn Jahre dauernden Absturz erspart, den Elizabeth hatte ertragen müssen. Zehn Jahre voller Argwohn, in denen sie niemals gewusst hatte, was nicht stimmte, in denen ihr aber stets bewusst gewesen war, dass etwas im Argen lag. Dann, vor sieben, beinahe acht Jahren, hatte sie nach den Vorlesungen das College verlassen und den dunkelhaarigen jungen Mann mit dem übergroßen Mantel bemerkt, der sie anstarrte. Sie hatte gedacht, er wäre ein Student.

«Elizabeth?»

Er stand vor ihr. Sie bemerkte den kleinen Schmutzrand um seinen Nasenring. «Sie kennen mich nicht, aber ...» Und bald wusste sie alles und konnte es niemals mehr nicht wissen. Der körperliche Ekel, den sie empfand bei dem Gedanken an das, was Elliot getan hatte, während er gleichzeitig das Bett mit ihr teilte, ihr Kind küsste – er war immer noch allzu leicht wieder heraufzubeschwören. Sie verabscheute die Gefühle, die diese Enthüllungen in ihr ausgelöst hatten, und auch Elliots Versuch, ihre Reaktion zu verdrehen und ihr Homophobie vorzuwerfen. Sie konnte vor Frustration und Wut immer noch zu zittern beginnen, wenn sie daran dachte, wie er voll selbstgerechter Empörung am Fußende ihres Bettes gestanden hatte, als würde ihr Abscheu ihn irgendwie zur geschädigten Partei in diesem von ihm angerichteten Fiasko machen. So viele ihrer alten Freunde hatten sich bemüht, ihr klarzumachen, dass es so doch besser sei. Es wäre schlimmer, wenn er sie für eine Frau verlassen hätte. Mit versteinertem Gesicht hatte sie zugehört, aber innerlich schrie sie. Es gab kein Besser! Von nun an würde es nur verschiedene Ebenen von Schlechter geben. Ihre Ehe war vorbei, weggespült von einer Flutwelle von Lügen. Nun war Zach ihr einziges nennenswertes Souvenir von ihrer Reise in die dunkelsten Tiefen der romantischen Liebe. Seine unbeschwerte Herangehensweise an die Dinge wirkte erstaunlich unbeschädigt durch die Schwächen seiner Eltern. Er war ihre Rechtfertigung, dass sich all das gelohnt hatte.

Sie stand abrupt auf, um zu vermeiden, dass sie in einem inzwischen vertrauten Sumpf aus Reue versank. Die Kiste wurde wieder in den Schrank geschoben, und mit ei nem Seufzen fügte sich Elizabeth der Erkenntnis, dass sie dieses Geheimnis teilen musste. Es kam ihr zwar treulos vor, das Vertrauen ihrer toten Mutter zu missbrauchen, aber sie musste jemandem erzählen, worauf sie gestoßen war. Wer konnte noch mehr über Edward wissen? Sie stellte sich vor, wie ihre Mutter sich im Grabe umdrehen würde, aber sie musste mit ihrem Onkel Jerry und Tante Gillian sprechen. Sie blickte auf ihr Telefon. Es war noch immer erst halb acht, zu früh, um jemanden anzurufen. Sie würde sich einen Toast machen.

Als sie die Küchentür öffnete, bemerkte Elizabeth sie nicht sofort. Es war das Rascheln von Papier, das ihre Aufmerksamkeit erregte, und dann sah sie sie. Sie saß auf ihrer Einkaufstasche aus Stoff und hielt einen Energieriegel in ihren altrosa Pfoten – eine Ratte. Elizabeth kreischte und schlug die Tür zu. Sie keuchte vor Furcht, lehnte sich gegen die Wand und suchte mit den Augen den Eingangsbereich nach weiteren Nagern ab. Sie erzitterte, als sie sich ausmalte, wie viele von ihnen möglicherweise im Haus waren. Waren sie heute Nacht bei ihr im Schlafzimmer gewesen? Natürlich war sie daran gewöhnt, dass spätnachts Ratten um die schwarzen Müllberge in den Straßen von New York wuselten, aber das hier war eine andere Sache. Dieses Tier aus solcher Nähe zu sehen war beinahe pornographisch gruselig. Sie überlegte, was sich alles in der Küche befand. Ihr Autoschlüssel, die Hausschlüssel, die Handtasche mit ihrem Reisepass und dem Portemonnaie. Sie brauchte eine Falle oder Gift oder was man auch immer seit ihrer Kindheit an neuen Methoden entwickelt hatte. Der Laden, der sich dafür anbot, war Keane and Sons. Solange sie denken konnte, war er wie

Aladins Höhle gewesen, angefüllt mit allem, was man sich nur wünschen konnte und was nicht Nahrung oder Kleidung war. Obwohl ihre Cousine Noelle ihn natürlich trotz der Proteste von Onkel Jerry um eine Baby-Boutique erweitert hatte.

Der Laden öffnete nicht vor neun. Nach einer sehr kurzen kalten Dusche, die bei ihr beinahe einen Herzstillstand ausgelöst hätte, zog sie sich an und kam wieder nach unten. Die Küche blieb Sperrgebiet, und es war noch immer erst acht Uhr. Der hohe Poststapel fiel ihr ins Auge, der auf dem Konsolentisch lag. Sie seufzte und setzte sich in den Mahagonistuhl mit der hohen Lehne, der schon immer zum Telefonieren benutzt worden war. Wie immer knarrte er, und die Lehne stieß, ebenso wie immer, beim Hinsetzen gegen die Wand. Als sie die verschiedenen Umschläge aufriss, fand sie Spendengesuche von Esel-Asylen, von Krebs-Stiftungen, für Blindenhunde, diverse Strom- und Telefonrechnungen, einen Brief von der Müllabfuhr, in dem die Beendigung der Dienstleistung für diese Adresse bestätigt wurde, und dann einen Brief des Anwalts ihrer Mutter, Ernest O'Sullivan.

Sie nahm an, es handelte sich um eine Rechnung, aber der Brief war an sie adressiert. Er wollte mit ihr über das Testament ihrer Mutter sprechen und über einen Anhang, der aufgetaucht sei. Elizabeth überprüfte das Datum des Briefs: eine Woche nach der Beerdigung ihrer Mutter. Sie faltete die Seite zusammen und steckte sie in die Gesäßtasche ihrer Jeans. Hoffentlich ließ sich das am Telefon klären. Sie hatte keine Lust, die ganze Strecke bis nach Kilkenny zu fahren. Solange es nichts mit ihrem Onkel Jerry zu tun hatte oder ihre Pläne erschwerte, war ihr alles egal. Ihr Ziel war nur, das Haus zu verkaufen und mit genügend Geld nach New York zurückzukehren, um die Kosten für Zachs College aufzubringen. Er behauptete, nicht studieren zu wollen, aber sie wusste, dass Elliot ihm die Leviten lesen würde, wenn er das erfuhr. Das war einer der Gründe, warum sie Zach alleine hatte nach San Francisco reisen lassen, um seinen Vater zu besuchen. Sie zog ihr Telefon aus der Tasche. In Kalifornien war es nach Mitternacht, zu spät, um anzurufen. Sie würde am Abend mit ihm telefonieren. Beim Blick auf den Bildschirm sah sie, dass sie einen Anruf und eine Nachricht auf ihrer Voicemail verpasst hatte. Zach! Noch als sie sich fragte, wie es sein konnte, dass sie das Telefon nicht hatte klingeln hören, fiel ihr ein, dass sie es nach der vorhergehenden Nacht immer noch auf lautlos gestellt hatte.

«Hi, Mom. Ich bin's. Wollte dir nur sagen, dass ich angekommen bin. Dad hat mich am Flughafen abgeholt, und es ist alles super. Echt warm im Vergleich mit zu Hause. Hoffe, Irland ist nicht so deprimierend. Bin total fertig, also gehe ich jetzt schlafen. Hab dich lieb.»

Es war so schön, seine Stimme zu hören. Diese New Yorker Coolness, mit der er seine jugendliche Aufregung über die Reise übertünchen wollte. Sie überlegte, ob sie ihn zurückrufen sollte, entschied sich aber dagegen. Er hatte getan, worum sie ihn gebeten hatte, und sie angerufen. Also würde sie ihn seine kleine Unabhängigkeit auskosten lassen. Sie würde warten, bevor sie ihn zurückrief. Sie würde keine klammernde Mutter werden, oder um es präzise auszudrücken: Sie wollte nicht zu ihrer eigenen Mutter werden.

Eine der eindrücklichsten Erinnerungen an ihre Mutter stammte von dem Tag, an dem Elizabeth aus Buncarragh weggezogen war, um an der Universität in Dublin ihr Studium aufzunehmen. Sie hatte erwartet, dass ihre Mutter vielleicht ein wenig aufgewühlt sein würde; womit sie aber nicht gerechnet hatte, war der Gefühlsausbruch, den ihre Abreise auslöste. Ihre Mutter hatte nicht einfach ein Tränchen verdrückt, als sie ihr von der Haustür aus nachwinkte, sie war buchstäblich schluchzend zusammengebrochen. Elizabeth erinnerte sich, wie verlegen und ungeduldig sie das gemacht hatte. Es war ja nicht so, als zöge sie in den Krieg oder müsste für eine schwere Operation ins Krankenhaus. Sie tat nur, was Dutzende anderer Teenager aus Buncarragh ebenfalls taten, und deren Eltern klammerten sich auch nicht an die Säulen ihrer Eingangsveranda und heulten, als säßen ihre Kinder auf einem sinkenden Schiff fest. Später, im Bus nach Dublin, fielen ihr all die Vorwände ein, die ihre Mutter sich über die Jahre ausgedacht hatte, um sie nicht auf Klassenreisen mitfahren zu lassen. Sie hatte angenommen, dass es mit Geld zu tun hatte, aber im Rückblick schien es deutlich wahrscheinlicher, dass ihre Mutter eine ungesund enge Bindung an sie hatte. Einige hätten vermutlich gesagt, sie wolle sie nur übermäßig beschützen, aber für Elizabeth hatte es sich mehr angefühlt wie ein Besitzenwollen. Als die Idee aufkam, dass Elizabeth als Doktorandin nach Amerika gehen könnte, hatte ihre Mutter tausend Gründe vorgebracht, warum Elizabeth das besser lassen sollte. Als schließlich der Tag des Abflugs nach New York kam, ließ sich ihre Mutter am Flughafen nicht blicken, um sie zu verabschieden. Sie behauptete, krank zu sein, aber Elizabeth kannte die klammernde Wahrheit.

Sie brauchte dringend Koffein. Mit dem Zwanzig-Euro-Schein, den sie in der Tasche ihres Kapuzenpullis gefunden hatte, verließ sie das Haus und ließ die Haustür lediglich einrasten. Die Diebe von Buncarragh konnten sich gerne bedienen. Das Einzige, was ihr am Herzen lag, war ihr Reisepass, und den bewachte eine Ratte.

Als sie das Boost betrat, musste sie den Impuls unterdrücken, die Augen zu verdrehen. Es war, als befände man sich in einem der sehr auf ihre Wirkung bedachten Hipster-Treffs in Williamsburg, die Zach und seine Freunde so toll fanden. Die freigelegten Backsteine hinter der Theke, die Tafeln, die an Ketten hingen, die Metallhocker, die man um alte Hackblöcke aus Metzgereien herum gruppiert hatte. Elizabeth staunte, dass es in Buncarragh einen solchen Ort überhaupt gab. Sie dachte an das alte Café, das von Mrs. Moore geführt worden war, wie hatte es noch geheißen? Kaffee irgendwas ... Coffee Pot? Das Seltsame war, dass die Frauen, die vor ihr in der Warteschlange vor dem Tresen standen, Kundinnen von Mrs. Moore hätten sein können, aber stattdessen waren sie hier und bestellten fettarmen Latte und Dry Cappuccino. Sie selbst hatte sich immer vorgemacht, an ihren irischen Wurzeln festzuhalten, indem sie nie etwas anderes bestellte als einen adjektivlosen Kaffee oder Tee, doch jetzt stellte sie fest, dass die ganze Nation sich hier ohne sie weiterentwickelt hatte.

Sie setzte sich auf einen hohen Hocker und balancierte ihren Laptop auf einem Holzbord, das so lang war wie das gesamte Fenster. Das Wi-Fi-Passwort lautete Nichtdie-Bohne. Sie scrollte durch ihre E-Mails und löschte dabei den Junk. Es blieben nur zwei übrig, von denen sie dachte, dass sie sie tatsächlich lesen sollte.

Die erste stammte von Linda Jetter, ihrer Nachbarin von unten, die sich bereit erklärt hatte, nach der Katze Shelly zu sehen. Tatsächlich war sie so wild darauf gewesen, dass Elizabeth erwogen hatte, ihr das Viech Vollzeit zu überlassen. Zach hatte, kurz nachdem sie seinem anhaltenden Flehen um eine Katze nachgegeben hatte, das Interesse an Shelly verloren. Nach Elliots Auszug hatte Elizabeth mit den üblichen Schuldgefühlen einer alleinerziehenden Mutter zu kämpfen gehabt, und sie hatte gegen jedes bessere Wissen einem Haustier zugestimmt. Es war nicht gerade hilfreich, dass sie jedem, der die Katze kennenlernte, erklären musste, dass sie nicht nach dem Dichter Shelley benannt worden war. Mit dem Wort «Shelly» hatte der kleine Zach lediglich die Schildpattzeichnung ihres Fells bezeichnen wollen. Die E-Mail bestand aus vier Fotos von Shelly in Lindas Wohnung. Wohlwollend betrachtet sah sie gelangweilt aus, schlimmstenfalls verächtlich. Linda hatte bloß geschrieben: «Shelly fühlt sich ganz zu Hause!» Elizabeth tippte schnell eine kurze Antwort, in der sie Linda abermals für ihre Hilfsbereitschaft dankte. Sie wusste nicht, warum, aber sie konnte nicht anders, als für Linda Jetter Mitleid zu empfinden. Sie wusste über sie nur, dass sie Ende fünfzig und nie verheiratet gewesen war und als Rechtsanwaltsfachgehilfin irgendwo in Midtown arbeitete. Es schien, als hätte sie überhaupt kein Sozialleben. Sie kam und ging mit der Präzision eines Uhrwerks in ihren zweckmäßigen Kostümen und trug ihre Büroschuhe in einer Einkaufstüte von Lord & Taylor in der Hand. Vermutlich war sie vollkommen zufrieden. Tatsächlich war es sogar wahrscheinlich, dass sie mit der alleinerziehenden Mutter von oben Mitleid hatte.

Die andere Mail war von Jocelyn, einer ihrer Freundinnen aus der Uni. Sie arbeiteten beide im Institut für Englische Literatur und teilten sich die Romantiker. Elizabeth überflog den Inhalt. Lieber Himmel, das waren keine guten Nachrichten. Jocelyn fragte sich, ob Elizabeth bereits wusste, dass Brian Bapst und Nicole Togler das Studium geschmissen hatten. Sie hatten beide ihren Kurs «Die Romantiker und die keltische Tradition» belegt. Ohne die beiden waren nur noch fünf Studenten übrig. Ihr Kurs war dem Untergang geweiht, was sich, dachte sie, eigenartig keltisch und romantisch anfühlte. Sie markierte die Mail als «ungelesen». Sie würde sie später beantworten. Inzwischen musste der Laden geöffnet sein. Sie würde sich einen weiteren Kaffee mitnehmen und hinübergehen.

In einem Korb neben der Kasse lagen hausgebackene Muffins, die in Buncarragh genauso aussahen wie in der 34. Straße, und Elizabeth wollte sich gerade einen nehmen, als sie hörte, wie an ihrem Ohr ihr Name geflüstert wurde. Sie wandte sich um und stand ihrem Cousin Paul gegenüber, der über das ganze Gesicht grinste.

«Ich habe schon gehört, dass du wieder da bist!»

«Ja.» Sie war sich nicht sicher, was sie dem hinzufügen sollte. Sie war ja eindeutig wieder da.

«Noelle hat gesagt, sie hätte dich getroffen.»

«Ja. Stimmt.» Elizabeth suchte nach einer Redewendung, um nicht ganz so kurz angebunden zu wirken. «Sie sah gut aus.»

Fröhlich unterbrach die Barista sie, um zu fragen, was

sie haben wolle. Nachdem sie bestellt hatte, wandte sie sich wieder zu ihrem Cousin um. Er hatte sich wirklich überhaupt nicht verändert. Die Arme noch immer zu lang für seinen Körper, die dunklen Haare fielen ihm noch immer in die Augen, und dann dieses dämliche Grinsen. Elizabeth war ihr Cousin egal. Wie ihre Mutter es formuliert hätte: Sie hatte nichts gegen ihn.

«Ich wollte dich gerade im Laden besuchen, ehrlich gesagt.»

«Du bist immer willkommen. Was brauchst du?»

«Ich habe in Convent Hill eine Ratte gesehen.»

«Im Garten?»

«Nein. Im Haus. Sie saß auf dem Küchentisch. Ich bin vor Schreck beinahe gestorben.» Elizabeth gefiel es, wie die Worte sich in ihrem Mund anfühlten. Es war ein Ausdruck, den ihre Mutter benutzt hätte, und ganz sicher hätte Elizabeth selbst es auf dem Campus oder zu Hause nie so gesagt.

«Ach du lieber Gott, das ist heftig. Ich schicke dir nachher den jungen Dermot mit ein paar Fallen hoch. Er soll hinter dem Haus auch ein bisschen Gift auslegen.»

«Danke. Das wäre toll.» Die Barista beugte sich vor und verlangte beinahe sechs Euro. Elizabeth weigerte sich zu berechnen, wie viele Dollars das waren. Sie wandte sich wieder an Paul. «Kann ich dir was ausgeben?»

«Bist du sicher?»

«Klar.» Sie erinnerte sich wieder an diese eigenartigen kleinen Tänzchen.

«Dann nehme ich einen Latte. Vielen Dank.»

Nachdem sie bestellt hatten, waren die beiden dazu verurteilt zu warten.

«Das Café hier ist neu. O'Keefe hat es letztes Jahr eröffnet. Nett, oder?»

«Sehr schön», antwortete sie und fragte sich, ob sie log oder nicht.

«Kommst du vorbei? Mam und Dad würden dich so gerne sehen.»

«Sind sie da? Dann gerne. Ich möchte etwas mit ihnen besprechen.»

«Okay.» Paul sah verwirrt aus, und Elizabeth bereute augenblicklich, dass sie das gesagt hatte. Er nahm zweifellos an, dass es etwas mit dem Testament zu tun hatte oder mit der Zukunft von Convent Hill.

Auf dem Weg durch die Stadt zu Keane and Sons grüßten sie einige Leute oder riefen ihr aus Autofenstern «Willkommen zu Hause!» zu. Jedes Mal wandte sie sich zu Paul um und formte mit den Lippen die Worte «Wer zum Teufel?», und wenn er sie aufklärte, nickte sie, als habe er das Rätsel für sie gelöst, obwohl sie in Wirklichkeit kein Stück weiser war. Hatte sie diese Menschen vergessen, oder hatte sie sie tatsächlich gar nie gekannt? Es erinnerte sie daran, wie es sich anfühlte, wenn sie auf dem Weg zu ihrer Vorlesung im Hunter College in der 68. Straße die Treppe hinaufstieg und unbekannte Gesichter sie gelegentlich breit anlächelten und begrüßten wie eine alte Freundin.

Im Gegensatz dazu schockierte sie die Vertrautheit, als sie durch die Tür von Keane and Sons trat, denn sie erkannte alles hier wieder. Der Geruch! Kein anderer Ort auf der Welt roch so. Der Geruch nach Kunstdünger gemischt mit Plastik und Pappe lag über den uralten Gerüchen, die im Holzbogen gespeichert waren. Der Laden sah mehr oder weniger noch genauso aus wie damals. Die Treppe in der Mitte, die zu den Elektrogeräten und den nutzlosen Kleinmöbeln hinaufführte, war noch immer mit demselben abgetretenen grauen Linoleum bedeckt. Die Weihnachtsauslage befand sich blinkend und unbeachtet auf der linken Seite des Ladens, während die Gartengeräte links neben der Treppe standen. Hinten stapelten sich Hundebetten, Farben und Putzmittel, und die Lichter der neuen Baby-Boutique leuchteten aus dem Alkoven heraus, in dem früher Petroleum und loses Pflanzgut gestanden hatten.

«Sie sind alle oben in der Wohnung. Geh doch hoch und begrüße sie.» Paul führte seine Cousine zum Treppenaufgang.

«Elizabeth!» Noelle kam gerade die Treppe herunter, wobei sie sorgsam einen Fuß vor den anderen setzte, wie die Teilnehmerin an einem Schönheitswettbewerb beim Ausstieg aus einem Privatjet.

«Wie geht es dir heute?», erkundigte sie sich und spähte über die zellophanverpackten Strampler hinweg, die sich in ihren Armen stapelten

«Super. Und dir?»

«Keine Rast den Gottlosen.» Noelle kreischte beinahe und betonte das Ende ihres Satzes mit einem eigenartigen nasalen Laut.

«Dann lasse ich dich weitermachen.»

«Wir reden später!», rief sie über die Schulter zurück und eilte an den Glühbirnen mit langer Lebensdauer vorbei.

Hinter dem auf ihrem Gesicht festgefrorenen Lächeln aus Zähnen und Lippenstift versteckte Noelle ihre Enttäuschung gut. Das hier war weit entfernt von dem Leben, das sie sich erträumt hatte. Babystrampler zusammenlegen, nicht verkaufte Futterhäuschen für Vögel abstauben, Preise auf Siebe kleben. Sie seufzte und ging in den hinteren Bereich des Ladens. Als sie Paul kennengelernt hatte, war er Student am College of Commerce in Rathmines gewesen, und aus irgendeinem Grund hatte sie angenommen, das bedeute, er habe Ehrgeiz. Er besaß Selbstvertrauen, hatte Geld in der Tasche, man mochte ihn, er war so, wie sie sich den jungen Gründer eines Imperiums vorgestellt hatte. Als ihr klarwurde, dass sie schwanger war, war sie nicht einmal in Panik geraten. Es konnte ein Teil ihres Plans werden. Paul und Noelle waren ein Team und konnten zusammen Großes erreichen. Erst nach der Hochzeit erwähnte er die Rückkehr nach Buncarragh. Sie wusste noch, er sagte es so, als hätten sie es bereits besprochen oder als sei es eine Idee, von der sie immer gewusst habe. Noelle hatte ihrem frisch angetrauten Ehemann sehr deutlich gemacht, dass sie nicht die Absicht hatte, in irgendeinem Micky-Maus-Familiengeschäft in Buncarragh zu verrotten. Er hatte sie gebeten. Versprechen gegeben. Sie würden ein paar Jahre lang sparen und dann ihr eigenes Geschäft in Dublin eröffnen. Sie war nicht begeistert, aber es war wenigstens ein Plan. Doch dann waren zwei weitere Babys gekommen, und als ihre Schwiegereltern beschlossen, in den Ruhestand zu gehen, ging das ganze Land den Bach runter. Keane and Sons war wertlos, ihre Ersparnisse reichten kaum, um den Kindern neue Fahrräder zu kaufen, ganz zu schweigen von einem neuen Leben. Es war offensichtlich, dass Paul das nicht das Geringste ausmachte. Dies hier war, was er immer gewollt hatte. Für Noelle war es das, was sie eben hatte. Buncarragh. Sie konnte sehen, dass ihre Kinder glücklich waren, und selbst sie musste zugeben, dass Wegziehen keine Option war. Und so stand sie jeden Morgen auf, sah sich selbst im Badspiegel an und setzte ein tapferes Gesicht auf.

Oben in der Wohnung wurde Elizabeth von ihrer Tante Gillian in eine Umarmung geschlossen, die sowohl zu lang als auch zu fest war.

«Elizabeth!», zischte ihr die alte Frau ins Ohr und verwandelte den Namen in eine kummervolle Beschwörung. Als sie ihre Nichte endlich losließ, ergriff sie ihre Hände und blickte ihr in die Augen. «Wie geht es dir? Es muss schwer sein. Schwer. Nicht wahr? Schwer, wieder hier zu sein?»

Ein dickes Goldarmband am Handgelenk ihrer Tante erregte ihre Aufmerksamkeit. Das war doch …

«Oh, du hast es bemerkt! Deine Mutter hat darauf bestanden, dass ich es annehme. Hat nicht lockergelassen. Es ist für mich so, so wertvoll.» Gillian streichelte das Armband, bevor sie es mit einem festen Griff umschloss, der nahelegte, dass sie sich bis an ihr Sterbebett nicht mehr davon trennen würde.

Elizabeth kam sich vor, als spielte man mit ihren Gefühlen wie auf einem Flipper. Argwohn, Wut, Eifersucht, Trauer, aber vor allem ein seltsames Bedauern, denn der einzige Mensch, der diese Geschichte zu schätzen gewusst hätte, konnte nicht mehr angerufen werden. Ihr Zugehörigkeitsgefühl zur Familie war in den letzten Jahren nicht zuletzt daraus gespeist worden, dass sie über ihre Tante und ihren Onkel lachte oder zuhörte, wie ihre Mutter von den neuesten Grenzüberschreitungen ihrer Schwägerin erzählte. Elizabeth wurde klar, dass solche Momente, in denen sich ein Erinnerungsfaden an einem Nagel aus der Vergangenheit verhakte, sie immer wieder überrumpeln würden.

«Entschuldige. Ich war nur überrascht. Es ist so seltsam, weißt du, allein ohne sie im Haus zu sein.»

«Natürlich, natürlich.» Gillian fasste nun nach dem Arm ihrer Nichte und zog sie neben sich auf das grüne Brokatsofa.

«Möchtest du eine Tasse Tee?»

«Nein, danke. Ich hatte gerade einen Kaffee.»

«Ach komm, du nimmst eine Tasse.» Gillian hievte sich aus dem Sofa. «Ich mache sowieso gerade welchen. Jerry lechzt bestimmt schon danach.» Sie machte sich auf den Weg in die Küche, und Elizabeth bemerkte, wie ihre Tante sich auf Stuhllehnen abstützte und beim Gehen leicht von einer Seite zur anderen schwankte. Wie viele Jahre Tante Gillian wohl noch zu leben hatte? Eine ganze Generation machte sich davon wie eine bröckelige Klippe, die ins Meer stürzte.

Auf sich gestellt, blickte sie sich im Zimmer um. Ein neuer Flachbildfernseher war die einzige wahrnehmbare Neuerung seit der Zeit, die sie hier als Mädchen verbracht hatte. Die weißen Pferde galoppierten noch immer in die Brandung auf dem großen Kunstdruck über dem braun-beige gekachelten Kamin, in dem nun elektrische Heizstäbe glommen, wo einst Kohlen gebrannt hatten. Eine verblasste gerahmte Gobelinstickerei mit der Landkarte Irlands, von der sie relativ sicher war, dass ihre Mutter sie angefertigt hatte, hing neben dem Eckschrank, in dem Tante Gillian ihr Waterford-Kristall aufbewahrte, etwas so Besonderes, dass es nicht einmal zu besonderen Anlässen benutzt wurde.

Ein Schatten fiel in den Raum, und als sie sich umwandte, sah sie im Türrahmen ihren Onkel Jerry stehen. Eine weitere Umarmung, wobei diese es nicht darauf anlegte, die Monate und Jahre des Schweigens zwischen ihnen zu kompensieren. Er wirkte kleiner als früher, aber der männliche Geruch nach Haaröl und Zigaretten war so stark wie immer.

«Jerry? Bist du das?», drang Gillians Stimme aus der Küche. «Kannst du mir mit dem Tablett helfen?»

Wie ein gut abgerichteter Hund drehte sich Jerry um und trottete von dannen. Die Hose schlotterte um seine Beine herum und wirkte viel zu lang. Elizabeth fragte sich, ob sie anbieten sollte, das Tablett zu tragen, rief sich dann aber in Erinnerung, dass dieser geriatrische Hochseilakt vermutlich jeden Tag so ablief.

Als der Tee eingeschenkt war, saßen die drei zusammen und redeten über Alltägliches. Wie es mit dem Rentnerleben so lief, welch großartige Arbeit Paul und Noelle im Laden leisteten, dass die Enkel so schnell groß wurden, und es kamen sogar ein paar Fragen nach Elizabeths Leben in New York und nach ihrem Sohn – «Zach», erinnerte sie sie. Jegliche Erwähnung Elliots oder ihrer Ehe wurde taktvoll vermieden.

Nachdem der Smalltalk sich totgelaufen hatte, setzte Elizabeth ihre Tasse ab und räusperte sich.

«Ich habe mich gefragt, ob es etwas gibt, das ihr beide mir über Edward Foley erzählen könntet?»

Gillian spitzte nachdenklich die Lippen, und Jerry

starrte bloß seine Frau an und rieb sich über den Schädel mit dem glatten, dünner werdenden Haar, denn dies war die Sorte von Frage, die ihr mehr lag als ihm.

«Foley? Ich glaube nicht, dass ich auch nur einen einzigen Foley kenne. Jerry?» Ihr Mann zuckte mit den Schultern und warf ihr einen Blick zu, der besagte, dass sie ihn ebenso gut hätte bitten können, eine Operation am offenen Herzen vorzunehmen.

«Weshalb fragst du?»

«Mein Vater? Edward Foley?», half Elizabeth ihrer Erinnerung auf die Sprünge.

Tassen wurden abgestellt. «Oh, *der* Edward Foley», sagte Gillian bedächtig. Sie blickte zu ihrem Ehemann.

«Dein Vater», wiederholte Jerry wenig hilfreich.

«Tja, also, ich weiß nicht, was für Sachen, also, was du wissen willst?» Ihre Tante wirkte durcheinander, was völlig untypisch für sie war.

«Es ist bloß, ich habe gestern Abend in Convent Hill ein paar Briefe von Edward Foley gefunden, es sind einige.»

«Briefe?»

«Ja, aus der Zeit, in der sie sich verliebt haben. Es ist nur, ich weiß so wenig darüber. Mammy hat nie über ihn gesprochen.»

«Ich weiß nicht, ob es gut wäre, wenn wir …», setzte Jerry an und wandte sich hilfesuchend an seine Frau.

«Sicher, Jerry. Patricia ist nicht mehr da, Gott hab sie selig, und was schadet es, wenn wir jetzt darüber sprechen?»

«Na ja, wir wissen so wenig.»

«Was wisst ihr denn?» Elizabeth wollte nur Antworten.

«Erzähl es ihr, Jerry.» Es war eine Erlaubnis.

«Um ehrlich zu sein, weiß ich nicht viel. Deine Mutter ist eine Bekanntschaft eingegangen, mit diesem Bauern irgendwo in Cork, wir kannten damals nicht mal seinen Namen, oder?»

«Hatten keine Ahnung», bestätigte seine Frau.

«Jedenfalls hat sie ihn da unten ein paarmal besucht, und dann hören wir als Nächstes ohne Vorwarnung und aus heiterem Himmel, dass sie verheiratet ist. So war's doch, oder?» Er wandte sich zur Bekräftigung an seine Vorgesetzte.

«Eine Anzeige in der Zeitung, das war alles, nicht, Jerry? Kein Brief, gar nichts, keine Nachricht, kein Anruf. Es war alles äußerst seltsam.» Gillian übernahm jetzt die Geschichte, und ihr Ehemann lehnte sich erleichtert und seiner Pflichten entledigt zurück.

«Wir haben ihr natürlich geschrieben, aber nichts. Schließlich haben wir dann doch einen Brief bekommen, nicht, Jerry? Von der Schwiegermutter, die erklärte, dass es deiner Mutter nicht gutgehe, sie aber schreiben würde, sobald es besser wäre. Ich habe ihn vermutlich noch irgendwo.» Sie blickte sich um, als hinge er möglicherweise gerahmt an der Wand. «Jedenfalls, ein Jahr später oder noch nicht mal ein Jahr...»

«Ein paar Monate», warf Jerry ein.

«Na ja, wieder ohne Vorwarnung, ohne Anruf, war deine Mutter wieder zurück, und dich hatte sie in ein Tuch gewickelt dabei. Wir haben nie Fragen gestellt, und du kennst ja deine Mutter, sie hat sich nie entschuldigt oder etwas erklärt. Wir wurden nie schlau daraus. Stimmt's, Jerry?»

Eifriges Nicken. Gillian hob ihre Tasse an, um anzuzeigen, dass die Geschichte zu Ende war.

«Ihr habt sie nie danach gefragt?» Elizabeth konnte es nicht glauben.

«Na ja, du hast sie gefragt, ob sie jetzt endgültig zurück sei, nicht, Jerry? Ob sie hierbleiben würde? Sie sagte ja. Und das war's. Allerdings haben ein paar andere sie nach ihrem Ehemann gefragt, und angeblich war er gestorben. Ich nehme aber an, er muss ihr Geld hinterlassen haben, denn sie hat nie gearbeitet.»

«Ich dachte immer, sie hätte einen Teil der Erlöse vom Laden bekommen.»

«Nein, nein», sagte Gillian ein wenig verlegen. «Das hat aufgehört, nachdem deine Granny gestorben ist.»

Jerry hustete und sagte leise, ohne Elizabeth oder seine Frau anzusehen: «Um ehrlich zu sein, hatten wir uns zu dem Zeitpunkt etwas überworfen. Es war kein Wunder, dass sie sich uns nicht anvertraut hat.»

«Sie ist einfach abgezogen und hat das Haus sich selbst überlassen.»

«Es war ihr Haus.»

Gillian zog die Lippen ein und bewegte sie hin und her. Diese Unterhaltung war offensichtlich schon einige Mal geführt worden. Elizabeth fragte sich, ob die Teile der Geschichte, die eindeutig fehlten, überhaupt mit ihrer Mutter zu tun hatten. Vielleicht waren sie eher Teil einer andauernden Schlacht zwischen ihrer Tante und ihrem Onkel.

«Es gibt da eine Frau, die vielleicht mehr weiß als wir», sagte Jerry von sich aus. Gillian warf ihm einen zweifelnden Blick zu.

«Deine Mutter war eng mit Rosemary O'Shea befreundet.»

«Rosemary O'Shea?» Tante Gillian hob die Augen zum Himmel. «Die hat aber ganz sicher einen Sprung in der Schüssel.»

«Lebt sie noch in Buncarragh?», fragte Elizabeth, um ihren Onkel bei der Stange zu halten.

«Oh, ja. Du kennst bestimmt ihr Haus. Das kleine, efeubewachsene auf Connolly's Quay. Gleich neben dem ehemaligen Fahrradladen. Jetzt ist da der Secondhandladen von St. Vincent.»

«Meint ihr, ich könnte einfach bei ihr vorbeigehen?»

«Ich wüsste nicht, was dagegenspricht. Sie ist im Ruhestand. Hatte mal den kleinen Friseursalon, dort, wo jetzt das neue Café ist.»

«Da war ich gerade erst heute Morgen», sagte Elizabeth, beinahe begeistert über diesen Zufall.

«Verrückt», wiederholte Tante Gillian und verschränkte die Arme. Sie hatten Elizabeth ja gewarnt.

DAMALS

Dieses Mal stand er auf dem Bahnsteig. Als er sie erkannte, huschte ein Lächeln über sein Gesicht, und er hob halb den Arm, es wirkte weniger wie ein Winken, mehr, als wollte er den Bus anhalten, aber Patricia betrachtete es trotzdem als Fortschritt.

Sie wusste wirklich nicht, wie es kam, dass sie wieder in den Bahnhof von Cork gekommen war, oder warum. Sie hätte es gern auf Rosemarys Enthusiasmus geschoben, aber ihr war klar, dass mehr dahintersteckte. In den wenigen Wochen seit ihrem ersten Treffen war er ihr ans Herz gewachsen. Der Mann, der ihr von Angesicht zu Angesicht kaum in die Augen sehen konnte, war auf dem Papier ernsthaft, direkt und selbstironisch. In den dunklen Tagen, die wenig anderes boten, freute sie sich auf seine Briefe. Irgendwie geschah es, dass sie sich an ihren Besuch in Cork so erinnerte, wie er ihn beschrieb. Durch seine Brille betrachtet, wirkte alles eher niedlich als steif, eher romantisch als verklemmt. Sie hatte das Gefühl, ihm eine zweite Chance geben zu müssen, und der Anblick seines breiten Grinsens, so kurz es auch aufschien, gab ihr die Zuversicht, dass sie die richtige Entscheidung getroffen hatte.

Als sie am Ende des Bahnsteigs neben dem Ausgang bei ihm ankam, streckte Edward ihr die Hand entgegen. Ein Gentleman, dachte sie und reichte ihm den kleinen cremefarbenen Koffer, den sie unter dem Sterbebett ihrer Mutter hervorgezogen hatte. Der Koffer klatschte in Edwards nichtsahnende Handfläche, und sie begriff, dass er ihr die Hand hatte schütteln wollen und nicht ihr Gepäck tragen.

«Entschuldigung.» Sie zog den Koffer zurück.

«Entschuldigung. Nein, lassen Sie mich das machen.» Er grapschte nach dem Griff.

«Nein, ist schon in Ordnung.»

«Nein. Nein, ich sollte das machen», und es gelang ihm, seine Hand durch die Griffschlaufe über ihre zu zwängen. Bei der Berührung seines Fleisches auf ihrem ließ sie augenblicklich los.

«Danke.»

Er führte sie wortlos hinaus auf den Parkplatz, wo der Lärm der Innenstadt ihr Schweigen noch unterstrich. Sie fragte sich, was für einen Wagen er wohl fuhr.

Er ging voraus zu einem dunkelgrünen Kombi, vielleicht eine Art von Ford, der nicht allzu alt aussah, und sie war positiv überrascht. Als sie auf den Beifahrersitz glitt, wurde ihr erster Eindruck jedoch von dem Geruch im Fahrzeug überlagert. Eine Mischung aus saurer Milch und dem, was ihr Vater «gute Landluft» genannt hätte – Gülle, anders ausgedrückt –, umgab sie. Sobald Edward ihre Tür geschlossen hatte, schoss ihre Hand vor, um das Fenster herunterzukurbeln. Sie versuchte, nicht durch die Nase zu atmen, nahm den strengen Geruch aber trotzdem noch wahr. Sie betete darum, dass ihr nicht schlecht würde.

Ihre Hände schlossen sich fest um den Lederhandgriff ihrer Handtasche. Die Fahrt würde sich hinziehen.

Edward fuhr tief über das Lenkrad gebeugt und stieß Grunzer und Seufzer aus, während er sich durch den Stadtverkehr schlängelte. Immer wieder spähte er über das Armaturenbrett, um zu sehen, ob er sich in der richtigen Spur befand. Patricia hatte das Gefühl, dass es nicht klug wäre, um nicht zu sagen riskant, ihn mit dem von ihr vorbereiteten Smalltalk abzulenken. Hinter Bishopstown jedoch, als die Häuser in Felder übergingen, schien er sich zu entspannen und lehnte sich in seinem Sitz zurück. Patricia probierte einige ihrer Fragen aus.

«Sind Sie auf dem Hof momentan sehr beschäftigt?»

«Geht so.»

«Leben Sie in der Nähe eines Dorfes?»

«Eigentlich nicht. Muirinish, aber da ist nichts.»

Patricia schloss die Augen und atmete so tief ein, wie sie sich traute. Sie ging den Rest ihrer Fragen in Gedanken durch und gestand sich resigniert ein, dass die Antwort auf jede von ihnen eine Variation von «Nein» sein würde.

«Ist Ihnen auch nicht kalt?»

Edward hatte gesprochen. Vor Schreck hatte sie gar nicht wirklich gehört, was er gesagt hatte.

«Verzeihung?»

«Ihr Fenster. Ist Ihnen nicht kalt?»

«Oh. Na ja, ich könnte es ein Stückchen schließen. Ich mag frische Luft.» Sie kurbelte das Fenster zu zwei Dritteln hoch und war beinahe aufregt, weil tatsächlich eine Art von Gespräch begonnen hatte. «Ist Ihnen denn kalt?»

«Nein.»

Sie fuhren weiter, und nichts als das gleichmäßige Schnurren des Motors füllte die Stille.

Der Stoß eines Schlaglochs weckte sie. Wie lange hatte sie geschlafen? Das helle Winterlicht von vorhin war vergangen, nun wurden die vorbeifliegenden Hecken von einer grauen Düsterkeit verschluckt. Sie setzte sich auf und entdeckte einen langen Spuckefaden, der ihren Mund mit einem dunklen Fleck vorne auf ihrem Mantel verband. Schnell wischte sie ihn weg. Edward blickte zu ihr herüber und lächelte. Es war nicht viel, aber für eine Verhungernde ist ein Krümel ein Festmahl. Patricia lächelte zurück. «Entschuldigung. Ich bin früh aufgestanden. Habe ich lange geschlafen?»

«Eine ganze Weile. Sie haben Bandon und Timoleague verpasst. Jetzt ist es nicht mehr weit.»

«Ach, gut.» Patricia fragte sich, ob sie wohl heimlich ihren Lippenstift nachziehen konnte, bevor sie seine Mutter traf.

«Das da war meine Grundschule.» Er zeigte auf einen Kasten mit Schieferdach und langen Fenstern. Patricia spähte hinaus, als habe ihr Reiseführer sie auf den Arc de Triomphe oder die Spanische Treppe hingewiesen. Sie bemühte sich um eine angemessene Antwort, selbst ein «Nett» schien unaufrichtig, also fragte sie stattdessen, wo er auf die weiterführende Schule gegangen war.

«Clonteer, aber nur ein paar Jahre lang, bis mein Bruder James gestorben ist und ich den Hof voll übernommen habe.»

Tod. Wie war es passiert, dass ihr Smalltalk so schnell zum Thema Tod geführt hatte?

«Oh. Wie schade.» Es war sogar ihr selbst nicht klar, ob

sie das vorzeitige Hinscheiden des Bruders meinte oder seine abgebrochene Ausbildung.

«Ach, das war schon in Ordnung. Ich war für die Schule sowieso nicht gemacht.»

Der Wagen fuhr durch eine Ansammlung von Bäumen hindurch einen Hügel hinab und bog dann um die Ecke auf einen schmalen Fahrdamm ein. Zu beiden Seiten der Straße erhoben sich unförmige Hügel voll Gras und Schilf wie riesige Pilze in einem Geflecht schlickiger Rinnsale.

«Es ist Ebbe», bemerkte Edward.

Gerade hatte sich Patricia an den Geruch im Wagen gewöhnt, und jetzt belästigte sie der salzige, schwefeldünstende Nebel draußen.

«Vielleicht schließen Sie besser Ihr Fenster», sagte er, und sie kurbelte es schnell hoch. «Es ist nicht immer so schlimm», fügte er entschuldigend hinzu.

Die Straße stieg leicht zu einer kleinen Brücke an. Dort war der Kanal durch das Marschland breiter.

«An dieser Stelle ist Pat Whelan went rein. Sturzbetrunken, auf dem Fahrrad auf dem Heimweg vom Pub.» Edward kicherte, und Patricia stimmte freudig mit ein.

«Hat er es gut überstanden?»

«Nein. Wurde nie gefunden. Das Rad haben sie gefunden, als Ebbe war, aber keine Spur von Pat. Der Schlamm verschluckt Dinge einfach. Über die Jahre haben wir einige Kühe verloren.»

«Aha.» Patricia war sich nicht sicher, was sie erwidern sollte, und so starrte sie nur aus dem Fenster auf die weiten Flächen des Marschlands und stellte sich die Schrecken vor, die unter dem glatten dunklen Schimmer des Schlamms verborgen lagen.

Vor ihnen erhoben sich Hecken und Bäume von beruhigend fester Konsistenz. Als sie sie erreichten, sprach Edward erneut.

«Hier beginnt das gute Land. Alles Weideflächen dahinten.» Er zeigte nach rechts, und Patricias Augen folgten seiner Hand pflichtschuldig, obwohl sie in Wirklichkeit keine Ahnung hatte, was sie da ansah. Der Wagen wurde langsamer.

«Wir sind da.»

Sie fuhren zwischen zwei unverputzten Steinpfeilern hindurch einen Feldweg hinauf, in dessen Mitte eine dicke Grasmatte wuchs. Oben auf dem Hügel schnappte Patricia nach Luft. Da war das Meer! Nur ein Feld entfernt erstreckte sich ein langer Sandstrand. Zu beiden Seiten davon schwang sich das Land zu zwei hohen dunklen Klippen auf. Auf den Felsen, die am weitesten von den Klippen entfernt waren, stand ein großes weißes und blaues Bauernhaus, und dahinter war die gezackte Silhouette einer Burgruine zu sehen.

«Es ist schön», sagte sie, und sie meinte es so. Die gesamte Landschaft, die sich vor ihr erstreckte, sah aus wie etwas, das sie auf einem Schulausflug in einer Galerie in Dublin gesehen haben könnte.

«Es ist mein Zuhause», entgegnete Edward nüchtern.

Als der Feldweg sich in Richtung Küste auf das Haus zu absenkte, konnte Patricia die Wellen und das Rauschen des Windes hören. Sie fühlte sich seltsam gestärkt, als hätte sie die richtige Entscheidung getroffen. Diese ganze Reise war immerhin nicht die schlechteste Idee gewesen, die sie jemals gehabt hatte.

Edward hielt direkt vor dem Haus. Patricia sah, dass

der Weg weiterführte auf einen Hinterhof, der von den Wirtschaftsgebäuden, der alten Burg und der Rückseite des Hauses U-förmig umschlossen wurde. Ein Schäferhund erhob sich neben der Tür eines der Nebengebäude. Er wedelte mit dem Schwanz, kam aber nicht näher. Als Patricia versuchte, die Tür zu öffnen, wurde sie ihr vom Wind aus der Hand gerissen. Edward eilte um den Wagen herum, um ihr herauszuhelfen.

«Alles in Ordnung?» Er hatte seine Stimme erhoben, um das sandige Getöse der Brandung und des Sturms zu übertönen.

«Ja», rief sie zurück und stieg aus. Der Wind ergriff ihr Haar und ihren Mantel und schleuderte beides erbarmungslos herum. Edward trug ihren Koffer. «Gehen wir schnell rein.» Er bat sie durch ein kleines Gartentor, das im selben Ultramarinblau gestrichen war wie die Fenster des Hauses. Ein schmaler Kiesweg führte am Haus entlang und um die Ecke herum zur Vorderseite, wo eine adrette grauhaarige Frau an der Tür auf sie wartete. Ihre dunklen Augen musterten rasch den Neuankömmling, und einen Moment lang kam sich Patricia vor wie ein Hase, der von einem Fuchs entdeckt wurde. Ihre Gastgeberin bleckte die Zähne zu einem Lächeln und winkte dann mit einer knochigen Hand Edward zu sich heran, wobei sie sich mit der anderen eine zitronengelbe Strickjacke gegen den Sturm zuhielt.

Die Tür schloss sich hinter ihnen, und es war, als wäre eine schwere Maschine zum Stillstand gekommen. Die Stille kam plötzlich. Patricia versuchte, sich gleichzeitig das Haar zu richten und den Mantel zu glätten.

«Seien Sie äußerst willkommen. Sie müssen Patricia

sein. Ich bin Edwards Mutter. Bitten nennen Sie mich Catherine.»

Patricia sah, wie sich Edwards Gesichtsausdruck veränderte. Sie vermutete, dass nicht viele Menschen Mrs. Foley bei ihrem Vornamen nennen durften. Die Frauen schüttelten einander die Hände, und die Hausherrin führte sie einen dunklen Flur hinunter und nach links in ein Wohnzimmer, das für das Haus zu klein wirkte.

«Ich habe gerade das Feuer angemacht. Ich habe euch noch gar nicht erwartet. Ihr seid gut durchgekommen.»

Edward stand mit dem Koffer in der Hand im Türrahmen und hatte noch immer seinen Mantel an. Er sah nicht weniger wie ein Gast aus als Patricia.

«Die Straßen waren ziemlich leer.»

«Du bist nicht zu schnell gefahren, hoffe ich. Ist er zu schnell gefahren?»

Patricia öffnete den Mund, um ihr zu versichern, das sei nicht der Fall gewesen, aber wie sich herausstellte, war es eine rhetorische Frage gewesen. «Setzen Sie sich», fuhr Mrs. Foley fort und klopfte auf die Lehne eines kleinen, prall gepolsterten Sofas. «Willst du dem armen Mädchen nicht ihren Mantel abnehmen, Teddy? Ich habe Teewasser aufgesetzt.» Die letzten Worte rief sie auf dem Weg aus der Tür über ihre Schulter.

Edward und Patricia standen da und sahen einander an. Er streckte die Hand aus, und Patricia knöpfte ihren Mantel auf und reichte ihn ihm.

«Teddy?»

«Meine Mutter nennt mich so.» Er hielt inne, und zwischen ihnen kam etwas Unausgesprochenes auf. Das Gefühl, dass sie beide im selben Team waren und Mrs. Foley im gegnerischen. «Sie können mich auch Teddy nennen, wenn Sie möchten», bot er ihr an.

«Ich glaube, Edward ist mir lieber.»

Er hielt ihren Mantel hoch, um ihr zu bedeuten, dass er sich darum kümmern würde. «Also, setzen Sie sich.»

«Danke.»

Als sie allein war, blickte sie sich in dem kleinen Zimmer um. Alles war in Schattierungen von Braun und Orange gehalten. Das Tapetenmuster war ein dichtes Gestöber von Herbstblättern, und das Feuer brannte in einem kleinen beige gekachelten Kamin, der deutlich neuer aussah als das Haus. Ein Teppich mit goldenen und haselnussfarbenen Kringeln bedeckte den größten Teil des Fußbodens, umgeben von einem Kranz aus Linoleum in Holzoptik, das in der Lücke zwischen dem Teppich und der Wand hervorschaute. Patricia fiel auf, wie unbewohnt der Raum wirkte. Abgesehen von einem wirklich nicht schönen ovalen Spiegel auf dem Kaminsims waren die Wände ganz kahl. Kleine Holztische standen gegen die Wände geschoben, aber es gab keinen Raumschmuck, Bücher oder Zeitschriften. Die einzige Lichtquelle war die nackte Glühlampe, die von der Decke hing. Es sah aus, als seien die Leute, die hier gewohnt hatten, gerade ausgezogen.

Die Tür flog auf, und Mrs. Foley erschien mit einem Tablett voller Tassen und Untertassen und einer fetten braunen Teekanne. Sie zögerte, als könnte sie sich nicht entscheiden, wo sie es abstellen sollte, und entschied sich dann für den niedrigen Tisch rechts vom Kamin.

«Wo ist Teddy? Hängt er Ihren Mantel auf? Sie müssen nach der Fahrt ja ganz ausgedörrt sein. Ich koche zum Abendessen einen Schinken. Ich hoffe, das ist Ihnen recht.

Es ist Teddys Lieblingsessen. Nehmen Sie Zucker?» Eine Pause, um Luft zu holen. Patricia schüttelte den Kopf und nahm die Tasse mit milchigem Tee entgegen, die man ihr hinhielt.

«Danke», sagte sie leise, denn sie wollte Mrs. Foleys Redefluss nicht unterbrechen.

«Sie sind ja ein tapferes Mädchen, dass Sie eine solche Reise ganz allein unternehmen. Außerhalb von Kilkenny leben Sie, nicht wahr? Teddy hat es mir gesagt. Ich bin selbst nie da gewesen. Der Landfrauenverein hat mal einen Ausflug dorthin gemacht, um sich das Schloss anzusehen, und sie haben auch eine Führung durch die Brauerei angeboten, aber wirklich, wieso sollte ich das sehen wollen, also bin ich nicht mitgefahren. Aber den Mädels hat es gefallen. Meinten, es sei eine sehr gefällige Stadt. Enge Sträßchen. Aber ich vermute, Sie sind dort wohl selbst nicht so oft. Sie haben sich um Ihre Mutter gekümmert, nicht wahr? Teddy hat es erwähnt. Es tut mir leid, von Ihrem Verlust zu hören. Es ist bestimmt schwer für Sie, ganz allein zu leben. Sie haben einen Bruder, hat Teddy wohl gesagt. Stehen Sie einander nah?»

Der Raum versank plötzlich in Schweigen, und Patricia begriff, dass sie zum Sprechen aufgefordert worden war. Ihr wurde gerade klar, warum Edward ein Mann so weniger Worte geworden war.

«Nicht besonders, nein.»

Edward trat verlegen wieder ins Zimmer. Er bekam eine Tasse Tee gereicht und wurde von einer kissenklopfenden Hand dazu aufgefordert, sich neben Patricia auf das Sofa zu setzen. Dies alles geschah, während seine Mutter ihren Monolog fortsetzte.

«Natürlich unterscheiden sich Jungen und Mädchen sehr. Ich hätte so gern ein kleines Mädchen gehabt, aber es sollte nicht sein. Jetzt habe ich nur noch Teddy, und es ist lange her, seit ihn jemand einen Jungen genannt hat. Er arbeitet hart, nicht wahr, Teddy? Eine Milchwirtschaft zu betreiben ist nicht leicht, aber es ist das Leben, das wir kennen, und wir kommen zurecht, nicht wahr, Teddy?» Edward blickte nicht einmal auf. Offenbar war ihm klar, dass er den Plaudertsunami einfach über sich hinwegfegen lassen musste, und das tat er. Patricia nippte an ihrem Tee und nickte oder lächelte gelegentlich, wenn sie es für angebracht hielt. Irgendwie hatte Mrs. Foley es fertiggebracht, ihren Tee wie eine Bauchrednerin zu trinken, ohne sich auch nur einmal zu unterbrechen. Sie stellte ihre Tasse auf das Tablett zurück und schloss: «Seht nur auf die Uhr! Du solltest mit dem Melken beginnen. Ich mache Abendessen. Möchte Mary mit dir mitkommen?»

Edward erstarrte und stierte seine Mutter an, die ihren Fehler zuerst nicht zu bemerken schien, doch dann huschte Entsetzen über ihr Gesicht.

«Patricia! Patricia! Wo habe ich nur meinen Kopf!»

«Das macht doch nichts.» Patricia war sich nicht sicher, was soeben geschehen war, aber sie wusste, dass sie sich davon nicht angegriffen fühlte. Edward wandte ihr und seiner Mutter den Rücken zu.

«Wohin hast du Patricias Mantel gehängt?» Mrs. Foley war bereits wieder voll in Fahrt. Die beiden jungen Menschen wurden in den Flur und in den hinteren Teil des Hauses gescheucht. Patricias Mantel wurde von einer schwer beladenen Garderobenstange geholt, und Edward schlüpfte in bereitstehende Gummistiefel. Er öffnete die Hintertür, und der Wind draußen war eine willkommene Erleichterung von dem unablässigen Geplapper der letzten Minuten.

Mit gesenktem Kopf blickte Edward Patricia von der Seite an.

«Sie redet gern.»

«Das stimmt.»

Sie wechselten einen Blick, und wieder hatte sie das Gefühl, dass sie irgendwie auf derselben Seite standen.

Edward deutete hinter sich auf die Stelle, wo der Wagen parkte. «Das ist der Obstgarten.» Patricia blickte auf mehrere Dutzend verkrüppelter Bäume, die sich zusammengekauert im rechten Winkel gegen den unermüdlichen Wind stemmten. Er ging auf die Ruinen der Burg zu, und sie folgte ihm. Als sie den Hügel erklommen, der ihrer Einschätzung nach die Treppe zum Haupteingang gewesen war, nahm sie seinen angebotenen Arm und ließ sich stützen. Unter dem rauen Material seiner Jacke fühlte er sich fest und männlich an.

Drinnen boten die rohen Steinwände etwas Schutz vor dem Sturm.

«Ist es hier immer so windig?»

«Nicht die ganze Zeit, aber eine Brise vom Meer her haben wir beinahe immer.»

Durch etwas, das einmal ein Fenster oder eine Tür gewesen sein mochte, konnte Patricia sehen, wie die Wellen unten gegen die Klippe krachten. Edward beugte sich zu ihr herüber, weiter, als nötig gewesen wäre. Er roch nach Seife, nicht süßlich nach Camay oder nach Imperial Leather, es war der frische Duft dieses harten buttergelben Klumpens, mit dem ihre Mutter früher von Hand ihre Schlüpfer ausgewaschen hatte. Sie mochte es.

«Das da unten ist der Strand, aber wenn man da herum weiter nach hinten läuft, geht er in Marschland über.»

Patricia reckte den Hals, um zu sehen, worauf er zeigte.

«Wir sind durchgefahren», fügte er erklärend hinzu. «Man sagt, die Foleys hätten die Burg gebaut. Sie waren durch das Marschland dahinter geschützt. Alle Schiffe, die vom Meer her kamen, hätten aus Furcht abgedreht.»

Sie nickte, um anzuzeigen, dass sie verstand. Seine Stimme beruhigte sie. Sie war nicht so tief, wie sein einsilbiges Grunzen sie hatte glauben lassen, und die träge Melodie seines West-Cork-Dialekts löste in ihr einen eigenartigen Gleichmut aus. Ihre Blicke trafen sich, und keiner von ihnen blickte zur Seite. Inmitten dieser kalten, feuchten Höhle zwischen zerfallenen Wänden konnte sie die Hitze seines Körpers spüren. Sie fragte sich, ob er wohl versuchen würde, sie noch einmal zu küssen, doch dann streckte er ohne Vorwarnung einfach die Hand aus und drückte sanft ihre Brust. Es kam so unerwartet, dass sie nicht einmal blinzelte. Sie blickte hinab auf das gesprenkelte Rosa seiner Hand und dann wieder auf in sein ausdrucksloses Gesicht. Er zog die Hand zurück und sagte: «Ich mache mich besser ans Melken.» Edward drehte sich um und ging fort und ließ Patricia mit der Frage allein, ob ihre schmächtige Brust ihn dazu gebracht hatte, die schweren Euter im Melkstand aufzusuchen.

JETZT

Die Sonne veränderte alles. Die kahlen Äste der Rosskastanien frohlockten in den blauen Himmel hinein, und das schimmernde Wasser des Wehrs wirkte beinahe festlich. Elizabeth ertappte sich dabei, dass sie mit den Armen schwang, als sie Connolly's Quay entlangging. Diese Straße war ihr in der Stadt immer eine der liebsten gewesen, mit ihrer langen Baumreihe und dem Grünstreifen, der die Straße von dem steil abfallenden Flussufer trennte. Die Häuser sahen im Großen und Ganzen noch so aus, wie sie sie in Erinnerung hatte, und Busteed's Lounge und Bar hatte noch immer diese Blumenampeln, die selbst im Januar beinahe platzten vor Farbenpracht. Zwischen dem ehemaligen Fahrradladen und einem großen grauen Haus, in dem früher Dr. Whelan gewohnt hatte, befand sich, genau wie von ihrem Onkel beschrieben, ein kleines, efeubewachsenes Cottage.

Als sie vor der Tür mit ihren Milchglasscheiben stand, zögerte Elizabeth. Weshalb war sie hier? Was würden Antworten ihr jetzt noch nutzen, zumal sie nicht einmal wirklich wusste, was die Fragen waren? Bevor sie läuten konnte, brach hinter der Tür aggressives Gekläff los. Sie konnte die Umrisse zweier kleiner Hunde erkennen, die hochsprangen und mit ihren Pfoten gegen das Glas patschten. Noch bevor sie sich gegen diesen Besuch entscheiden konnte, erschien ein deutlich größerer Umriss hinter den Glasscheiben, und die Tür wurde ein Stück aufgezogen.

Eine rotgesichtige Frau steckte den Kopf heraus. Sie sah jünger aus, als Elizabeth erwartet hatte. Ihr Haar war glänzend auberginefarben getönt, nur der breite Haaransatz war grau.

«Maxi! Dick! Haltet die Klappe!» Die Frau trat nach den kleinen Hunden und versuchte, deren lärmenden Rückzug hinter der Tür mit Freundlichkeit wettzumachen.

«Hallo. Sind Sie Rosemary O'Shea?»

«Bin ich. Wollt ihr wohl aufhören?», sagte sie, noch immer an ihre Haustiere gewandt.

«Entschuldigung, dass ich Sie störe. Ich bin Elizabeth, Patricia Keanes Tochter.»

Rosemarys Gesichtsausdruck veränderte sich. Sie musterte ihre Besucherin von oben bis unten, als suche sie nach Hinweisen auf ihre alte Freundin. «Oh. Herzliches Beileid für Ihren Verlust.» Beide Frauen schwiegen einen Augenblick, bevor Rosemary fortfuhr: «Möchten Sie reinkommen? Dann beruhigen sich diese beiden Pestbeulen vielleicht.»

Ein schlichter Flur mit einem Fußboden aus nackten Kiefernholzdielen führte nach hinten in eine helle, vollgestellte Küche. Die Hunde, die nun als schwarzbraune Yorkshire Terrier zu erkennen waren, sprangen im Kreis um ihre Knöchel herum. Die beiden hatten offenbar beschlossen, begeistert darüber zu sein, dass die Frau, die sie eben noch mit aller Macht hatten verjagen wollen, nun hereingebeten worden war.

«Maxi, Dick, auf euer Bett.» Rosemary zeigte auf einen Haufen alter Handtücher und zerkauter Puppen unter dem großen Fenster, das in den kleinen Garten im Hof hinausging.

«Ich hatte mal drei, aber Twink ist von einem Auto überfahren worden.»

Elizabeth sah verwirrt aus.

«Twink, der Hund. Genau genommen ist Twink noch immer bei uns, jedenfalls in meinen Gedanken. Tee?» Sie schwenkte einen Wasserkocher.

«Ja, bitte. Das wäre nett.»

«Setzen Sie sich hierhin.» Elizabeth nahm an, dass sie den einzigen Küchenstuhl meinte, auf dem sich keine Zeitungen und Zeitschriften türmten. «Ich habe auch Kräutertee, falls Sie den lieber mögen.»

«Nein, danke. Der normale ist prima.»

«Dann also schwarzen», sagte sie und wandte sich dem Spülbecken und dem Herd zu.

Hinter ihr gelang es Elizabeth, sie genauer in Augenschein zu nehmen. Die gekrümmten Schultern waren das Einzige, was ihr wahres Alter verriet. Ihre dicke Wollstrickjacke war lang und schien von überfüllten Taschen zu Boden gezogen zu werden. Darunter trug sie ein eigenartig formloses grünes und gelbes Kleid, das beinahe bis zu den Knöcheln reichte. An den Füßen hatte sie ein paar uralte bordeauxrote Samtschlappen, deren Gummiabsätze wie alte Treppen schon ganz abgetreten waren.

Rosemary O'Shea war nie eine Frau mit einem Plan gewesen. Als junges Mädchen hatte sie es vorgezogen, abzuwarten und die Dinge auf sich zukommen zu lassen. Jetzt, mit Mitte siebzig, fragte sie sich, ob das ein Fehler gewesen war. Finanziell war alles ganz gut aufgegangen. Der Erlös aus dem Verkauf eines Grundstücks, das sie aus dem Hof der Familie herausgelöst hatte, war groß genug gewesen, dass sie davon ihren kleinen Friseursalon eröffnen konnte. Es war in all den Jahren nicht immer einfach gewesen, aber es war ihr gelungen, damit durchzukommen. Die Moden wechselten, aber sie hatte sich immer an das gehalten, was sie einen «Jungenschnitt» nannte. Entweder mochten ihre Kunden ihn, oder sie fanden sich damit ab. Bald hatte sie aufgehört, Damen die Haare zu schneiden. Ständig hatte sie aus Zeitschriften ausgerissene Bilder vorgelegt bekommen und dann mit Tränen und Wutausbrüchen zu tun gehabt, wenn der Spiegel hinterher gnadenlos offenbarte, dass die überspannte Kundin niemals so aussehen würde wie einer von Charlie's Angels. Männer waren da anders, und die wenigen, die etwas Trendiges wollten, waren einfach nicht wiedergekommen. Sie konnte praktisch auf Autopilot arbeiten, was ihr gut passte, und bei der Arbeit mit den Männern und den Müttern plaudern, die ihre Kinder brachten. So waren die Tage angenehm verschwommen vorübergeflogen. Seltsamerweise war es das Alter, das sie gezwungen hatte, sich mit der Zukunft zu beschäftigen. Schmerzhafte Krampfadern und Knie, die schon zur Mittagszeit weh taten, machten ihr klar, dass sie nicht ewig würde arbeiten können. Das Problem war, dass sie keine Ahnung hatte, wie sie es sich jemals leisten sollte, sich zur Ruhe zu setzen. Doch dann kam das Angebot von der Cafékette, und nun saß sie in einem weicheren Nest als jemals zuvor.

Jetzt beschäftigte sie sich mit ehrenamtlichen Tätigkeiten und besuchte Abendkurse in Malerei oben in der Volkshochschule. Ihre Nichten und Neffen brachten noch immer ihre Kinder vorbei, damit sie ihnen die Haare schnitt. Meistens war sie zufrieden. Alles fügt sich schließlich zum Guten, sagte sie sich oft.

Die Frage, die sie umtrieb oder doch zumindest leise an ihr nagte, war die nach ihrem Alleinsein. Hatte sie *wirklich* niemanden kennenlernen wollen? Sie wusste noch, wie sie die anderen Mädchen ausgelacht hatte, die ununterbrochen damit beschäftigt gewesen waren, sich einen Mann zu angeln. Die Vorstellung, sich zu verlieben, war ihr so dumm vorgekommen, aber nun machte sie sich Gedanken, ob sie vielleicht klüger gewesen war, als gut für sie war. Sie musste zugeben, dass es Nächte gab, in denen sie sich wünschte, ihr Bett wäre nicht ganz so breit und kalt. Die Hunde waren eine gute Gesellschaft, aber in letzter Zeit hätte sie die inzwischen gebückten und grauen Schulfreundinnen am liebsten geohrfeigt, die sich anmaßten, ihr zu unterstellen, die Hunde seien für sie wie Kinder. Es hatte über die Jahre ein paar Freunde gegeben, na ja, Männer, mit denen sie ausging, aber keiner schien es wert, ihr Leben für ihn zu ändern. Sie hatte sich bemüht, diese Seite von sich abzuschalten. Natürlich hatte sie gelegentlich körperliche Bedürfnisse, aber wenn sie spätnachts die Augen schloss, sah sie nie ihre männlichen Besucher aus der Vergangenheit oder gut aussehende Fernsehkommissare vor sich. Egal, wie sehr sie es zu verdrängen versuchte: Das Gesicht, das im Dunstschleier ihrer Phantasien schwebte, gehörte der ersten Freundin ihres ältesten Bruders. Sie hatte Anne geheißen, Anne Lyons. In der Nacht, bevor Rosemary aus ihrem Zuhause ausgezogen war, hatten sie sich ihr Zimmer geteilt. Anne war ein paar Jahre älter und besaß einen kleinen Koffer voller Schminksachen und Cremes. Rosemary hatte bloß gesagt, wie gut die Körperlotion roch. Das war alles. Sonst hatte sie gar nichts gesagt. Da hatte Anne ihr davon angeboten, und bevor Rosemary die Gelegenheit gehabt hatte zu antworten, hatte Anne begonnen, die Lotion in ihre Arme einzumassieren, dann in ihre Schultern und dann, ohne zu zögern, als sei es die natürlichste Sache der Welt, waren ihre Hände unter ihr Nachthemd geglitten und hatten begonnen, ihre Brüste zu liebkosen. Rosemarys ganzer Körper hatte unter dieser Berührung gezittert. Warme Lippen auf ihrem Nacken, und dann hatte sie sich umgedreht, und ihre Münder waren einander begegnet. Manchmal, wenn sie sich als erwachsene Frau befriedigte, stellte sie fest, dass ihr die Tränen die Wangen hinunterliefen. Diese Vorfälle ließen sie verwirrt und furchtsam zurück. Ihre Lüste ängstigten sie, und außerdem: Wozu sollten sie gut sein? Anne hatte mit ihrem Bruder kurz nach ihrer gemeinsamen Nacht Schluss gemacht, und das Letzte, was man von ihr gehört hatte, war, dass sie in Galway mit einem Meeresbiologen zusammenlebte.

Nun las Rosemary Artikel und Interviews oder sah Figuren in Fernsehserien und fragte sich, ob das ihr Leben hätte sein können. Sie glaubte nicht. Sie hoffte nicht. Eine solche Entscheidung hätte sie niemals treffen können, oder? Sie wusste, dass die Leute über sie redeten und sie seltsam und exzentrisch nannten, und sie musste zugeben, dass sie die Aufmerksamkeit genoss. Sie besaß in der Stadt eine gewisse Berühmtheit, und das machte sie stolz, aber das war etwas ganz anderes, als mit einem Etikett versehen zu werden. Sie wollte nicht, dass Fremde glaubten, sie zu kennen, und ihr Dinge unterstellten. Nein. Ihr Leben war passiert, und es war das Leben, das sie gelebt hatte. Keine Reue.

«Es tut mir leid, dass ich nicht zur Beerdigung Ihrer Mutter gehen konnte, aber die von meinem Bruder war gleichzeitig in Durrow.»

«Oje. Das tut mir leid.»

«Ach, er war schon alt. Wir sind alle alt. Bald bin ich dran.»

«Ich würde sagen, in Ihnen stecken noch ein paar gute Jahre.»

«Das Lustige ist, ich fühle mich tatsächlich genau so, und gleichzeitig weiß ich, dass es nicht stimmt. Mein letztes Stündlein kann nicht mehr lange hin sein. Aber niemand außer Maxi und Dick wird sich einen feuchten Kehricht darum scheren.»

Das hier war eine Freundin ihrer Mutter? Elizabeth konnte sich nicht vorstellen, dass die Patricia Keane, die sie kannte, jemals dieser lebendigen, anscheinend furchtlosen Kreatur nahegestanden hatte.

«Haben Sie selbst keine Familie?»

«Nein. Das sollte für mich nicht sein. Nicht, dass es mir etwas ausmachte. Ich mag mein unbeschwertes Leben. Mein kleiner Laden hat mich tagsüber beschäftigt. Ein Friseursalon. Frauenhaarschnitte habe ich schon vor Jahren aufgegeben. Männer sind viel einfacher. Zehn Minuten, und man ist fertig. Keine Klagen. Kein Theater. Der Rest bestand aus Freunden, Büchern und Rotwein!»

«Klingt ganz gut in meinen Ohren.»

«Und Sie selbst? Familie?», fragte Rosemary.

«Ein Sohn, fast schon erwachsen. Ich war verheiratet, aber das ist vor ein paar Jahren zu Ende gegangen.»

«Ach ja! Ich erinnere mich, davon gehört zu haben. Das muss ein ganz schöner Schreck gewesen sein?»

Elizabeth verabscheute den Gedanken, dass die Menschen in Buncarragh sich über sie die Mäuler zerrissen, aber zumindest hatte sie nicht das Gefühl, dass Rosemary sie verurteilte oder, schlimmer noch, andeutete, sie habe irgendwie selbst schuld.

«Es gibt Schöneres.»

Rosemary spürte das Unbehagen ihres Gasts und stellte zwei dampfende Becher auf den Tisch. Elizabeth wollte sich ja nicht wie eine typische Amerikanerin mit einer Phobie vor Krankheitserregern benehmen, aber ihr Becher war schmutzig.

«Danke», sagte sie und versuchte, es begeistert klingen zu lassen. Die alte Dame schichtete ein paar Zeitungen auf einen bereits ziemlich hohen Stapel um und setzte sich. Ohne jede Spur von Verlegenheit steckte sie die Hand in ihren BH und begann ihre noch immer eindrucksvolle Brust darin zurechtzurücken. Elizabeth studierte einen Traumfänger am Fenster, der bis jetzt nur Spinnweben und ein paar tote Fliegen gefangen hatte.

«Ich mochte Ihre Mutter sehr, aber wir waren nicht sehr eng befreundet. Jedenfalls seit vielen Jahren nicht mehr.»

«Mein Onkel hat mir erzählt, dass Sie Freundinnen waren. Ich habe leider keine Erinnerung an Sie aus meiner Kinderzeit.»

«Können Sie auch nicht haben. Wir waren befreundet, bevor Sie zur Welt kamen.»

Elizabeth griff nach ihrem Becher, aber nachdem sie noch einen Blick darauf geworfen hatte, überlegte sie es sich anders und stellte ihn wieder auf den Tisch.

«Darüber wollte ich mit Ihnen reden.»

«Oh, ja.» Die alte Dame beugte sich vor.

«Ich bin hier, um das Haus auszuräumen, und bin auf ein paar Briefe gestoßen.»

«Briefe?»

«Ja. Sie stammen von einem Edward Foley. Ich glaube, er war mein Vater.»

Rosemary stieß ein lautes Ächzen aus, woraufhin Maxi und Dick herbeistürzten, um festzustellen, ob ihr Frauchen Hilfe brauchte.

«Edward Foley! Ich habe seit Jahren nicht mehr an ihn gedacht. Und Sie haben die Briefe gefunden? Das ist krass.»

«Also erinnern Sie sich an ihn?»

«Na ja, nicht wirklich. Ich meine, ich bin ihm nie begegnet, aber ich wusste alles über die Briefe.»

«Also waren Sie auch nicht auf der Hochzeit?»

«Nein. Es war ja niemand dabei. Es war alles sehr eigenartig. Sie war hingefahren, um Edward und die Mutter zu besuchen, und dann ist sie einfach nicht wieder zurückgekommen. Ohne ein Wort. Nichts. Ihre Mutter hatte mir die Nummer von denen gegeben, aber ich konnte niemanden erreichen. Ich wollte die Polizei anrufen, aber die alte Mrs. Beamish – sie führte den Salon, in dem ich damals arbeitete – sagte, ich würde nur Ärger bekommen, wenn ich sie weiter belästigte. Also bin ich, und ich weiß nicht, was mich geritten hat, in mein Auto gestiegen – es war ein kleiner Fiat – und den ganzen Weg runter nach Cork gefahren und dann weiter raus nach Timoleague. Ich musste mich ein bisschen durchfragen, aber schließlich fand ich den Hof der Foleys.» Elizabeth stellte sich eine wesentlich jüngere Ausgabe dieser Frau hinter einem Lenkrad vor, wie sie auszog, um ihre Freundin zu retten. Es gefiel ihr zu glauben, dass ihre Mutter jemandem einmal so wichtig gewesen war.

«Und?»

Rosemary schwieg und trank einen Schluck Tee.

«Nichts. Ich habe sie nicht gesehen und ihn übrigens auch nicht. Die alte Mutter kam heraus und sagte mir, Patricia sei zu krank, um Besuch zu empfangen. Sie war recht nett und bedauerte es, dass ich die Reise umsonst gemacht hatte, aber gleichzeitig war mir klar, dass sie mich das Haus keinesfalls würde betreten lassen. Sie hatte etwas Stählernes.»

«Und was haben Sie dann getan?»

«Ich habe mich wieder ins Auto gesetzt und bin nach Buncarragh zurückgefahren. Das Nächste, was ich hörte, eine oder zwei Wochen später, war, dass sie geheiratet hatten. Ich weiß nicht mehr, wer es mir erzählt hat. Es stand eine Anzeige in der Zeitung. Natürlich ergab für mich alles erst später einen Sinn.»

«Was denn?»

«Na ja, als Sie mit Ihnen im Arm wiederauftauchte. Sie waren kein Neugeborenes. Das sah man schon von weitem.» Die alte Frau hielt inne und betrachtete Elizabeths Gesicht, als versuchte sie abzuschätzen, wie viel sie von dieser Geschichte bereits wusste oder erraten hatte.

Rosemary holte Luft und fuhr fort. «Sie war offensichtlich schwanger, als sie Buncarragh verließ. Deswegen durfte ich sie nicht sehen. Deswegen war niemand auf der Hochzeit.»

«Wirklich? Sind Sie da sicher?» Elizabeth fiel es schwer, sich vorzustellen, dass ihre Mutter jemals ein sexuelles Wesen gewesen war, und dazu noch eines, das seine Begierden nicht im Griff hatte.

«Fragen wir anders, wann haben Sie Geburtstag?»

«Am einundzwanzigsten März.» Elizabeth antwortete, ohne nachzudenken.

«Als Sie ein Baby waren, gab es keine Geburtstagsfeiern. Erst als Sie zur Schule gegangen sind, sah ich Luftballons, die ans Geländer gebunden waren. Das Datum ist aus der Luft gegriffen, würde ich sagen.»

Elizabeth erinnerte sich an das Theater um ihre Geburtsurkunde, als sie einen Reisepass beantragen wollte. Wie ihre Mutter behauptet hatte, sie verloren zu haben, und eine neue beantragen musste. Damals hatte sie angenommen, es handle sich um eine Verzögerungstaktik ihrer Mutter, die nicht wollte, dass sie ins Ausland reiste, aber vielleicht stimmte die Theorie dieser Frau.

«Sie hat mir nie etwas davon erzählt, das müssen Sie wissen, aber nur so ergibt alles Sinn. Es war alles sehr ...» Sie suchte nach dem richtigen Wort. «... na ja, traurig, schätze ich. Ihre Mutter war nie wieder dieselbe, als sie wieder da war. Wir hatten oft zusammen Witze gemacht, über alles geredet, aber die Frau, die nach Buncarragh zurückkam, tja, die habe ich nie mehr lachen sehen. Ihr Leben bestand nur noch darin, Sie aufzuziehen und sich um dieses Haus zu kümmern. Vermutlich hatte sie daran eine gewisse Freude. Vielleicht war nur ich es, die nie erwachsen geworden ist. Man weiß nie wirklich, was in anderen Menschen vorgeht, nicht wahr?»

«Nein. Weiß man nicht.» Elizabeth fragte sich, woran diese zerzauste Frau vor ihr wohl Freude hatte. Was ging in ihrem schlecht gefärbten Kopf vor?

«Und Edward? Was ist mit ihm passiert?»

«Ich habe aus ihr herausbekommen, dass er tot war, aber das war auch alles. Und sie hat sehr klargemacht, dass sie nicht über ihn sprechen wollte. Sie wollte über die ganze Geschichte nicht sprechen.»

Elizabeth lehnte sich in ihrem Stuhl zurück und versuchte zu verarbeiten, was Rosemary ihr da erzählte. Die Frau, die sie beschrieb, war eine Fremde.

«Tut mir leid, dass ich nicht besser helfen kann.» Rosemary leerte ihre Tasse und stand auf, um sie zur Spüle zu tragen. Elizabeths Tee stand unberührt da. «Wenn mir noch etwas einfällt, lasse ich es Sie wissen.» Die Befragung, nichts anderes war es ja gewesen, war vorüber. Elizabeth erhob sich ließ sich zur Haustür zurückführen.

«Danke. Es ist eigenartig, mir vorzustellen, dass meine Mutter jemals etwas so Skandalöses getan hat.»

«Und sie war kein Mädchen. Sie war eine erwachsene Frau. Aber es war eine andere Zeit. Wir waren ein Haufen von naiven Unschuldslämmern.»

«Das war wohl so.» Elizabeth wandte sich ab, um zur Haustür zu gehen, dann fiel ihr etwas ein, und sie setzte hinzu: «Oh, und danke für den Tee.»

Rosemary hob bloß eine Augenbraue und schloss die Tür hinter ihr.

Der blaue Himmel war verschwunden, nun ballten sich über ihr bleigraue Regenwolken. Da sie nichts anderes mehr zu tun hatte, machte sich Elizabeth auf den Weg zurück nach Convent Hill. Sie war beinahe bei Nummer 62 angekommen, als ihr Cousin Paul ihr aus dem Haus entgegenkam und sie begrüßte.

«Super Timing.»

«Ja? Wie kann ich dir helfen?»

«Ich bin froh, dass ich dich rechtzeitig abfangen konnte.» Paul saugte an seinen Zähnen und strich sich das Haar aus den Augen. «Du kannst da auf keinen Fall übernachten. Das ganze Haus ist voller Ratten.»

«O Gott.» Sie erschauerte.

«Hast du den Kot nicht gesehen? Er ist auf allen Teppichen verteilt, in den Regalen, überall. Ich habe den jungen Dermot damit beauftragt, dein Gepäck runter in die Wohnung zu bringen. Mam und Dad sind entzückt, dass sie dich ein paar Nächte beherbergen dürfen.»

Wer dieses Entzücken nicht teilte, war Elizabeth. In welchen Kreis der Hölle war sie da nun wieder geraten? Sie hatte gehofft, sich unbemerkt in die Stadt und wieder hinaus stehlen zu können, und nun würde sie sich ein Bad mit Onkel Jerry teilen müssen. Das war eindeutig zu viel des Guten. Sie suchte fieberhaft nach einem Vorwand, das Undenkbare abzuwenden.

«Das ist so unglaublich nett von ihnen, aber ich ...» Elizabeth wandte den Kopf auf der Suche nach Inspiration von rechts nach links. Nichts. «Die Sache ist die, ich bin genau genommen ...» Und dann hatte sie plötzlich einen Einfall. Der Brief in ihrer Gesäßtasche. «Kilkenny!», rief sie aus, als sei es das gälische Wort für Hurra. «Ich muss nach Kilkenny, um den Anwalt zu treffen, und ich bleibe über Nacht.» Sie hechelte beinahe vor Erleichterung.

«Na klar, aber komm doch einfach heute Abend zurück. Kein Grund, Geld für ein Hotel auszugeben», wandte Paul ein. Er wusste, man würde ihn dafür verantwortlich machen, wenn seine Cousine dem familiären Netz entschlüpfte.

«Ich habe Angst, in der Nacht zurückzufahren. Du weißt schon, der Jetlag. Ich will nicht am Steuer einschlafen.» Sie hatte nun einen Lauf, und Pauls Gesichtsausdruck zeigte, dass er besiegt war.

Eine halbe Stunde später hatte Elizabeth ihre Reisetasche aus der Wohnung über dem Laden geholt. «Warum Patricia einen Anwalt in Kilkenny beschäftigen musste, werden wir wohl nie erfahren.» – «Sie wollte nie, dass man Einblick in ihre geschäftlichen Dinge bekommt, deine Mutter.» Elizabeth parkte in einer Parkbucht außerhalb von Buncarragh und telefonierte. Nachdem sie Ernest O'Sullivan angerufen und erklärt hatte, sie sei zufällig in Kilkenny, hatten sie einen Termin am Nachmittag vereinbart. Dann hinterließ sie eine Nachricht auf Zachs Telefon, und jetzt gerade sprach sie auf eines von Elliots Telefonen, die niemand abnahm. «Wollte nur mal hören. Zach hat mir Bescheid gesagt, dass er gut angekommen ist. Ich hoffe, ihr beiden habt Spaß zusammen. Lass uns später reden. Tschüs.» Als sie auflegte, bereute sie ihre Nachricht sofort. Sie hatte es immer schrecklich gefunden, wenn Elliot, selten genug, in seine Elternrolle schlüpfte. Sosehr sie sich auch darüber beklagte, in Wahrheit hatte sie die letzten acht Jahre als alleinerziehende Mutter besser gefunden als die endlosen Diskussionen, das Gezänk und die unbehaglichen Kompromisse, die den größten Teil von Zachs Kindheit ausgemacht hatten. Welches Mobile man über dem Bettchen aufhängen sollte. Wo man ihm seine ersten Jeans kaufen sollte. Manche Dinge waren nicht dafür gemacht, von einem Komitee entschieden zu werden. Da war sie ganz die Tochter ihrer Mutter, vermutlich.

O'Sullivan und Partner, Rechtsanwälte, waren leicht zu finden. Das Büro befand sich in einem großen Gebäude mit Steinfassade, das mal irgendeinem Geldsack gehört haben musste, und lag an der Parade direkt gegenüber der Schlossmauer. Da sie zu früh ankam, setzte sich Elizabeth in das Design Center ein Stück die Straße hinunter und bestellte sich einen Kaffee und ein kleines Stück Blechkuchen, der sogar noch gesünder schmeckte, als er aussah. Sie ließ das meiste davon stehen. Elizabeth war nervös, ohne zu wissen, weshalb. Ihre Mutter war nicht der Typ gewesen, der etwas ungeklärt ließ oder sich mit unerledigten Dingen abfand. Das Haus gehörte ihr, und ihr allein. Sie hoffte sehr, dass Jerry und Gillian oder gar Paul und Noelle nicht versucht hatten, sich in ihre Angelegenheiten einzumischen.

Ernest O'Sullivans Büroräume waren weniger beeindruckend, wenn man das Gebäude einmal betreten hatte. Sie befanden sich im zweiten Stock, und was einmal ein schöner Raum gewesen sein musste, war mit billigen Trennwänden unterteilt worden. Der ornamentale Fries im Treppenhaus war von einer niedrigen Decke aus Gipsplatten verdeckt, an der ein Metallgitter die darunter befindlichen Menschen vor den Neonröhren beschützte. Ein gelangweiltes junges Mädchen, das so aussah, als wollte es nach der Arbeit direkt weiter in den Nachtclub fahren, führte Elizabeth zu der Arbeitskabine, in der Mr. O'Sullivan selbst saß. Sie hatte sich vorgenommen, Tee oder Kaffee abzulehnen, doch dann stellte sie fest, dass man ihr gar nichts anbot.

«Hallo, Miss Keane, schön, Sie kennenzulernen.» Eine weiche, manikürte Hand wurde ihr gereicht, aber Ernest O'Sullivan stand nicht auf. Elizabeth war etwas irritiert von seinen schlechten Manieren, doch als sie sich vorbeugte, um seine Hand zu schütteln, bemerkte sie einen schwarzen Plastikgriff hinter seinem Rücken. Er saß im Rollstuhl. Ernest erkundigte sich nach ihrer Reise und betonte, welche Freude es stets gewesen sei, mit ihrer Mutter Geschäfte zu tätigen, aber Elizabeth musste die ganze Zeit nur darüber nachdenken, wie dieser Mann wohl hinter seinen Schreibtisch gekommen war. Es schien nicht genügend Platz zu sein, um mit einem Rollstuhl um ihn herumzumanövrieren, und außerdem befanden sie sich im zweiten Stock. Gab es einen Aufzug? Vermutlich nicht. Konnte es sein, dass er den Rollstuhl nur zum Sitzen benutzte? Jedenfalls war dies weder das Büro noch der Anwalt, die sie erwartet hatte.

«Also, ich habe Ihnen geschrieben, weil wir, und dafür muss ich mich wirklich entschuldigen, einen Zusatz zum Testament Ihrer Mutter gefunden haben. Wir hätten ihn zusammen mit allem anderen bearbeiten müssen, aber er war aus der Akte gerutscht. Ich hoffe, Sie haben dafür Verständnis. So etwas passiert bei alten Unterlagen.» Seine Augen blinzelten hinter den dicken Brillengläsern. Das Neonlicht zeichnete glänzende Flecken auf seine blanke Glatze.

«Natürlich. Ist da etwas, worum ich mir Gedanken machen muss? Gibt es einen Streitfall?»

«Oh, nein. Im Gegenteil, Ihnen ist zusätzliches Glück hold. Sie erben ein zweites Haus.»

«Ein zweites Haus?», wiederholte Elizabeth. Sie begriff nicht, wie das möglich war.

«Ja. Es ist alles recht klar. Ihre Mutter hat es für Sie treuhänderisch verwaltet, aber nun gehört es Ihnen, und Sie können damit verfahren, wie Sie wollen.»

«Ein Haus? Aber wo?»

«Hmmm, lassen Sie mich nachsehen.» Er durchsuchte einen dicken Papierstapel auf seinem Schreibtisch und zog einen großen braunen Umschlag heraus. «Hier ist es. Muirinish in West Cork. Castle House, Muirinish, County Cork. Ich habe keine Ahnung, in welchem Zustand sich das Gebäude befindet, aber herzlichen Glückwunsch. Es ist bestimmt einiges wert!»

Der Hof der Foleys! Warum hatte ihre Mutter nichts davon gesagt? Sie hatte doch gewusst, dass dieser Tag kommen würde. Was, wenn Elizabeth die Briefe nicht gefunden hätte?

«Ist Land dabei?»

«Nein. Wenn ich sie mir so ansehe, kommt mir die Besitzurkunde recht neu vor.» Er überflog das Papier erneut. «Ja. Erst sechs Jahre alt. Ich vermute, dass das Haus von einem Bauernhof abgeteilt wurde und jemand anders das Land gekauft hat. Die Flurkarte hier zeigt nur ein Haus mit einem Hof dahinter und einem Gartenstreifen davor.» Ernest schien sich für sie zu freuen. Er hielt ihr wieder seine weiche rosa Hand hin, und Elizabeth schüttelte sie. Sie war wie vor den Kopf geschlagen. Ihr Vater, der nie existiert hatte, von dem nie gesprochen worden war, bekam so lange nach seinem Tod plötzlich eine große Präsenz in ihrem Leben. Sie hatte seine tiefempfundenen Gedanken gelesen, und nun gehörte ihr sein Haus. Sie hatte das Gefühl, gleich in Tränen ausbrechen zu müssen, und so trat sie mit dem Umschlag in der Hand schnell die Flucht an.

Auf der Straße zögerte sie. Was sollte sie jetzt tun? Wohin sollte sie gehen? Sie trat unter einen Baum, um einer großen Gruppe japanischer Touristen auszuweichen, die ihrem Reiseführer zurück zu dem Bus folgte, aus dem sie wie laichende Lachse in Burberry-Mänteln gequollen waren. Elizabeth griff nach ihrem Telefon. Sie musste diese Neuigkeit mit jemandem teilen. Zach? Ja, sie würde Zach anrufen. Doch als sie das Telefon aufklappte, sah sie, dass sie eine Textnachricht erhalten hatte. Sie stammte von Elliot.

«Hi, Liz. Wolltest du mich anrufen? Zach ist nicht hier. Wir hatten nicht verabredet, dass wir uns in diesen Ferien treffen.»

Ihre Knie gaben nach, und sie stützte sich an der rauen grauen Rinde des Baums ab. Einen Vater gefunden, einen Sohn verloren.

DAMALS

Castle House,
Muirinish,
West Cork
11. Februar 1974

Liebe Patricia,
ich wollte mich herzlichst bei Dir dafür bedanken, dass Du
uns in Castle House besucht hast. Ich hoffe, Du bist gut
nach Hause gekommen und die Reise war nicht allzu lang-
weilig. Ich weiß, dass ich beim Autofahren sehr still werde.
Ich glaube, es liegt halb an meinen Nerven und halb daran,
dass ich sichergehen will, mit solch kostbarer Fracht keinen
Unfall zu bauen.
Es hat mir echte Freude bereitet, Dir den Hof zu zeigen und
alles durch Deine Augen zu sehen. Manchmal vergesse ich,
wie schön es hier ist mit dem Meer vor unserer Haustür.
Mam möchte, dass ich Dir sage, wie sehr auch sie sich
gefreut hat, Dich kennenzulernen. Seit Deinem Besuch hat
sie kaum von etwas anderem gesprochen. Haben Deine
Ohren gebrannt?
Ich habe so viel an Dich gedacht, seit Du weg bist. Es klingt
albern, das weiß ich, aber ich vermisse Dich. Die Minuten,

in denen wir zusammen in der alten Ruine Schutz gesucht haben, gehen mir nicht aus dem Kopf. Die Erinnerung, wie ich Dich im Arm hatte und wie weich Du Dich in meiner Hand angefühlt hast, kehrt immer wieder. Ich weiß, dass ich vermutlich für keine Frau der Mann ihrer Träume bin, aber ich kann Dir versichern, dass Du die Frau meiner Träume bist.

Wann, glaubst Du, kannst Du uns wieder besuchen? Der Gedanke daran, Dich wiederzusehen, ist das Einzige, was mich diese dunklen, kalten Morgen ertragen lässt. Lass uns eine neue Reise so bald wie möglich planen. Ich will Dich so sehr berühren und meine Lippen auf Deine legen, dass es weh tut.

Ich habe solche Gefühle noch nie zuvor gehabt. Bitte schreibe bald zurück.

Mit wärmsten Grüßen
Edward

Patricia wusste nicht, was sie denken sollte, als sie den Brief zu Ende gelesen hatte. Die Dinge, über die er sprach, waren geschehen, doch er hatte sie so völlig anders wahrgenommen als sie. Auf jede blitzartige Verbindung zwischen ihnen, einen scheuen Blick oder eine aus Versehen berührte Hand kamen Stunden, in denen Edward ihre Existenz gar nicht wahrzunehmen schien. Sie hatte von dem Wochenende hauptsächlich in Erinnerung, dass sie es mit Edwards Mutter oder im Gästezimmer versteckt verbracht hatte. Ihr war klar, dass sie mit Männern wenig Erfahrung hatte, aber bestimmt verhielten sie sich nicht alle so verwirrend wie dieser. Dann fragte sie sich, ob sie wohl ungerecht war oder ob ihre Erwartungen zu hoch waren. Sie hatte haarsträubende Geschichten über Männer gelesen, und immerhin war Edward süß und hatte nicht versucht, seine Finger in ihre Unterhose zu stecken. Das taten manche Kerle, hatte sie gehört, in der Sekunde, in der man sich von ihnen küssen ließ. Patricia faltete den Brief zusammen und legte ihn auf den kleinen Stapel mit den anderen. Sie würde ihm zurückschreiben, ihn aber nicht ermutigen. Edward Foley, beschloss sie, war nicht der richtige Mann für sie.

Am nächsten Tag, einem Donnerstag, nutzte Patricia das trockene Wetter, um ein paar Sachen an der Wäscheleine zwischen den Mauern des kleinen Gartens hinter dem Haus aufzuhängen. Die Türglocke unterbrach ihre Arbeit. Sie eilte nach vorne, noch immer mit ein paar Wäscheklammern im Mund. Patricia öffnete die Tür und stand einem schlanken Mann mit fettigen Haaren gegenüber, der beinahe von dem größten Blumenstrauß verdeckt wurde, den sie jenseits von Trauerzügen je gesehen hatte.

«Patricia Keane?»

«Ja», antwortete sie, und die Wäscheklammern fielen zu Boden. Sie ertappte sich dabei, wie sie vor der riesigen Menge roter und weißer Blüten zurückwich.

«Die sind für Sie», sagte der Mann und schob ihr den Strauß in die Arme.

Sie versuchte zu protestieren. «Aber von wem sind sie?»

«Ist eine Karte dabei.» Der Mann war bereits auf dem Weg zurück zu seinem Lieferwagen, auf dem ein riesiges Interflora-Logo prangte.

Patricias Hände zitterten vor Aufregung, als sie das Kärtchen aus dem niedlichen Umschlag zog.

«Alles Gute zum Valentinstag, Einsame Lady aus Leinster, von Ihrem Bewunderer aus Munster!»

Es war Valentinstag! Patricia hatte das vollkommen vergessen. Sie hatte in ihrem Leben zwei Valentinskarten erhalten, beide von ihrem Onkel, nachdem ihr Vater gestorben war. Als ihre Mutter herausfand, wer sie ihr geschickt hatte, bat sie ihn, damit aufzuhören, und das tat er. Nun hielt sie einen mächtigen Blumenstrauß von einem echten Mann in den Händen, der echte Gefühl für sie hatte. Der Geruch der Blumen erfüllte die ganze Diele, und ihr süßer, frischer Duft vertrieb all ihre negativen Gedanken. Sie war keine alte Jungfer. Sie war eine Frau, die von einem Mann begehrt wurde. Er war nicht perfekt, na ja, er war weit davon entfernt, perfekt zu sein, aber er war freundlich und fleißig, und er hatte ihr Blumen geschickt!

Patricia wusste, dass es dumm von ihr war, aber über die nächsten Tage nahm ihre Vorstellung von ihrem wundervollen Freund immer mehr Gestalt an. Die alte Mrs. Curtain hatte den Lieferwagen von Interflora gesehen und fragte sie nach ihrem geheimen Verehrer. Rosemary hatte gekreischt wie ein Vogel, als sie das ehrfurchtgebietende Blumenarrangement auf dem unbenutzten Tisch im Esszimmer ausgestellt sah. Selbst ihre Schwägerin Gillian hatte von der Lieferung gehört und sie nach ihrem «Liebesleben» gefragt. Nach all den Jahren, in denen sie zugesehen hatte, wie die anderen Mädchen mit ihren Freunden herumstolzierten, mit ihren Verlobungsringen angaben, Kinderwagen schoben, hatte Patricia nun das Gefühl, endlich auch ihrem exklusiven Club anzugehören. Sie hatte einen Mann! Obwohl sie sich wiederholt selbst daran zu erinnern versuchte, wer dieser Mann war und was für Unzulänglichkeiten er aufwies, stellte sie fest, dass sie Gefühle entwickelte, wenn schon nicht für ihn, dann für die Vorstellung, jemandes Freundin zu sein.

Als sie ihm schrieb, um ihm für die Blumen zu danken, zog sie keinen Schlussstrich unter sein Liebeswerben. Sie sagte ihm, wie sehr sie ihr Wochenende genossen habe. Der Stift schien auch die Worte zu formen, die ihm mitteilten, dass sie tatsächlich gerne wiederkommen und ihn noch einmal besuchen würde. Als sie den Umschlag ableckte, fragte sie sich, ob es diesmal anders sein würde.

In seinen letzten paar Briefen schien Edward jedenfalls zu einer neuen Offenheit gefunden zu haben. Er sprach direkt aus, wie sehr er sich körperlich nach ihr sehnte, und Patricia stellte fest, dass sie, als sie die Worte las, sein Begehren teilte. Er versprach ihr, gesprächiger zu werden, und schrieb, er plane ein paar kurze Tagesausflüge, damit sie Zeit zu zweit verbringen konnten.

Als sie dieses Mal im Zug saß, weigerte sich Patricia, auf ihre Zweifel zu hören. Edward würde anders sein, und sie würden ab jetzt unverkrampft miteinander umgehen. Sie wickelte ihr Käse-Schinken-Sandwich aus der Folie und verspeiste es mit Appetit. Sie kam sich vor wie eine Frau, die den Code entschlüsselt hatte.

Die Anzeichen dafür waren schwer zu erkennen, denn er brachte seine Mutter mit zum Bahnhof.

«Unsere Nachbarin Mrs. Maloney ist seit Wochen im Mercy-Krankenhaus. Tests und noch mehr Tests. Sie wissen noch immer nicht, was mit der armen Frau nicht stimmt. Die Familie hat es kaum geschafft, sie zu besuchen, also dachte ich, wenn Teddy schon herfährt, nutze ich das aus. Ich glaube, sie hat sich sehr gefreut, jemanden von zu Hause zu sehen. Allein wegen all der Neuigkeiten...»

Mrs. Foleys unbarmherzig vorrückende Armee aus Wörtern machte jede Möglichkeit zunichte, ein Gespräch mit Edward zu führen, also saß Patricia geduldig mit ihrem beigen Koffer auf der Rückbank.

«Macht es Ihnen etwas aus? Ich hoffe, es macht Ihnen nichts aus. Wenn ich hinten sitze, wird mir furchtbar schlecht. Vorne geht es, nicht wahr, Teddy?»

Wieder hieß der Wind sie in Muirinish willkommen. Die drei gingen hintereinander vom Auto zur Hintertür; ihre Mäntel und Schals flatterten wie Wäschestücke an der Leine im Wind. Patricia war beeindruckt davon, wie Edwards Mutter mit großen Schritten durch den Sturm stapfte, anscheinend ungerührt von seiner Macht. Als sie im Haus waren, verschwand Edward beinahe augenblicklich. «Das Melken, ich sollte...» Er sah Patricia an, und sie hatte das Gefühl, als wollte er mehr sagen, aber bevor sie das Wort ergreifen konnte, war er schon fort.

«So, Sie wollen sich vermutlich einrichten. Ich habe Sie wieder in demselben kleinen Zimmer nach vorn hinaus untergebracht. Brauchen Sie Hilfe mit Ihrem Koffer? Natürlich, er ist ja leicht. Sie werden prima zurechtkommen. Gehen Sie nur hoch.» Edwards Mutter begleitete Patricia aus dem Zimmer, und sie stieg die knarzende Treppe hinauf. Das Haus wirkte düsterer als zuvor, und nun, da sie allein war, erschien ihr das Heulen des Sturms draußen lauter, als sie es in Erinnerung hatte. Auf dem Treppenabsatz oben sah sie sich in der Dunkelheit um. Fünf Türen. Eine führte zum Bad, das sogar noch kälter und feuchter war als ihres in Convent Hill. Die mittlere Tür vor ihr gehörte zu ihrem kleinen Zimmer mit dem Einzelbett und dem hohen, schmalen Fenster hinaus aufs Meer. Sie fragte sich, was sich wohl hinter den anderen dreien befand. Sie war sich nicht einmal sicher, in welchem Zimmer Edward schlief und welches seiner Mutter gehörte. Von außen sah das Haus viel größer aus. Führte eine der Türen zu einem Flur mit weiteren Zimmern? Sie öffnete ihre Tür und schaltete das Licht ein. Der Lampenschirm mit Fransen warf einen großen Schatten ins Zimmer. Die Vorhänge waren nicht zugezogen, und ihr glänzend goldener Stoff bewegte sich leicht neben dem Fenster, das unter dem Ansturm der Elemente erzitterte. Von draußen ertönten die klagenden Schreie der Möwen, die hoch über das Haus getrieben wurden. Sie setzte sich, noch im Mantel, auf das Bett. Ein banges Gefühl hatte ihren Optimismus vom Morgen ersetzt. Es würde ein weiteres Wochenende voll unbehaglichem Schweigen werden. Sie seufzte und hob ihren Koffer aufs Bett.

Sie öffnete ihn und griff nach ihrem Toilettenbeutel. Wie so vieles andere in ihrem Leben hatte er ihrer Mutter gehört. Sie erinnerte sich noch an den Tag, an dem sie ihn gekauft hatten. Sie beide waren bei Deasy's, der Drogerie, gewesen, in der Abteilung rechts von der Tür, wo sie sonst nur vor Weihnachten hingingen, um feine Seifen oder Badesalz zu kaufen. Ihre Mutter hatte den Beutel wegen des Schmetterlings und der Kornblume darauf ausgesucht. «Das wird mich bestimmt aufheitern, wenn ich im Krankenhaus bin.» Es war eine ungewöhnlich optimistische Bemerkung für ihre Mutter, deswegen erinnerte sich Patricia vermutlich daran. Sie griff nach Zahnbürste und

Zahnpasta, um sich frisch zu machen, bevor sie wieder nach unten ging, doch der kleine Beutel rutschte vom Bett auf den Boden. Patricia beugte sich hinunter, um ihn aufzuheben, und dabei bemerkte sie etwas unter dem Bett. Was war das? Der Gegenstand war gerade eben außerhalb ihrer Reichweite, und sie musste sich flach auf den Bauch legen, um ihn zu fassen zu bekommen. Als sie von unter dem Bett wiederauftauchte, schaute sie auf ihre Hand hinunter und starrte sie einen Augenblick an. Es war etwas so Vertrautes, und trotzdem waren so viele Jahre vergangen, seit sie so etwas gesehen, geschweige denn in der Hand gehalten hatte. Ein Babyschnuller. Ein Beruhigungssauger. Rosa Plastik, der Kautschuk des Saugers hatte sich noch nicht aufgelöst. Er konnte hier noch nicht lange herumgelegen haben. Sie würde Edward danach fragen. Immerhin war das etwas, worüber sie reden konnten.

Unten standen zusammengewürfelte Töpfe auf dem AGA-Herd, Dampf stieg zur Decke auf, aber es gab keine Spur von Edward oder Mrs. Foley. Patricia war sich nicht sicher, was sie tun sollte. Sie hasste die heikle Situation, Gast zu sein. Durch das Fenster sah sie aus der Tür eines der Nebengebäude ein Licht scheinen und einen Schatten, der sich bewegte. Vielleicht konnte sie ja bei irgendetwas helfen, statt nur herumzusitzen und darauf zu warten, dass sie zu essen bekam. Sie wollte ihrer Gastgeberin nicht den Eindruck vermitteln, sie sei faul.

Draußen war der Wind so stark, dass sie auflachen musste. Irgendwo in der Ferne hatte sich eine Tür oder ein Fensterladen gelöst und schlug nun polternd auf und zu. Patricia bahnte sich ihren Weg über den Hof und versuchte mit einer Hand, ihr Haar unter Kontrolle zu halten und mit der anderen zu verhindern, dass ihr Rock nach oben flog. Sie konnte Mrs. Foleys Rücken sehen und ein paar Hühner, die auf dem schmutzigen Boden um sie herum pickten. Plötzlich weit ausgebreitete Flügel, und Patricia begriff, dass die alte Frau einen der Vögel an den Füßen hochhielt. Beinahe bevor sie verstand, was vor sich ging, packte Mrs. Foley den Hals des Huhns und drehte ihn kräftig um. Das Gegacker hörte sofort auf, und der Hals hing schlaff herab, aber die Flügel brauchten etwas länger, um zu begreifen, dass jede Hoffnung auf Flucht erloschen war. Die anderen Hühner kümmerten sich um ihre eigenen Angelegenheiten und schienen sich der Tatsache nicht bewusst, dass eines aus ihrer Mitte auf grausige Art das Zeitliche gesegnet hatte. Patricia stand draußen vor der Tür und fragte sich, wie sie Mrs. Foley auf ihre Anwesenheit aufmerksam machen sollte, da klatschte die alte Dame den Vogel auf die raue Bank vor sich und schnitt ihm mit einem großen Messer brutal den Kopf ab. Die Gewalttätigkeit der Handlung ließ Patricia nach Luft schnappen.

Mrs. Foley drehte sich um und hielt den kopflosen Leichnam an den Füßen hoch. Der rote Saft dampfte und tropfte geräuschvoll in einen bereitstehenden Eimer.

«Oh, da sind Sie ja», sagte sie anstelle einer Begrüßung.

«Ja.» Patricia fragte sich, ob sie diese schauderhafte Szene vielleicht hatte sehen sollen. Wie um das zu bestätigen, hob Mrs. Foley abwesend ihre freie Hand und leckte das tropfende Blut davon ab. Etwas in Patricias Magen verschob sich.

«Damit wäre der Sonntagsbraten im Topf», sagte Mrs. Foley und hob den Vogel mit einem Lächeln in die

Höhe, doch Patricia konnte nur das Blut auf ihren Zähnen sehen.

Wieder im Haus verschwand Mrs. Foley mit dem toten Huhn, und als sie wiederauftauchte, sah sie prüfend in die Töpfe und stocherte mit einem abgenutzten Holzlöffel darin herum. Patricia blieb neben der Tür stehen, sie war sich nicht sicher, ob sie sich setzen sollte oder nicht.

«Ich habe Teddy gesagt, es dauert noch ein Weilchen, bis es Essen gibt, also vielleicht nimmt er Sie noch auf ein Getränk mit zu Carey's. Ich habe keinen Alkohol im Haus. Ich und Teddy trinken nie welchen. Weihnachten vielleicht. Mal einen Sherry. Ich habe ihm gesagt, es wäre doch nett, wenn er Sie ausführen würde. Ihnen den Ort zeigen. Es ist ein netter kleiner Pub, sogar mit einer Lounge Bar. Einigermaßen ruhig. Man würde da drin niemals in Schwierigkeiten geraten. Nicht wie in einem Pub in der Stadt. Ich vermute, Sie gehen in Buncarragh nie in den Pub, oder?» Patricia schüttelte den Kopf, sie hütete sich, Catherine Foleys Monolog zu unterbrechen, aber ihre Gastgeberin fragte hartnäckig nach. «Haben Sie zu Hause viele Freunde?» Die Tatsache, dass sie zum Luft holen eine Pause machte, legte nahe, dass tatsächlich eine Antwort vonnöten war.

«Nein. Eigentlich nicht. Ich konnte nicht allzu viel ausgehen, als ich meine Mutter gepflegt habe.»

«Natürlich, natürlich. Aber Sie haben doch Familie, nicht? Wie geht es Ihrem Bruder? Geht es ihnen allen gut?»

«Ja, danke. Es geht allen gut.» Patricia kam sich vor wie eine Betrügerin, wenn sie von Jerry und Gillian sprach, als seien sie eine große glückliche Familie.

Mrs. Foley hatte mitten im Rühren innegehalten und starrte Patricia an. Anscheinend benötigte sie eine ausführlichere Antwort.

«Wir stehen uns nicht so sehr nah. Es gab ein paar Meinungsverschiedenheiten über das Testament meiner Mutter», gestand sie.

Die alte Frau nickte mitfühlend. «Das ist aber traurig. Kommt natürlich häufig vor. Kommt häufig vor.»

Als Edward vom Melken zurückkam, trug er ein frisches Hemd mit Pullover, und sein Haar war aus dem Gesicht gekämmt. Bevor er den Mund öffnen konnte, erklärte seine Mutter, sie habe Patricia bereits alles über den Ausflug in den Pub erzählt, und scheuchte die beiden jungen Leute zur Tür.

Draußen mussten sie sich gegen den Wind stemmen.

«Ist es ein langer Spaziergang?», fragte Patricia und hoffte inständig, dass dem nicht so war.

«Ein bisschen zu weit, würde ich sagen. Wir nehmen das Auto.»

Als sie nebeneinander in der Dunkelheit saßen und die schmalen Lichtkegel der Scheinwerfer einen leuchtenden Tunnel auf die vor ihnen liegende Straße warfen, fühlte sich Elizabeth besser. Jetzt waren sie zu zweit. Sie sah Edward an. Sein Profil sah, beleuchtet von den Anzeigen des Armaturenbretts, kräftig und attraktiv aus. Sie mochte die Falten um seine Augen, die von den langen Jahren sprachen, in denen er die Augen gegen die Winterstürme und die Sommersonne zusammen gekniffen hatte. Sein stoppeliges Kinn, das in das weiche Rosa seiner Lippen überging, ließ sie in ihrem Sitz herumrutschen, beinahe verlegen.

«Ich bin froh, dass ich wieder hergekommen bin.»

«Ich auch.»

Ein kurzes Schweigen, dann war es Edward, der fortfuhr. «Tut mir leid mit meiner Mutter. Ich glaube, sie ist einfach so froh, dass sie jemanden hat, mit dem sie reden kann.»

«Sie ist eine beeindruckende Person. Es war nett von ihr vorzuschlagen, dass wir ausgehen sollen.»

«Ja.»

Der Wagen kurvte durch enge Straßen. Patricia verlor schnell jede Orientierung. Sie waren hinter dem Tor von Castle House rechts abgebogen, weg von dem Feldweg, der durch das Marschland führte, aber danach durchquerten sie in Richtung Landesinneres einen Irrgarten von vollkommen identisch aussehenden Hecken und Gräben. Nach nicht allzu langer Zeit wurde der Wagen bei der Anfahrt auf eine Kreuzung langsamer, und ganz unerwartet tauchte ein kleines, mit Stein verkleidetes Haus auf, in dem sich der Pub befand. Das Licht aus den beiden großen Fenstern rechts und links der Tür fiel auf einen kiesbedeckten Vorplatz mit einer einsamen Tanksäule und mehreren geparkten Autos.

Der Innenraum war zweigeteilt. Auf der einen Seite führte eine lange Bar mit hölzernen Hockern auf einen gemauerten Kamin zu, während auf der anderen Seite niedrige Tische und kleine gepolsterte Sessel vor eine lange, mit dunkelgrünem Vinyl bezogene Fensterbank geschoben waren. Ein Barkeeper, der gerade das Alter hinter sich gelassen hatte, in dem man ihn als jung beschrieben hätte, stand über eine Zeitung gebeugt. Zwei alte Männer mit flachen Kappen auf den Köpfen saßen am Ende der Bar in der Nähe des kümmerlichen Feuers vor ihren Gläsern mit Stout. Alle drei blickten auf, als die beiden hereinkamen.

«Teddyboy», sagte der Barkeeper zu Begrüßung und trat beflissen von der Theke zurück.

«Andy. Geht's gut?»

«Ja. Das Wetter ist ganz schön schlimm heute Abend.»

«Ist es. Ist es.»

«Was kann ich euch bringen?»

Patricia spürte drei Augenpaare auf sich gerichtet. Sie ging selten in Pubs, im Grunde nie, auch nicht in welche, die mit einer Lounge Bar aufwarten konnten, und sie hatte keinerlei Ahnung, was sie trinken sollte. Sie spürte, wie ein Funken Panik in ihr aufkeimte.

«Ein Pint Murphy's», bestellte Edward und sah dann Patricia an. Ihre Augen zuckten die Bar entlang. Sie versuchte sich an die Namen von Drinks zu erinnern. «Ich hätte gern einen…», sagte sie und versuchte wie eine Frau zu wirken, die sich für diesen Abend zwischen den vielen Drinks entschied, die sie mochte. In diesem Augenblick fiel ihr Blick auf das Plakat mit dem kleinen Reh darauf hinter der Bar. Die Werbung war auch im Fernsehen zu sehen. «Einen Piccolo, bitte!»

Edward sah sie ein wenig unsicher an. «Und einen Piccolo, bitte.»

Der Barkeeper blickte hinter sich auf das Bild des kleinen Rehs, das auf Sternen tanzte. «Einen Piccolo, ja? Na gut, ich schaue mal nach.»

Patricia hörte, wie die alten Männer kicherten und das Wort «Piccolo» murmelten. Sie ärgerte sich plötzlich. Das Plakat hing an der Wand, und im Fernsehen wurde darüber berichtet. Es war ja nicht so, als hätte sie einen Becher Tee bestellt, den sie viel lieber gehabt hätte.

Edward führte Patricia zu den niedrigen Tischen hinüber, zog von einem einen Sessel zurück und fragte sie, ob sie sich setzen wolle. Als sie sich daraufsinken ließ, drückte ihr Gewicht Luft aus einem Loch irgendwo in dem Vinyl. Ein langer, hoher Furzlaut erfüllte den Raum. Edward tat so, als hätte er ihn nicht gehört, aber die beiden Alten an der Bar schüttelte es so sehr, dass sie von ihren Barhockern zu fallen drohten. Patricia strich sich den Rock glatt.

Der Barkeeper erschien und knallte eine kleine Flasche und ein Glas mit Piccolo-Logo auf das Tischchen.

«Für die Dame.»

«Danke.» Ihre Stimme war kaum lauter als ein Flüstern.

«Das Murphy's ist in einer Minute fertig.»

«Bestens. Bestens. Lass dir Zeit.»

Als man sie allein ließ, schien die Stille der Bar sie einzuhüllen. Irgendwo tickte eine Uhr.

«Warte nicht auf mich», sagte Edward und zeigte auf die Flasche auf dem Tisch vor ihr.

«Danke», sagte sie und schenkte sich die perlende Flüssigkeit in das Glas. «Ich habe das Zeug ehrlich gesagt noch nie probiert», gestand sie. «Ich bin nur in Panik geraten!» Sie kicherte, und er schenkte ihr ein entspanntes Lächeln, das sie einmal mehr froh machte, hier bei ihm zu sein.

«Und ein Pint.» Der Barkeeper stellte das Getränk vor Edward ab.

Als er es an die Lippen hob, sagte er zu niemandem im Besonderen «Sláinte».

Patricia nahm ihren Pikkolo und tat es ihm nach. «Sláinte!» Sie wagte zu hoffen, dass es lustig werden könnte. Sie nahmen beide einen Schluck und lächelten einander an.

«Gut?», fragte er.

«Süß. Ganz in Ordnung», versicherte sie ihm.

Edward nahm wieder einen Schluck von seinem Pint und sah sich in der Bar um. Patricia spürte, dass sie wieder in ihr Schweigen zurückglitten. Worüber sprachen die Leute bei ihren Dates? Welche Gesprächsthemen hatten all die beschränkten Mädchen aus der Schule, wenn sie mit Männern sprachen? Und warum fiel ihr keins davon ein? Ein Stück Torf verrutschte im Kamin.

Auf der Bank neben sich entdeckte Patricia eine liegengelassene Ausgabe der Zeitschrift *Titbits*. Ihr war vage bewusst, dass es nicht die Art von Publikation war, von der man zugeben sollte, dass man sie las, aber Rosemary brachte sie ihr öfter aus dem Salon mit, und sie hatten Spaß daran, einander die Horoskope vorzulesen. In der Hoffnung, dass es ihre Unterhaltung wieder ankurbeln würde, nahm sie die Zeitschrift und hielt sie Edward hin.

«Lies mir mein Horoskop vor!»

«Was?» Er sah verwirrt aus.

«Mein Sternzeichen. Schau nach, was da steht.» Sie war beinahe ein wenig in Flirtlaune. Vielleicht wurde darin eine neue Romanze erwähnt.

«Du kannst es doch selber lesen, oder?»

«Es macht mehr Spaß, wenn du es liest und ich dir deins vorlese.» Das war eine einfache Regel, die ihr und Rosemary gute Dienste geleistet hatte. Sie wedelte mit der Zeitschrift auffordernd vor seiner Nase herum.

Hinter ihnen hatte der Barkeeper damit begonnen, Bierdeckel auf den anderen Tischen auszulegen.

«Ach, piesacken Sie den armen Teddy doch nicht so.»

Patricia war sich nicht sicher, was er gesagt hatte.

«Entschuldigung? Was?»

«Lesen ist nicht so Teddys Sache.»

Edwards Gesicht war blutrot geworden, und er starrte zu Boden.

Patricia sah ihn an und dann das grinsende Gesicht des Barkeepers.

«Edward, was meint er damit?» Ihre Stimme war leise, die Frage klang beinahe wie ein Zischen.

«Na ja, Teddy kann gar nicht lesen und schreiben, stimmt's, Teddy?», lachte der und schlug Edward auf den Rücken. Ein Echo aus Gelächter von Seiten der alten Männer schallte durch den Raum.

Edward riss den Kopf hoch und fuhr den Barkeeper an. «Lass uns einfach in Ruhe. Wir wollen nur was trinken.»

«Tut mir leid, dass ich was gesagt habe.» Der Barkeeper zog ein übertrieben reumütiges Gesicht und schlenderte zurück hinter die Bar.

Patricia war wie erstarrt. Fragen schwirrten in ihrem Kopf wie kleine, in einem Netz gefangene Vögel. Edward hielt sich an der Tischkante fest und atmete schwer. Sie wagte nicht, ihn anzusehen. Schließlich sprach sie.

«Stimmt das?»

Die Frage hing in der Luft. Die Stille lastete quälend auf ihnen und wurde dadurch noch schlimmer, dass ihnen beiden klar war, dass dies der letzte Moment war, bevor sie beide der Wahrheit ins Gesicht blicken mussten. Edward schluckte schwer.

«Ja.»

Patricia spürte, wie sich ihr der Magen umdrehte. Sie dachte daran, wie sie in der Diele von Convent Hill gestanden und Briefumschläge aufgerissen hatte. Die Dinge, die er geschrieben hatte. Die privaten Dinge. Dinge, die wer geschrieben hatte? Natürlich kannte sie die Antwort auf diese Frage, die unerträgliche Wahrheit. Plötzlich konnte sie es nicht mehr ertragen, Edward auch nur einen Augenblick länger anzusehen. So, wie er da vor ihr saß, kam er ihr vor wie ein großes, überdimensionales Baby. Sie rappelte sich eilig hoch und rannte aus der Tür. Sie hatte keine Ahnung, wo sie hinwollte, aber jeder Schritt in die schwarze Nacht hinein bedeutete, dass sie näher an zu Hause war. Die Tür schlug hinter ihr zu. Sie konnte Edwards Stimme hören, die ihren Namen rief, und dann das laute, zügellose, brüllende Gelächter.

JETZT

Streiten war immer Elliots Abkürzung zum Sieg gewesen. Er beschuldigte sie dann, ein Kontroll-Freak zu sein. Elizabeth hatte das immer ungerecht gefunden, aber als sie jetzt in ihrem geparkten Mietwagen saß, fragte sie sich, ob er damit doch recht gehabt hatte, denn dies war für sie der tiefste Abgrund der Hölle. Sie hatte überhaupt keine Kontrolle mehr. So viele Nachrichten hatte sie ohne Antwort auf unterschiedlichen Telefonen hinterlassen, und sie war Tausende von Meilen entfernt. Sie klammerte sich an das Lenkrad und versuchte, sich an die Atemtechniken aus dem einzigen Yoga-Kurs zu erinnern, den sie je besucht hatte. Ganz ruhig. Sie war machtlos, und diese Tatsache musste sie akzeptieren. Mit Hysterie war nichts zu gewinnen. Schlimme Dinge stießen nur Töchtern zu. Jungen waren stark. Jungen waren hart im Nehmen.

Einen Augenblick später rüttelte sie am Lenkrad und schluchzte laut auf. «Wo zum Teufel steckst du, Zach?» Sie stieß einen langen, tiefen Schrei aus, und es fühlte sich gut an. Elizabeth wischte sich die Tränen ab und dachte über ihren nächsten Schritt nach. Der Flughafen in Dublin. Sie konnte direkt hinfahren. Ihr Reisepass und die Kreditkarten waren alles, was sie brauchte, und die hatte sie bei sich. Kein Grund, nach Buncarragh zurückzufahren. Die Schlüssel für ihre Wohnung in New York. Brauchte sie die? Nein, sie konnte einfach direkt nach San Francisco fliegen. Bei dem Gedanken an Noelle und Gillian und ihr geheucheltes Mitgefühl wurde ihr ganz schlecht. Sie hatte ihren Ehemann nicht im Griff gehabt und jetzt dabei versagt, auf ihren Sohn aufzupassen. Also war sie weder eine Ehefrau noch eine Mutter. Ihr Urteil und ihr Mitleid würden so dick in der Luft hängen wie Zigarrenrauch.

Elektronisches Gebimmel. Ihr Telefon verkündete, dass Elliot anrief. Sie haute auf die Taste und hielt es sich ans Ohr.

«Elliot! Gott sei Dank! Hast du was gehört?»

«Beruhige dich, Elizabeth. Es geht ihm bestimmt gut.» Der sanfte, ausgeglichene Tonfall weckte in ihr das Bedürfnis, etwas zu zerschlagen. Wie konnte ein Vater so klingen, wenn sein Sohn verschwunden war?

«Hast du etwas Neues gehört? Hast du seine Freunde angerufen?»

«Also, ich habe ihm eine Nachricht hinterlassen und erklärt, dass wir ihm auf die Schliche gekommen sind. Er wird sich also wohl bald melden.»

Sie verdrehte die Augen und umfasste ihr Telefon fester. Der Mann war zu nichts zu gebrauchen.

«Ich komme zurück.»

«Warum? Was hilft das?»

«Warum? Mein Sohn, unser Sohn», korrigierte sie sich, «ist verschwunden. Er ist erst siebzehn. Ich glaube, es ist als Mutter meine Aufgabe, alles zu tun, was mir möglich ist, um ihn zu finden.»

«Elizabeth, denk nach. Du solltest nichts überstürzen. Du hast sein Flugticket gesehen, stimmt's?»

«Ein E-Ticket, ja. Ich dachte, es sei echt, aber wer weiß? Ich habe E-Mails von dir bekommen! E-Mails, in denen stand, wie sehr du dich freust, dass er dich besuchen kommt!»

«Elizabeth, ich habe dir nichts geschickt. Bitte glaub mir, ich wusste nichts von seinem Plan.»

«Ich weiß. Ich weiß. Ich war ein Idiot. Du hast mir geschrieben, um mir deine ‹neue› E-Mail-Adresse mitzuteilen, und es kam mir nie in den Sinn, dass Zach etwas so Dummes, so Gefährliches machen würde!»

«Okay, nehmen wir an, das Ticket war echt, dann ist er irgendwo hier in der Bay Area. Es ist vollkommen überflüssig, dass du herkommst.»

«Ich komme!»

«Aus Irland? Das kostet dich ein Vermögen.»

Das gab Elizabeth zu denken.

«Wann hattest du vor, nach New York zurückzufliegen?», fuhr Elliot fort.

«In fünf Tagen.»

«Sieh mal, bis dahin habe ich unseren Ausreißer gefunden. Und dann schicke ich ihn dir zurück, damit du ihm Vernunft einbläust.»

«Ich weiß nicht. Ich fühle mich komisch, so weit weg.»

«Elizabeth, möglicherweise hätten wir nie herausgefunden, dass er das gemacht hat. Er hatte ziemliches Pech – es ist ja nicht so, als würden wir täglich miteinander sprechen.»

Sie musste gegen ihren Willen grinsen.

«Das stimmt wohl. Bestimmt macht er sich in die Hosen, jetzt, wo er weiß, dass wir es wissen.» Sie hörte, wie Elliot am anderen Ende der Leitung leise in sich hineinlachte.

«Tu, was du tun musst. Ich melde mich in der Sekunde, in der ich etwas höre. Es geht ihm gut. Zach ist ein kluger Junge. In New York zu überleben ist eine gute Vorbereitung für das allermeiste.»

«Er ist durchs gesamte Land geflogen, ohne jemandem etwas davon zu sagen!» Sie spürte ihre Hysterie zurückkehren.

«Elizabeth», sagte Elliot mit besänftigender Stimme, «es wird alles gut werden. Wir bleiben in Verbindung. Er weiß, dass wir sauer auf ihn sind, aber er wird anrufen. Du wirst schon sehen. Versuch dir keine Sorgen zu machen.»

So etwas konnte nur ein Mann sagen. Wie sollte es möglich sein, sich keine Sorgen zu machen?

«Okay. Danke. Ich rufe dich an.»

«Wir reden. Tschüs.»

«Tschüs.»

Elizabeth stellte sich vor, wie Elliot die Augen verdrehte und – wie hieß der Letzte? Andrew? Barry? Vielleicht Will? – auf der anderen Seite des Raums zuzwinkerte. Es waren schon so viele gewesen.

Draußen waren die Straßenlaternen angegangen, und ein dünner Sprühregen überzog die Straßen mit einem öligen Schimmer. Sie musste zugeben, dass Elliot recht hatte. Sie konnte sich genauso gut um ihre Angelegenheiten kümmern. Sie legte den Gang ein und fädelte sich in den Nachmittagsverkehr ein. Buncarragh. Sie beschloss, ihrer Familie kein Wort von ihrem Versagen als Mutter zu erzählen.

Als sie wieder durch die vertrauten Straßen ihres Heimatortes fuhr, schlug sie widerwillig den Weg zum Geschäft ein. Paul stand hinter der Theke und telefonierte und grüßte sie mit einem Winken. Hinter einem eleganten Turm von Edelstahlschüsseln tauchte Noelle auf, und als sie Elizabeth erblickte, malte sich auf ihr Gesicht ein Ausdruck von solch mitleidiger Bestürzung, dass sich Elizabeth fragte, wie um alles in der Welt sie von Zach erfahren haben konnte. Mit ausgestreckten Armen warf sich ihre Cousine auf sie.

«Ratten! Ich musste mich beinahe übergeben, als Paul es mir erzählt hat. Und du warst da oben die ganze Nacht allein! Sie hätten dein Gesicht anknabbern können!»

«Es war nur eine Ratte, Noelle. Ich glaube nicht, dass ich in großer Gefahr war.»

«Der junge Dermot hat schon vier von diesen Ungeheuern getötet, und er jagt sie erst seit ein paar Stunden.»

Elizabeth spürte, wie ihr das Blut aus dem Gesicht wich.

«Wirklich?»

«Vier Stück, so groß wie Kätzchen. Komm hoch in die Wohnung, Gillian macht uns Tee.»

Die beiden Frauen stiegen die Treppe hinauf.

«Wir haben dich heute Abend gar nicht erwartet. Paul sagte, du wolltest in Kilkenny übernachten.»

«Es hat nicht so lange gedauert, wie ich dachte.»

«Alles in Ordnung?», fragte Noelle mit einstudierter Beiläufigkeit.

«Ja, bestens.» Elizabeth überlegte kurz, ob sie das Haus in Cork erwähnen sollte, entschied sich dann aber dagegen. Je weniger Menschen davon wussten, desto besser. «Nur Steuerkram.»

«Oh.» Noelle konnte ihre Enttäuschung nicht verbergen.

Als sie zusammen mit ihrer Tante und ihrem Onkel um den Küchentisch saßen, waren das wichtigste Gesprächsthema die Ratten und wie knapp Elizabeth ihnen entkommen war. Jeder schien eine Geschichte zu kennen, bei der jemandem die Kehle durchgebissen wurde oder unschuldige Kälber im Schlaf umgekommen waren. Man konnte fast den Eindruck gewinnen, dass Ratten für Irland dasselbe waren, was Haie für Australien bedeuteten. Auch wenn sie die Unterhaltung nicht gerade in vollen Zügen genoss, musste Elizabeth zugeben, dass es sich gut anfühlte, von Zach und seinem Verbleib abgelenkt zu werden.

Sie mochte es, ihren Verwandten beim Geschichtenerzählen zuzuhören. Das war etwas, das sie unter ihren amerikanischen Freunden vermisste. Sie waren alle so wortgewandt, aber irgendwie fehlte ihnen die Fähigkeit, gute Geschichten zu erzählen. Wenn man sie nach ihren Gefühlen fragte, wurden sie allerdings zu sprachlichen Virtuosen. Als sie in New York eingetroffen war, hatte sie das begeistert. Jede emotionale Narbe zu benennen, die Kartographie der eigenen Beziehungen zu erforschen. Es war alles so neu und erfrischend gewesen, aber nun verspürte sie bei einer gut erzählten Geschichte so etwas wie Heimweh. Geschichten, die über einen Tisch voller Tassen hinweg ausgetauscht wurden wie Aufschläge beim Tennis, die man zurückschlagen musste.

«Oh, das hätte ich fast vergessen!», rief ihre Tante

Gillian unvermittelt aus. «Weißt du noch, wir haben doch kürzlich über deinen Vater gesprochen.»

«Ja.» Elizabeth fragte sich, wohin das wohl führen würde. Zu Fragen über ihren Ausflug nach Kilkenny vielleicht?

«Edward Foley war sein Name?»

«Ja.»

Noelle lehnte sich vor. Sie hatte eindeutig keine Ahnung, was als Nächstes kommen würde.

«Also, ich habe den Brief gefunden, von dem ich dir erzählt habe. Den von seiner Mutter.»

Sie beugte sich hinunter und holte ihre Handtasche vom Boden neben ihrem Stuhl. «Ich habe ihn irgendwo hier reingesteckt», sagte sie, zog den Reißverschluss auf und wühlte darin herum. Sie betrachtete verschiedene Briefumschläge. «Nein, das ist er nicht, nein.» Plötzlich erhellte sich ihr Gesicht. «Hier ist er. Ich habe ihn die ganzen Jahre über zusammen mit den alten Fotoalben aufbewahrt. Ich wusste doch, dass ich ihn irgendwo hatte.» Sie reichte Elizabeth den dünnen Umschlag über den Tisch.

Sie sah ihn an.

«Der ist von Edward Foleys Mutter?»

«Ja, ist mit Catherine Foley unterschrieben, glaube ich.»

Elizabeth starrte auf den Brief. Es ergab keinen Sinn, aber es war nicht zu übersehen, was sie da in der Hand hielt. Blassblaues Papier von Basildon Bond und die ordentliche Handschrift in schwarzer Tinte. Beides identisch mit den Briefen, die sie in Convent Hill gefunden hatte. Eine kalte Hand fasste durch die Jahrzehnte hindurch nach ihr und schloss sich um ihren Magen. Ihre arme Mutter.

DAMALS

Irgendetwas stimmte nicht. Was nur? Patricia lag so steif da wie ein Leichnam. Dann fiel es ihr auf. Der Wind hatte aufgehört. Die Stille verursachte ihr Unbehagen. Sie hatte einen metallischen Geschmack im Mund, und ihr Kopf fühlte sich auf dem Kissen geschwollen und schwer an. Sie hörte, wie sich unten eine Tür öffnete und schloss. Sie presste die Augen zusammen und versuchte den Schrecken der vorangegangenen Nacht zu bannen. Wie konnte sie diesen Raum jemals wieder verlassen?

Die Erinnerungen kamen und verschwammen wieder wie ein halb vergessener Traum. Sie hatte noch klar vor Augen, wie sie durch die Dunkelheit gestolpert war, wie der Wind in den Bäumen und der schwarze Schlund der Nacht ihr Schluchzen verschlungen hatten. Sie hatte sich in ihrem ganzen Leben noch nie so erbärmlich gefühlt. Selbst als ihre Mutter gestorben war, war sie nicht so aufgelöst gewesen. Natürlich begriff sie, dass ihre Tränen nicht allein der Demütigung vorhin im Pub galten, sie galten ihrem Leben. Einem Leben, so ohne jede Hoffnung, dass sie sich erlaubt hatte zu träumen, Edward sei ihr strahlender Ritter. Sie kam sich so dumm vor. Wie hatte sie sich nur so viel vormachen können? Sie setzte einen Fuß vor den anderen und tastete sich langsam vorwärts. Die Hände hielt sie ausgestreckt, um sich vor Zweigen und allem anderen zu schützen, was in der undurchdringlichen Schwärze der Nacht auf sie wartete. Allzu bald jedoch spießten sie die Scheinwerfer eines Autos an einer Hecke auf, und dann war Edward auf der Straße und bettelte mit im Scheinwerferlicht flatterndem Mantel, sie möge doch einsteigen. Sie wusste, dass sie ihn angeschrien hatte, erinnerte sich aber nicht mehr genau an ihre Worte. Sie endete als zitternde, zusammengerollte Kugel vor dem Auto. Edward half ihr halb auf den Beifahrersitz, halb hob er sie einfach hoch. Sie erinnerte sich an den vertrauten Geruch des Mantels, den sie sich auf der Fahrt zurück zum Castle House über den Kopf zog.

«Es tut mir so leid. Ich wollte es dir sagen. Wir haben nicht versucht, dich auszutricksen. Wir dachten nur, es sei das Beste, es so zu machen. Wir …» Eine Litanei aus Entschuldigungen und Erklärungen rauschte an ihr vorbei, und das Einzige, was sie wirklich hörte, war die ständige Wiederholung des Wortes «Wir». Es verursachte ihr Übelkeit, sich vorzustellen, dass sie als Team daran gearbeitet hatten, was sie ihr schreiben wollten. Noch schlimmer war der Gedanke, dass Edward stumm dagesessen hatte, während ihm seine Mutter ihre Briefe laut vorlas. Privat! Es hatte etwas Besonderes und Intimes sein sollen, und nun fühlte sie sich so bloßgestellt. Sie wollte nur noch nach Hause und diesen Albtraum vergessen. Wenn sie nur bei ihrem Entschluss geblieben wäre, es zu beenden, wäre ihr all dies erspart geblieben. Sie sackte tiefer in den Sitz. «Mammy kann es erklären. Mammy wird dir erzählen, wie alles gekommen ist.»

Patricia stöhnte.

Mrs. Foley stand wartend vor dem Haus, ihr Schatten fiel über das Gras wie der einer dürren Riesin. Hatte sie bereits gehört, dass im Pub etwas vorgefallen war?

«Was ist? Ist alles in Ordnung?» Sie packte mit festem Griff Patricias anderen Arm und half ihr zusammen mit Edward ins Haus.

«Sie weiß es», sagte Edward bloß.

«Weiß was?»

«Die Briefe, Mammy. Sie weiß über die Briefe Bescheid.»

Mrs. Foley sagte nichts mehr.

Die drei wankten wie Betrunkene durch den Flur in die hell erleuchtete Hitze der Küche. Patricia sank auf einen Stuhl und starrte auf ihre ineinander verkrampften Hände im Schoß. Ihr war bewusst, dass Edward und seine Mutter ein Stück entfernt voneinander dastanden und sie anstarrten. Der Deckel eines Kochtopfs ratterte erwartungsfroh.

Wenig überraschend war es Mrs. Foley, die das Schweigen brach.

«Werden Sie etwas essen?»

Patricia funkelte sie ärgerlich an. Wie konnte diese Frau es wagen anzunehmen, dass ein Teller Abendessen sie veranlassen würde, über diesen Betrug hinwegzugehen? Mrs. Foleys Gesichtsausdruck verriet, wie verblüfft sie von den verschwollenen roten Augen und der laufenden Nase der jungen Frau an ihrem Tisch war. Sie ging einen Schritt auf sie zu.

«Edward hatte nichts Böses im Sinn. Es war meine Schuld. Ich werde nicht für immer da sein, und ich wollte, dass er versorgt ist. Er hat Sie sehr gern, Patricia.»

Sie schüttelte den Kopf. «Nein. Das kann nicht sein.» Ihre Stimme war ein hohes Krächzen. «Wenn ich ihm etwas bedeuten würde, hätte er mich nicht angelogen.» Sie warf Edward einen vorwurfsvollen Blick zu, aber er fixierte die entfernteste Ecke des Raumes.

«Nein, nein, Patricia», sagte Mrs. Foley besänftigend. «Edward hat alles genau so gemeint, wie es in diesen Briefen stand. Das waren seine Gefühle.» Sie senkte die Stimme. «Ich habe nur versucht zu helfen. Er ist kein dummer Junge. Es war nur so, dass die Schule, na ja, nichts für ihn war.» Ihre Hände vollführten eine eigenartig beschwichtigende Geste, als wollte sie einen imaginären Hund tätscheln.

«Aber Sie haben auch meine Briefe gelesen! Laut, wenn Sie zusammen hier saßen. Diese Briefe waren für ihn gedacht, nur für ihn.» Sie zeigte mit dem Finger in Edwards Richtung. «Mir ist schlecht. Ich will nach Hause. Ich will einfach nur nach Hause.» Die Vorstellung, in ihrem eigenen Bett in Buncarragh ein Kissen zu umarmen, ließ sie erneut aufschluchzen. Ein langer dünner Rotzfaden lief über ihre Oberlippe und langsam weiter in ihren Schoß. Sie konnte hören, wie sich Mrs. Foley durch den Raum bewegte.

«Wir setzen Wasser auf. Eine heiße Wärmflasche. Eine Tasse Tee. Eine Nacht darüber schlafen. Sie haben einen kleinen Schock erlitten, das ist alles. Teddy, machst du dich nützlich und holst die Tassen herunter?»

Patricia hörte seine dick besohlten Schuhe auf dem Linoleum. Sie konnte sich nicht dazu durchringen, ihn anzusehen. Was für ein nutzloser Klotz von einem Mann er doch war! Patricia hatte sich selbst nie für eine gewalttätige Frau gehalten, aber sie hätte ihm am liebsten körperlichen Schaden zugefügt. Sie wollte ihn verletzen, ihn etwas fühlen lassen. Wie hatte er es nur fertiggebracht, niemals lesen und schreiben zu lernen? Sie fragte sich, ob etwas mit ihm nicht stimmte. Sie warf einen verstohlenen Blick auf seinen breiten Rücken, die rauen Hände, mit denen er die zarten Porzellantassen hielt. Wie hatte sie ihn jemals für gut aussehend oder sensibel halten können? Er war Frankensteins Monster. Er wandte sich um, und sie sah sein großes, dämliches Gesicht. Patricia vergrub das Gesicht in den Händen. Sie hatte einen heißen Knoten aus Wut und Reue im Bauch.

Die Morgensonne kroch durch die Vorhänge hindurch und tauchte das kleine Zimmer in goldenen Glanz. Patricia versuchte sich daran zu erinnern, wie sie nach oben gekommen oder zu Bett gegangen war, aber es gelang ihr nicht. Sie fragte sich, was noch gesprochen worden war. Erst als sie überlegte aufzustehen, wurde ihr klar, dass sie es nicht konnte. Ihre Beine fühlten sich beinahe wie totes Gewicht an, und wenn sie den Kopf nur vom Kissen hob, wurde ihr schwindelig. Ein leises Wimmern entfuhr ihren Lippen. Das war nicht der Zeitpunkt, um krank zu werden. Sie sehnte sich danach, nach Hause zu fahren, aber selbst sie musste sich eingestehen, dass die Reise vermutlich nicht heute stattfinden würde. Ein leises Klopfen an der Tür.

«Herein.»

Die Tür öffnete sich mit einem Knacks, und Mrs. Foleys Fuß schob sie weiter auf, so dass sie mit einem Tablett hereinkommen konnte, auf dem eine Kanne Tee und ein Toastständer standen.

«Ich habe Ihnen hier ein kleines Frühstück nach oben gebracht. Ich dachte, Sie möchten vermutlich noch nicht wieder nach unten kommen.»

Was bedeutete das? War gestern Abend noch etwas anderes passiert? Anstatt irgendwelche Fragen zu stellen, sagte Patricia bloß: «Danke.»

Die ältere Frau sah erschöpft aus und hatte etwas Rouge und Lippenstift aufgelegt, was sie aussehen ließ wie die Sprechpuppe eines ältlichen Bauchredners.

«Ich stelle es einfach hier ab.» Sie schob das Tablett seitlich auf die Matratze, sodass Patricia an der Wand eingepfercht war. «Konnten Sie etwas schlafen?»

«Ja. Es geht mir nicht besonders gut», platzte sie heraus wie ein Kind.

«Nun, essen Sie etwas Toast. Das beruhigt Sie vielleicht.» Mrs. Foley legte ihr die kalte, knochige Hand auf die Stirn. «Kein Fieber. Das ist gut.» Sie drehte sich um und schloss leise die Tür hinter sich.

Der Toast schmeckte gut. Sie aß zwei Scheiben und trank dann ihren Tee. Krank oder übel waren nicht die richtigen Worte, um zu beschreiben, wie sie sich fühlte, aber irgendetwas stimmte nicht. Sonderbar. Ja, entschied sie, das war genau das Wort dafür: sonderbar.

Sie merkte erst, dass sie eingeschlafen war, als das Tablett zu Boden krachte und sie weckte. Ihr Körper fühlte sich noch schwerer an als zuvor. Sie glaubte, Mrs. Foley sei hereingekommen, um die Sauerei zu beseitigen, aber das konnte sie sich auch eingebildet haben. Der Rest des Tages verschwamm in einer Mischung aus Schlafen und Wachen. Den ganzen Tag ließ sich Edward nicht blicken, aber seine Mutter flößte ihr mit einem Löffel eine Suppe ein. Draußen war es dunkel. Die alte Frau half ihr zu einem Nachttopf am Fenster hinüber. Patricia wusste, sie müsste eigentlich wütend auf diese alte Dame sein, doch sie stellte fest, dass sie lediglich Dankbarkeit für ihre Freundlichkeit empfand.

Der nächste Tag verstrich in einem ähnlichen Nebel. Sie schlief tief, unterbrochen von Mrs. Foleys Besuchen. Sie brachte unterschiedliche Gaben wie belegte Brote oder Suppe. Patricia war es verschwommen bewusst, dass dies der Tag war, an dem sie hätte nach Buncarragh zurückfahren sollen. Sie hatte fragen wollen, ob sie das Telefon benutzen dürfe, um ihre Tante anzurufen und zu erklären, was passiert war, aber sie war sich nicht sicher, ob sie wirklich gefragt hatte. Der Wind war wieder da, und das Rattern des Fensters schien ihren Kopf auszufüllen, egal, ob sie schlief oder wach war.

Am dritten Tag wachte sie auf, um festzustellen, dass sie ein Nachthemd trug, das ihr nicht gehörte, und dass der Stuhl, auf dem säuberlich gefaltet ihre Kleider gelegen hatten, nun leer war. Mehr Tee. Sie erinnerte sich daran, sich über die Bettkante erbrochen zu haben, und nun hing ein Geruch von Desinfektionsmitteln in der Luft.

War es am vierten Tag, dass Mrs. Foley ihr von dem Besuch des Arztes erzählte? Anscheinend hatten sie ihn gerufen, und sie hatte seinen Besuch verschlafen. Er hatte nichts feststellen können, sagte man ihr, aber vielleicht war sie ein wenig blutarm. Sie hatte eine Tasse Fleischbrühe getrunken, und Mrs. Foley hatte ihr währenddessen mit einem Handtuch Tropfen vom Kinn gewischt. Patricia wollte weinen, stellte aber fest, dass sie dazu nicht die Kraft hatte. Schlaf.

Rückblickend konnte sie nicht sagen, wann sie die Übersicht über die Tage verloren hatte. War es der fünfte Tag oder der sechste oder sogar schon eine Woche? Mehr? Sie wusste es nicht. Zeit spielte keine Rolle mehr, ihre Welt war auf das schmale Bett geschrumpft und auf den kurzen Weg hinüber zum Nachttopf. Manchmal hörte sie Edward und seine Mutter unten sprechen. Sie erkannte, dass es keine normalen Gespräche waren. Sie stritten. Sie konnte die Wut hören, aber nicht die Worte verstehen. Das Telefon hatte ein paarmal geklingelt. Das musste für sie sein. Es musste, war es aber nie. Als es ihr einfiel, wiederholte sie ihre Bitte, dass sie ihren Bruder in Buncarragh wissen lassen sollte, wo sie war. Man machte sich bestimmt Sorgen um sie. Noch als sie die Worte aussprach, bezweifelte sie sie. Würde es irgendjemanden wirklich kümmern? Noch schlimmer, sie fragte sich, ob überhaupt irgendwem ihre Abwesenheit aufgefallen war. Sie war verschwunden, und die Welt sah noch immer genau gleich aus.

Mrs. Foley gab ihr Bestes, um sie zu beruhigen.

«Ich habe im Laden angerufen. Ich habe mit einer sehr freundlichen Frau gesprochen, Ihrer Schwägerin, glaube ich...»

«Gillian?», fragte Patricia und versuchte sich deren Reaktion auf diesen Anruf einer fremden Frau aus dem County Cork vorzustellen.

«Gillian, das war die Frau. Jedenfalls hofft sie, dass es Ihnen bald bessergeht, Sie sollen sich keine Sorgen machen. Und jetzt können Sie wirklich damit aufhören, es ist alles geregelt.»

Patricia legte ihren Kopf zurück auf das Kissen und war erleichtert, dass man wusste, wo sie war.

In dieser Nacht träumte sie, sie sei zurück in Convent Hill. Das Haus sah so aus wie immer, aber sie wusste, dass sie fort gewesen sein musste, denn sie war sehr froh, wieder zu Hause zu sein. Patricia suchte nach ihrer Mutter. In ihrem Traum war sie nicht tot, Patricia konnte sie bloß nicht finden. Sie schaute in die Zimmer im Erdgeschoss und rannte dann nach oben, um in den Schlafzimmern nachzusehen. In der Wand zwischen dem Bad und ihrem eigenen Zimmer befand sich eine Tür, die sie nie zuvor gesehen hatte. Sie stellte fest, dass sie unverschlossen war, und trat hindurch. Hatte sie dieses Zimmer einfach vergessen? Es war mit dunklem Holz vertäfelt, und in der Mitte stand ein runder, mit Büchern bedeckter Tisch. Wie konnte es sein, dass sie diesen Raum niemals zuvor gesehen hatte? Hatte ihre Mutter ihn vor ihr geheim gehalten? An der gegenüberliegenden Wand bemerkte sie eine weitere Tür. Als sie sie öffnete, fand sie sich oben auf einer schmiedeeisernen Wendeltreppe wieder, die in ein großes Gewächshaus voller tropischer Pflanzen hinunterführte. Unter der Glasdecke flatterten Papageien in leuchtenden Farben. Vorsichtig stieg sie die Treppe hinab. Der Geruch erinnerte sie an den Botanischen Garten in Dublin. Als Patricia die letzte Stufe erreichte, sah sie hinter sich einen langen dunklen Raum voller Terrakotta-Töpfe und Gartenwerkzeug, doch als sie hindurchging, wurde der Raum zu einer Küche, aber einer, wie man sie in Hotels sah, mit Metalloberflächen und riesigen Öfen. Am gegenüberliegenden Ende war eine graue Holztür. Sie klapperte, und zum ersten Mal verspürte Patricia Angst vor dem, was hinter der Tür liegen könnte. Sie hatte kaum die Klinke berührt, als die Tür in den Raum hinein explodierte, und Patricia stellte fest, dass sie vor Castle House stand und aufs Meer hinausstarrte, während der Wind an ihr zerrte. Sie war wieder da! Sie war in Buncarragh gewesen, aber nun war sie wieder hier. Sie versuchte zu schreien, bekam aber keinen Laut heraus. Als sie erwachte, heulte der Wind aus ihrem Traum noch immer vor ihrem Fenster.

Als am nächsten Morgen die Tür aufgestoßen wurde, wusste sie sofort, dass etwas anders war. Sie hörte das Klappern des Löffels auf der Untertasse, mit dem das Tablett ins Zimmer manövriert wurde. Als sie aufblickte, war sie überrascht, nicht Mrs. Foley, sondern Edward zu sehen. Er stand neben dem Bett und hielt ihr Frühstück in den Händen. Patricia klopfte auf die Matratze, und er setzte das Tablett ab. Trotz allem ertappte sie sich dabei, dass sie sich darum sorgte, wie sie aussah. Sie stellte sich vor, wie ihr ungewaschenes Haar an ihrer Stirn klebte, wie ihr blasser, verschwitzter Teint ohne jedes Make-up aussah. Unbeholfen tatschte sie an ihrem Scheitel herum.

«Wie geht es dir?»

Sie starrte zu ihm auf.

«Wo bist du gewesen?» Ihre Stimme klang verglichen mit seiner leise und trocken.

«Gearbeitet. War beschäftigt. Das weißt du ja selbst.» Er zuckte mit den Schultern. «Das hier ist mehr Sache meiner Mutter.»

«Sie war sehr fürsorglich.»

Edward sagte nichts. Sie dachte an die erhobenen Stimmen. Patricia griff nach der auf dem Tablett wartenden Teetasse. Edward gab ein Husten von sich. Als sie aufblickte, sah sie, dass er den Kopf schüttelte.

«Was?», fragte sie.

Edward legte schnell einen Finger an den Mund, um ihr zu bedeuten, sie solle still sein. Dann beugte er sich vor und nahm ihr die Teetasse aus der Hand. Wieder schüttelte er den Kopf. «Möchtest du ein Glas Wasser?» Seine Stimme klang ein bisschen lauter als gewöhnlich. «Okay, ich hole dir eins.» Er nahm die Teetasse und verließ das Zimmer. Sie hörte, wie er über den oberen Treppenabsatz hinüber ins Bad ging. Er kam mit einem kleinen Glas Wasser zurück und stellte die nun leere Teetasse daneben auf das Tablett. «Dann lasse ich dich jetzt frühstücken.» Er öffnete weit die Augen, zeigte noch ein paarmal auf die Teetasse und schüttelte dabei heftig den Kopf, dann ließ er sie allein und schloss leise die Tür.

Was war da gerade passiert? Patricia blickte auf das Tablett und dann auf die abblätternde Farbe auf der Rückseite der geschlossenen Tür. Konnte sie Edward vertrauen? Tat seine Mutter ihr etwas in den Tee? Es fiel ihr so schwer zu denken. Ihr Kopf tat weh und fühlte sich schläfrig an, und trotzdem sagte ihr ein kleiner Funken Verstand, dass es sich vermutlich so anfühlte, wenn man unter Drogen gesetzt wurde. Warum wollte Mrs. Foley nicht, dass sie abreiste? Sie nahm ein paar Schluck aus dem Wasserglas, das Edward ihr gebracht hatte, und legte dann den Kopf auf das Kissen zurück. Vor lauter Anstrengung, die das Nachdenken sie kostete, keuchte sie beinahe.

In den nächsten beiden Tagen machte sie es zu ihrer Mission, keine der Tassen Tee zu trinken, die man ihr brachte. Erst goss sie sie in den Nachttopf, aber das war zu offensichtlich, also begann sie, sie einfach neben dem Bett die Wand hinunterzugießen. Sie hoffte, lange fort zu sein, bis Mrs. Foley die braun getränkte Ecke des Teppichbodens unter dem Bett entdeckte.

Zuerst fühlte sie sich ein wenig stärker, wacher – aber dann wurde sie von schlimmen Kopfschmerzen, Magenkrämpfen und Durchfall gepeinigt. Mrs. Foley versorgte sie weiter mit Tee, um ihre Genesung zu unterstützen, aber Patricia trank keinen Tropfen. Am Ende des dritten Tages fühlte sie sich ein wenig besser. Sie fragte sich, ob sie fit genug war, ins Bad zu gehen, denn sie machte sich allmählich Sorgen, dass die Teelache unter ihrem Bett sich ins Zimmer hinein ausbreiten oder an der Decke unten einen Fleck verursachen würde. Sie stand auf, und einen Augenblick war ihr so schwindelig, dass sie zu stürzen glaubte. Sie hielt sich an dem Stuhl neben dem Bett fest, um ihre Balance zu finden, und wartete, bis der Raum aufhörte, sich zu drehen. Vorsichtig bewegte sie erst den einen Fuß und dann den anderen, bevor sie den Stuhl losließ. Ihr Atem ging flach und schnell. Sie öffnete so leise wie möglich ihre Zimmertür und trat auf den Treppenabsatz hinaus.

Patricia war erstaunt, wie groß ihr das Treppenhaus vorkam nach den vernebelten Tagen, die sie in ihrer schlichten Zelle verbracht hatte. Sie machte einen Schritt auf das Bad zu und hielt ihre Tasse dabei sorgsam fest. Sie wollte keine verräterischen Flecken auf dem Teppich hinterlassen. Noch einen Schritt, dann konnte sie sich am Geländer festhalten. Sie hielt den Atem an und lauschte. Nur der Wind und die fernen Schreie einer Möwe. Langsam machte sie sich auf den Weg zum Bad. Ihr Herz schlug laut, und das Blut rauschte in ihren Ohren. Ihr Mund war trocken. Einmal mehr hielt sie inne und lauschte angestrengt, aber abgesehen von dem Stöhnen und Klappern, das der andauernde Sturm hervorrief, konnte sie keine Geräusche im Haus ausmachen. Stille. Noch ein paar Schritte. Sie war beinahe da. Eine Diele knarrte. Sie umklammerte die Tasse und hielt den Atem an. Nichts. Noch ein paar Schritte, und sie hatte ihr Ziel erreicht. Sie stürzte auf die Toilette zu und schüttete den Tee in die Schüssel. Sofort bereute sie es. Sie war ein Dummkopf. Warum hatte sie nicht das Waschbecken genommen? Wenn sie die Toilettenspülung betätigte, würde Mrs. Foley angerannt kommen, aber wenn sie es nicht tat, würde der Tee in der Schüssel schwimmen und sie verraten. Panik kroch in ihr hoch, und ihr Atem kam in abgehackten Zügen. Plötzlich flutete helles Licht das Badezimmer, und als sie den Kopf wandte, war Mrs. Foleys Gesicht nur Zentimeter von ihrem eigenen entfernt. Sie schrie auf.

«Sieh einer an, Sie sind aufgestanden», sagte die alte Frau, und ihre Stimme verriet keinerlei Gefühl. «Ist das nicht...» Sie verstummte, und Patricia begriff, dass sie das wolkige teefarbene Wasser in der Schüssel erblickt hatte. Ihre Augen wanderten zu der leeren Tasse in Patricias Hand. Mrs. Foley presste ihre Lippen fest zusammen, und ein kalter, harter Ausdruck erschien auf ihrem Gesicht. Edward hatte die Wahrheit gesagt. Patricia wurde übel. Plötzlich wusste sie, dass sie aus Gründen, die sie nicht verstand, in echter Gefahr schwebte. Ihr gesamter Körper wurde von einer Furcht erfasst, die ihr den Atem nahm.

«Dann bringen wir Sie wohl besser zurück in Ihr Zimmer, nicht?» Und ohne auf Antwort zu warten, legte Mrs. Foley ihren Arm um Patricias Schultern, die Knochen ihrer Finger gruben sich in ihr Fleisch, und sie führte sie mit einigem Nachdruck über den Treppenabsatz. Als sie wieder im Bett lag, stopfte Mrs. Foley die Laken um sie herum energisch fest. Als sie dann ging, lächelte sie treuherzig. «Wenn Sie etwas brauchen, rufen Sie einfach.»

Patricia starrte an die Decke und hörte, wie ein Schlüssel im Schloss gedreht wurde.

JETZT

Sie hörte wieder ihre Nachrichten ab.

«Um die Nachricht noch einmal zu hören, drücken Sie die Zwei.»

Da war seine Stimme, so ruhig und glaubwürdig, obwohl er sie anlog. Das Leben hatte sie gelehrt, Männern zu misstrauen, aber irgendwie hatte sie immer geglaubt, ihr Verhältnis zu Zach sei anders. Wenn sie darüber nachdachte, wurde ihr klar, dass sie sich etwas vorgemacht hatte. Sie fragte ihn nie über sein Leben aus oder stellte die wirklich schwierigen Fragen, und sie musste sich eingestehen, dass das weniger mit Vertrauen zu tun hatte als mit der Furcht vor dem, was sie herausfinden könnte. Alles, was sie über sein Teenagerleben wusste, hatte sie durch den Filter dessen erfahren, was er zu sagen beschloss. Sie erinnerte sich, wie sie schweigend dagesessen hatte, als Laura und Jocelyn bei der Arbeit Horrorgeschichten über ihre Teenagersöhne erzählt hatten, und wie sie ihnen versichert hatte, ihre Beziehung zu Zach sei anders. «Er erzählt mir alles», hatte sie ihren Freundinnen gesagt. «Wir sind eher Mitbewohner als Mutter und Sohn.» Elizabeth verdrehte die Augen, wenn sie daran dachte, was für eine leichtgläubige Idiotin sie gewesen war. Sie nahm sich vor,

Laura und Jocelyn die offizielle Erlaubnis zu geben, offen Häme zu zeigen und sich daran zu weiden, wie sie ihr Fett abbekommen hatte.

Elliot hatte sie zweimal angerufen, aber nichts Neues zu berichten gehabt. Sie hatten Zach weitere Nachrichten hinterlassen, und wie es schien, blieb ihnen nichts übrig, als zu warten. Als könnte er ihre Gedanken lesen, hatte ihr Exmann geduldig ausgeführt, dass die Polizei nicht helfen könne, weil Zach nicht mehr offiziell als minderjährig galt und noch nicht lange genug verschwunden war, um als vermisst zu gelten. Wieder schlug sie ihm vor, zu ihm zu kommen, und wieder überzeugte er sie, dass dadurch nichts gewonnen wäre. Sie sollte das tun, wozu sie in Irland war. Eine Aufgabe würde sie ablenken. Das Problem war, dass sie kein Interesse mehr am ursprünglichen Grund für ihren Besuch hatte. Selbst ohne Ratten hatte sie nicht das geringste Verlangen, das Haus in Convent Hill aufzusuchen. In der kurzen Zeit, die sie dort verbracht hatte, war ihr klargeworden, dass sich in diesen verlassenen Zimmern nichts befand, was sie brauchte, keine Erinnerungen an eine lange vergangene Kindheit, die sie mit nach New York nehmen wollte. Was sie abgesehen von ihrem Sohn beschäftigte, war die Möglichkeit, mehr über ihren Vater und ihre Abstammung herauszufinden. Ihre Mutter hatte ihre Vergangenheit so erfolgreich verdrängt, dass Elizabeth sich vorkam wie eine Archäologin, die in einem Grab auf einen Lichtstrahl oder auf Gold unter vielen Schichten von Erde gestoßen war. Alles in Convent Hill war ihr vertraut, aber nun hatte sie einen Vorgeschmack des Unbekannten bekommen.

Vielleicht lag es an der grellen, tiefstehenden Wintersonne, die die Welt einfacher aussehen ließ, oder daran, dass sie ständig das Gerede von Gillian und Noelle im Duett hörte, die sich durch die Wohnung bewegten, aber sie dachte ernsthaft über eine Reise nach. Elizabeth lag voll bekleidet auf ihrem Bett und spielte mit dem großen Schlüssel, den man ihr tags zuvor ausgehändigt hatte. Ein zerknittertes braunes Schild war mit einer Schnur daran befestigt. Die vor vielen Jahren mit Kugelschreiber geschriebenen Worte «Castle House» waren eben noch zu erkennen. Die Vorstellung, sich in ihr Auto zu setzen, die Strecke auszutüfteln und nachzusehen, wo sie ihr Leben begonnen hatte, schien ihr deutlich verlockender, als in Buncarragh herumzusitzen und darauf zu warten, dass die Ratten starben. Ein Abenteuer würde sie ablenken, und eigentlich war es auch dringender zu entscheiden, was mit diesem Neuzugang in ihrem Immobilienvermögen geschehen sollte, als die ungewollten Schätze ihrer Mutter auszusortieren. Sie konnte nicht einfach ein ganzes Haus ignorieren, das ihr gehörte. Sie musste, versicherte Elizabeth sich selbst, es zumindest einmal in Augenschein nehmen, bevor sie irgendeinen Immobilienmakler im County Cork damit beauftragte, es ihr vom Hals zu schaffen.

Sich aus den Klauen ihrer Verwandtschaft zu lösen war keine einfache Aufgabe. Elizabeth hatte das Gefühl, in einem dichten, klebrigen Netz von Einwänden gefangen zu sein. Es war nicht die richtige Jahreszeit, um die Wildnis von West Cork zu erforschen und nach ihren Wurzeln zu suchen. Wo würde sie übernachten? Zu dieser Jahreszeit hatte kein Bed & Breakfast geöffnet. Was, wenn ein schlimmer Frost kam, oder gar, der Himmel möge es verhüten, Schnee? Tiefer im Land streuten sie die Straßen nicht. Wie wollte sie den Ort finden? Schicke Telefone oder Apps würden ihr da unten nicht helfen. Warum fuhr sie überhaupt weg? Was hoffte sie zu finden? Die letzte Frage ließ sie unbeantwortet, denn sie hatte keine Lust, diesen Menschen mehr über ihr Leben zu erzählen als nötig. Sie erwähnte weder das Testament noch ihre unerwartete Erbschaft von Castle House. Um die Verhandlungen um ihre Entlassung aus Buncarragh endlich zu beenden, gab sie ihnen widerwillig ihre Mobilnummer und hoffte, da es ein amerikanisches Handy war, dass die Furcht vor den Kosten sie davon abhalten würde anzurufen.

Endlich saß sie hinter dem Steuer. Auf dem Sitz neben ihr lag eine aufgefaltete Irlandkarte, die ihr Onkel zur Verfügung gestellt hatte. Die Straßen, die sie suchte, waren mit rotem Stift markiert – Noelles Werk. Elizabeth winkte der Familie Keane zu, die vor dem Laden aufgereiht stand wie in einer schlechten Produktion von *The Sound of Music* und fuhr mit einem tiefen Seufzer der Erleichterung los. Sie war erst ein paar hundert Meter hinter der Brücke, als sie eine vertraute Gestalt auf dem Gehweg erblickte. Rosemary kam mit einer roten Tüte voller Einkäufe die Straße herauf. Der Wind zerwühlte ihr auberginefarbenes Haar, und sie trug einen Mantel mit Schottenkaro, der für eine deutlich größere Frau gemacht schien. Sie sah aus wie eine ältliche Alleinunterhalterin für Kinder. Ohne wirklich den Entschluss dazu gefasst zu haben, fuhr Elizabeth an den Straßenrand.

«Rosemary!», rief sie durch ihr geöffnetes Fenster. Die alte Frau hob die Hand und schirmte ihre Augen gegen das grelle Licht der tiefstehenden Sonne ab.

«Ich bin es. Elizabeth. Patricias Tochter.»

«Natürlich. Entschuldigung. Ich konnte Sie kaum sehen.»

«Ich fahre ins Castle House.»

Rosemary sah sie verständnislos an.

«Das der Foleys, wo Sie nach Mammy gesucht haben.»

«Oh, na viel Glück! Ich erinnere mich noch daran, dass es eine entsetzlich lange Fahrt war. Heutzutage ist es aber bestimmt viel besser, mit all den neuen Straßen. Und Sie müssen sich bestimmt auch keine Sorgen machen, dass Ihnen der Motor aus dem Wagen fällt.» Sie lachte. «Was treibt Sie dort runter?»

«Ich dachte nur, es könne nett sein, es einmal zu sehen. Meinen Geburtsort und so weiter.»

Rosemary legte das Gesicht in besorgte Falten. «Verstehe. Aber sagen Sie mir, was glauben Sie dort zu finden?»

Elizabeth war etwas konsterniert. «Tja, ich weiß nicht genau. Ich will es nur sehen, denke ich.»

Rosemary nickte. «Na ja, dann machen Sie sich mal nicht allzu viele Hoffnungen. Meiner Erfahrung nach gibt es immer deutlich weniger Antworten als Fragen.» Sie lächelte und versetzte dem Auto dann einen Klaps, als wollte sie ein widerspenstiges Pferd antreiben. «Gute Fahrt!»

Die Straßen mochten besser geworden sein, der Verkehr allerdings nicht. Mitten im schwindenden Licht des Nachmittags näherte sich Elizabeth endlich Cork. Es würde bald dunkel sein, und sie traute sich nicht zu, Muirinish in der Nacht zu finden. Selbst wenn es ihr gelang, wo sollte sie übernachten? Sie beschloss, den Schildern in Richtung Flughafen von Cork zu folgen, in der Hoffnung, dass es dort ein Hotel gab. So würde ihr erspart bleiben, sich durch den Stadtverkehr zu quälen.

Als sie in ihrem schlichten Zimmer auf dem Bett saß, blickte sie aus dem Fenster auf die hell erleuchteten Terminals. Vielleicht hätte sie ihre Reise ein bisschen besser recherchieren sollen, bevor sie losfuhr? Es war unwahrscheinlich, dass sie sie noch einmal unternehmen würde, und irgendwie kam es ihr wie eine Verschwendung vor, nun in einem Hotel zu sitzen, wie es sie überall auf der Welt gab. Sie steckte das Ladekabel in ihr Handy und ging Zähne putzen. Durch das beharrliche Brummen ihrer elektrischen Zahnbürste hindurch glaubte sie etwas zu hören.

Was war das? Ihr Telefon! Sie spuckte ins Waschbecken aus und rannte ins Zimmer. Das Display war erleuchtet. Zach!

«Hallo! Hallo!» Ihre Stimme bettelte das Telefon darum an, dass es ihr Junge war. Schweigen, und dann...

«Hi, Mom.»

«Zach ...» Elizabeth setzte sich ganz schwach vor Erleichterung auf das Bett. «Zach, wo warst du? Ich, wir haben uns solche Sorgen um dich gemacht.»

«Tut mir leid. Mir geht's gut.»

«Mach so was nie wieder. Oh, Zach. Warum hast du mich angelogen? Wo zum Teufel steckst du?» Ihre Erleichterung verwandelte sich schnell in Wut.

«Ich bin bei ... Ich bin bei meiner Freundin.»

«Freundin? Ich ...» Sie war so erstaunt, dass sie verstummte. War es sehr schlimm, dass ihr erster Gedanke, abgesehen von seiner Sicherheit und seinem Aufenthaltsort, der Tatsache galt, dass ihr Sohn hetero war? Sie hatte sich mental darauf vorbereitet, dass er schwul sein könnte, und sich versichert, dass es für sie in Ordnung wäre, aber ihre Erleichterung, als sie das Wort «Freundin» vernahm, ließ sie vermuten, dass sie sich vielleicht belogen hatte. Einmal mehr warf sie sich all die Gespräche vor, die sie hätte führen sollen und nicht geführt hatte. Warum war sie so ängstlich gewesen? War sie etwa homophob? Nein, sie glaubte wirklich nicht, dass sie das war. Ihr Problem war eher Elliot und die Vorstellung, dass er auf diese Weise eine Art von Sieg davontragen könnte. Aber Zach mochte Mädchen. Ein albernes Grinsen breitete sich auf ihrem Gesicht aus.

«Sie lebt hier drüben, und ich wollte sie besuchen.»

«Und warum in Gottes Namen hast du mir nichts davon gesagt?»

«Ich hatte Angst, dass du nein sagst.»

Elizabeth musste zugeben, dass die Chancen dafür relativ hoch gewesen wären. Ihren Sohn durch das gesamte Land fliegen und Zeit mit einer Familie verbringen zu lassen, die sie noch nie getroffen hatte, war nichts, dem sie bereitwillig zugestimmt hätte.

«Aber Zach, du hast das nicht einfach nur gemacht, ohne es mir zu sagen. Die E-Mails. Die E-Mails, die du für deinen Vater geschrieben hast. Was ist damit?»

«Tut mir leid. Ich habe es nicht böse gemeint. Ich wollte sie nur unbedingt besuchen.»

«Und, o Gott, gerade ist es mir eingefallen. Deine Geschichte, dass Elliot mir den Flugpreis ersetzt! Tja, da halte ich mich dann wohl an dich, Zach. Du wirst mir noch den letzten Cent zurückzahlen, verstanden?»

«Ja, Mom. Du kriegst alles zurück. Versprochen.»

«Dachtest du wirklich, du kommst mit alldem durch? Zach, du bist doch nicht doof. Du musstest doch wissen, dass ich irgendwann mit deinem Vater spreche.»

Am anderen Ende der Leitung entstand ein Schweigen, dann hörte sie ein einfaches «Vermutlich». Und es brach ihr das Herz. Sie konnte ihn sich in diesem Moment so gut vorstellen: gesenkter Kopf, eine Schulter nach vorn geschoben, wie er von einem Fuß auf den anderen trat. Elizabeth wollte ihn am liebsten in den Arm nehmen. An seinem Haar riechen und wissen, dass er in ihrer Umarmung sicher war.

«Hast du es deinem Vater gesagt?»

«Ja.» Ein leichter Stich. Er hatte Elliot zuerst angerufen.

«Und?»

«Er fährt in ein oder zwei Tagen hierher und holt mich ab.»

«Wo zur Hölle bist du?»

«Sacramento.»

«Und wer ist dieses Mädchen? Wo habt ihr euch getroffen?»

«Ich habe sie über die Schule kennengelernt.» Kurzes Schweigen. «Ich mag sie wirklich.»

Elizabeth lächelte. «Also, das ist doch toll, mein Schatz. Ich bin froh darüber. Ich bin auch froh, dass es dir gutgeht. Du machst nie, nie wieder etwas auch nur annähernd so Dummes. Hast du verstanden?»

«Ja, Mom.»

«Ruf mich an, wenn du bei deinem Vater bist, okay?»

«Ja, Mom.»

«Ich hab dich lieb und bin sehr glücklich, dass mit dir alles in Ordnung ist. Jag mir keine solchen Schrecken mehr ein!»

«Entschuldige, Mom, ich hab dich auch lieb. Tschüs.»

«Tschüs.» Als sie die kleine rote Taste drückte und auflegte, begann sie zu weinen. Ihr Baby war außer Gefahr. Es war, als könne sie sich erst jetzt, wo sie ihn in Sicherheit wusste, eingestehen, wie viel Angst sie gehabt hatte. Die Mutter, die stundenlang im Dunkeln gesessen und auf das Heben und Fallen der winzigen Brust ihres Babys gehorcht hatte, die ihren eigenen Atem anhielt und ängstlich auf den nächsten warmen, milchigen Atemzug wartete – wie sich herausstellte, war sie noch immer diese Frau. Würde es jemals leichter werden? Sie bezweifelte es.

Eine Stunde später saß sie unten an der Bar und hatte ein großes Glas Rotwein vor sich, das sie sich ihrer Meinung nach redlich verdient hatte. Instrumentalversionen von Coldplay-Songs schwebten durch den Raum, und ein anorektischer Plastikbaum blinkte leicht alarmiert neben dem Eingang zur Lobby. Es fühlte sich seltsam an, allein zu reisen. Kein Zach, nach dem man sehen musste, keine von nachmittäglichen Drinks lüstern gewordenen Akademiker in sicherer Distanz zu ihren Ehefrauen, die es zu meiden galt. Zum ersten Mal seit einer gefühlt sehr langen Zeit war sie ganz ruhig. Elizabeth trank ihren Wein und blickte sich um. Vier ältere Frauen plauderten und lachten an einem Tisch, vielleicht berichteten sie sich von ihren Urlauben – oder sie würden demnächst aufbrechen, um im Winter ein bisschen Sonne zu bekommen? Ein paar Geschäftsmänner saßen einander jeweils zu zweit gegenüber, manche mit einem Bierglas vor sich, andere mit einem Kaffee. Elizabeth versuchte zu erraten, welche von ihnen echte Freunde waren und welche Kollegen, die nur das Geschäft verband. Sie fiel auf, so allein an der Bar. Also beschloss sie, sich lieber ein Sandwich auf ihr Zimmer kommen zu lassen, anstatt in den Speiseraum zu gehen und «einen Tisch für eine Person» zu bestellen. Sie hatte gerade ihr Glas geleert und dachte darüber nach, ob sie das Risiko eingehen sollte, sich ein zweites zu bestellen, da spürte sie das vertraute Vibrieren in der Tasche ihres Sweatshirts. Der hohe Klingelton ihres Telefons ließ einige Gäste in ihre Richtung blicken, bevor sie es aus ihrer Tasche ziehen konnte. Elliot. Ein Anflug von Gewissensbissen. Sie hatte ihn zuerst anrufen wollen.

«Elliot. Entschuldige. Ich wollte dich gerade anrufen.» Sie durchquerte die Bar und trat hinaus in die Lobby.

«Elizabeth. Hi. Du hast von ihm gehört, ja?» Sie bemerkte, dass in seiner Stimme eine Spur mehr Ärger schwang als Erleichterung darüber, dass sie den Aufenthaltsort ihres Sohnes herausgefunden hatten.

«Ja. Er hat angerufen. Was für ein kleiner Schwachkopf. Und das alles nur für ein Mädchen.»

«Ein Mädchen?» Seltsame Frage. Elizabeth wurde etwas bang. Die Ruhe von vor wenigen Minuten war verflogen.

«Ja. Das hat er mir erzählt. Er ist zu einem Mädchen geflogen.»

«Das ist alles, was er dir erzählt hat?»

«Ja. Wieso, was ist los? Sag's mir.»

«Sag lieber Frau. Soweit ich verstanden habe, ist diese Freundin von ihm Mitte dreißig.»

Elizabeth ächzte und stützte sich mit dem Arm an einem Metallpfeiler ab. Ihr Sohn war kaum siebzehn Jahre alt.

«Was? Woher weißt du das?»

«Er hat es mir gesagt! Er dachte, ich würde mir weniger Sorgen machte, wenn ich wüsste, dass er mit jemand Älterem zusammen ist. Was sollen wir machen?»

«Ich weiß nicht. Ich weiß nicht. Ich könnte ihn erwürgen. Er war am Telefon eben lammfromm. Wer ist sie?»

«Keine Ahnung. Ihr Nachname ist Giardino, das weiß ich noch. Ich fahre morgen zu ihrem Haus und hole ihn ab.»

Giardino? Giardino. Wieso klang der Name in Elizabeths Ohren so vertraut? War sie berühmt? Hieß so ein Laden, in dem sie einkaufte? Ein Student? Plötzlich traf sie die Erkenntnis mit einer Wucht, als sei sie durch eine Glastür gerannt.

«Michelle. Hat er den Namen Michelle erwähnt?»

«Genau, das ist es! Kennst du die Frau?»

«Das ist die Mathe-Nachhilfelehrerin, die zu uns nach Hause kommt.» Sie hielt sich gerade noch zurück hinzuzufügen: «Die, auf die du bestanden hast.»

«Und dir ist nichts aufgefallen?» Es klang anklagend.

«Versuch nicht, mir das in die Schuhe zu schieben. Sie taucht jeden Donnerstag nach der Schule bei uns auf. Normalerweise geht sie direkt, nachdem ich nach Hause gekommen bin.» Elizabeth war ein wenig übel. Michelle Giardino, die ihre gefütterte Winterjacke zuzog und ihr langes dunkles Haar aus der Kapuze befreite, bevor sie auf dem Weg zur Tür beiläufig rief: «Bis nächste Woche, Zach!» Zach im Schneidersitz auf dem Fußboden, seine Schulbücher auf dem Wohnzimmertisch aufgeschlagen. Der Boden. Das Sofa. Ihr Bett. War Miss Giardino darin mit ihrem Teenagersohn herumgerollt? Hatte Elizabeth sie dafür bezahlt, dass sie … sie konnte sich kaum überwinden, es in Betracht zu ziehen … dass sie Zach fickte?

«Woher hatten wir sie?»

«Von der Schule! Die Schule hat sie uns empfohlen.»

«Die müssen wir jedenfalls sofort informieren.»

«Ja. Ja, natürlich.» Aber wenn sie ganz ehrlich war, wusste sie, dass sie das nicht tun würde, jedenfalls nicht gleich. Sie hasste es, mit dem Schulbüro der Highschool ihres Sohnes zu telefonieren. Die Abfälligkeit in ihren Stimmen, wenn sie ihren Entschuldigungen dafür lauschten, dass sie irgendwelche Gebühren zu spät bezahlt hatte, oder die herablassende Art, mit der sie darauf hinwiesen, wie wichtig die Anwesenheitszeiten waren. Sie wusste schon, dass man ihr irgendwie den schwarzen Peter zuschieben würde. Nur eine schlechte Mutter konnte zulassen, dass so etwas passierte. Einmal mehr tauchte Michelle Giardinos hübsches Gesicht vor ihrem inneren Auge auf. Wut stieg in ihr auf, und sie sehnte sich danach, ihr die Selbstgefälligkeit aus dem Gesicht zu ohrfeigen. «Wenigstens weiß ich jetzt, warum er die ganze Sache so geheim gehalten hat.»

«Sie ist es, auf die ich sauer bin», sagte Elliot. «Ihm gebe ich keine Schuld. Ich meine, meine erste Freundin war auch deutlich älter als ich.»

Elizabeths Blut gefror. Sollte sie das in irgendeiner Weise beruhigen? Sie wusste nicht, was sie antworten sollte, also beschloss sie, einfach gar nichts zu sagen. Das Schweigen zwischen ihnen wurde durch ein leichtes Knacken in der Leitung unterbrochen.

«Ich ...» Er klang, als wolle er versuchen, sie zu trösten oder zu relativieren, was er gesagt hatte, aber dann besann er sich eines Besseren und fuhr fort: «Wir rufen dich morgen wieder an, wenn ich ihn abgeholt habe. Dann können wir zu dritt reden.»

In Elizabeth sträubte sich etwas. Sie mochte es nicht, wenn Elliot die Elternrolle einnahm. Sie schluckte ihre Irritation hinunter und antwortete: «Ja. Wir reden dann. Tschüs.»

«Okay. Dann also Tschüs.»

«Viel Glück.»

«Danke.» Ein müdes Glucksen, dann war er weg.

Der nächste Morgen vertrieb jede Erinnerung an den blauen Himmel und die helle Wintersonne des Tages zuvor. Fleckige graue Wolken hingen tief über den feuchten Feldern, und starke Windstöße rüttelten an den kahlen Ästen der Bäume. Der Speisesaal des Hotels war voller verzagt aussehender Gäste, die neben gepackten Koffern saßen. «Verspätet.» – «Wir wissen nichts.» – «Könnte gestrichen werden.» Die Stimmung im Raum und der Mangel an Tischen veranlassten Elizabeth dazu, sich einen Kaffee im Pappbecher zu holen und zu ihrem Wagen hinauszugehen.

Die Straße nach Bandon war einigermaßen leicht zu finden, aber dann bog sie in einem Dorf namens Old Chapel falsch ab und landete oben auf einem Hügel an einer Kreuzung, an der keiner der Orte angeschrieben stand, die in der richtigen Richtung lagen. Eine Gruppe von windzerzausten Kindern spähte über die Mauer eines Schulspielplatzes zu ihr herüber, als sie wendete und zurück in das Dorf fuhr. Dieses Mal fand sie die richtige Straße und fuhr bald an den imposanten Steinmauern der alten Klosterkirche von Timoleague vorbei. Dann schien die Straße ins Inland abzudrehen, fort von der Küste, und Elizabeth fragte sich schon, ob sie wieder die falsche Richtung genommen hatte. Doch dann tauchte sie aus einem langen

Tunnel von Bäumen wieder auf und befand sich auf einem schmalen Fahrdamm durch etwas, das wie Salzwiesen aussah. Am Ende davon wölbte sich eine bucklige Brücke, die aus dem Fels gehauen schien. Dahinter gab es einen breiteren Grünstreifen am Straßenrand, und sie fuhr an die Seite, um einen Blick auf die Karte zu werfen. Noelles rote Markierungen endeten bei dem Dorf Muirinish ein Stück weiter im Binnenland, denn Elizabeth hatte ihnen erzählt, dass sie dorthin wolle. Sie wusste jedoch, dass sie ans Meer musste. Wenn sie durch die Windschutzscheibe spähte, sah sie nichts, was nach Haus oder einer Zufahrt aussah. Vielleicht war das Haus schon vor Jahren abgerissen worden, und sie war nun stolze Besitzerin von einem Haufen Schutt? Sie beschloss, sich zu Fuß auf Erkundungstour zu begeben, griff nach ihrer Handtasche und stieg aus.

Der Wind war stark, aber nachdem sie so lange im Auto gesessen hatte, genoss sie, wie er ihr ins Gesicht blies und nach dem Salz vom Meer schmeckte. Die Straße beschrieb eine leichte Kurve, und die Bäume wurden dichter, aber dann kam sie an eine Lichtung, die mit verdorrtem Gras bewachsen war. Sie kämpfte sich hindurch und erblickte ein verrostetes Tor, das an einer Mauer lehnte. Es war der Eingang zu einem Feldweg oder einer alten Auffahrt. Elizabeth zögerte einen Moment, als ihr einfiel, wie schlecht sie für eine solche Erkundung gerüstet war. Ihre Turnschuhe und die dünnen Jeans würden schnell durchnässt sein. Vielleicht sollte sie warten, bis sie irgendwo Gummistiefel aufgetrieben hatte? Nein. Im Auto lag trockene Kleidung, die sie später anziehen konnte. Es war nicht ideal so, aber es musste reichen. Sie ging wie ein Storch und versuchte dabei, das nasse Gras mit jedem Schritt flach zu drücken. Ein Stück von der Straße entfernt war der Feldweg etwas weniger zugewuchert, und sie stellte fest, dass sie auf einer der Fahrspuren gut vorankam, wobei sie die meisten Pfützen und schlickigen Stellen umrundete. Hinter einer niedrigen Steinmauer rechts von ihr standen ein paar uralte Apfelbäume. Auf der linken Seite fiel sanft eine Wiese ab, die so aussah, als hätte darauf in jüngster Vergangenheit Vieh geweidet. Sie konnte das Meer hören, aber nicht sehen, bis der Weg nach oben führte. Dann lag das Meer auf einmal vor ihr, erstreckte sich weit in jede Richtung. Elizabeth schnappte nach Luft, so schön war es. Ein paar Verse eines Sonetts von Keats, das sie dieses Semester durchgenommen hatte, schossen ihr durch den Kopf.

«Ihr, deren Augen brennend oder matt,
Ergötzt sie wieder auf der weiten Flut!»

Das Meer. Sein Klang, der Geruch, die zerfetzten weißen Ränder, die in weiter Entfernung auf die Klippen trafen. Sie suchte den Horizont ab und dachte an ihre Mutter Patricia. Hatte sie hier gestanden? War dies das erste Mal, dass Elizabeth diesen Ausblick sah, oder hatten ihre kindlichen Augen ihn bereits aufgesogen, um dann alles wieder zu vergessen? Erst in diesem Augenblick bemerkte sie das Haus, das zwischen dem Meer und den Überresten einer Burg eingezwängt stand. Das musste es sein. Castle House. Begeisterung wallte in ihr auf, und sie machte sich, so schnell sie konnte, auf den Weg hinunter zu ihrem Erbe.

Elizabeth war sich nicht ganz sicher, was sie erwartet hatte, aber auf keinen Fall war es dieses Haus gewesen. Es war nicht groß genug, um ein Landsitz zu sein, und nicht klein genug, um als Cottage durchzugehen. Das Haus besaß zwei Stockwerke und hatte eindeutig schon bessere Zeiten gesehen. Die verblichene blaue Farbe an den Fenstern und Türen war rissig und blätterte ab. Hinter den Scheiben hingen grau und ermattet Gardinen. Der Weg von dem kleinen Tor zur Eingangsveranda war unter einem Teppich von Unkraut verschwunden. Hinter dem Haus erhob sich geisterhaft die Burgruine. Der Wind schien mit sich selbst um seine Mauern Fangen zu spielen, und Elizabeth verspürte ein eigenartiges Unbehagen. Sie hätte es nicht Furcht genannt, aber sie war sich auch nicht sicher, dass sie dieses Haus alleine betreten wollte. Ein paar kleine Gischtwolken tanzten durch die Luft, und das Dröhnen der Wellen klang beinahe bedrohlich. Sie tastete in der Tasche nach dem Schlüssel und hielt ihn einen Moment in der Hand.

Zuerst schien das Schloss so eingerostet, dass Elizabeth schon glaubte, das Haus habe ihr die Entscheidung abgenommen – sie würde nicht hineingehen. Doch dann änderte es plötzlich seine Meinung, und der Schlüssel drehte sich. Sie drückte auf die Klinke, und die Tür öffnete sich mit einem langen Knarren. Als Elizabeth in das düstere Innere spähte, sah sie einen staubigen, von toten Fliegen und Wespen übersäten Boden und eine Treppe, die hinauf in die Dunkelheit führte. Sie entdeckte einen Lichtschalter, und zu ihrer großen Überraschung funktionierte er. Eine schwache Glühlampe erleuchtete den Flur. Elizabeth trat in das Haus und zog die Tür hinter sich zu. Ein Zimmer auf jeder Seite. Sie öffnete eine Tür und dann die andere. Beide Zimmer sahen, abgesehen von den Tapeten, mehr oder weniger gleich aus. Zeitungen lagen über den Boden ausgebreitet. Von der Möblierung war nur ein einzelner, mit Farbe bekleckerter Holzstuhl übrig. Ruß war aus den Kaminen geweht und lag auf dem Boden. Sie ging an der Treppe vorbei durch eine geöffnete Tür in die Küche. Einige Schranktüren standen offen, als habe man sie absichtlich so stehen lassen, und kleine Stapel von staubigem Geschirr standen auf der Arbeitsfläche herum. Ein Besen lehnte an einer Tür, die die Hintertür sein musste, als hätte jemand vorgehabt zu putzen und sich dann eines Besseren besonnen. Wieder funktionierte der Lichtschalter, und eine kahle Neonröhre an der Decke erwachte flackernd zum Leben. Irgendwie machte die Helligkeit den Raum noch kälter. Elizabeth erschauerte und trat zurück in den Flur. Sie untersuchte die Treppe. War sie sicher? Ob das obere Stockwerk wohl ihr Gewicht tragen würde? Und musste sie überhaupt nach oben gehen? Wonach suchte sie dort? Dies war einfach nur ein verlassenes Haus ohne jede Spur von den Menschen, deren Zuhause es einst gewesen war. Sie fragte sich, wie lange es schon leerstand.

Sie war nicht bereit, sich ihre Niederlage einzugestehen, und finster entschlossen, in diesem Haus einen Hinweis auf ihren Vater zu finden, also stieg sie vorsichtig die Stufen empor. Das Knarren der Dielen verband sich mit dem Rattern der Fensterrahmen im Wind, und Elizabeth bemerkte, dass sie auf Zehenspitzen ging und durch das Haus schlich, als fürchtete sie, es aufzustören. Oben war es beinahe dunkel. Sie tastete nach dem Lichtschalter, aber sein Klicken zeigte hier keine Wirkung. Als sie sich umwandte, um wieder nach unten ins Licht zu gehen, glaubte sie ein Geräusch zu hören. Ein Klacken, das ohne

Rhythmus einsetzte und wieder aufhörte. Es schien aus der Schlafzimmertür gegenüber der obersten Treppenstufe zu dringen. Irgendwie war ihre Neugierde größer als ihre Furcht, und sie überquerte den Treppenabsatz. Stille, doch dann war es wieder da: Klack, klack, klack. Stille. Sie legte ihre Hand auf den Türknauf und drehte ihn. Ein Innehalten. Zwei tiefe Atemzüge, dann schob sie die Tür auf. Sie sah die Füße mit den langen Zehen über den Boden gleiten, und dann warf sich eine flatternde Taube in einer Explosion von Federn auf sie. Sie spürte die schwere Wärme ihres Körpers über ihr Gesicht streichen. Elizabeth schrie auf und floh die Treppe hinunter zur Haustür hinaus, wo sich ihr ein Mann in den Weg stellte. Sie schrie erneut auf.

«Entschuldigung, tut mir leid. Ich wollte Ihnen keine Angst einjagen.» Der Mann machte ein paar Schritte rückwärts. Mit hämmerndem Herzen versuchte Elizabeth ihren möglichen Angreifer einzuschätzen. Er war etwas größer als sie, aber im selben Alter, vermutete sie. Er hatte kurzes dunkles Haar und trug einen abgetragenen grünen Pullover mit V-Ausschnitt über einem kragenlosen Hemd. Er sah nicht besonders gefährlich aus.

«Sie haben mir vielleicht einen Schreck eingejagt», sagte sie und atmete noch immer schwer. «Ich hatte niemanden erwartet und bin gerade von einer Taube angegriffen worden.»

Er lächelte, und Elizabeth fielen seine weißen, ebenmäßigen Zähne auf. Wenn sie genauer hinsah, waren auch seine Gesichtszüge recht gleichmäßig. Sie hätte ihn vielleicht sogar als gut aussehend beschrieben.

«Ich habe nur gesehen, dass Licht an war. Ich habe da

unten an den Zäunen gearbeitet.» Er zeigte auf das Feld zwischen dem Haus und dem Meer. «Ich heiße übrigens Brian.»

«Ich bin Elizabeth.» Sie schüttelten einander die Hände, und sie erschrak darüber, wie rau sich seine Haut anfühlte. Mehr wie Fell oder Leder als wie die Handfläche eines Menschen.

«Schön, Sie kennenzulernen, Elizabeth. Was führt Sie an solch einem trüben Tag hierher?»

«Tja.» Elizabeth bemerkte, dass sie noch immer den Schlüssel in der Hand hielt. «Ich bin hier geboren worden.»

«Wirklich? Das ist erstaunlich.»

«Ja, das Haus gehörte meinem Vater. Edward Foley. Ich habe ihn oder diesen Ort nie kennengelernt. Er ist gestorben, als ich noch sehr klein war.»

«Edward Foley? Klar, aber er ist nicht tot.»

Aus dem Haus drang ein Krachen, als die Taube die Flucht ergriff.

DAMALS

Es war, als wäre ein Schalter umgelegt worden. Mrs. Foley hörte auf zu sprechen. Die Schleusentore waren geschlossen, und der Strom der Worte versiegt. Sie brachte weiterhin die Tabletts, Edward ward nicht mehr gesehen, aber sie tat es schweigend. Keine Platituden, keine Wetterberichte, keine abgeschmackten Beruhigungsversuche, sie blieb ausdruckslos und schmallippig. Zunächst entmutigte das Patricia, aber dann wurde sie stärker und wollte Antworten und begriff, dass sie diese nicht von einer Frau bekommen würde, die sich weigerte zu sprechen.

«Ich muss zu Hause anrufen.»

«Wo sind meine Kleider?»

«Wann kann ich gehen?»

Die Wahrheit war, dass Patricia noch immer sehr schwach war. Nachdem sie aufgehört hatte, den Tee zu trinken, betrachtete sie alles auf den Tabletts mit Argwohn. Sie ließ Suppen und Eintöpfe unberührt stehen. Sie knabberte am Brot und bildete sich ein, dass die Butter eigenartig schmeckte. Je weniger sie aß, desto kleiner wurde ihr Appetit. Zwar stand sie gelegentlich auf, aber ihre Schritte waren langsam und unsicher. Bei jeder plötzlichen Bewegung wurde ihr schwindelig. Im Schrank fand sie eine alte Decke, hüllte sich in sie ein und setzte sich regungslos ans Fenster. Irgendwie wurden das ständige Heulen des Windes und das Rattern der Fensterrahmen erträglicher, wenn sie sehen konnte, wie die dunklen Wolken über den Himmel zogen, und wenn sie sah, wie sich das riesige Meer immer wieder hob und gegen die Klippen brandete.

Die Stirn gegen die kalte Scheibe gepresst, träumte sie von ihrer Flucht. Wie sie aus ihrem Fenster auf die Veranda darunter springen würde und dann auf den Boden. Wie sie Mrs. Foley überwältigen und dann die Treppe hinunterstürzen würde, um das Haus durch die Küche zu verlassen. Natürlich würden diese Pläne nie in die Tat umgesetzt werden. Sie wusste, dass sie nicht stark genug war, und falls doch, wie weit würde sie in eine Decke gewickelt und mit bloßen Füßen kommen? Der Pub war zu weit entfernt, und sie kannte den Weg ins Dorf nicht. Sie erinnerte sich daran, wie Edward gesagt hatte, die Foleys hätten die Burg an dieser Stelle erbaut, weil sie so schwer zu erreichen war. Es war schwer hinzukommen und ebenso schwer, wieder wegzukommen. Sie erging sich in Tagträumen über Buncarragh und was sich dort abspielte. Was dachten die Leute, wo sie geblieben war? Kümmerte es überhaupt irgendjemanden, oder waren die Leute so mit ihrem eigenen Leben beschäftigt, dass sie es noch nicht einmal wirklich bemerkt hatten? Seltsamerweise weinte sie nur, wenn sie an Convent Hill dachte. Sie schluchzte, stellte sich die leeren Zimmer vor, die ungegossenen Pflanzen, das Stück Cheddar, dass in der Kühlschranktür dunkel wurde und Risse bekam. Sie sehnte sich danach, in ihr einsames Leben zurückzukehren. Die Einsamkeit, die sie an diesen entsetzlichen Ort getrieben hatte, erschien ihr nun wie ein Zustand der Glückseligkeit.

Eines Nachmittags lag sie auf dem Bett und döste immer wieder ein, bis ein Geräusch an ihr Ohr drang. Es kam nicht aus dem Haus. Sie lauschte. Es war ein Motor, und es klang nicht so, als befände er sich hinten auf dem Hof. Ein Automotor! Sie sprang vom Bett, stürzte beinahe, ihr Körper war an solche Anstrengungen nicht gewöhnt. Sie zog die Gardine vor dem Fenster zur Seite und reckte den Hals, um einen Ausschnitt der Auffahrt an der Seite des Hauses zu sehen. Hinter der Hauswand blitzte die Kühlerhaube eines Wagens hervor. Es war ein kleiner blauer Fiat. Rosemary hatte so einen Wagen! Patricia presste ihre Wange dichter gegen die Fensterscheibe, um mehr zu sehen. Ein Mantel schlug im Wind. Senffarben. Rosemarys Mantel, der mit dem braunen Samtkragen. Rosemary war gekommen, um sie zu retten! Sie klopfte mit den Knöcheln, so laut sie es wagte, gegen das Fenster. «Rosemary! Ich bin hier oben! Rosemary!», rief sie. Der Mantel blieb dort, wo er war, und blähte sich in der Meeresbrise. Sie schlug wieder gegen das Fenster. «Rosemary. Ich bin's, Patricia! Hier oben!» Der Mantel bewegte sich, und einen Augenblick lang war das Gesicht ihrer Freundin zu sehen, aber dann winkte sie und duckte sich wieder in den Wagen. Sie fuhr fort! «Nein, Rosemary! Ich bin hier. Ich bin hier oben!» Sie hastete durch das Zimmer und versuchte vergeblich, die Klinke zu betätigen. Noch immer abgeschlossen.

Panisch nahm Patricia den Stuhl neben ihrem Bett, rannte damit zum Fenster und durchschlug mit einem Bein die Glasscheibe. Sie erschrak vor dem Geräusch und der Heftigkeit und blieb einen Augenblick erstarrt stehen, bevor sie den Stuhl fallen ließ und an das zerborstene Fenster stürzte. «Rosemary!», schrie sie in den schneidenden Wind. Es war zu spät. Eine entsetzte Patricia sah, wie die blaue Kühlerhaube zurücksetzte. «Nein! Ich bin hier oben!», aber ihre Stimme war nun kaum lauter als ein Flüstern. Sie drückte ihre Handfläche gegen das Fenster und sank zu Boden. Ihr Körper wurde von Weinen geschüttelt, ihr Mund stand vor erstickenden Schluchzern weit offen. So knapp, aber ihre Tränen galten nicht nur ihrer verpassten Gelegenheit zur Flucht – es waren auch die erleichterten Tränen einer Frau, die gerade erfahren hatte, dass sie jemandem wirklich am Herzen lag. Rosemary, die alberne, lustige Rosemary, war den ganzen Weg von Buncarragh allein hierhergefahren, weil sie sich um ihre Freundin solche Sorgen machte. Patricia warf sich aufs Bett und durchweichte mit ihren Tränen ihr Kissen, bis sie einschlief.

Sie erwachte mit einem Ruck, als eine aufgebrachte Mrs. Foley mit einem rot-weißen Geschirrtuch in der Hand ins Zimmer platzte. Sie hob den Stuhl auf, der auf dem Boden lag, und stellte ihn zurück ans Bett. Dann wandte sie ihre gesamte Aufmerksamkeit Patricia zu. Mrs. Foleys Gesicht war dunkelrot vor Wut, und als sie ihre Worte ausspie, flog Spucke von ihren Lippen.

«Du lernst dich besser zu benehmen, Fräulein. Noch mehr solche Flausen, und ich binde dich an dieses Bett. Hörst du mich? Mit Händen und Füßen! Dein kostbarer Edward wird dich nicht retten! Hast du verstanden?»

Das war eine Mrs. Foley, die Patricia noch nie zuvor erlebt hatte. Sie wirkte geisteskrank und unberechenbar. Gefährlich. Das Geschirrtuch war fest zwischen ihren

Fäusten verdreht. Es erinnerte Patricia an den Abend, als sie die alte Frau dabei beobachtet hatte, wie sie neben dem Plumpsklo dem Huhn den Hals umgedreht hatte. «Verstanden?», fragte sie erneut.

«Ja», flüsterte Patricia und dann ein wenig lauter: «Ich habe verstanden.»

«Gut. Und vielleicht bläut dir das etwas Verstand ein.» Die alte Frau zeigte mit vor Wut zitternder Hand auf das zerborstene Fenster. «Weil ich es nämlich nicht repariere.»

Sie schlug die Tür zu und drehte den Schlüssel um.

Patricia wusste nicht, wie lange man sie allein gelassen hatte oder welche Uhrzeit es war, aber draußen war es dunkel, als die Tür aufging und Edward sich ins Zimmer schob. Er hatte ein großes Stück Pappkarton in der Hand. Sie wusste, dass ihre Augen rot und geschwollen aussehen mussten, aber es war ihr egal.

«Ich komme, um das Fenster zu reparieren.» Er flüsterte. Patricia fragte sich, ob seine Mutter wusste, dass er das tat.

Er durchquerte den Raum und begann, aus dem Karton ein Rechteck herauszureißen.

«Das war meine Freundin Rosemary. Die Leute suchen nach mir. Ihr müsst mich gehen lassen. Ich muss nach Hause, Edward!», flehte Patricia. «Ihr könnt mich nicht einfach hierbehalten. Es ist falsch!» Sie musste ihn dazu bringen, das zu verstehen.

Er drehte sich um und ging auf das Bett zu. «Du darfst Mammy nicht aufregen. Bitte. Du verstehst das nicht, Patricia. Ärgere sie nicht. Es macht für dich alles nur schlimmer.»

Er klang todernst. Patricia war sich nicht sicher, ob es an der Kälte von dem zerborstenen Fenster her oder an ihrer Angst lag, aber sie zitterte. Wozu war Mrs. Foley fähig?

Die Tage zogen vorüber. Wie viele? Patricia war sich nicht sicher. Es wurde hell, es wurde dunkel, die Tage krochen an ihrem Fenster vorbei. Manchmal pfiff der Wind um die Dachtraufe, oder sie wachte auf und hörte ihn ums Haus heulen und an den Fenstern zerren, aber er schien nie aufzuhören. Patricia versuchte sich mühsam daran zu erinnern, wie sich Stille anhörte. Einmal oder zweimal glaubte sie ein Auto oder Stimmen zu hören, aber es war jedes Mal nur das Brechen der Flutwellen oder der Wind in den Ästen. Sie fand in einem ansonsten leeren Schrank alte Zeitschriften und blätterte sie pflichtschuldig durch. Die *People's Friend*. Die *Woman's Weekly*. Keine Zeitschriften, von denen sie sich vorstellen konnte, dass Mrs. Foley sie jemals kaufen würde. Sie las die romantischen Erzählungen. Krankenschwestern, die sich in Ärzte verliebten, während sie in Afrika Leben retteten, schottische Stammesfürsten, die sich rothaarige Bauernmädchen griffen und sie grob im Heidekraut niederwarfen, aber alle mit Happy End. Patricia hatte keine Ahnung, welches Ende ihre eigene seltsame Geschichte nehmen würde. Sie konnten sie nicht für immer hier festhalten, und warum sollten sie das auch wollen? Es ergab keinen Sinn.

Eines Morgens kam Mrs. Foley wie üblich in ihr Zimmer und setzte das Tablett auf ihrem Bett ab. Patricia ignorierte sie. Durch Fragen war nichts zu gewinnen. Wie oft hatte sie die alte Frau angebettelt, ihr von Rosemarys

Besuch zu erzählen, was hatte sie ihrer Freundin gesagt? Aber nichts. In regelmäßigen Abständen kam sie, um die Teller mit kaum angerührtem Essen wieder einzusammeln.

Mrs. Foley zeigte mit dem Finger auf das Tablett. «Da ist Post für dich.» Patricia zuckte vor Schreck zusammen, ihre Stimme zu hören, und brachte Tasse und Untertasse zum Scheppern. Bevor sie einen Gedanken fassen und antworten konnte, war die alte Frau schon gegangen und hatte den Schlüssel im Schloss umgedreht.

Da lagen vier Umschläge. Zwei waren weiß, einer blau und der andere so etwas wie blassgelb. Sie sahen aus wie Weihnachts- oder Geburtstagskarten. Sie öffnete den ersten Umschlag und zog den Inhalt heraus. Vorne auf der Karte befand sich ein Bild von zwei Vögeln, Tauben vielleicht, die mit ihren Schnäbeln einen Knoten in ein langes Stück roter Schnur machten, das mit seinen Kurven und Knicken das Wort «Glückwunsch» buchstabierte. Wie eigenartig. Sie öffnete die Karte. In schwarzen Druckbuchstaben stand darin: «Alles Gute zum Hochzeitstag», und darunter befand sich eine handgeschriebene Notiz. «Wir freuen uns alle sehr für Dich. Herzlichen Glückwunsch an Dich und Edward. Bitte kommt uns besuchen. Alles Liebe von Gillian, Jerry und der ganzen Familie.» Patricia wusste nicht, was sie denken sollte. Sie hatte das Gefühl, verrückt zu werden. Ihr Magen verkrampfte sich, und ihr Atem kam flach und stoßweise. Auf der nächsten Karte waren von Rosen umkränzte Hochzeitsglocken abgebildet, und darin befand sich ein Brief von Carol Daunt. Carol Daunt? Sie waren nicht einmal in der Schule Freundinnen gewesen. Warum sollte sie ihr eine Karte schicken? In der dritten befand sich die Comiczeichnung zweier Häschen, die zusammen an einer Karotte knabberten. In der Karte stand: «Das Glück ist zum Teilen da!» Die Nachricht stammte von Rosemary. «Schade, dass ich Dich nicht angetroffen habe. Hoffentlich geht es Dir schon viel besser. Ich freue mich so sehr für Dich und Edward. Ich wünsche Euch ein langes und glückliches gemeinsames Leben.» Das war Irrsinn. Ungeduldig riss sie den vierten Umschlag auf. Er stammte von Rosemarys Eltern. Sie teilten ihre Freude ebenfalls. Patricia schob das Tablett zur Seite, stand vom Bett auf und begann gegen die Zimmertür zu hämmern. «Mrs. Foley! Was ist hier los? Mrs. Foley!»

Das Geräusch von Schritten auf der Treppe, gefolgt von dem vertrauten Drehen des Schlüssels, und Edwards Mutter stand vor ihr. Sie sah trotzig aus. Sie glättete ihre Schürze und erkundigte sich mit vollkommen gefasster Stimme: «Was kann ich für dich tun, meine Liebe?» Patricia wusste nicht, wo sie anfangen sollte. Ihr Mund öffnete und schloss sich, aber es kamen keine Worte. Schließlich griff sie nach den Karten und hielt sie Mrs. Foley vors Gesicht.

«Was ist das? Warum schicken mir die Leute so etwas?»

«Na ja, ich vermute, sie freuen sich für dich.»

«Sie freuen sich? Worüber? Ich bin nicht verheiratet. Sie halten mich hier gefangen. Welche Lügen haben Sie diesen Menschen erzählt?»

«Edward liebt dich sehr, und je früher du das verstehst, desto schneller können wir normal weiterleben.» Sie verstummte, und die Frauen starrten einander an.

«Das ist Irrsinn. Irrsinn! Sie sind ja nicht bei Verstand!», schrie Patricia und dann, atemlos, zerknüllte sie die Karten in ihrer Hand. Sie stand barfuß da und trug nichts als ein Nachthemd, das ihr nicht einmal gehörte. Mrs. Foleys Gesicht begegnete dem Blick der jungen Frau unnachgiebig. Langsam zog sie einen Fuß nach dem anderen zurück, gewappnet, beinahe als wolle sie ihren jungen Schützling dazu herausfordern, an ihr vorbeizustürmen. «Es liegt an dir, meine Liebe.» Und damit wandte sie sich auf dem Absatz um und schloss die Tür hinter sich ab.

Die Stunden verstrichen. Weinkrämpfe kamen, dann schlief sie ein, nur um aufzuwachen und wieder zu weinen. Die Dunkelheit brach herein, aber Patricia legte keinen Wert auf Licht. Mrs. Foley hatte es eingeschaltet, als sie das Tablett mit dem Abendessen gebracht hatte, aber Patricia hatte es schnell wieder ausgemacht. Sie zog es vor, vergessen und unsichtbar in der Nacht zu liegen. Ihr Abendessen stand unberührt auf dem Boden. Patricia fragte sich, wie lange es wohl dauern würde, bis sie sich zu Tode gehungert hatte. Würden Edward und seine Mutter dabei zusehen? Bestimmt würden sie sie ins Krankenhaus bringen, bevor sie starb? Dann konnte sie Alarm schlagen, und diese Folter wäre vorüber. Vielleicht würden sie den Ärzten einfach sagen, sie wäre verrückt, und je mehr Patricia dann darauf bestünde, dass sie es nicht war, desto verrückter würde sie erscheinen. In Filmen geschah das ständig.

Zuerst schenkte Patricia dem Klopfen keine Beachtung. Sie nahm an, dass es Edward mit einem Hammer gewesen sein musste oder Mrs. Foley, die an irgendetwas arbeitete, aber dann hörte sie Stimmen. Die Stimme eines Mannes! Das war nicht Edward. Das Hämmern musste der Türklopfer gewesen sein. Da war ein Gast im Haus! Sie kniete sich auf den Boden und drückte sich gegen die Tür. Ja, das war Mrs. Foley und die Stimme eines Fremden. Eine der Türen auf der Frontseite des Hauses wurde geöffnet und geschlossen. Patricia stand auf. Das war ihre Chance, Alarm zu schlagen. Jemand aus der Außenwelt konnte den Menschen berichten, dass sie hier war. Sie sah sich im Zimmer nach etwas um, womit sie Lärm machen konnte, beschloss dann aber, einfach auf den Boden zu stampfen. Sie saßen vielleicht in dem Zimmer unter ihr. Nach dem Stampfen hielt sie inne und horchte, wartete auf irgendeine Reaktion. Schritte auf der Treppe, eine Stimme, die etwas rief, aber das Haus blieb still. Waren sie hinausgegangen? Sie hätte sie doch bestimmt durch den Flur gehen gehört? Sie stampfte erneut auf, aber noch immer erfolgte keine Reaktion. Patricia ging zur Tür und hämmerte dagegen, aber wieder kam keine Resonanz.

«Hilfe!», rief sie und schlug gegen die Tür, so fest sie konnte. Stille. Wie konnte es sein, dass man sie nicht hörte? Sie hämmerte erneut gegen die Tür und rief um Hilfe. Nichts. Hatte sie sich getäuscht? Hatte sie sich die Stimmen nur vorgestellt? Sie legte sich wieder auf ihr Bett.

Kurze Zeit später hörte sie eine Tür und im Flur wieder die Stimme des Mannes. Sie hatte nicht geträumt! Sofort rannte sie zur Tür und begann mit den Fäusten gegen das Holz zu trommeln. «Hilfe! Bitte helfen Sie mir!» Sie wartete, aber der einzige Laut, den sie hörte, war das Schließen der Haustür.

Sie durchquerte das Zimmer zum Fenster und sah einen Priester, der unsicher den schmalen Feldweg zur Straße hinunterradelte. Sie klopfte ans Fenster, wusste aber, es war vergeblich. Ihr Retter war fort. Sie wappnete sich für Mrs. Foleys Auftritt. Zweifellos würde sie die Treppe heraufstürmen und sie dafür ausschelten, dass sie es gewagt hatte, solchen Radau zu machen, aber niemand kam.

Erst Stunden später öffnete sich langsam die Tür, und Mrs. Foley setzte eine Tasse Tee behutsam auf ihrem Nachttisch ab.

«Ich dachte mir, du hast vielleicht ein wenig Durst bekommen.»

Patricia konnte sie nicht ansehen.

«Ich hatte da einen netten Besuch von Father Manning. Er ist hergekommen, um Edwards Braut kennenzulernen.»

Gegen ihren Willen starrte Patricia Mrs. Foley entgeistert an. Das war so vollkommen verrückt, dass sie glaubte, ohnmächtig zu werden.

Die alte Frau lehnte sich mit einstudierter Nonchalance gegen den Türrahmen.

«Ich habe ihm erklärt, dass du es schrecklich mit den Nerven hast. Er war sehr mitfühlend. Hatte großes Verständnis. Wir haben zusammen ein kleines Gebet für dich gesprochen. Fühlst du dich ein wenig besser, Patricia?» Höhnische Sorge schwang in Mrs. Foleys Stimme mit.

Patricia wollte sich so weit von dieser Frau entfernen, wie sie nur konnte. Sie rannte zur anderen Seite des Raumes und drückte ihr Gesicht gegen die Wand. Sie knirschte vor Wut und Frustration mit den Zähnen.

Eine leise Stimme von der anderen Seite des Raumes sagte: «Ach, die Kraft des Gebets.» Und dann fiel die Tür mit einem Klicken ins Schloss.

Unten wurde eine Tür geöffnet und wieder geschlossen, und sie hörte einen Fetzen der Titelmelodie von *The Late Late Show*.

Samstag. Es muss Samstag sein, dachte sie. Wie viele Abende hatte sie in ihrem Zimmer in Buncarragh gelegen, während ihre Mutter im Wohnzimmer unten fernsah? In Gedanken sah sie die Gesichter von Menschen, die sie kannte, erleuchtet vom flackernden Licht ihrer Fernseher. Nicht einer von ihnen dachte an sie, wie sie hier allein und hilflos im Dunkeln lag.

Sie musste wieder eingeschlafen sein, denn das Nächste, dessen sie gewahr wurde, war jemand, der ihr sanft auf die Schulter tippte. Als sie zusammenzuckte und die Augen aufschlug, konnte sie sofort Edwards breiten Umriss gegen das Licht ausmachen, das vom Treppenabsatz aus in ihr Zimmer strömte.

«Edward?»

«Pst, sonst hört sie dich», flüsterte er eindringlich. Dann näherte er sein Gesicht ihrem so weit, dass sie seinen Atem an ihrer Wange spüren konnte, und sprach langsam und leise. «Morgen Nacht. Sei bereit. Und iss. Das Essen ist jetzt sicher.» Er richtete sich gerade auf und wandte sich zur Tür. Bevor er sie schloss, steckte er seinen Kopf noch einmal ins Zimmer und wiederholte flüsternd: «Morgen Nacht.»

Patricia starrte in die Dunkelheit. Was würde morgen Nacht geschehen? War es etwas, auf das sie sich freuen, oder etwas, wovor sie sich fürchten sollte? Konnte sie Edward vertrauen? Sie verspürte mehr Unbehagen als in vielen Tagen zuvor.

«Du bist aber ein braves Mädchen», gurrte Mr. Foley, als sie Patricias Tablett holen kam. «So ist es gut. So wirst du in null Komma nichts wieder auf dem Damm sein.»

Patricia lächelte, bis ihr einfiel, dass sie keine Invalide war und Mrs. Foley ihre Gefängniswärterin und nicht irgendeine selbstlose Florence Nightingale. Sie drehte sich in Richtung Wand, und die alte Frau verließ ihr Zimmer.

Die Stunden schienen sogar noch langsamer zu verstreichen, wenn sie auf etwas wartete ... worauf? Was hatte Edward gemeint? Das Sonnenlicht verschwand vom Himmel, und noch immer wartete sie. Würde es ein Zeichen geben? Konnte sie es verpassen? Sie würde nicht schlafen. Edward hatte ihr gesagt, sie solle sich bereithalten.

Das Abendessen kam und wurde geholt, und nichts geschah. Vielleicht irrte sich Edward, oder etwas hatte sich geändert? Sie saß auf dem Bett und horchte auf etwas, was aus dem üblichen Rahmen fiel.

Trotz ihrer festen Vorsätze schlief sie ein. Als sie aufwachte, hatte jemand ihr Licht ausgeschaltet. Sie machte es wieder an. Die Vorhänge waren zugezogen. Als sie sich aufsetzte, glaubte Patricia Stimmen zu hören. Sie klangen aufgeregt oder bekümmert und schienen aus einiger Entfernung vom Haus zu kommen. Sie sprang vom Bett und eilte zum Fenster, um hinauszusehen. Sie erhaschte einen kurzen Blick auf Mrs. Foley, die sich gegen den Wind stemmte und über ihrem Nachthemd einen Mantel trug. Sie schien jemanden anzuschreien. Patricia schöpfte Mut und drückte sich gegen das Glas. Sie konnte Edwards Stimme von weiter weg hören, und irgendetwas an der Art, wie das Licht seitlich auf das Haus fiel, war eigenartig. Ein unsteter orangefarbener Schein. Mrs. Foley tauchte wieder auf, dieses Mal trug sie ein paar schwer aussehende Eimer. Ein Feuer! Irgendwo musste es brennen. War es das, was Edward gemeint hatte? War dies der Moment, ihre Gelegenheit zur Flucht? Sie rannte zur Tür und drückte auf die Klinke. Sie ließ sich öffnen! Auf dem Boden vor ihr lagen ein brauner Tweedmantel und ein altes Paar Schuhe aus abgewetztem schwarzem Leder. Edward! Er musste beides für sie hierhergelegt haben. Patricia steckte ihre Füße in die Schuhe – ein bisschen groß, aber es würde gehen – und schlüpfte dann in den schweren Mantel. Oben an der Treppe hielt sie inne und horchte. Die Stimmen kamen noch immer von draußen. Sie hielt sich am Geländer fest, um sich abzustützen, und ging, so schnell sie konnte, nach unten. Mrs. Foley war auf der Frontseite des Hauses gewesen, also ging Patricia durch die Küche. Da sie sich ihres Gleichgewichts noch immer nicht sicher war, stützte sie sich auf die Stühle am Tisch und ging langsam auf die Hintertür zu. Als sie sie erreichte, hatte sie plötzlich Angst, sie könne abgeschlossen sein. Ihr Herz schien in ihrer Brust zu vibrieren. Sie hob den Riegel, und die alte Tür fiel ihr entgegen, vom Wind nach vorn gedrückt.

Patricia trat hinaus in die kalte Nachtluft. Sie schnappte danach wie eine Ertrinkende, die es gerade an die Wasseroberfläche geschafft hat. Ihr war schwindelig, geradezu beschwingt zumute, weil sie draußen war.

Sie hielt sich nah an der Wand, als sie über den Hof in Richtung Kiesweg strebte. Sie spürte die Hitze des Feuers, bevor sie es sah. Als sie um die Ecke bog, konnte sie erkennen, dass der Brand im Obstgarten loderte. Orangefarbene Flammen schlugen in langen Bahnen in den Nachthimmel. Plötzlich tauchten Edward und seine Mutter auf, sie kämpften mit einem Schlauch. Patricia warf sich zurück in den Schatten. Ihr wurde klar, dass es zu riskant war, direkt auf den Feldweg zuzuhalten, der zur Straße hinunterführte. Sie würde sich durch die Felder hinter dem Obstgarten schlagen und auf diese Weise zur Straße gelangen. Mit gesenktem Kopf huschte sie zum Melkstand hinüber und schaffte es in seinem Schutz zum Feld. Nun war es deutlich schwerer, etwas zu erkennen, aber sie wusste, wenn der Schein des Feuers rechts von ihr blieb, ging sie in die richtige Richtung. Sie schien sich auf einem schmalen Pfad zu befinden und beschloss, ihm zu folgen, anstatt direkt durch das nasse Gras des Feldes zu gehen. Sie setzt einen Fuß vor den anderen und versuchte dabei, festeren Untergrund zu treffen. Schon jetzt war sie etwas außer Atem und erschöpft, das Adrenalin verebbte, und die Erkenntnis, dass sie sich ihren Weg durch ein raues, unbekanntes Land bahnen musste, machte ihr Angst. Der Pfad schien sie etwas bergab zu führen, und sie konnte vom Feuer nur noch Funken sehen, die hoch über ihr aufglühten.

Der Pfad wurde schlammiger. Kaltes Wasser schwappte in ihre Schuhe. Sie achtete nicht darauf. Weiterzugehen war ihre einzige Chance. Das scharfe Gras schlug schmerzhaft gegen ihre nackten Beine, aber die Straße konnte nicht mehr allzu weit entfernt sein. Sie hielt an, um sich zu orientieren. Der Schein vom Obstgarten war immer noch zu ihrer Rechten zu sehen, schien aber weiter entfernt, als er ihrer Einschätzung nach sein sollte. Wenn nur ein Auto vorbeikäme und sie die Scheinwerfer sehen könnte, um darauf zuzuhalten! Als sie weitergehen wollte, war sie erstaunt, wie tief sie bereits in den Schlamm eingesunken war. Es kostete sie einige Mühe, ihre Füße wieder herauszuziehen, und beinahe hätte sie einen der Schuhe verloren. Auch nicht gerade hilfreich war die Tatsache, dass die kalte Luft unter ihren Mantel gekrochen war und ihr Körper heftig zu zittern begonnen hatte. Ihre Füße waren taub.

Zuerst roch sie es. Der Geruch von Salz, vermischt mit etwas viel Dunklerem, beinahe Fauligem. Er erinnerte sie an etwas, und dann fiel es ihr ein: das Marschland, durch das sie gefahren waren. Sie begriff, dass sie nicht mehr durch ein schlammiges Feld watete. Der Pfad musste sie zum Meer geführt haben. Sie konnte das Schwappen von Wasser hören. Sie wandte sich um, um den Weg zurückzugehen, den sie gekommen war, aber ihr linker Fuß versank plötzlich bis zum Oberschenkel in kaltem, lehmigem Sand. Sie keuchte auf und fiel nach hinten. Als sie sich aufrichtete, wusste sie nicht mehr, in welche Richtung sie hatte gehen wollen. Eine flatternde Panik ergriff von ihr Besitz, und sie begann zu wimmern. Als sie um sich griff, bekam sie ein Büschel Gräser zu fassen, an dem sie sich festhalten konnte. Sie zog sich daran mit aller Kraft, die sie noch besaß, hoch, und es gelang ihr, ihren linken Fuß zu befreiten, der nun barfuß war. Sie klammerte sich an dem Gras fest und versuchte Atem zu schöpfen. Wenn sie sich umsah, konnte sie in der Ferne nur schattenhafte Umrisse ausmachen, aber nichts, was vertraut aussah oder ihr dabei half zu entscheiden, in welche Richtung sie gehen sollte. Sie nahm ihre gesamte Energie zusammen, stand auf und machte ein paar unsichere Schritte fort von den Meeresgeräuschen, aber dann fand sie sich mit einem schrecklichen Ruck bis zur Hüfte im eiskalten

Schlick wieder. Unwillkürlich schrie sie auf. Sofort hatte sie Angst, dass sie jemand gehört haben könnte, begriff aber dann, dass genau das geschehen musste. Sie streckte ihre Arme so weit zur Seite aus, wie sie nur konnte, ertastete aber kein Gras, an dem sie sich festhalten konnte. Die kalte Umarmung des Schlicks schien an ihr höher zu kriechen. Sie wand sich nach links und dann nach rechts, aber da war nichts als eine Decke von Dunkelheit, die sie umgab.

Sie rief: «Hilfe!» Selbst in ihren eigenen Ohren klang es schwach. «Helft mir!» Sie versuchte lauter zu rufen, aber es war hoffnungslos. Sie zitterte so heftig, dass es beinahe unmöglich für sie war, Atem zu holen. Sie konnte ihre Beine nicht mehr spüren. Ihre wild um sich schlagenden Hände trafen auf nichts als Wasser und noch mehr Wasser. Es herrschte wohl Flut, dachte sie, und der anschwellenden Panik folgte eine tiefe Ruhe. Das würde ihr Ende sein. Sie ließ ihren Körper schlaff werden und noch ein wenig tiefer einsinken. Sie erinnerte sich an die Geschichte von dem Mann auf dem Heimweg vom Pub. Man hatte sein Fahrrad gefunden. Es würde keine Spur von ihr bleiben. Eine große Müdigkeit erfasste sie, und sie fragte sich, ob sie einfach einschlafen könnte, um nie mehr aufzuwachen. Warm, warum war ihr so warm? Sie kämpfte mit den Knöpfen an ihrem Mantelkragen wie eine Betrunkene, die versucht, sich auszuziehen. Das Wasser leckte jetzt an ihren Achselhöhlen. Sie konnte nicht sagen, ob ihre Augen geöffnet oder geschlossen waren. Die Dunkelheit war überall.

Zuerst hielt sie es für ein Geräusch in ihrem Kopf. Ein anhaltendes Grollen. Vielleicht war es der Wind. Ein Auto?

Ein Boot? Aber dann fielen lange Lichtstrahlen auf das Wasser, und Patricia starrte auf die graue Bahn erleuchteter Wellen. Halb erwartete sie, etwas aus der Brandung auftauchen zu sehen. Dann bewegten sich die Lichtstrahlen etwas auf sie zu. Sie wurden breiter und das Motorengeräusch viel lauter. Schließlich traf das Strahlenbündel direkt auf ihr Gesicht. Sie schloss die Augen und gab ihr Bestes, mit den Armen über dem Kopf zu winken. Sie versuchte, etwas zu rufen, konnte aber nicht.

Der Dieselgeruch und die Abgase des Traktors erfüllten die Luft, und dann war da Edwards Stimme.

«Nicht bewegen. Ich hole dich raus. Bleib ruhig.»

Sie sah seinen Umriss, als er an den Scheinwerfern des Traktors vorbeiging, aber dann verschwand er. Ein Klatschen ertönte hinter ihr, dann spürte sie, wie etwas an ihrem Mantel zog. Langsam, ganz langsam, bewegte sich ihr Körper durch den Schlick nach oben. Ihre Brust war frei, und nun hatte Edward seine Arme um sie gelegt und zerrte sie zu sich hoch.

«Ich habe dich. Das war's. Ich habe dich. Du bist in Sicherheit. Vorsichtig.»

Schließlich hatte er ihren gesamten Körper befreit, und sie stellte fest, dass sie jetzt auf Edward lag. Seine Brust hob und senkte sich nach der überstandenen Anstrengung. Er manövrierte sich unter ihr hervor und schob seine Arme unter sie, hob sie hoch wie eine Braut vor der Türschwelle. Langsam, mit einem vorsichtigen Schritt nach dem anderen, brachte er sie zum Traktor, dessen Motor noch immer lief. Patricia drückte ihr marmorkaltes Gesicht an die Hitze seines Körpers. Durch das Motorengeräusch und den Wind hindurch, der das Meer

aufpeitschte, konnte sie so gerade eben seine Stimme ausmachen.

«Warum? Warum musstest du diesen Weg nehmen?
Wenn du doch nur über die Weide gegangen wärst. Jetzt
wird sie dich nie mehr gehen lassen. Niemals.»

Patricia war sich nicht sicher, aber es klang so, als
weinte er.

JETZT

Es war ein langes, geducktes Gebäude, grob verputzt und mit einer kurzen Kiesauffahrt. Es sah eher aus wie ein großer Bungalow, als dass es Elizabeths Vorstellung von einem Altersheim entsprochen hätte. Eine Kette aus weißem Plastik schützte die Ränder der quadratischen Rasenfläche, die bis zur Straße hinunterreichte. Ein diskretes Schild wies darauf hin, dass dies das Abbey Court Care Home war. Elizabeth fand es traurig, dass ein Mann, der sein Leben in der schroffen Schönheit verbracht hatte, der sie in Muirinish begegnet war, seine Tage in dieser vorstädtischen Tristesse beenden sollte.

Brian fuhr den Wagen bis direkt vor den Eingang und machte den Motor aus.

«Also, ich habe noch ein paar Dinge in der Stadt zu erledigen. Ich komme Sie in, sagen wir, anderthalb Stunden wieder abholen? Klingt das gut?»

«Perfekt.»

Nach ihrer zunächst schockierten Reaktion auf die Neuigkeit, dass ihr Vater noch am Leben sei, hatte Brian erklärt, dass er das Land bei Muirinish erst vor kurzem gekauft habe und dass ihr Vater, soweit er wisse, die letzten vier oder fünf Jahre in Vollzeitpflege verbracht habe. Bevor sie überhaupt darüber hatte nachdenken können, hatte Brian ihr angeboten, sie zu dem Altersheim zu fahren. Dann hatte er seine Tante angerufen, die normalerweise nur während der Sommermonate Gäste aufnahm, aber nach einer kurzen Unterhaltung zugestimmt hatte, Elizabeth zu beherbergen. Es war eine angenehme Abwechslung, dass sich einmal jemand anders um alles kümmerte.

Das Altersheim befand sich ungefähr eine Stunde Fahrt weit im Landesinneren, in den Außenbezirken von Clonteer, der nächsten Stadt. Elizabeth war etwas nervös gewesen, eine so lange Zeit allein mit einem Fremden im Auto zu verbringen, aber die Unterhaltung war entspannt dahingeplätschert. Gelegentlich hatte sie das Gefühl, als flirtete er mit ihr, und ab und zu war sie sich ziemlich sicher, selbst zurückzuflirten. Brian war einer dieser Männer, die sich in ihrer eigenen Haut äußerst wohl zu fühlen schienen, und das gefiel Elizabeth. Er war selbstbewusst, und er hatte offenbar Freude daran, sie zum Lachen zu bringen. Es machte Spaß, Zeit mit einem ungebundenen Mann ohne jegliche Erwartungen an sie zu verbringen.

Nach Elliot hatte sie sich mit ein paar Männern getroffen. Sie hatte das Gefühl gehabt, das tun zu müssen, nicht nur um über die Demütigung der Scheidung hinwegzukommen, sondern auch um sich zu bestätigen, dass sie noch immer eine Frau war, die für Männer attraktiv sein konnte. Eine Beziehung war zu Ende, nicht ihr Leben, hatte sie sich gesagt. Die Liebe ihres Lebens wartete vielleicht noch auf sie.

Wohlmeinende Freunde vom Hunter College hatten sie zu verkuppeln versucht. Mit einem Professor, der alt genug war, um ihr Vater zu sein, gefolgt von einem Mann mittleren Alters aus dem Büro für die Vergabe von Studienplätzen, der sich bei ihrem Treffen so betrunken hatte, dass er sich auf ihre Schuhe hatte übergeben müssen. Sie hatte es mit unterschiedlichen Apps versucht, aber nach ein paar Treffen mit Männern, die entweder noch ganz besessen von ihrer Exfrau, nicht geschieden oder bei der Nahrungsaufnahme extrem laut waren – an anderen Tischen hatten sich die Leute umgedreht! –, hatte sie beschlossen, einfach eine Weile Single zu sein. Es half nicht gerade, dass sich von ihren misslungenen Dates keiner der Männer die Mühe machte, anzurufen und auf eine zweite Chance zu hoffen. Sie schien vom Markt zu sein, ob sie es wollte oder nicht. Sie hatte ihre Arbeit und ihre Freunde, und dann, als Zach älter wurde, stellte sie fest, dass sie sich auf seine Gesellschaft verließ. Nun machte sie sich Gedanken, ob das vielleicht etwas mit der ganzen Michelle-Giardino-Situation zu tun haben könnte.

«Reisen Sie allein?», fragte Brian.

«Ja. Ich habe landeinwärts Familie. Meine Mutter ist gestorben. Ich bin zurückgekommen, um auszumisten.»

«Tut mir leid, das zu hören. Ich habe meine Mutter vor drei Jahren verloren.»

«Sie war lange krank.»

Elizabeth spürte, wie Brian ihr beim Fahren Blicke zuwarf.

«Und wartet in New York Familie auf Sie?»

«Nein. Na ja, ein Sohn, aber der ist gerade zu Besuch bei seinem Vater. Ich bin geschieden.»

«Ach Mist!», sagte Brian lachend. «Bei mir zwei Jahre. Und bei Ihnen?»

«Fast acht», antwortete sie fröhlich.

«Offenbar ist es doch nicht für jeden so lustig, auf einem Hof zu leben. Sie ... Entschuldigung, macht es Ihnen etwas aus, wenn ich darüber rede?»

«Nein, gar nicht. Ich liebe Geschichten über die unglücklichen Beziehungen anderer Leute.» Sie lachten beide. «Wo haben Sie sich denn kennengelernt?», fragte Elizabeth schnell, um zu bekräftigen, dass ihr Interesse echt war.

«Auf einer Hochzeit. Wo Liebesgeschichten eben beginnen. Sie kam aus Dublin. Mein Freund Kevin heiratete eine Freundin von ihr. Wir haben uns verliebt und beinahe ein Jahr lang eine Fernbeziehung geführt, bevor ich ihr die entscheidende Frage stellte.»

«War sie ... wie heißt sie?»

«Sara ohne H.»

«War Sara vorher nie auf dem Hof?»

«Doch. Ich war da nicht ganz fair. Es lag mehr an den Wintern als am Hof selbst. Es gefiel ihr, dort zu wohnen, wenn sie raus- und etwas unternehmen konnte, wir hatten ein kleines Boot, aber die Winter sind lang.»

«Kinder?»

«Keine Kinder. Wir haben es versucht, aber ohne Erfolg. Jetzt bin ich natürlich sehr froh darüber. So konnten wir einen klaren Schnitt machen. Und Sie?»

«Ein Sohn.»

«Ja, das haben Sie gesagt. Ich meinte wohl eher: Was ging schief?»

«Das ist kompliziert.»

«Ach du meine Güte. Das ist schlimm.»

Sie wandten sich einander zu und grinsten.

Als Brian fortfuhr, blieb Elizabeth einen Augenblick still vor dem Abbey-Court-Heim stehen. Sie fragte sich, warum hier keine anderen Autos parkten. Vielleicht gab es einen Parkplatz, der ihr nicht aufgefallen war. Sie ging über den knirschenden Kies und drückte vorsichtig die Eingangstür aus Glas und Kiefernholz auf. Innen lag eine großzügige Eingangshalle, die mit glänzendem cremefarbenem Linoleum ausgelegt war. An einer Reihe geschlossener Türen klebten schwarze Plastikschilder. «Büro», «Personal», «Aufenthaltsraum». Ein Flur führte durch den hinteren Bereich der Halle in beide Richtungen. Elizabeth wollte gerade an die Tür mit der Aufschrift «Büro» klopfen, als ein großer dünner Mann mit einem hellroten Haarschopf um die Flurecke bog. Er trug einen dunkelblauen Rucksack, enge Jeans und dick ausgepolsterte Turnschuhe, die den schmalen Schnitt der Jeans nur noch betonten. Solche Turnschuhe trugen einige ihrer cooleren Studenten in New York, aber in Clonteer hätte sie nicht mit ihnen gerechnet.

«Kann ich Ihnen helfen?»

«Hallo, ich würde gern einen Patienten besuchen.»

«Bewohner.»

«Entschuldigung?»

«So nennen wir sie hier. Bewohner.» Er lächelte und schien damit zuzugeben, dass der Begriff, mit dem man die alten Leute belegte, nichts an ihren Lebensumständen änderte.

«Dann also einen Bewohner», sagte Elizabeth mit einem trockenen Lächeln. «Ich möchte gern einen Bewohner besuchen.»

«Also, leider ist gerade keine Besuchszeit. Die Abendbelegschaft hat gerade ihre Schicht begonnen. Können Sie in einer Stunde oder so wiederkommen?»

«Oh, das könnte schwierig werden. Ich bin hier in der Gegend nur zu Besuch, wissen Sie. Arbeiten Sie hier? Könnten Sie die Vorschriften für mich aufweichen?»

«Ich bin Pfleger. Tagesschicht. Gerade fertig.» Er tippte auf seinen Rucksack, um darauf hinzuweisen, dass er gehen wollte.

Elizabeth versuchte ihre Überraschung zu verbergen. So hatte sie sich einen Pfleger nicht vorgestellt. Anscheinend schien Abbey Court allen ihren Erwartungen zu trotzen.

«Ich sage Ihnen was. Wenn Sie sich zehn Minuten in den Aufenthaltsraum setzen, kriege ich Sie bestimmt rein.»

«Danke. Vielen Dank.» Der Pfleger öffnete die Tür, und Elizabeth trat ein. In kleinen Halbkreisen standen Gruppen von Stühlen mit hohen Lehnen in dem großen Raum verteilt. Die gegenüberliegende Wand bestand aus Glas und öffnete den Blick in einen gepflegten Garten mit einigen alten Bäumen. Es war nicht das, was man als gemütlich bezeichnet hätte, aber es hatte auch keine kalte, grelle, institutionelle Anmutung.

«Kann ich Ihnen einen Tee oder Kaffee anbieten?»

«Aber Sie müssen doch los?»

«Ach, ich bin nicht in Eile. Vielleicht trinke ich selber noch einen.»

«Dann Kaffee, bitte. Aber nur wenn Sie sich sicher sind.»

«Ganz sicher. Es dauert nur einen kleinen Moment, ist das in Ordnung?»

«Großartig, danke.»

Der Pfleger verschwand in einer kleinen Pantry-Küche, die an den Raum angrenzte, und Elizabeth setzte sich auf einen der Stühle möglichst in die Nähe. Eine Ausgabe des *Irish Examiner* lag säuberlich gefaltet auf dem Tisch, und vielbenutzt aussehende Brettspiele waren an der Wand aufgestapelt.

«Ich bin übrigens Gordon!», rief der Pfleger aus dem kleinen Raum heraus.

«Elizabeth. Das ist wirklich nett von Ihnen.»

«Keine Umstände. Wen möchten Sie denn besuchen?»

«Einen alten Mann. Edward Foley. Kennen Sie ihn?»

«Den alten Teddy? Oh, na klar. Er ist ein reizender alter Kerl. Haben Sie ihn schon länger nicht mehr gesehen?»

Elizabeth zögerte, unsicher, wie sie antworten sollte. Sie wollte nicht lügen, aber die Wahrheit erschien ihr allzu sperrig. Bevor sie sich für eine Antwort entscheiden konnte, fügte Gordon hinzu: «Ich meine, er weilt nicht mehr wirklich unter uns, er ist mehr in seiner eigenen Welt, aber er macht keine Mühe. Das kann man nicht von allen behaupten.» Elizabeth war enttäuscht. Eine Reise umsonst. Es würde hier keine Antworten geben. Keine Wiedervereinigung am Sterbebett oder Tränen über all die vergeudeten Jahre. Die Vergangenheit würde unbeweint bleiben.

Gordon tauchte mit zwei dampfenden Tassen wieder auf und setzte sich auf den Stuhl neben Elizabeth. «Ein Verwandter, ja?»

«Na ja, genau genommen ist er mein Vater.» Es fühlte sich eigenartig und beinahe etwas verboten an, die Worte laut auszusprechen, besonders einem Fremden gegenüber. Sie konnte die Missbilligung ihrer Mutter geradezu spüren.

Gordon hob seine blassen Augenbrauen. «Wirklich?» Es war eine Frage, die so vieles ausdrückte. Warum hat nie jemand seine Tochter erwähnt? Wo haben Sie gesteckt? Was machen Sie jetzt hier?

Elizabeth befand es für das Einfachste, einfach bloß «Ja» zu sagen.

Gordon begriff, dass es wohl das Beste war, nicht weiter nachzuhaken, also nahm er seine Kaffeetasse. «Oh, nehmen Sie Zucker? Entschuldigung.»

«Nein. So ist es super, danke.»

Sie nahmen beide einen Schluck.

Draußen standen zwei Tauben Wache, marschierten den geteerten Weg vor der Terrassentür auf und ab.

«Arbeiten Sie hier schon lange, Gordon?»

«Nein. Erst ein paar Monate. Ich war Pfleger oben in Dublin, aber dann ... na ja, eine schmutzige Trennung, und als klassischer irischer Junge bin ich in Mammys Schoß zurückgekehrt.»

Elizabeth betrachtete Gordon. Er hatte den Kopf gesenkt und untersuchte mit seinen klaren grauen Augen den Boden. Sie bemerkte, wie eingefallen seine Wangen waren, wie der Schwung seines langen Kiefers scharf hervorstach. Sie fragte sich, wer ihm wohl sein zartes junges Herz gebrochen hatte.

«Tut mir leid, das zu hören. Gefällt es Ihnen hier?»

«Ach, es ist ganz in Ordnung. Die meisten Bewohner sind reizend, und der Job ist recht einfach – na ja, abgesehen von dem ganzen Sterben.» Er zuckte mit den Schultern und legte beide Hände um die warme Tasse. «Um ehrlich zu sein, wenn der Frühling kommt, mache ich mich vermutlich wieder auf nach Dublin oder gehe vielleicht rüber nach London. Viel arbeiten, wissen Sie, denn es ist ja wohl klar, dass ich in Clonteer kaum einen neuen Freund finden werde.» Irgendetwas in Elizabeths Gesicht musste ihm ihre Überraschung verraten haben, denn Gordon fuhr augenblicklich fort. «Tut mir leid. Ich wollte Sie nicht schockieren. Ich habe einfach angenommen ...»

«Nein, nein», unterbrach Elizabeth ihn, «mein Ehemann ist schwul.»

Schweigen. Wieso um alles in der Welt hatte sie das gesagt? Es musste an dem Gespräch mit Brian im Auto liegen. Die Worte schwebten zwischen ihnen in der Luft.

«War», sagte sie in dem Versuch, die Dinge klarzustellen, aber Gordon sah nur noch überraschter aus. «Er war mein Ehemann. Er ist schwul. Entschuldigung, ich weiß nicht, warum ich das gesagt habe.»

«Nein, danke, dass Sie es mir erzählt haben. Es ist immer schön zu hören, dass es da draußen noch mehr von uns gibt!» Gordon lachte. «Das vergisst man leicht, wenn man hier lebt.»

«Kann ich mir vorstellen», stimmte Elizabeth mit einem Grinsen zu.

Die Tür zur Eingangshalle wurde aufgestoßen, und eine kleine Frau mit zurückgebundenem Haar und dicken Beinen kam mit großen Schritten in den Aufenthaltsraum. Als sie Elizabeth und Gordon erblickte, stockte sie.

«Oh, mir war nicht klar, dass der Aufenthaltsraum im Moment benutzt wird. Gordon, ist deine Schicht nicht zu Ende?»

Gordon stand auf. «Doch. Elizabeth, das ist unsere leitende Pflegerin. Es heißt doch leitende Pflegerin, oder?»

Ein strenger Blick zielte in seine Richtung. «Ja, Gordon, es heißt leitende Pflegerin. Schön, Sie kennenzulernen, Elizabeth. Ich bin Sarah Cahill, die leitende Pflegerin hier in Abbey Court.» Die beiden Frauen schüttelten sich die Hände. «Konnte Gordon Ihnen helfen?»

«Ja, danke. Er war sehr hilfsbereit.» Elizabeth hatte das unbehagliche Gefühl, dass sie Gordon irgendeine Art von Ärger eingebrockt hatte. «Ich hatte gehofft, einen Verwandten besuchen zu können.»

«Ich habe die Besuchszeiten erläutert», warf Gordon hastig ein.

«Ja. Das hat er», bestätigte Elizabeth. «Es ist nur so, dass ich auf der Durchreise bin, und ich weiß nicht, wann ich wiederkommen kann.»

Sarah lächelte herzlich. «Kein Problem. Überhaupt gar kein Problem. Gordon hätte einfach nach mir suchen sollen.»

Gordon starrte sie an. Sein Gesichtsausdruck legte nahe, dass sie ihm mit Entlassung gedroht hatte, als er das letzte Mal jenseits der Besuchszeiten einen Gast hereingelassen hatte.

«Um welchen Bewohner geht es?»

«Edward Foley.»

«Das ist der alte Teddy», stellte Gordon klar.

Ein weiterer strenger Blick. «Danke, Gordon. Mr. Foley ist in Zimmer drei. Ob du Elizabeth wohl hinbringen könntest, Gordon?»

Ein weiteres Lächeln und Händeschütteln, dann verschwand Sarah mit klackernden Schritten über den Linoleumboden.

«Doppelzüngige Schlange», murmelte Gordon leise.

«Hoffentlich habe ich Ihnen keinen Ärger einge-brockt.»

«Kein Problem. Die hat mich sowieso auf dem Kieker. Kommen Sie, ich bringe Sie zu Teddy.»

Das Zimmer erinnerte sie an die Krankenhauszeit ihrer Mutter. Der säuerliche Geruch schlecht gewasche-ner Körper vermischt mit dem Gestank menschlicher Exkremente. Das Zimmer selbst war länglich und schmal und hatte an der Schmalseite gegenüber ein großes Fens-ter. Ein Einzelbett stand gegen die Wand geschoben, und darin lag ein alter Mann. Elizabeth trat auf ihn zu. Seine rot geränderten Augen waren geöffnet, schienen aber auf nichts gerichtet. Einzelne graue Strähnen sprossen aus seinem Kopf, und fleckige Bartstoppeln sprenkelten das pergamentfarbene Gesicht, er war wohl etwas willkürlich von einer vielbeschäftigten Pflegerin rasiert worden. Er sah ungekämmt und vernachlässigt aus. Sein grün-wei-ßer Schlafanzug war bis hoch zum Kinn zugeknöpft. Das einzige Geräusch, das er von sich gab, waren seine rauen Atemzüge, seine trockenen Lippen standen offen.

«Na, Teddy?» Gordon schrie den alten Mann beinahe an. Elizabeth zuckte zusammen. «Hier ist Besuch für Sie. Ist das nicht toll?»

Der alte Mann schien an dieser Neuigkeit nicht inter-essiert. Seine Augen bewegten sich nicht, sein Atem ver-änderte sich nicht.

«Begrüßen Sie ihn. Drücken Sie ihm die Hand. Das mag er.»

Elizabeth war unsicher. Es erschien ihr zu forsch, ir-gendwie zudringlich.

«Edward», sagte sie, und dann ein wenig lauter: «Ich

bin Elizabeth.» Sie streckte die Hand aus und berührte seinen Arm. Er fühlte sich unter dem dünnen Stoff des Schlafanzugs so warm und dünn an.

Gordon schob ihr einen Stuhl hin. «Setzen Sie sich. Ich mache mich dann auf den Weg. Schön, Sie kennenzulernen.»

«Das finde ich auch, Gordon. Danke für Ihre Hilfe, und viel Glück mit allem.»

«Ihnen auch.» Als er aus dem Zimmer ging, drehte er sich noch einmal um und sagte: «Haben Sie Geduld. Teddy hat seine lichten Momente.»

Allein mit dem Mann, der ihr Vater war, begann sich Elizabeth zu fragen, warum sie eigentlich hier war. Selbst wenn er urplötzlich vollkommen klar wurde, was würde sie hierbei gewinnen? Er wusste nichts von ihrem Leben, und sie hatte keine Ahnung von seinem. Sie konnte ihm lediglich sagen, dass ihre Mutter ihr erzählt hatte, er sei vor vielen Jahren gestorben, und welcher Mensch wollte auf seinem Sterbebett so etwas hören? Jetzt, da Gordon weg war, fühlte sie sich wohler damit, die Hand des alten Mannes zu halten. Sie streichelte darüber, wiederholte ihren Namen und fügte dann leise hinzu: «Und ich bin deine Tochter.»

Die rasselnden Atemzüge, die in seine Lungen strömten und sie wieder verließen, gingen langsam und regelmäßig weiter.

«Ich war draußen am Castle House. Es ist sehr schön da. Es muss schwer für dich gewesen sein, es zu verlassen.»

Sein Blick bewegte sich nicht.

Elizabeth merkte, dass ihre Augen in Tränen schwammen. Ungehalten wischte sie sie weg. Schluss mit diesem rührseligen Quatsch. Sie kannte diesen Mann nicht und wusste nichts über ihn. Warum sollte sie für ihn Tränen vergießen?

«Entschuldigen Sie die Störung.» Sarah Cahill stand in der Tür. «Ich wollte nur nachsehen, ob alles in Ordnung ist.»

«Ja», sagte Elizabeth so aufgeräumt, wie sie konnte. «Alles bestens.»

«Gordon hat mir gesagt, Sie seien Mr. Foleys Tochter?» Ihr Ton forderte eine Klarstellung.

«Na ja, biologisch betrachtet stimmt das, aber meine Eltern waren zerstritten. Wir haben einander nie kennengelernt.»

«Verstehe. Verstehe. Na ja, schön, dass Sie mit ihm Zeit verbringen können, bevor es zu spät ist.» Es wirkte aufrichtig.

«Danke. Ja. Ich dachte, ich würde ihn niemals kennenlernen können.»

«Falls Sie Interesse haben, es gibt da ein paar alte Familienfotos, die er mitgebracht hat. Es ist ganz schön, ein paar persönliche Dinge im Zimmer zu haben, wenn schon nicht für die Alten, dann wenigstens für das Pflegepersonal. Es lässt die Bewohner mehr zu echten Menschen werden.»

Die leitende Pflegerin beugte sich hinunter und öffnete die Schublade des Nachttischs.

«Sie sind hier drin. Bestimmt hätte er nichts dagegen, wenn Sie sie ansehen.»

«Danke.» Elizabeth sagte es leise, als teilten die beiden Frauen ein Geheimnis. Sarah zog sich zurück und schloss leise die Tür.

Ganz vorn in der Schublade lag ein kleiner Stapel Fotos neben einer Packung Magentabletten und einem alten Kugelschreiber. Sie nahm die Bilder heraus und hielt sie unter die Bettlampe.

Eine Frau, die am Strand mit zwei kleinen Jungen auf einer karierten Decke saß. Das muss der tote Bruder sein, dachte Elizabeth. Etwas an der Art, wie seine Lippen leicht nach unten gezogen waren, erinnerte sie an Zach. Sie sah genauer hin, um einen besseren Eindruck von Mrs. Foley zu bekommen. Ihre Großmutter war auf diesem Foto vermutlich jünger als Elizabeth, hatte aber mit ihrem Kopftuch und dem dauergewellten Haar die Ausstrahlung einer Rentnerin. Was einem aber am meisten ins Auge stach, war die Art, wie sie ihre Söhne umfasst hielt. Sie presste beide seitlich eng an sich. Im Gegensatz zu dem breiten, die Zähne entblößenden Lächeln ihrer Mutter blickten beide mürrisch drein, als fühlten sie sich unbehaglich. Es war eigenartig, dass er ausgerechnet dieses Foto all die Jahre aufbewahrt hatte.

Das nächste Foto zeigte Edward in seinen Zwanzigern, vermutete Elizabeth. Er posierte stolz neben einer Kuh, hielt eine Rosette und einen kleinen silbernen Pokal hoch. Elizabeth verglich den Mann auf dem Bild mit dem alten Mann neben ihr im Bett. Wie war aus diesem strahlenden Jüngling voller Begeisterung und Stolz nur diese verblasste Hülle geworden? Sie spürte, wie ihr erneut Tränen in die Augen stiegen, als sie sich an ihre eigene Mutter erinnerte und daran, dass sie als junge Frau ebenfalls einmal leuchtende Augen voller Hoffnung und Lachen gehabt haben musste. Es fiel ihr schwer, sich eine Version ihrer Mutter vorzustellen, die jemals sorglos gewesen war. Das

Alter war ein grausamer Preis, den man für die Jugend zahlen musste. Elizabeth seufzte und nahm das nächste Foto zur Hand.

Zuerst war sie sich nicht sicher, warum das kleine Mädchen in dem roten Kleid ihr so vertraut vorkam, aber dann wurde ihr klar, dass das sie selbst war! Sie hatte das Bild noch niemals zuvor gesehen, auch wenn sie eine vage Erinnerung an das knallrote Schürzchen hatte. Wie alt mochte sie wohl auf diesem Foto sein? Vier oder fünf? Sie sah so glücklich aus, ihr kleines Gesicht lachte hellauf. Sie sah sich den Hintergrund näher an. Nur irgendein grünes Gebüsch. Sie hatte keine Ahnung, wo das Foto gemacht worden war. Dann traf sie die Erkenntnis, dass ihre Mutter über die Jahre mit Edward irgendwie in Kontakt gestanden haben musste. Wie hätte er sonst an dieses Foto kommen sollen? Hatte sie Edward schon einmal getroffen, ohne zu wissen, dass er ihr Vater war? Auf der Rückseite des Fotos stand nichts. Keine Hinweise.

Sie ging die nächsten Fotos durch. Eine Ansicht von Castle House und einige Menschen, die sie nicht erkannte, neben einem Tor. Das nächste war ein großes Gruppenfoto von einer Hochzeit. Man sah die Leute nur durch den bräunlichen Schleier hindurch, der immer über alten Fotos zu liegen schien.

Sie nahm die Menschen in Augenschein, die etwas unbeholfen auf der obersten Stufe vor einer gesichtslosen Kapelle standen. Da war Mrs. Foley, noch immer streng, aber nun ein bisschen älter aussehend, mit einem großen braunen Hut. Die in duftige Spitze gehüllte Braut sah eher durchschnittlich aus als hübsch, aber ihre Glückseligkeit erhellte das gesamte Bild. Der Ehemann ... Elizabeth erstarrte. Er sah sehr aus wie Edward. Vielleicht war es der tote Bruder, aber der war doch bestimmt gestorben, bevor er hätte heiraten können? Sie drehte das Foto um, und dort auf der Rückseite stand in der Handschrift, die sie so gut kannte, «Teddy und Mary – 1972». Das Jahr vor ihrer Geburt. Sie sah sich das Bild abermals an. Das war definitiv ihr Vater, der da mit seiner Braut am Arm in die Kamera strahlte. Es ergab keinen Sinn.

Ihre Gedanken überschlugen sich. Wer war dieser Mann, der da vor ihr im Bett lag? War er ihr Vater oder bloß ein Deckmäntelchen, und Rosemary hatte recht damit, dass ihre Mutter schwanger gewesen war, bevor sie gegangen war? Spazierte ihr richtiger Vater in Buncarragh The Green entlang und wusste nichts von ihrer Existenz? Aber wenn sie nicht Edward Foleys Tochter war, warum hatte man ihr Castle House hinterlassen? Die Fragen häuften sich zu einem unübersichtlichen Berg auf. Warum hatte der frisch verheiratete Edward auf eine Kontaktanzeige geantwortet? Wer hatte die Briefe geschrieben? Hatte ihre Mutter Mary gekannt? Wer war Mary?

Hastig steckte Elizabeth das Hochzeitsfoto in ihre Jackentasche und legte die anderen zurück in die Nachttischschublade. Sie starrte den alten Mann an. Seine Augenlider flatterten, und er fuhr sich mit der Zunge über die Lippen. Steckte Edward Foley noch dadrin? Alle Antworten, die sie wollte, gefangen in dieser gebrechlichen Kreatur. Das war so viel schlimmer, als einfach nichts zu wissen.

DAMALS

Flucht war nun das Letzte, woran sie jetzt noch dachte. Nachdem Edward sie gerettet hatte, war sie dankbar in den Raum zurückgekehrt, der ihr jetzt wie eine Zuflucht vorkam, und hatte eine Tasse mit heißem, süßem Tee angenommen. Es war Patricia egal, ob Betäubungsmittel darin schwammen oder nicht. Sie musste das Zittern stoppen, aber lange bevor es Morgen wurde, bekam sie Fieber. Die Laken waren von ihrem Schweiß durchtränkt, und als Mrs. Foley sie für sie wechselte, lag sie unter dem Gewicht der Decken und zitterte so heftig, dass sie glaubte, ihr müssten die Zähne brechen.

Patricia hätte geschworen, dass sie die ganze Nacht wach gelegen hatte, aber als sie die Augen öffnete, stellte sie fest, dass sie nicht nur eingeschlafen, sondern irgendwann auch in ein anderes Zimmer verlegt worden war. Sie fand sich nun in einem hohen Doppelbett mit verziertem Kopfteil aus glänzendem dunklem Holz wieder. Ein dazu passender Schrank stand an der Stirnwand, das Fenster befand sich gegenüber dem Bett. Die Tapete und die Vorhänge hatten beinahe denselben Bordeauxton, der an getrocknetes Blut erinnerte. Der schwere Stoff vor dem Fenster ließ das Geräusch des Windes ein wenig weiter weg klingen. Nach dem Trauma im Schlick fühlte sich Patricia hier sicher. Sie sank wieder in den Schlaf zurück.

Ihre hellen Momente kamen und gingen, aber die alte Mrs. Foley war eine Konstante. Sie wusch ihr das Gesicht mit einem kalten Lappen, hielt ihr Teetassen an die Lippen, zog ihre Bettwäsche zurecht und deckte sie zu. Patricias Hals fühlte sich wund und rau an, so dass ihr das Sprechen schwerfiel, aber der geflüsterte Monolog der alten Dame war tröstlich. «So, damit wirst du dich besser fühlen.» – «Viel Schlaf. Das ist es, was du brauchst.» Die Gefängniswärterin war zur Krankenschwester geworden, und Patricia fiel es nun deutlich leichter, für ihre Hilfe dankbar zu sein.

«Der Arzt war hier und hat uns ein Tonikum und ein Rezept dagelassen, aber dafür muss Teddy vermutlich nach Clonteer fahren.»

«Der Arzt?», krächzte Patricia. Die Worte fühlten sich in ihrem Hals an wie Messer. «Wann?»

«Heute Morgen», erklärte Mrs. Foley. «Du warst sehr erledigt, aber eine brave Patientin. Du hast dich aufgesetzt und ihn deine Brust und deinen Rücken abhorchen lassen.»

Patricia legte sich auf ihr Kissen zurück und schloss die Augen. Sagte ihr Edwards Mutter die Wahrheit? Sollte sie die Medizin nehmen? Sie war so müde...

«Was wollen Sie, Mrs. Foley?»

«Wie bitte, Liebes? Was ich will?»

Patricia suchte in ihrem Gesicht nach Hinweisen auf ihre Absichten.

«Wollen Sie, dass ich sterbe?»

Die alte Dame zuckte zurück. Sie wirkte von Patricias

Frage wirklich getroffen, als sei eine solche Vorstellung für sie undenkbar.

«Wie kannst du nur eine solche ... nein, ich ... Ich will nur ...» Sie senkte den Kopf und rieb sich die Augen, bevor sie sich abrupt abwandte und das Zimmer verließ. Patricia hörte nicht, dass der Schlüssel im Schloss gedreht wurde.

Ihre Gedanken überschlugen sich. Warum hatte ihre Frage die alte Frau aus der Fassung gebracht? Hatte sie wirklich vor, sie umzubringen? Wenn ja, warum hatte sie es nicht längst getan? Hatte sie so reagiert, weil sie bereits zuvor getötet hatte? Nein, sie war albern. Das war nur eine alte Dame, die den Verstand verloren hatte. Edward hatte ihr einmal zur Flucht verholfen. Sie war sich sicher, er würde es wieder tun.

Später ertönte ein leises Klopfen an der Tür, und bevor sie reagieren konnte, steckte Edward den Kopf ins Zimmer. Ohne nachzudenken, lächelte Patricia, und er trat ein.

«Wie geht es dir?», flüsterte er.

«Ganz gut. Halsschmerzen. Kopfweh.»

Edward nickte.

«Danke, dass du mich gerettet hast», fuhr sie kraftlos fort.

«Es tut mir leid, ich bin bloß so froh, dass ich dich noch rechtzeitig gefunden habe.» Seine dunklen Augen hielten ihren Blick fest, und für einen Augenblick sprach keiner von ihnen.

«Ist wirklich ein Arzt gekommen?»

«Ja. Ja, ist er. Deswegen hat sie dich hierher verlegt.»

Patricia runzelte die Stirn, um ihm zu bedeuten, dass sie seiner Logik nicht folgen konnte.

«Das Doppelbett», sagte Edward und zeigte darauf. «Wir sind verheiratet.» Er drehte hilflos seine Handflächen nach oben.

Patricia starrte ihn an und wusste nicht, was sie sagen sollte. An ihre Lebensumstände erinnert zu werden und daran, wie unkontrollierbar sie geworden waren, ließ sie einen Moment lang beinahe schwindeln. Ihre Panik erwachte wieder. Sie atmete ein paarmal tief durch. Sie fühlte sich nicht in der Lage, zu rufen oder zu schreien. Was musste sie wissen? Sie befeuchtete ihre gesprungenen Lippen.

«Warum lässt mich deine Mutter nicht gehen?»

Edward wand sich, zog am Bund seines Pullovers und drehte sich weg.

«Ich weiß nicht. Ich weiß nicht. Sie ist kein schlechter Mensch.»

«Was will sie?»

Edward wandte ihr den Rücken zu. «Sie will, dass wir glücklich sind.»

«Glücklich? O Gott. War das die ganze Zeit der Plan? Diese Briefe, Edward, diese Briefe!» Sie warf sich zurück auf die Matratze. Sprechen war eine Qual.

Edward kniete sich neben das Bett und nahm ihre Hand. «Das hier hätte niemals passieren dürfen. Meine Mutter hat nur versucht, mir zu helfen.» Er hielt inne und blickte zur Decke hinauf, als frage er eine höhere Macht, was er dieser Frau sagen sollte, die da vor ihm lag. «Wir haben dich gebraucht, hat sie gesagt, und sie hatte recht. Es schien das Einfachste, dass meine Mutter die Briefe schrieb, und erst nachdem wir uns kennengelernt hatten, wurde mir klar, wie falsch das alles war. Ich mochte dich, und diese Briefe, die haben dafür gesorgt, dass du mich mochtest.»

Patricia wandte sich von ihm ab und stöhnte.

Edward drückte ihre Hand fester. «Ich kann nicht. Du weißt, dass ich nicht die Worte habe. Ich kann nicht erklären. Ich weiß nicht, wie ich es dir sagen soll.»

«Wie hast du es fertiggebracht, niemals Lesen oder Schreiben zu lernen? Du warst doch kein Kind, als du von der Schule abgegangen bist, oder?»

Edward zerrte an seinem Kragen. «Es war nur ... als es in der Vorschule und in der ersten Klasse unterrichtet wurde, habe ich einfach nicht den Bogen rausbekommen, und dann hat mich die Lehrerin, die alte Mrs. Cassidy, aufgegeben. Sie wusste, dass ich sowieso nur auf dem Hof arbeiten sollte, was machte es also aus? Als ich auf die weiterführende Schule kam, wurde kurz davon gesprochen, besondere Unterstützung für mich anzufordern, aber dann, na ja, dann musste ich abgehen.»

Patricia sah ihn an. Sein Gesicht war ganz verzogen vor Betrübnis über seine eigene Unzulänglichkeit. Dieser Mann wollte ihr nichts Böses. Sie vertraute ihm.

«Edward, du kannst das alles beenden. Du kannst es aufhören lassen.» Sie beugte sich vor, sodass sich ihre Gesichter beinahe berührten. Sie hoffte, er würde die Verzweiflung in ihren Augen sehen können.

«Ich kann nicht!» Edward spie ihr die Worte entgegen, als hielte sie nur ihre eigene Dummheit davon ab zu verstehen, warum er ihr nicht helfen konnte. Er stand auf, beunruhigt von seinem eigenen Ausbruch.

«Ich gehe. Werd schnell gesund.» Das Klicken der Tür, als sie sich schloss. Patricia kniff die Augen zusammen.

Sie hatte keine Ahnung, was in Castle House vor sich ging oder was mit ihr geschehen würde, aber in diesem Augenblick ohne ihn wurde ihr bewusst, dass sie Edward vermisste. Ihren Edward.

JETZT

Das nadellose Skelett eines Weihnachtsbaums lehnte an einer Hecke, ein paar Fäden von übersehenem Lametta flatterten im Wind. Elizabeth seufzte. Ihre Unterkunft für diese Nacht machte keinen vielversprechenden Eindruck.

Brian hatte sie in Abbey Court abgeholt und wieder zu ihrem Wagen in Muirinish zurückgebracht. Sie hatte ihn nach Edwards Ehen gefragt, aber er wusste nichts. Vielleicht wusste ja seine Tante mehr. Sie folgte ihm in ihrem eigenen Wagen vier oder fünf Meilen die Küsten-straße entlang, bis sie zu einer kleinen Ansammlung von Häusern gelangten. Es gab zwei Straßenlaternen, aber kein Schild, das dem Ort einen echten Namen gegeben hätte. Brian sagte ihr, dass er im Umkreis als Coakley's Cross bekannt war, ihm aber der Pub oder der Laden oder die Kapelle fehlte, die ihm den Status eines echten Dorfes verliehen hätten.

Er führte sie von den Autos zu einem Tor, das sich zwei Häuser teilten. Das eine war hell erleuchtet und sah frisch gestrichen aus, wohingegen das andere ein gesichtsloser Bungalow war, der eindeutig bessere Tage gesehen hatte. Über dem entsorgten Weihnachtsbaum hingen rechts und links der schmalen Eingangsveranda Blumenampeln mit toten Pflanzen. Natürlich stellte sich dieses als das Haus seiner Tante heraus.

«Brian!» Die alte Dame an der Tür schien überrascht, ihren Neffen zu sehen.

«Tante Eileen, das hier ist Elizabeth, die Frau, von der ich dir erzählt habe.»

Hände wurden an einer Schürze abgewischt und dann eine dünne, knochige Patsche ausgestreckt, damit sie geschüttelt werden konnte.

«Schön, Sie kennenzulernen.» Die dicken Brillengläser vergrößerten ihre Augen so sehr, dass es einem bei jedem Blinzeln so vorkam, als schlösse sich der Verschluss vor einer Kameralinse. Elizabeth war ganz gebannt von diesem Anblick.

«Ich danke Ihnen sehr, dass Sie mich aufnehmen.»

Eileen legte den Kopf in den Nacken, um durch ihre Linsen einen besseren Blick auf ihren Gast zu bekommen. Dann wandte sie sich ab und warf ihrem Neffen einen fragenden Blick zu.

«Ich habe vorhin angerufen.» Brian sprach sehr langsam und deutlich. «Ich habe dir erläutert, dass Elizabeth für eine Nacht ein Bett braucht. Du hast gesagt, sie könnte bei dir unterkommen. Erinnerst du dich?»

Die alte Frau war empört.

«Natürlich erinnere ich mich! Kommt aus der Kälte. Sie sind herzlich willkommen…» Ihre Stimme verebbte.

«Elizabeth.»

«Natürlich, natürlich. Kommen Sie rein.»

Elizabeth machte einen Schritt nach vorn, bemerkte aber, dass Brian blieb, wo er war. Sie drehte sich zu ihm um.

«Also dann, danke.»

«Sehr gern geschehen. Schön, Sie kennenzulernen. Schlafen Sie gut, und gute Reise.»

«Danke. Passen Sie auf sich auf.»

Sie zögerten beide. War das der Moment für ein Händeschütteln, eine Umarmung, ein Küsschen auf die Wange? Anscheinend fühlte sich nichts davon passend an, denn Brian zuckte entschuldigend mit den Schultern und machte sich auf den Weg zurück zu seinem Wagen.

Elizabeth war beklommen zumute. Der Gedanke an ihre Nacht allein nur mit Tante Eileen als Gesellschaft behagte ihr nicht.

«Schließen Sie die Tür! Sonst zieht die ganze Wärme nach draußen», befahl eine Stimme hinter ihr. Elizabeth setzte ein Lächeln auf und machte ein paar große Schritte vorwärts. Eine Diele von der Größe einer Telefonzelle zwang sie, durch die einzige geöffnete Tür in ein schwach beleuchtetes Esszimmer zu gehen. An einem elektrischen Heizgerät glomm orange ein einzelner Heizstab, darüber bewegte sich in langsamen Wellen etwas, das ein Kohlenfeuer darstellen sollte. In einer Ecke des Zimmers ergoss sich das Licht eines lautlos gestellten Fernsehers über einen kleinen Zweisitzer und einen niedrigen Sofatisch. Jemand hatte dort ein halb fertiges Kreuzworträtsel liegengelassen.

«Hier herein!», rief Eileens Stimme von der Tür in der gegenüberliegenden Wand des Zimmers. Einen Augenblick lang war Elizabeth geblendet, als sie in das grelle Licht der Küche trat. Es war ein schmaler Raum, aber ein großes Aquarium nahm eine ganze Wand ein. Es brummte, und das blaugrüne Licht, das von ihm ausging, verlieh Tante Eileen die Gesichtsfarbe eines Halloween-Gespensts.

«Meine Güte!» Elizabeth machte aus ihrer Überraschung keinen Hehl, dieses enorme Becken in einem so kleinen Raum vorzufinden.

«Schön, nicht wahr? Sie gehören alle Johnny.»

Es schoss Elizabeth zwar durch den Kopf zu fragen, wer Johnny war, aber sie wusste sofort, dass sie kein Interesse daran hatte, mehr über ihn herauszufinden.

Die beiden Frauen standen da und betrachteten die leuchtenden kleinen Fische, die emsig auf der anderen Seite der großen Glasfläche herumschwammen.

«Ich könnte sie den ganzen Tag beobachten.» Tante Eileen wandte sich um und lächelte ihren Gast an. Ihre übertrieben großen Augen erinnerten Elizabeth an die Fische in dem Wassertank.

«Das kann ich mir gut vorstellen. Sehr beruhigend.» Auch wenn Elizabeth sich fragte, wie sich irgendwer in einem Raum entspannen konnte, der erleuchtet war wie ein Atomreaktor.

Die alte Dame zog scharrend einen Stuhl vom Resopaltisch zurück. «Setzen Sie sich nur.»

Elizabeth setzte sich, und die alte Dame lehnte sich an das Abtropfbrett neben dem Spülbecken.

«Sagte Brian, er hätte Sie unten in Muirinish aufgegabelt?»

«Genau. Ich habe mir Castle House angesehen. Kennen Sie es? Die Foleys haben dort gewohnt.»

«Castle House? Ist es das, das beinahe im Meer steht?»

«Ja, es ist nur ein kleines Stück zurückgesetzt.»

«Das mit der alten Burgruine?»

«Ja. Genau das ist es.»

«Das ist Castle House. Die Foleys, glaube ich, haben dort gewohnt», erläuterte Tante Eileen hilfreich.

«Genau.» Elizabeth fragte sich, ob die alte Dame taub war.

«Ich habe sie nicht gekannt, aber das war ein todtrauriges Haus. Eine Beerdigung nach der anderen. Es ist fast so, als wäre der Ort verflucht. Wieso interessieren Sie sich dafür?»

Elizabeth räusperte sich. «Na ja, ich bin die neue Besitzerin.»

«Oh.» Das Gesicht der alten Dame legte nahe, dass sie Elizabeth deutlich gehört hatte. «Es muss wohl einen reizenden Ausblick haben.»

«Reizend», stimmte Elizabeth mit schiefem Lächeln zu. «Ich interessiere mich sehr für die Geschichte des Hauses. Was sagten Sie gerade in Bezug auf Beerdigungen?»

«Ach, ich war damals bloß ein Mädchen. Ich kann mich nicht mehr wirklich erinnern, aber wenn wir auf diesem Weg in die Stadt gefahren sind, hat sich meine Mutter, Gott hab sie selig, immer bekreuzigt. Vielleicht lag es an einem schlimmen Todesfall ... oder ist vielleicht jemand ertrunken? Also, tut mir leid. Ich kann Ihnen gar nicht helfen. Ich sage Ihnen, mit wem Sie sprechen sollten. Sie müssen mit Cathy Crowley reden. Damals hieß sie noch Lynch, und sie ist da unten zusammen mit denen aufgewachsen. Vielleicht erinnert sie sich an all die schmutzigen Einzelheiten.»

Elizabeth hob eine Augenbraue. Sie war sich nicht ganz sicher, ob sie bereit war für «schmutzige Einzelheiten».

«Das wäre großartig, danke. Wo kann ich Sie finden?»

«Ihr Mann ist Geschäftsführer des Supermarkts unten in Muirinish. Sie wohnen in dem weißen Haus mit den hohen Hecken. Ich würde sagen, bei ihr haben Sie die besten Chancen. Sie hat es sehr mit Lokalgeschichte und all so was. Sehr interessant...» Der Blick der alten Dame glitt zurück zu dem Aquarium und begann, den Kreaturen darin zu folgen, als sähe sie bei einem sehr langsamen Tennismatch zu. Plötzlich, als wäre ihr wieder eingefallen, dass sie einen Gast hatte, legte sie eine Hand auf Elizabeths Schulter und erkundigte sich: «Haben Sie schon zu Abend gegessen?»

Ohne nachzudenken, sagte Elizabeth, dass sie noch nicht gegessen hatte.

«Ach so.» Tante Eileen sah besorgt aus. «Ich esse normalerweise nicht zu Abend.»

«Also, vielleicht könnte ich...»

«Nein, nein», unterbrach die alte Dame sie, «ich mache Ihnen schnell hier etwas. Um diese Uhrzeit hat sicher nichts mehr geöffnet.» Sie zeigte mit einem Gesichtsausdruck auf die Uhr an der Wand, als sei es Mitternacht. Es war zwanzig nach sieben.

Elizabeth dankte ihr wortreich und fragte dann, ob sie auf ihr Zimmer gehen könne. Die alte Dame führte sie durch das Esszimmer zurück in die Diele. Eine Tür gehörte zu dem blassrosa Bad, während die andere in ihr pfirsichfarbenes Boudoir führte. Elizabeth hatte das Gefühl, als wäre hier alles aus Nylon. Das gesamte Zimmer schien zu knistern.

Als sie allein war, putzte sie sich die Zähne und setzte sich dann auf das Fußende ihres Betts. Mit ihrem Gewicht darauf berührte die Matratze beinahe den Boden. Zum ersten Mal seit Stunden dachte sie an Elliot und Zach. Wie war das Abholen verlaufen? Sie fragte sich, ob Michelle sich wohl getraut hatte, ihr Gesicht zu zeigen. Elizabeth musste zugeben, dass sie beinahe froh darüber war, in diesem Nylon-Schrein zu sitzen und nicht mit den Peinlichkeiten von Zachs Sexleben behelligt zu werden. Sollte dieses eine Mal doch Elliot die Scherben aufkehren. Sie würde später versuchen, die beiden anzurufen, wenn sie wieder in San Francisco wären und der Staub sich schon ein wenig gelegt hätte.

Ein sanftes Klopfen an der Tür.

«Ja, bitte?»

«Ihr Abendessen ist fertig, wenn Sie es auch sind.»

«Danke!», antwortete Elizabeth und dachte bei sich, dass es der alten Dame in erstaunlich kurzer Zeit gelungen war, eine Mahlzeit zu kochen.

Als sie sah, was sie da auf dem Küchentisch erwartete, wunderte sie sich nicht mehr über das Tempo. Ein kleiner grauer, beinahe bläulicher Hügel erhob sich inmitten einer Pfütze aus einer blassgelben Flüssigkeit. Sie hielt es für ein Ei, war sich aber wirklich nicht sicher.

«Es ist nur Rührei, ich hoffe, das ist genug für Sie.»

«Mehr als genug», versicherte Elizabeth ihrer Gastgeberin, und sie meinte es genau so.

«Da ist noch Toast für Sie», sagte die alte Dame und stellte einen Teller mit zwei Scheiben Brot auf den Tisch, so weiß, dass man nur schwer glauben konnte, dass sie jemals das Tageslicht erblickt hatten, geschweige denn das Innere eines Toasters. «Ich habe Teewasser aufgesetzt.»

«Wunderbar!» Elizabeth hoffte, dass sie damit einen Teil ihrer Mahlzeit hinunterspülen könnte.

Sie hatte kaum einen Bissen von ihrem Ei genommen, das so trocken schmeckte, dass sie nicht verstand, woher die ganze Flüssigkeit kam, als die schrille Türglocke Tante Eileen aus dem Raum lockte. Elizabeth nutzte die Gelegenheit, um mit der Gabel auf ihrem Teller herumzuschmieren, den «Toast» in zwei Teile zu brechen und so den Eindruck zu vermitteln, dass sie mehr zu sich genommen hätte, als es in Wirklichkeit der Fall war.

«Besuch für Sie!», rief Tante Eileen, und Brians lächelndes Gesicht tauchte über ihrer Schulter auf. Elizabeth atmete vor Erleichterung auf.

«Hallo!», rief sie fröhlich.

«Tut mir leid. Ich störe Sie beim Essen», sagte er entschuldigend.

«Überhaupt nicht. Ich bin gerade fertig.» Elizabeth stand auf, um dieser Aussage Nachdruck zu verleihen.

«Wirklich?», fragte Tante Eileen ungläubig.

«Es war sehr gut. Vielen Dank», sagte Elizabeth zu ihrer Gastgeberin mit aller Ernsthaftigkeit, die sie aufbringen konnte.

Brian hustete. «Also, ich habe mich gefragt, ob Sie Lust auf einen Drink drüben im Pub hätten.»

«Ja!», platzte sie heraus.

Brian lachte. «So ist es also, ja? Ich bringe sie nicht allzu spät zurück», sagte er zu seiner Tante und fügte hinzu: «Wenn du ins Bett willst, lass einfach den Schlüssel draußen stecken.»

«Das mache ich, das mache ich.» Aber die alte Dame war abgelenkt von dem Essen, das auf dem Tisch stehen geblieben war. Sie sah verletzt aus, aber Elizabeth wollte sich nicht schuldig fühlen.

Die Stimmung im Auto war diesmal anders. Die Fenster beschlugen, und ihre Mäntel kamen ihnen unhandlich und geräuschvoll vor. Die Unterhaltung war bemüht. Sie schienen die mühelose, entspannte Verbundenheit von vor ein paar Stunden verloren zu haben. Sie entschieden, nach Muirinish zurückzufahren. Brian sagte, es gebe da einen süßen kleinen Pub namens Carey's, in dem manchmal Live-Musik gespielt wurde.

Elizabeth trank ein Glas von dem Rotwein, der erstaunlich gut war, während Brian ein Pint Stout bestellte. Wie sich herausstellte, gab es an dem Abend keine Musik, aber im Pub war trotzdem genügend los, und das Torffeuer verlieh dem Raum einen anheimelnden Schimmer. Ihre Unterhaltung wurde wieder ungezwungener. Brian brachte sie zum Lachen, und wenn sie sprach, beugte er sich nah zu ihr herüber. Sie bemerkte, wie eng sich seine Jeans um die Oberschenkel spannte. Elizabeth wusste nicht recht, ob das hier eine Verabredung sein sollte, aber was immer es war, sie hatte ihren Spaß. Es war gut, Zeit mit einem Mann zu verbringen, der beinahe nichts über sie wusste. Er konnte nicht über sie urteilen wie eine Mutter oder eine Tochter, er wusste nicht, wie sie bei der Arbeit war oder ob sie hätte erkennen müssen, dass mit Elliot etwas nicht stimmte oder nicht. Sie war bloß eine Touristin auf den Spuren ihrer Vorfahren. Sie leerte ihr zweites Glas.

«Möchtest du noch eins?», fragte Brian.

Elizabeth wollte tatsächlich noch eins, wusste aber aus Erfahrung, dass sie es am nächsten Morgen bereuen würde. Sie hatte vor, dann nach Buncarragh zurückzufahren.

«Nein, lieber nicht, danke.»

«Okay.» Brian schien ein wenig enttäuscht. «Na ja, ich fahre, also trinke ich besser auch nichts mehr.» Offenbar war die Party vorüber.

«Machen wir uns auf den Weg?», fragte er.

«Ist wohl besser. Ich will deine Tante nicht aufwecken», sagte Elizabeth mit gespielter Ernsthaftigkeit und griff nach ihrem Mantel.

Die Wagentüren schlossen sich, und die Innenbeleuchtung ging aus. Brian hatte den Schlüssel in der Hand, steckte ihn aber nicht ins Zündschloss. Ein Schweigen entstand. Elizabeth betrachtete sein starkes, beinahe kantiges Profil im Gegenlicht des Pubs. Er schien mit den Gedanken woanders zu sein.

«Kann ich dich was fragen?»

«Natürlich», antwortete Elizabeth, und ihr Herz schlug nur ein winziges bisschen schneller. Würde er sie küssen? Sie konnte spüren, wie die zwei Gläser Wein sie dazu drängten, ja zu sagen.

«Möchtest du mit mir schlafen?»

Das war nicht die Frage, die sie erwartet hatte. Brian schien in ihrer aufkeimenden Romanze ein paar Schritte übersprungen zu haben.

«Was?»

Brian rutschte in seinem Sitz herum.

«Ich habe mich nur gefragt, ob du vielleicht mit mir schlafen, also Sex haben willst?»

Er klang so nüchtern. Elizabeth wusste nicht, was sie sagen sollte.

«Das kommt mir ein bisschen abrupt vor. So plötzlich. Weißt du?» Sie wollte ihn nicht verstimmen, war aber gleichzeitig überrascht, dass er so direkt war.

«Na ja, ich habe mir eben gedacht, du bist nur eine Nacht hier. Eine attraktive Frau. Wir sehen einander vermutlich nicht wieder. Ich habe es eine Weile nicht mehr gemacht, und ich dachte, du wüsstest vielleicht die Gelegenheit zu schätzen, ganz ohne Verpflichtung ...» Er verstummte, denn vermutlich konnte er in dem Licht, das aus den Pub-Fenstern fiel, ihren Gesichtsausdruck sehen. Ihre Überraschung hatte sich in Ärger verwandelt.

«Verstehe. Und bietest du deine Dienste jeder weiblichen Reisenden an, die dir über den Weg läuft?»

«Nein, nein!» Er hob die Hände, um sie zu besänftigen. «Es tut mir leid, ich wollte nicht ... Du bist mir wirklich sympathisch.»

«Das ist ja ermutigend. Gut zu wissen, dass es eine Art von Selektionsvorgang gibt.»

«Hör zu», er klang, als würde er sich verteidigen, «ich hatte nie vor, dich zu beleidigen oder zu verärgern. Es war nur eine Frage.»

«Gut. Die Antwort lautet nein.»

«Schön.» Brian steckte wütend den Schlüssel ins Zündschloss, aber bevor er den Motor starten konnte, schallte das Klingeln von Elizabeths Telefon durch das mit Anspannung gefüllte Wageninnere.

Sie drehte und wand sich auf ihrem Sitz, um es aus ihrer Manteltasche zu ziehen. Als es ihr gelang, stand auf dem Display «Elliot».

«Entschuldigung. Da muss ich drangehen.»

«Nur zu», murmelte Brian, der eindeutig schmollte.

«Hallo. Alles in Ordnung?»

Elliots Stimme antwortete nicht, sondern teilte ihr lediglich mit: «Dein Sohn hat dir etwas zu sagen.»

Dein Sohn? Das klang nicht gerade vielversprechend.

«Mom?» Zach war am Apparat.

«Ja ...» Elizabeth sprach das Wort zaghaft aus vor Sorge, was nun folgen würde.

«Sei nicht sauer, Mom.»

«Okay.» Wenn sie ehrlich war, fiel es ihr im Moment schwer, sich wie eine Mutter zu fühlen. Immerhin saß sie mit einem Mann vor einem Pub im Auto und führte eine pubertäre Unterhaltung über Sex.

«Sag's mir einfach, Zach.»

«Okay. Also, die Sache ist die, ich habe Neuigkeiten ...» Er spielte offensichtlich auf Zeit.

«Sag's mir einfach!», blaffte sie.

Zach hüstelte und sagte dann leise: «Du wirst Großmutter.»

Es war, als habe sie in die Sonne geblickt. Ein heißes weißes Licht brannte sich in ihr Hirn. Sie hatte keine Worte. Keine einzige Reaktion, die sie artikulieren konnte. Sie rang nach Luft. Schließlich drang Zachs Stimme aus dem Hörer. «Mom?»

Elizabeth zögerte einen Moment und sagte dann mit bemüht ruhiger Stimme: «Ich kann gerade nicht mit dir sprechen.» Und legte auf. Sie saß da und starrte ungläubig auf den Bildschirm ihres Telefons.

«Ist mit dir alles in Ordnung?»

Elizabeth drehte sich zu ihm um, und dann küssten sie sich. Eine verrückte, hungrige Umarmung, im selben Maße von Verzweiflung gespeist wie von Begehren.

DAMALS

Patricia starrte an die Decke oder fuhr mit dem Finger die Muster der Tapete nach und hatte inzwischen jegliches Gefühl für Zeit verloren. Jeden Morgen wurden die Vorhänge zurückgezogen, und manchmal kroch die Sonne in das Schlafzimmer und warf warme Lichtpfützen auf den fadenscheinigen Teppich. Wenn sie sich nach vorn lehnte, konnte Patricia einen Blick auf den blauen Himmel erhaschen.

Das nächtliche Schwitzen hatte aufgehört, und sie fühlte sich jeden Tag ein wenig besser. Mrs. Foley servierte weiterhin Tabletts voller Essen und banale Bemerkungen zum Wetter und dem Leben auf dem Hof. Anscheinend waren ein paar Kälber geboren worden. Aber als Patricia an Stärke gewann, wurde die Blase aus Wut in ihr größer. Sie hatte nichts Falsches getan, und sie wollte nach Hause! Wieso hatte Edward so viel Angst vor seiner Mutter? Was hielt ihn davon ab, einfach nach Buncarragh zu fahren?

«Mrs. Foley, wissen Sie, ich muss nach Hause. Das verstehen Sie doch, oder?»

«Ach Kind, natürlich, aber es geht dir nicht gut genug, um zu reisen. Ich glaube, dir ist nicht klar, wie krank du bist.»

«Es geht mir gut genug, um in einem Auto zu sitzen», antwortete Patricia ärgerlich.

Mrs. Foley blähte verstimmt die Nasenflügel. «Ach, und du glaubst, Teddy hat die Zeit, dich durch das ganze Land zu fahren?» Sie schnaubte vor Lachen. «Dieser Junge ist beschäftigt, schwer beschäftigt, er arbeitet jede Stunden an jedem Tag, den Gott werden lässt. Und wofür? Damit du hier oben wie eine Prinzessin liegen und bedient werden kannst! Du hast vielleicht Nerven, junge Dame.» Und damit fegte die alte Frau aus dem Zimmer und knallte die Tür hinter sich zu.

Zum ersten Mal seit gefühlten Wochen kam sich Patricia wieder mehr vor wie sie selbst. Wenn ihr niemand helfen wollte, würde sie das alleine regeln.

Sie erinnerte sich, dass sie in ihren Enid-Blyton-Büchern dauernd aus Bettlaken Seile machten. Auf ihrem Bett befanden sich nur zwei davon. Sie zweifelte daran, dass sie bis zum Boden reichen würden, und selbst wenn, war sie stark genug, um daran hinunterzuklettern? Das war unwahrscheinlich. Was, wenn sie einfach sprang? Immerhin war es nur ein Stockwerk. Als sie jedoch hinunterblickte, sah es deutlich höher aus als von außen. Was, wenn sie sich ein Bein brach oder auch nur den Knöchel verstauchte? Dann würde sie Castle House monatelang nicht verlassen.

Eine Flucht mitten in der Nacht war eine weitere Option. Patricia wog ihre Erfolgschancen ab. Würde das Knarren der Treppe die alte Frau wecken? Und wenn sie es nach unten schaffen sollte, wusste sie nicht, was sie tun sollte, falls die Türen abgeschlossen wären.

Nachdem sie an diesem Abend in ihrem Abendessen

aus gekochtem Schinken und Kohl herumgestochert hatte, demselben Essen, das sie, wie sie sich erinnerte, als allererste Mahlzeit in diesem Haus zu sich genommen hatte, kam Edward mit einer einzelnen Tasse Tee ins Zimmer.

Patricia richtete sich auf, um sie entgegenzunehmen, und als er sie ihr reichte, setzte sich Edward auf den Bettrand.

«Wie geht es dir?»

«Edward, das geht doch nicht. Wenn es dir wichtig wäre, wie es mir geht, würdest du mich gehen lassen.»

«Das kann ich nicht. Meine Mutter will, dass du bleibst.»

«Sprich mit ihr!», beschwor sie ihn und berührte den Ärmel seines Pullovers.

Er seufzte. «Das habe ich. Ich habe ihr gesagt, dass wir dich nach Hause gehen lassen sollten.»

«Und?»

«Sie hat Angst, dass du zur Polizei gehst.»

Patricia kam sich so dumm vor. Sie hatte sich so darauf konzentriert, hier wegzukommen und zurück nach Buncarragh zu gelangen, dass ihr nie in den Sinn gekommen war, dass das, was hier vor sich ging, ein Verbrechen war. Sie konnte einfach bei der Polizei anrufen. Ihr Herz schlug schneller. Etwas in ihrem Gesicht musste ihre Gedanken verraten haben, denn Edward griff nach ihrem Arm und starrte ihr in die Augen.

«Das würdest du nicht tun, oder? Du würdest niemals zur Polizei gehen?» Er verstärkte seinen Griff.

«Du tust mir weh», sagte sie und versuchte sich frei zu machen.

«Es würde sie erledigen. Sie ... bitte, ich regele das. Bitte, wenn du einfach nur ein wenig Geduld aufbringst, dann bringe ich dich hier raus. Sie hat so viel durchgemacht, und sie wollte das hier so sehr. Es tut mir leid, dass es auf diese Weise geschehen musste.» Er ließ ihren Arm los und zupfte nervös an dem bestickten Bettlaken.

«Deine Mutter ist geistig verwirrt, Edward, sie ist diejenige, die man einsperren müsste. Sie müsste in eine Anstalt!»

«Du verstehst das nicht. Sie hat so viel durchgemacht.»

«Was denn? Was hat sie durchgemacht?» Patricia spuckte die Worte regelrecht aus. Wütend und ungeduldig.

«Sie hat sich verändert», sagte Edward leise. Er blickte auf seine Hände hinab, als gehörten sie jemand anderem. «Nach James. Nachdem er gestorben ist.»

Einen Augenblick war Patricia damit zum Schweigen gebracht. Sie konnte sich vorstellen, wie es einer Mutter zusetzen musste, ihr Kind zu verlieren.

«Wie alt war er?», fragte sie leise.

«Siebzehn», antwortete Edward beinahe flüsternd.

«Was ist passiert?»

Er sprach nicht, untersuchte nur die Falten in den Laken.

«Du musst es mir nicht sagen», fügte sie sanft hinzu.

«Nein, ich ... Ich sollte es dir sagen. Du solltest es wissen.»

Edward fragte sich, wie er seine Geschichte beginnen sollte. Sollte er damit beginnen, wie die beiden Jungen mit dem Melken fertig geworden waren, im Hof standen und James sich seine Gummistiefel von den Füßen zerrte? Er könnte ihr erzählen, dass es ein schöner Sommerabend gewesen war, dass die Luft ausnahmsweise bewegungslos gewesen war und dass die Geräusche träger, zufriedener Kühe über die staubigen Felder zu ihnen herüberdrangen. Es war James, der vorgeschlagen hatte, mit dem Boot rauszufahren. Jemand hatte ihm erzählt, dass die Makrelen unterwegs seien, und sie hatten noch immer ein paar Stunden Tageslicht vor sich. Natürlich stimmte Edward zu. Er war zu dem Zeitpunkt kaum vierzehn und hatte, nachdem er so viel Zeit auf dem Hof verbracht hatte, Schwierigkeiten, in der Schule seinen Platz in der Rotte von Jungen zu finden. James war mehr als nur sein großer Bruder. Er war sein bester und einziger Freund. Sein Held, der Mann, der er werden wollte, auch wenn er daran zweifelte, dass es ihm jemals gelingen würde. James konnte die Herde mit ein paar Rufen unter Kontrolle bringen, er war in der Lage, mit Mädchen zu sprechen, und ihre Mutter schrie ihn nicht an oder sagte ihm, was er zu tun hatte. Edward hätte es keiner lebenden Seele gegenüber eingestanden, aber er zog es vor, ohne Vater zu leben.

Vielleicht sollte seine Erzählung ein paar Stunden später beginnen, als die Dunkelheit auf sie zukroch und der Wind plötzlich zurückkehrte und den grauen Ozean aufpeitschte, der mit wachsender Gewalt gegen ihr kleines hölzernes Ruderboot drosch. Edward war derjenige, der sagte, sie sollten zurückfahren, und er war dabei nicht in der Lage, die Furcht in seiner Stimme zu verbergen. Deswegen stand James auf und begann, das kleine Boot von einer Seite zur anderen zu schaukeln. Er lachte und piesackte seinen jüngeren Bruder. Edward bat ihn, sich hinzusetzen, aber das provozierte James nur dazu, das Boot noch heftiger schaukeln zu lassen.

Er erinnerte sich, wie er nach oben gefasst und James'

Pullover berührt hatte. Hatte er daran gezogen? Hatte er daran gezerrt? Er konnte die feuchte Wolle noch immer an seinen Fingern spüren. Edward hatte nur gewollt, dass sich sein Bruder wieder setzte. Das war alles. Er hatte ihm nie Böses gewollt.

Was als Nächstes passierte, war wie ein Zaubertrick gewesen oder wie wenn der Film im Kino von Clonteer plötzlich einen Sprung machte. James verschwand einfach. Wo eben noch sein menschlicher Umriss vor dem dunkel werdenden Himmel zu sehen gewesen war, befand sich plötzlich nichts mehr. Sein Bruder war weg. Verschwunden. Er wusste noch, wie er über den Rand geblickt hatte, aber die kabbeligen Wellen bewahrten ihr Geheimnis. War James hineingesprungen, um ihm einen Schreck einzujagen? Bestimmt würde er in wenigen Sekunden lachend und prustend an der Oberfläche auftauchen. Er musste dort unten sein und die Luft anhalten. Die Augenblicke verstrichen und wurden zu Minuten, und ein entsetzter Edward musste sich damit abfinden, dass sein Bruder nicht an die Oberfläche kommen würde. Er spähte auf jeder Seite in die dunklen Wellen, konnte aber nichts sehen. Er wollte hineinspringen und durch die Wellen gleiten wie ein glatter Seehund, bis er seinen Bruder gefunden hatte, aber Edward konnte nicht schwimmen. Das war teilweise der Grund dafür, dass James versucht hatte, ihm Angst einzujagen. Er starrte in die Ferne, um zu sehen, ob der dunkelhaarige Kopf seines Bruders irgendwo aufgetaucht war, aber da war nichts. Edward war übel und schwindelig vor Panik. Wo war James? Er konnte nicht weg sein. James musste leben, das musste er, aber wo? Er rief den Namen seines Bruders, schrie ihn, aber er wusste, dass seine Stimme nicht so weit trug, dass sein Bruder ihn dort, wo er war, nicht hören konnte.

Später würde er versuchen, alles zusammenzufügen. James musste das Gleichgewicht verloren haben, vielleicht weil Edward an ihm gezogen hatte, aber vielleicht war er auch nur auf den Makrelen im Rumpf des Bootes ausgerutscht, oder die Wellen waren stürmischer geworden. Er würde es nie mit Sicherheit wissen. Sie hatten etwas Blut auf der metallenen Dolle gefunden, und so nahm man an, dass James mit dem Kopf dagegengeschlagen war, als er über Bord ging, und sich seine Gummistiefel dann mit Meerwasser gefüllt und ihn hinabgezogen hatten in den schlammigen Wald aus Seegras, der dort unten gemächlich waberte.

Edward hatte zu weinen begonnen. Es war so schrecklich, dass es jede Vorstellungskraft sprengte. Er konnte nicht draußen auf dem Meer bleiben, gleichzeitig war ihm nicht klar, wie er diesen Ort verlassen sollte. Er durfte seinen Bruder nicht einfach aufgeben. Was würde ihre Mutter sagen? Die Tränen schwollen an, und seine Schluchzer wurden zu einem lauten Heulen, das vom Wind und der Dunkelheit verschluckt wurde. Er konnte nicht allein an den Strand zurück. Ihm kam der Gedanke, dass er einfach ebenfalls über Bord springen sollte. Besser, niemand kehrte ins Castle House zurück, als Edward ohne James. Er beugte sich nach vorn und schlang die Arme um die Knie, gelähmt von Furcht und Trauer.

Er war sich nicht sicher, wie lange er so dasaß, aber als er schließlich in der Lage war, seinen Atem unter Kontrolle zu bringen und mit Weinen aufzuhören, war es wirklich Nacht geworden. In der Entfernung konnte er die Lichter an der Hausecke sehen, und einen Schein hinter den Vorhängen im vorderen Zimmer. Er würde zurückmüssen. Er hatte keine Wahl.

Die Ruder kamen ihm viel schwerer vor als zuvor, und das Meer hatte sich in Sirup verwandelt, aber langsam kam er in Richtung Ufer voran. Das regelmäßige Klatschen und Knarren der Riemen war sein Taktgeber. Ein Ächzen bei jedem Zug, dann vorbeugen und runter und wieder ziehen. James hatte ihm das Rudern beigebracht. Er begann erneut zu weinen.

Als sich das Boot dem Strand näherte, konnte er ein kleines Licht sehen, das in der Dunkelheit schwebte. Zuerst begriff er nicht, was es war, aber dann wurde ihm klar, dass jemand mit einer Taschenlampe am Strand stand. Es musste ihre Mutter sein, wartend und in Sorge. Bald würde sie den regelmäßigen Rhythmus der Ruder und des Bootsbugs hören können, wenn er in die Wellen eintauchte. Da stellte er sich vor, wie sie sich entspannte und dachte, dass ihre Jungen in Sicherheit wären. Er begann mit weniger Kraft zu ziehen in dem Versuch, das Unausweichliche hinauszuzögern. Das Entsetzen, wenn sie nach vorn trat und sah, dass es nur ein Sohn zurück ans Ufer geschafft hatte und dass dieser Junge Edward war. Er begann heftig zu zittern, die Kälte und der Schock und das Grauen holten seinen Körper ein.

Schließlich hörte er das Knirschen, als der Boden des Bootes auf dem sandigen Kies aufkam, und stieg hinaus in das kalte Wasser. Geradeaus vor sich konnte er das Gesicht seiner Mutter sehen, wie ein Kopf an Halloween beleuchtet von der Taschenlampe. Sie schrie über das Getöse der Brandung hinweg.

«Ich dachte, ihr hättet die Orientierung verloren. Was ist mit euch passiert?»

Edward konnte nicht sprechen. Er wuchtete nur das Boot hinter sich hoch, zerrte es auf den Strand. Seine Mutter setzte ihre Schritte sorgfältig am Rand der Wellen entlang, um ihm zu helfen, doch dann erstarrte sie. Die Taschenlampe stocherte in der Dunkelheit herum, zielte in jeden Winkel des Boots. Ihre Stimme klang dünn und hoch, als sie seinen Namen rief.

«James? Wo ist James? Edward, wo ist dein Bruder?»

Edward ließ das Tau fallen und stand mit hängenden Armen da. Die Wellen strudelten um seine Knöchel. Er öffnete den Mund, um zu sprechen, wurde aber von einer Welle der Trauer und Schuld übermannt. Er stieß einen Schrei aus, wie ein Tier in der Falle, und der Laut schien die Nacht zu durchschneiden. Er rannte auf seine Mutter zu, stolperte aber, sodass er mit den Armen ihre Knie umschlang.

«Nein! Nein, nein!» Ihre Stimme ordnete an, dass dies nicht geschah. Ihr Sohn war nicht verschwunden. Sie hatte ihr Baby nicht verloren.

Durch Edwards Gewicht, das gegen ihre Beine drückte, und den rutschigen nassen Kies verlor sie ihr Gleichgewicht und stürzte mit einem Schrei rücklings, die Arme auf dem Strand ausgebreitet wie Jesus am Kreuz.

Die Wellen rollten heran und zogen sich zurück. Die beiden schwer atmenden Körper lagen verschlungen da, ihre Herzen für immer gebrochen.

Das war der Punkt, an dem sich alles veränderte.

In dem Schlafzimmer starrte Patricia Edward an und wartete noch immer. Er räusperte sich.

«Wir haben in einem Boot gefischt. Ein Sturm kam auf, und James ist über Bord gegangen. Es ging alles irrsinnig schnell. Ich glaube, Mammy hat mir immer die Schuld gegeben.»

Er hob eine Hand, um sich eine Träne wegzuwischen.

Patricia legte ihre Hände um seine Schultern, um ihn zu trösten, und er fiel gegen sie. Sie lagen auf dem Bett, und Patricia beruhigte ihn wie ein Baby, bis sie beide einschliefen.

JETZT

Sie schliefen nicht miteinander. Nach ungefähr zehn Minuten leidenschaftlicher Küsse und tastender Hände schob Elizabeth Brian von sich.

«Ich kann nicht.» Sie atmete schwer.

Brian nahm ihr Gesicht zwischen seine Hände.

«Bist du sicher? Es kommt mir so vor, als würdest du es genießen, und, also», er strich ihr ein paar Haarsträhnen aus dem Gesicht, «du bist wirklich eine gut aussehende Frau.»

Sie sah ihn nicht an. Sie mochte ihn, aber die Küsse hatten in Wirklichkeit nur den Lärm in ihrem Kopf zum Verstummen bringen sollen. Eine Ablenkung von Zachs Neuigkeiten. «Ja. Es ist zu viel. Ich muss nach Hause. Ich muss meinen verdammten, bescheuerten Sohn anrufen.»

Brian machte keine Anstalten, den Motor zu starten, sondern legte den Arm um sie und zog sie in eine Umarmung.

«Worum ging es denn da? Was ist passiert?»

Elizabeth stieß einen langgezogenen Seufzer aus.

«Mein siebzehnjähriger Sohn hat seine Freundin geschwängert, die Mitte dreißig ist.»

«Scheiße», lautete Brians kurze Antwort.

«Scheiße, in der Tat.»

Er gab einen Pfiff von sich und fügte hinzu: «Ich bin so froh, dass ich keine Kinder habe. Was machst du jetzt?»

«Ich weiß nicht. Versuchen, die beiden zur Vernunft zu bringen?» Elizabeth klang äußerst unsicher.

Als sie wieder vor Tante Eileens Haus standen, gab Brian Elizabeth einen letzten langsamen Kuss und sah dann zu, wie sie den Weg hinaufging, bevor er fortfuhr. Sie zog den Schlüssel unter einem metallenen Igel hervor, der gleichzeitig als Schuhabstreifer diente, und schloss auf. Das Haus lag im Dunkeln, aber sie fand den Lichtschalter für das Badezimmer und dann eine Nachttischlampe. Sie setzte sich auf das niedrige, weiche Bett, zog ihr Telefon heraus und starrte den Bildschirm an. Dieser Anruf widerstrebte ihr. Sie beschloss, dass es das Beste wäre, zuerst mit Elliot zu sprechen, und wählte seine Nummer.

«Ja?», bellte Elliots Stimme am anderen Ende. Er klang, als öffnete er einem Zeugen Jehovas die Tür. Das war die Seite an Elliot, die Elizabeth am wenigsten leiden konnte: wenn er in seinen Lehrer-Modus umschaltete.

«Ich bin's, Elizabeth», antwortete sie.

«Warum flüsterst du?», blaffte er zurück.

«Hier ist es spät, und ich übernachte in einem Bed and Breakfast.»

«Warum bist du nicht im Haus deiner Mutter?»

«Das ist eine lange Geschichte. Ich erzähl's dir, wenn wir uns sehen. Nichts Schlimmes. Wie geht es Zach?», fragte sie in dem Versuch, die Unterhaltung wieder auf Kurs zu bringen.

«Ist völlig aufgelöst.»

«Natürlich. Es ist ganz schön viel.»

«Deinetwegen. Er ist aufgelöst deinetwegen!» Es klang, als spräche Elliot mit seiner beschränktesten Schülerin.

«Was?», flüsterte Elizabeth entrüstet.

«Er hat dich angerufen, um dir seine Neuigkeiten mitzuteilen, und du wolltest nicht mit ihm sprechen. Natürlich ist er aufgelöst.»

Elizabeth konnte kaum glauben, was sie da hörte.

«Unser siebzehnjähriger Sohn wird Vater, und das ist das Thema, über das wir uns unterhalten? Ehrlich?»

«Wir müssen ihn jetzt unterstützen, Elizabeth. Er ist so jung.»

«Ich weiß, dass er jung ist», zischte sie wütend in die Leitung, «deswegen bin ich ja so aufgebracht! Wie schwanger ist sie? Was haben sie vor?»

«Die Möglichkeiten sind begrenzt. Sie ist hochschwanger, ich kann nicht glauben, dass dir das nicht aufgefallen ist, ich meine, wann hast du sie zuletzt gesehen?»

Elizabeth versuchte sich daran zu erinnern.

«Ich weiß nicht. Vor Weihnachten, aber das war New York im Winter. Sie war in Mäntel und Schals gehüllt. Also haben sie vor, dieses Baby zu bekommen?»

Sie kam sich so nutzlos und losgelöst vor. Tränen der Enttäuschung sammelten sich in ihr.

Es war ihr eigener kleiner Junge, über den sie da redeten. Sie traute ihm kaum zu, bei D'Agostino's Lebensmittel einzukaufen. Wie sollte er da für ein anderes Lebewesen Verantwortung übernehmen?

«Weißt du, vielleicht ist es gar nicht so schlimm.» Elliot versuchte nun, ruhig und vernünftig zu klingen, was in seiner Exfrau die exakt gegenteiligen Regungen weckte.

«Wovon redest du? Gar nicht so schlimm? Es ist ein verdammtes Baby, Elliot!»

«Ich weiß. Das weiß ich, aber sie ist ja kein Teenager. Sie will Zach nicht heiraten.»

«Er ist siebzehn!», konnte sich Elizabeth nicht verkneifen einzuwerfen.

«Aber das ist genau der Punkt. Sie ist Mitte dreißig. Ich bin mir ziemlich sicher, dass sie das nicht geplant hat, aber jetzt, wo es passiert ist, denkt sie bestimmt, dass sie das Baby besser behält, weil sie sonst vielleicht nie eines bekommt. Ich glaube nicht, dass Zach Teil ihres Plans ist.»

Elizabeth musste zugeben, dass das Sinn ergab, was einerseits eine Erleichterung war, aber andererseits brach es ihr das Herz für ihren Sohn. Sie stellte sich vor, wie er sich fühlen musste. Neben all seiner Furcht platzte er, das wusste sie, vor männlichem Stolz. Aber falls sich Michelle Giardino einfach mit dem Baby davonmachen wollte, würde er darüber hinwegkommen, und es würde zu einem besseren Zeitpunkt weitere Enkelkinder geben. Sie fragte sich, ob sie eine herzlose Schlange war, weil sie so dachte, versicherte sich aber schnell, dass sie einfach nur im Blick hatte, was für ihren Sohn das Beste war.

«Okay. Also, ich spreche mit Zach, und dann können wir uns alle überlegen, was als Nächstes passiert. Bleibt sie in Kalifornien?», fragte sie hoffnungsvoll.

«Nein. Sie fliegt, ein oder zwei Tage bevor sie sie nicht mehr fliegen lassen, zurück nach New York.»

Elizabeth rutschte das Herz in die Hose. Sie würde zuständig sein.

«Großartig. Wir sprechen. Gute Nacht.»

«Tschüs.»

Elizabeth wälzte sich in die Mitte des Bettes, damit sie nicht in der Nacht das Gefälle der Matratze hinunter auf den Boden rutschte. Sie schlüpfte unter die leichte Decke und knipste die Lampe aus. Das Licht von ihrem Telefon erleuchtete das Zimmer, und sie tippte auf Zachs Namen, um ihn anzurufen. Es klingelte. Sie wartete. Niemand nahm ab, und schließlich landete sie auf der Mailbox. Sie seufzte und legte auf. Sie stellte sich Zach zusammen mit Michelle vor, wie sie zusammen auf das «Mom» blickten, das auf dem Display aufleuchtete, und wie er ihr Horrorgeschichten über sie erzählte. In ihrem Kopf überschlug sie die Anzahl der Monate, die Michelle Giardino, die Mathe-Nachhilfe, zu ihnen in die Wohnung gekommen war. Mit den siebzig Dollar die Woche, die sie sich nicht leisten konnte, hatte dieses Baby sie bereits einige tausend Dollar gekostet. In ihrem Kopf wirbelten all die Dinge herum, die sie Zach und Michelle Giardino gern gesagt hätte. Wie sollte sie jemals einschlafen?

Als sie sieben Stunden später aufwachte, hielt sie noch immer ihr Telefon umklammert. Aus der Küche kamen Geräusche, und da war eindeutig der Duft von gebratenem Speck. Elizabeth rieb sich das Gesicht und gähnte. Hoffentlich war das Frühstück besser als die Mahlzeit, die ihre Gastgeberin am Vorabend zubereitet hatte. Sie war am Verhungern.

Als Elizabeth hereinkam, stand Tante Eileen mitten in der Küche und hatte sich ein Küchentuch über den Arm gehängt. Es sah so aus, als hätte sie gewartet. Das künstliche grelle Licht des Aquariums passte eher zu einem Autopsiesaal als zu einem Frühstückszimmer.

«Guten Morgen! Möchten Sie Tee oder Kaffee?»

Normalerweise bevorzugte Elizabeth Kaffee, hielt aber Tee für die sicherere Wahl. Der Tisch war für eine Person gedeckt, und sie nahm Platz. Ein kleines Glas Orangensaft stand neben einem Gestell mit Toasts, die Elizabeths Vermutung zufolge kalt sein mussten. Das waren sie auch. Was in starkem Kontrast zu dem Teller stand, den ihre Gastgeberin aus dem Ofen zog und vor ihr abstellte. Der einzige Hinweis darauf, wie lange der Teller im Ofen gewesen war, war der schrumpelige, vertrocknete Zustand der beiden Würstchen und der Speckstreifen. Sie sahen eher aus wie etwas, das man in einem neolithischen Grab vermuten würde, nicht auf einer Speisekarte. Sie seufzte und griff nach ihrem Tee. Völlig in Ordnung. Na gut, ein flüssiges Frühstück war besser als gar keines.

«Wie haben Sie geschlafen?», erkundigte sich die alte Dame.

«Gut, danke.»

Tante Eileen stand neben dem Tisch und beugte sich nach vorn. Es war eindeutig, dass sie Einzelheiten erwartete.

«Es ist ein sehr netter Pub.»

«Ja, ja.» Ein heftiges, zustimmendes Nicken. «Mehr Tee?»

«O ja, bitte.» Elizabeth drückte mit ihrer Gabel auf ein unnachgiebiges Würstchen. «Ich wollte versuchen, die Dame zu treffen, von der Sie gestern Abend gesprochen haben. Die vom Supermarkt. Es tut mir leid, ich habe ihren Namen vergessen.»

«Cathy Crowley», half ihr Tante Eileen auf die Sprünge und schenkte Tee nach. «Aber mir ist inzwischen noch etwas Besseres eingefallen. Ihre Mutter, die alte Mrs. Lynch, die ist zwar betagt, weiß aber immer noch alles. Hellwach. Was immer sie über Castle House oder die Foleys wissen wollen, sie ist die richtige Ansprechpartnerin.»

Das klang ermutigend. Vielleicht bekam Elizabeth hier doch mehr Antworten, als sie erwartet hatte. «Ich danke Ihnen sehr. Ich spreche mit ihr.»

Tante Eileen steckte ihren Finger gedankenverloren in den Mund, tupfte dann damit ein paar Krümel vom Tisch und aß sie.

«Ich habe über das Haus nachgedacht.»

«Castle House?»

«Ja. Ich habe mich gefragt, ob Sie wohl wiederkommen.»

«Wiederkommen?» Elizabeth war etwas entgeistert. Warum sollte sie wieder hierherkommen?

«Na ja, ich meine, vielleicht wollen Sie es als Ferienhaus nutzen.»

Elizabeth kam sich so dumm vor. Einen Augenblick lang hatte sie beinahe vergessen, dass sie in Muirinish Hauseigentümerin war.

«Ich hatte bloß daran gedacht, es zu verkaufen.» Doch noch als sie die Worte aussprach, fragte sie sich, ob es das war, was sie wirklich wollte.

DAMALS

Als sie aufwachte, war er fort. Es blieben lediglich sein Abdruck auf dem Kissen und die Erinnerung an die Wärme seines Körpers zurück, die sie gespürt hatte, als sie sich nachts umgedreht hatte.

Patricia war sich nicht sicher, ob Mrs. Foley wusste, was geschehen war, aber sie erschien ihr verdächtig munter, als sie das Frühstückstablett hereinbrachte und die Vorhänge vor einem weiteren grauen Tag zurückzog.

«Gut geschlafen?», fragte sie. War das da ein Feixen in ihrem Gesicht?

«Ja, danke.»

Mrs. Foley ging auf die andere Seite des Zimmers und setzte sich in den Holzstuhl mit der hohen Lehne, der neben dem Schrank stand.

«Ich habe nachgedacht.» Sie machte eine Pause, und Patricia blickte von ihrem Buttertoast auf. Ein kleiner Knoten aus Furcht bildete sich in ihrem Magen.

«Jetzt, wo du dich zum Glück viel besser fühlst, wird es Zeit, dass du im Haus hilfst und deinen Unterhalt verdienst.» Die alte Frau beendete ihren Vorschlag mit einem verkrampften Lächeln.

Patricia wusste nicht, wie sie reagieren sollte. Ein Teil

von ihr sehnte sich nach der Gelegenheit, dieses Zimmer zu verlassen. Die Möglichkeit, das Telefon zu benutzen oder einfach den Weg hinunter flüchten zu können, war aufregend, aber sie wusste, sie durfte sich ihre Begeisterung nicht anmerken lassen, sonst würde Mrs. Foley ihr Angebot zurückziehen. Gleichzeitig kochte sie vor Wut darüber, dass ihre Wärterin fand, sie solle Aufgaben erledigen, um den Unterhalt ihres Gefängnisses mitzuverdienen.

So ausdruckslos, wie sie konnte, antwortete Patricia einfach: «Aha.»

«Wenn du im Bad warst, gebe ich dir ein altes Hauskleid von mir und ein Paar Hausschuhe.»

Seit sie sich von ihrem Fieber erholt hatte, waren ihr Badezimmer-Privilegien eingeräumt worden. Sie hatte ein kleines silbernes Glöckchen bekommen, mit dem sie läuten sollte, wenn sie musste. Mrs. Foley schloss dann die Tür auf und wartete auf sie, während sie die Toilette benutzte. Patricia hatte nachgesehen, das Fenster dort schien noch höher zu liegen als das in ihrem Zimmer. An manchen Tagen hatte Patricia das Glöckchen öfter geläutet als nötig, nur um zu hören, wie Mrs. Foley sich die Mühe machte, die Treppe heraufzusteigen, aber bald hatte die alte Dame Verdacht geschöpft. Inzwischen reagierte sie nicht mehr, wenn das Läuten zu häufig erfolgte.

In ihrer geliehenen Kluft fand sich Patricia ungefähr eine Stunde später am Küchentisch ein. Sie hatte gedacht, das Zimmer würde inzwischen vielleicht anders aussehen, aber er war genauso, wie sie ihn von dem Abend nach dem Pub-Besuch vor Wochen in Erinnerung hatte. Mrs. Foley stellte eine Plastikschüssel mit Kartoffeln vor sie hin.

«Du kannst damit anfangen, die hier zu schälen.»

Patricia verspürte kein Bedürfnis zu antworten, nahm das Schälmesser und begann mit der Arbeit. Als sie sich umblickte, blieb ihr Blick an der Hintertür hängen. Sie könnte einfach wegrennen. Sie vermutete, dass sie Mrs. Foley selbst in ihren gebrauchten Slippern davonlaufen könnte, und Edward würde sie entkommen lassen. Da war sie sich sicher.

Mrs. Foley drehte sich am Spülbecken um und bemerkte offenbar, worauf sich Patricias Blick richtete. Mit langsamen Schritten ging sie zu der Tür und drehte den großen Schlüssel im Schloss, bevor sie ihn herauszog und in die Tasche ihrer Schürze steckte. Sie warf Patricia einen langen, strengen Blick zu.

«Wenn du die nicht fix schälst, können wir dich auch wieder in dein Zimmer zurückbringen.»

Patricia schabte an den Kartoffeln.

Ungefähr zehn Minuten später wurde der Griff der Hintertür gedreht, und jemand rüttelte erfolglos daran. Ein Klopfen folgte, und Mrs. Foley ging hin und benutzte den Schlüssel, um die Tür zu öffnen. Edward platzte in die Küche.

«Wieso war die Tür...», setzte er an, aber als er Patricia bemerkte, hörte er auf zu sprechen.

«Sieh mal, wer zu uns heruntergekommen ist», sagte seine Mutter und zeigte mit angespanntem Lächeln zum Tisch.

Ein verwirrter Ausdruck huschte über Edwards Gesicht.

«Ah.» Er wusste ganz offensichtlich nicht genau, wie er den Anblick bewerten sollte, der sich ihm bot. «Das ist toll.» Er lächelte Patricia an. Sie erwiderte seine Begeisterung nicht, sondern griff stattdessen mit ausdruckslosem Gesicht in die Schüssel und nahm eine weitere Kartoffel.

«Ich meine, toll, dass es dir bessergeht», führte er aus. Patricia schenkte ihm nichts. Er hatte sein Unbehagen verdient.

«Ich setze Teewasser für dich auf», tönte seine Mutter dazwischen.

«Schön, also gut. Dann gehe ich nur schnell Hände waschen.» Als er zur Tür ging, bemerkte Patricia, dass er noch immer das Hemd vom Vorabend trug. War es wirklich passiert? Es fiel ihr so schwer, sich vorzustellen, dass dieser Mann in ihren Armen eingeschlafen war, während sie hier gleichzeitig wie eine moderne Sklavin saß und von einer Verrückten gefangen gehalten wurde.

Patricia sah zu, wie Mrs. Foley den Tee aufgoss und konnte keine Anzeichen dafür erkennen, dass sie Drogen hineingab, also trank sie mit den anderen zusammen eine Tasse. Es wurde sehr wenig gesprochen. Ein Schaf der Nachbarn war heute Morgen bei der Herde gewesen, und Edward würde mit den Leuten sprechen und die Zäune flicken. Jemand, von dem Patricia noch nie gehört hatte, war in einem neuen Wagen vorbeigefahren. Für die Kälber wurden neue Kraftfutter-Pellets benötigt.

Als Edward seine Arbeit im Hof wiederaufnahm, schloss Mrs. Foley die Hintertür erneut ab. Sie reichte ihr einen Besen und wies sie an, den Boden zu fegen. Sosehr Patricia das auch empörte, es war besser, als den ganzen Tag im Bett zu liegen und an die Decke zu starren und zu dösen. Als sie mit dem Fegen fertig war, gab Mrs. Foley ihr Kehrschaufel und Handbesen.

«Gute Arbeit», strahlte Edwards Mutter schließlich. «Ich denke, das genügt für heute. Bringen wir dich wieder nach oben.»

Patricia wollte nicht zurück in ihr Zimmer und dort einen langen, langweiligen Nachmittag verbringen, aber ihr fiel kein Vorwand ein, um unten zu bleiben. Sie blickte sich in der Küche nach einer Aufgabe um, bei der sie helfen konnte, aber sie fand nichts. Also schlurfte sie gehorsam zur Tür und nach oben in ihr Zimmer. Dort zeigte Mrs. Foley auf die geliehenen Hausschuhe.

«Die nehme ich mit, danke.»

Patricia zog sie aus und reichte sie ihr. Sie fühlte sich völlig machtlos. Der Schlüssel drehte sich im Schloss, und sie saß allein im staubigen Dämmerlicht eines ewigen Sonntagnachmittags auf ihrem Bett. Sie begann wieder einmal zu weinen. Alles erschien ihr so hoffnungslos. Selbst ihr unausgegorener Plan, die Polizei anzurufen, war unmöglich umzusetzen. Sie hatte unten keine Spur von einem Telefon entdeckt, obwohl sie wusste, dass es eines geben musste. Sie hatte es klingeln gehört. Ihr fiel auf, dass es eine Weile her war, seit das Telefon im Haus geklingelt hatte. Hatte Mrs. Foley es weggeworfen, um ihre Pläne zu hintertreiben?

Zum ersten Mal, seit sie in Castle House angekommen war, beschloss sie zu beten. Sie ließ sich neben dem Bett auf die Knie nieder, legte ihre Hände zusammen und presste die Augen fest zu. Die vertrauten Worte kamen ihr leicht von den Lippen.

«Gegrüßet seist du, Maria, voll der Gnade, der Herr ist mit dir. Du bist gebenedeit unter den Frauen, und gebenedeit ist die Frucht deines Leibes, Jesus. Heilige Maria,

Mutter Gottes, bitte für uns Sünder jetzt und in der Stunde unseres Todes. Amen.»

Sie wartete. Hatte sie jemand gehört? Sie bezweifelte es. Bislang waren alle Gebete in ihrem Leben unbeantwortet geblieben. Es war unwahrscheinlich, dass sie gerade jetzt erhört wurde. Der Heiligen Mutter war sie gleichgültig. Patricia war wie ein vergessener Regenschirm, der nass am Rahmen einer Ladentür lehnte. Sie schloss die Augen.

«Bitte erlöse mich von diesem Ort und bring mich nach Hause zu meiner Familie. Ich weiß, dass ich eine Sünderin bin, aber ich verstehe nicht, was ich verbrochen habe, um das hier zu verdienen. Bitte hilf mir in der Stunde meiner Not. Amen.»

Sie überlegte sich, ob es sich lohnte, dem Allmächtigen einen Handel vorzuschlagen, aber womit? Sie rauchte nicht und trank auch nicht wirklich. Ihr Erstgeborenes könnte Nonne oder Priester werden, aber zu diesem Zeitpunkt standen die Chancen, dass sie jemals ein Kind oder auch nur irgendeine Art von Leben haben würde, schlecht.

Patricia beugte sich vor und legte die Stirn auf das Bett. Sie war so allein. Aber inwiefern war dies schlimmer als ihr Leben zuvor? War sie nicht immer allein gewesen? Die Jahre, die sie in der Küche verbracht und darauf gewartet hatte, dass ein Ruf oder ein Klopfen ihr signalisierte, dass ihre Mutter etwas brauchte. Die Monate seit der Beerdigung, in denen sie noch immer in der Küche gesessen hatte, aber nun ohne auf etwas zu warten. Hätte sie ihr Schicksal doch einfach akzeptiert. Nur ihr Verlangen, etwas zu verändern, ihr letzter verzweifelter Versuch, nicht allein zu bleiben, hatten hierzu geführt. Einen Moment lang hatte sie das Gefühl, sich außerhalb ihrer selbst oben an der Decke zu befinden. Sie blickte auf diese törichte Frau hinab, die neben einem Bett kniete und Gebete murmelte, die unerhört bleiben würden. Eine eigenartige Ruhe ergriff von ihr Besitz. Vielleicht sollte sie ihr Schicksal dieses Mal einfach akzeptieren und nicht kämpfen. Sie konnte nicht klar denken. Alles ermüdete oder verwirrte sie. Sie stand auf und griff nach dem Glöckchen. Sie würde zur Toilette gehen und dann vor dem Rest des Tages in den Schlaf entfliehen.

Am nächsten Morgen wachte sie früh auf. Ein schwacher Schein drängte sich durch den Spalt zwischen den Vorhängen, und sie schaute sich müde im Zimmer um.

Sie bemerkte, dass auf dem Boden neben ihrem Bett ein Korb stand, der zuvor nicht da gewesen war. Patricia sah ihn sich näher an. Er schien Decken zu enthalten. Seltsam. Sie hatte sich nicht darüber beklagt, dass ihr kalt sei, und Mrs. Foley hatte nicht erwähnt, ihr eine zusätzliche Bettdecke geben zu wollen. Sie dachte an den Tag, der sie erwartete. Würde man ihr erlauben, heute länger unten zu bleiben? Wie standen ihre Chancen, Alarm zu schlagen?

Was war das? Sie meinte, etwas gehört zu haben. Sie beugte sich über den Bettrand und schaute den Korb an. Die Decken bewegten sich. Patricia erstarrte. Was war das? Hatte ihr das verrückte alte Biest irgendein Tier hereingestellt? Sie setzte sich auf, drückte sich mit dem Rücken gegen die Wand und wappnete sich für das, was aus dem Korb springen würde. Sie hielt den Atem an. Dann tauchte über dem Rand des Korbes eine perfekt geformte, winzige rosa Hand auf.

JETZT

Elizabeth schüttelte noch immer ungläubig den Kopf, als sie die Reisetasche in ihren Wagen stellte. Sie hatte sich Gedanken darüber gemacht, ob Tante Eileen sie in Verlegenheit bringen würde, indem sie ihr nichts berechnete oder vielleicht nur einen läppischen Betrag verlangte. Sie hatte sich gefragt, auf welchem Betrag sie bestehen sollte. Doch sie hätte sich darum keine Sorgen zu machen brauchen. Die alte Dame verkündete ganz sachlich, sie schulde ihr achtzig Euro. Elizabeth hoffte, dass sie nicht so verblüfft aussah, wie sie war. Das war kaum weniger, als das Hotel am Flughafen gekostet hätte. Sie beschloss, Oakley's Cross bei TripAdvisor zu suchen.

Bevor sie losfahren konnte, hielt Brians Wagen vor ihr, und er stieg aus. Er sah frisch gewaschen und rasiert aus, hatte sich das Haar zurückgegelt, und unter seinem dunklen Pullover blitzte ein gestärkter weißer Kragen hervor. Anders als die meisten Leute sah er im Morgenlicht nach dem Date sogar besser aus.

Elizabeth öffnete ihre Tür, stieg aus und stützte sich auf ihr Autodach. Sie wollte lieber nicht darüber nachdenken, wie sie in ihrem zu großen Anorak aussah, der bis zum Kinn zugezogen war, und sie konnte sich nicht daran erinnern, im Spiegel heute Morgen einen Blick auf ihre Frisur geworfen zu haben.

«Morgen!», rief er mit einem Lächeln.

«Du hast mich gerade noch erwischt. Ich mache mich wieder auf den Weg.»

Er stand vor ihr, die geöffnete Wagentür trennte ihren Körper von seinem.

«Da bin ich aber froh.» Er sah zu Boden, und sagte dann, wobei er den Kopf nur halb wieder hob: «Hör mal, muss ich mich für gestern Abend entschuldigen? Wenn ich mich danebenbenommen habe, tut es mir sehr leid.»

Elizabeth war sich nicht sicher, was sie fühlte. Er hatte sie verärgert, das stimmte, aber dann hatten sie ziemlich lange herumgeknutscht, und sie konnte nicht abstreiten, dass sie sich freute, ihn zu sehen.

«Alles gut, Brian. Mach dir keine Sorgen. Es war nett.» Sie hielt ihm mit einem breiten Grinsen die Hand hin. Er schüttelte sie, und sie lachten beide ohne ersichtlichen Grund.

«Fährst du direkt los? Ich habe mich gefragt, ob ich dich zu einem Mittagessen irgendwo in Clonteer überreden kann.»

«Na ja, ich wollte mit einer Frau drüben in Muirinish sprechen, aber danach zurück nach Buncarragh fahren, also könnte das klappen.» Sie freute sich nicht gerade darauf, zu Keane and Sons zurückzukehren. Ein Mittagessen wäre eine willkommene Ablenkung.

«Super. Ich finde heraus, was geöffnet hat, und lasse es dich wissen. Wollen wir Nummern austauschen?»

«Klar.»

Sie fischten beide nach ihren Telefonen und gaben einander ihre Nummern. Es folgte eine weitere kurze, verlegene Pause, in der sie nicht wussten, ob ein Küsschen auf die Wange oder ein Händedruck angebracht war. Um nichts falsch zu machen, duckte sich Elizabeth wieder in ihren Wagen, rief fröhlich «Bis später!» und fuhr davon.

Die Strecke hinüber nach Muirinish erschien ihr bei Tageslicht viel kürzer und weit malerischer. Nachdem sie an Carey's Pub vorübergefahren war, umrundete die Straße einen Hügel und eröffnete einen ungehinderten Blick aufs Meer. Rechts von ihr konnte sie so eben noch die Spitze der Burgruine ausmachen, die hinter einer Gruppe hoher Kiefern aufragte. Ihr Haus. So eigenartig, dass sie eine uralte irische Burg besaß, und noch seltsamer, dass sie Sitz ihrer Familie war. Sie hätte zu gern Zach angerufen und ihm davon erzählt, es witzelnd mit ihrer winzigen Wohnung in New York verglichen, aber sie wusste, dass sie das besser bleibenließ. Er brauchte Zeit, um sich abzuregen, und sie brauchte Zeit, um die Neuigkeit von seiner bevorstehenden Vaterschaft zu verdauen. Was sollte sie ihm am besten sagen? Gab es überhaupt etwas zu sagen? Anscheinend würde dieses Baby geboren werden, und abgesehen davon, Zach mit einem Haufen Kondome in eine Zeitmaschine zu stecken, konnte sie nicht das Geringste dagegen tun.

Sie bremste ab, als sie an dem Tor zum Castle House vorüberfuhr, und bog dann bei der Straßengabelung nicht auf die Dammstraße ab, sondern folgte den Schildern in Richtung Muirinish. Sie hielt Ausschau nach einer Tankstelle. Der Wagen hatte nicht mehr viel Sprit, und außerdem brauchte sie etwas zu essen. Da sie sowohl auf das Abendessen, als auch auf das Frühstück verzichtet hatte, war sie am Verhungern. Die von Hecken eingefasste schmale Straße führte in Kurven durch Felder und an ein paar stattlichen Neubauten vorbei, bis sie sich am Fuße eines Hügels verbreiterte. Zu ihrer Rechten standen große graue Gebäude mit gewölbten Wellblechdächern. Auf eine der Wände an der Schmalseite war eine Uhr gemalt worden, die der Welt verkündete, dass es für alle Zeiten viertel vor drei oder viertel nach neun sein würde. Wie viel Uhr genau, war schwer zu sagen, denn der Künstler hatte beide Zeiger gleich lang gemalt. In einem Fenster war ein großes weiß-rotes Schild zu sehen, auf dem «Viel Glück, Cork» stand. Elizabeth nahm an, dass sich das auf irgendeine bevorstehende Sportveranstaltung bezog, aber genauso gut hätte es dazu gedacht sein können, das Land für den Fall einer drohenden Apokalypse anzuspornen. Weiter die Straße hinunter standen einige Gebäude, die in einem schmutzigen Senfton gestrichen waren. Das große Schild wies sie als «Supermarkt und Eisenwarenhandel» aus. Elizabeth hielt davor an und stieg aus dem Wagen.

Der Geruch darin erinnerte sie an Keane and Sons in Buncarragh, aber dieser Laden war mit Gängen unterteilt wie jeder moderne Supermarkt. Sie ging ganz nach hinten durch, wo sie ein paar Kühlvitrinen entdeckte. Als sie ein in Zellophan verpacktes Würstchen im Brötchen und eine Dose Diet Coke mit zur Kasse nahm, bemerkte sie ein Schild, auf dem «Free Wi-Fi» stand.

«Gibt es hier ein Café?», fragte Elizabeth die junge Frau hinter der Kasse, deren dunkles Haar ihr über die Schultern herabhing. Auf beiden Seiten ragten leuchtend rosa Ohren heraus. Sie blickte auf und kniff die Augen zusammen, als habe Elizabeth in einer Fremdsprache gesprochen. Sie gab einen Laut von sich, den man am besten als fragendes Grunzen bezeichnen konnte.

«Das freie Internet? Gibt es einen Platz, wo ich mich hinsetzen und es nutzen kann?»

«Wo parken Sie?», fragte die junge Frau und zog sich eine Haarsträhne aus dem Mund. Elizabeth konnte dieser Unterhaltung wirklich nicht folgen, beschrieb ihr aber den Standort ihres Wagens.

«Sie kriegen das Wi-Fi da draußen. Es ist das einzige, und es gibt kein Passwort. Brauchen Sie eine Tüte?»

Brauchte sie nicht. Elizabeth zahlte, ging hinaus zu ihrem Wagen und nahm ihre Brille vom Beifahrersitz. Als sie ihren Laptop öffnete, funktionierte alles so, wie die Kassiererin es beschrieben hatte.

Elizabeth überflog ihre E-Mails. Die meisten waren Werbung oder Gruppenmails aus ihrem College, die sie getrost ignorieren konnte. Eine weitere Epistel von Linda Jetter mit genauen Angaben über die Launen und Aufenthaltsorte von Shelly der Katze. War es falsch, dass Elizabeth das nicht interessierte? Die Betreffzeile der neuesten E-Mail lautete «Unsere Neuigkeiten». Sie stammte von einem Absender, den sie nicht erkannte: canofsardino@ me.com. Sie öffnete sie.

Liebe Elizabeth,
ich hätte gern angerufen, aber so scheint es mir sicherer. Ich wollte, dass du mich anhörst, ohne dass jemand laut wird oder Vorwürfe durch den Raum fliegen.
Das Erste, was ich sagen möchte, ist, dass es mir

sehr leidtut. Ich hatte nichts davon je geplant. Ich
habe dein Vertrauen missbraucht und bin nicht
gerade stolz auf mich. Du hast mich als Lehrkraft
in deine Wohnung gelassen, und ich habe mich auf
unangemessene Weise verhalten. Ich verstehe, dass
du sehr wütend sein musst. Meine eigenen Eltern
freuen sich auch nicht gerade über die Neuigkeit.
Du solltest sie anrufen!

Elizabeth schob ihren Laptop von sich. Versuchte diese
Frau, Witze zu machen? Sie war um ein paar Monate daran vorbeigeschlittert, wegen Unzucht mit Minderjährigen
angeklagt zu werden. Ein leichtes Zittern hatte ihre rechte Hand ergriffen. Sie konnte sich nicht daran erinnern,
jemals so wütend gewesen zu sein. Sie wollte gewalttätig
werden, jemandem körperlichen Schaden zufügen, ir-
gendwen anschreien. Elizabeth las weiter.

Es wird dich nicht überraschen zu hören, dass mein
Leben anders verlaufen ist als geplant. Ich habe
eine gescheiterte Ehe …

Elizabeth entfuhr unwillkürlich ein missbilligendes
Knurren.

… hinter mir, und auch mit meiner Firma bin ich
gescheitert. Bitte glaube nicht, dass ich versuche,
Entschuldigungen vorzubringen, aber Zach war seit
sehr langer Zeit der einzige Mensch, bei dem ich
mich mit mir selbst wohl fühlte.

Ein Schal. Elizabeth wollte einen langen Schal haben, ihn um Michelles Hals legen und richtig fest zuziehen.

> Als ich das mit dem Baby bemerkt habe, war ich schockiert (ich versichere dir, wir haben aufgepasst), aber dann begann mir klarzuwerden, dass das alles aus einem Grund passiert war. Ich hoffe, du kannst das verstehen und mir verzeihen. Du hast ein Kind, …

Ja, das habe ich, dachte Elizabeth, und du hast ihm den letzten Rest seiner Kindheit geraubt. Diese Frau hatte vielleicht Nerven!

> … also weißt du, was das bedeutet. Du sollst wissen, dass ich das hier als meinen eigenen Weg betrachte. Zach kann jetzt gerade kein Vater sein, und ich möchte das auch nicht von ihm verlangen. Er muss seinen Weg weitergehen. Es tut mir so leid, dass ich deiner Familie Schmerz zugefügt habe, mach dir bitte bewusst, dass ihr mir ein Geschenk gemacht habt, für das ich immer dankbar sein werde.

War diese Frau überhaupt psychisch stabil genug, um sich um ein Baby zu kümmern? Sosehr sich Elizabeth auch wünschte, dass sich diese Kreatur in Luft auflöste, so fand sie doch, dass ihr Sohn bei dem, was passieren würde, ein Wörtchen mitzureden hatte. Ein winziger Teil von ihr wehrte sich auch gegen die Vorstellung, dass ihr Enkelkind einfach so verschwinden sollte. Sie blickte auf den letzten Absatz.

Ich hoffe, dich zusammen mit Zach in New York
zu sehen. Bitte urteile nicht zu hart über mich. Ich
habe schlimme Fehler gemacht, aber jetzt habe ich
endlich das Gefühl, etwas richtig zu machen.
In mütterlicher Verbundenheit
Deine Michelle

Hoffen. Verstehen. Verzeihen. Elizabeth wollte einfach bloß ihren Laptop aus dem Autofenster in einen Graben schmeißen.

DAMALS

Patricia läutete das Glöckchen und hörte nicht damit auf, bis sie den Schlüssel im Schloss hörte. Mrs. Foley trat ins Zimmer. Sie schien nicht im Geringsten überrascht davon, dass Patricia auf dem Bett stand, den Rücken an die Wand gepresst, und auf den Korb auf dem Boden zeigte.

«Ein Baby? Woher haben Sie…? Ich verstehe nicht. Ein Baby. Warum ist ein Baby in diesem Korb?» Ihre Stimme war kaum mehr als ein heiseres Krächzen.

Mrs. Foley stand ganz still da und antwortete ruhig: «Das ist die kleine Elizabeth. Sie wird bald etwas zu essen brauchen. Ich bringe eine Flasche herauf.» Und bevor Patricia noch irgendetwas sagen konnte, war die Tür wieder geschlossen und verriegelt. Sie sprang vom Bett und hämmerte mit der Faust gegen die Tür.

«Edward! Edward! Wo bist du?» Er musste ihr die Lösung dieses Rätsels verraten. Wo hatte die verrückte alte Spinatwachtel ein Baby gefunden? Patricia stellte sich eine arme Mutter da draußen in der Welt vor, die jetzt vor Angst außer sich war und sich fragte, wohin ihr Kind verschwunden war. Hinter ihr quäkte es leise aus dem Korb. Sie hämmerte noch etwas länger gegen die Tür, aber dann wurde das Krähen lauter. Patricia beugte sich zu dem Korb hinunter und sah zum ersten Mal das Gesicht des Babys. Es war jetzt vom Schreien ganz verzerrt, hielt aber inne, als Patricias Gesicht in sein Gesichtsfeld schwebte. Die großen blauen Augen starrten zu ihr auf, und dann wedelte das Kind mit den Armen, als dirigierte es ein Orchester. Patricia spürte das Verlangen, das kleine Menschlein hochzunehmen und an sich zu drücken, aber sie hielt sich zurück. Dieses Baby musste dorthin zurück, wo es hergekommen war, und das bedeutete, dass sie nicht in Mrs. Foleys Falle tappen durfte. Wenn sie zurückkam und sah, dass Patricia das Baby fütterte, würde es viel schwieriger werden, sie dazu zu bringen, es seiner rechtmäßigen Mutter zurückzugeben. Sie stand auf und ging zurück zur Tür.

«Edward! Ich brauche Hilfe!» Die Tür prallte gegen ihre Faust, als Mrs. Foley sie öffnete und hereintrat. Sie hielt eine Nuckelflasche voll Milch in die Höhe.

«Hier, bitte. Und vergiss nicht, hinterher mit ihr Bäuerchen zu machen.»

Patricia hielt ihre Hände dicht am Körper und weigerte sich, die Milch zu nehmen.

Mrs. Foley starrte sie einen Augenblick an und stellte die Flasche dann auf den Nachttisch. «Hier steht sie, bis du bereit bist. Ach, und Edward ist bei der Arbeit, du kannst mit dem Gebrüll aufhören.» Die alte Frau wandte sich um, als wollte sie gehen, doch stattdessen holte sie eine gepolsterte, mit kleinen rosa Rosen bedeckte Tasche vom Treppenabsatz. «Hier drin sind noch mehr Windeln und Creme und Puder.» Sie legte sie unter den Stuhl auf den Boden. Patricia starrte darauf hinunter, und als sie wieder aufsah, schloss sich gerade die Tür, gefolgt von dem vertrauten Klackern des Schlüssels.

Sie setzte sich aufs Bett, ratlos, was sie als Nächstes tun sollte. Ein Teil von ihr wollte das kleine Bündel im Korb füttern, aber sie wusste, das sollte sie besser bleibenlassen. Es war nicht ihr Baby. Jemand anders hatte für dieses Kind gesorgt, es geliebt. Es war kein Neugeborenes. Patricia vermutete, dass das Baby mindestens drei oder vier Monate alt war, vielleicht älter.

Sie hoffte, dass Edward zum Mittagessen zurückkommen würde. Vielleicht konnte er seine Mutter zur Vernunft bringen. Das hier war eine ernste Sache. Vielleicht würde sich die Polizei einschalten. Der Gedanke an ein Polizeifahrzeug, das draußen vor dem Haus vorfuhr, erfüllte sie plötzlich mit Hoffnung. Wenn sie kamen, um das Baby zu retten, konnten sie auch sie retten. Ihre Gedanken wurden davon unterbrochen, dass das Baby schrie. Ein paar zaghafte Schreie, gefolgt von einem Brüllen aus voller Kehle. Patricia blieb bewegungslos sitzen. Wenn sie den Säugling lang genug schreien ließ, würde Mrs. Foley schließlich kommen und die Lage prüfen müssen.

Minuten vergingen. Dieses Wartespiel würde schwieriger werden, als sie es sich vorgestellt hatte. Es war eine Tortur, das Elend dieser kleinen Maus mit anhören zu müssen. Vielleicht würde das Baby einfach aufgeben und aufhören zu weinen, doch wenn sie ehrlich war, klang es gar nicht danach, als würde das in nächster Zeit passieren. Das ganze Zimmer schien vom verzweifelten Schreien dieses winzigen Wesens erfüllt. Die kleinen Hände schlugen wild bis über den Rand des Korbs. Wo war Mrs. Foley? Wie konnte sie sich das anhören? Patricia begriff, dass dies ein Test war, welche von ihnen zuerst einknickte. Sie beschloss, dass sie es nicht sein würde. Sie setzte sich auf ihre Hände für den Fall, dass sie eigenständig handeln und nach der Milchflasche greifen würden.

Weitere Minuten vergingen, und noch immer schrie das Baby. Patricia beugte sich vor und sah in das kleine Gesicht. Es brach ihr das Herz. Ein winziger Mund, das brüllende Zentrum dunkelroter Züge. Sie konnte es nicht ertragen. Patricia verfluchte Mrs. Foley, griff nach der Nuckelflasche und beugte sich zu dem Korb hinunter.

Sie versuchte dem Kind den Gummisauger in den Mund zu stecken, aber der schien es in diesem Moment nicht mehr zu trösten. Schreien schien wichtiger zu sein als Essen. Patricia versuchte die Flasche zu schütteln, um ein paar Tropfen Milch in den Mund fallen zu lassen und das Kind daran zu erinnern, worum es bei all dem Geschrei eigentlich ging. Das Baby wandte den Kopf von rechts nach links. Es schien an der Flasche nicht das geringste Interesse zu haben. Patricia begann sich Sorgen zu machen, dass die richtige Mutter vielleicht gestillt hatte. Was sollte sie dann machen? Würde Mrs. Foley den Säugling verhungern lassen, bevor sie einen Arzt rief? Panik kroch in ihr hoch. Sie griff in den Korb und hob das Baby heraus, legte es in ihre Armbeuge. Das Schreien hörte nicht auf, aber die Not schien etwas gelindert. Patricia versuchte es einmal mehr mit der Flasche. Nach ein paar Fehlstarts entschied der kleine Mund, dass der richtige Zeitpunkt jetzt gekommen war. Das Baby nahm den Sauger an und begann hungrig zu saugen. Patricias Erleichterung war unendlich. Sie starrte auf den kleinen Menschen in ihren Armen hinab. Seine Gesichtsfarbe war beinahe wieder normal, und die Zufriedenheit, die von dem geräuschvollen Nuckeln ausging, war ansteckend.

«Ist das gut, Elizabeth? Ja? Magst du das gerne? Das ist lecker, was?»

Patricia saß nun auf dem Bett und hielt das warme Bündel im Arm. Zwei Lebewesen, die gegen ihren Willen in diesem Raum gefangen waren. Hoffentlich machten sich noch mehr Menschen um die kleine Elizabeth Sorgen. Eine Mutter würde niemals aufhören zu suchen, und das hieß bestimmt, dass sie eines Tages beide gerettet werden würden. Sie blickte in das kleine Gesicht, das nichts anderes wahrnahm als die Flasche, an der es hing. Konnte es sein, dass dieses Baby die Antwort auf ihre Gebete war?

Der Säugling trank beinahe die ganze Milch aus, bevor er den Mund von dem Sauger löste und in Patricias Arme zurücksank. Sie hatte Mütter darüber reden hören, dass man das Kind nach dem Füttern aufstoßen lassen sollte, und so legte sie sich das Baby über die Schulter und begann ihm mit ihren Fingerknöcheln sanft über den Rücken zu streichen, so wie sie es bei anderen gesehen hatte. Bald blubberten ein paar kleine Bäuerchen an die Oberfläche. Reichte das? Sie war sich nicht sicher, beschloss aber, dass es das Beste wäre, das Baby weiter zu tätscheln. Sie spürte, wie sich die Rundung des Bauchs an ihrer Schulter bewegte, gefolgt von einem milchigen Rülpser, der auf den Fußboden platschte. Patricia hob das Baby hoch und sah in sein Gesicht. Es schien äußerst zufrieden mit sich. Patricia konnte nicht anders, als zu lachen, und sie küsste das Baby auf die Stirn. Sie dachte an all den Tee, der in ihrem alten Zimmer in den Teppich gesickert war, und stieg über den Milchfleck zu ihren Füßen hinweg.

Bald war Elizabeth in Patricias Armen eingeschlafen. Als sie das Baby in den Korb zurückzulegen versuchte, zuckte Bestürzung über das kleine Gesicht, und es gab einen warnenden Laut von sich. Patricia drückte es an ihre Brust und setzte sich mit ihm ans Fenster. Wolken jagten über den Himmel, und Pfützen aus Sonnenlicht hoben einzelne Flecken im Meer in silbernem Blau hervor. Eine einsame Möwe schien im Kampf gegen den Wind in der Luft stillzustehen, doch dann, als hätte sie ihre Absicht geändert, drehte sie ab und ließ sich landeinwärts wehen. Patricia dachte daran, wie schön sie diesen Ausblick gefunden hatte, als sie zum ersten Mal hierhergekommen war. Jetzt war er eine dauernde Erinnerung daran, wie isoliert und allein sie war. Sie umarmte das Baby fester.

Ungefähr zwanzig Minuten später sah sie Edward oben über die Weide vor dem Haus gehen. Sie löste eine Hand, um gegen das Fenster zu schlagen. Er schien sie nicht zu hören, und so schlug sie kräftiger gegen die Scheibe. Dieses Mal schien er das Geräusch zu bemerken. Er blickte sich um, als wolle er herausfinden, woher es gekommen war. Patricia winkte mit ihrer freien Hand, um seinen Blick auf sich zu lenken. Es klappte. Edward blickte direkt zu ihrem Fenster auf. Patricia stand auf, hielt das Baby hoch und zeigte darauf. Sie konnte sich nur ausmalen, wie schockiert er beim Anblick dessen sein würde, was sie da hielt, doch stattdessen war es Patricia, die vor Verblüffung fassungslos war. Edward hielt ihr seinen gereckten Daumen entgegen, lächelte und winkte ihr zu, bevor er weiterging. Sie trat vom Fenster zurück und legte ihre Hand beschützend auf den Kopf des Babys. Er war genauso verrückt wie seine gestörte Mutter.

JETZT

Diese Frau schien nicht viel älter zu sein als sie selbst.

«Mrs. Lynch?», fragte Elizabeth zweifelnd.

Die andere Frau war so angezogen, als wollte sie gerade aus der Tür gehen, ihre breiten Schultern und die untersetzte Figur waren in einen marineblauen Anorak gehüllt.

«Nein. Ich bin ihre Tochter. Erwartet meine Mutter Sie?» Sie war nicht direkt unfreundlich, sprach aber mit einem gewissen Maß an Zurückhaltung.

«Wer ist das?», rief eine durchdringende Stimme aus dem Inneren des Hauses.

Die Frau in der Tür rief über ihre Schulter: «Ich weiß nicht. Irgendeine Frau, die zu dir will.»

«Wer? Wer ist es?», kam entfernt die Antwort.

«Schon gut, ich finde es heraus. Immer mit der Ruhe!» Und dann wandte sie sich wieder um. «Verzeihung deswegen. Sie sagten gerade…»

Elizabeth holte tief Luft. Sie war wegen Michelles E-Mail noch immer angespannt, aber ihr war klar, dass sie das nicht an dieser Frau auslassen durfte. Sie lächelte.

«Ach ja. Ich heiße Elizabeth Keane, aber ich bin mit den Foleys von Castle House verwandt.» Sie wollte gerade erläutern, dass Brians Tante Eileen ihr zu diesem Besuch geraten hatte, da fiel ihr auf, dass sie Eileens Nachnamen nicht kannte. «Jemand hat mir gesagt, Ihre Mutter könnte mir ein bisschen aus der Geschichte der Familie erzählen.»

Eine warme, feuchte Hand mit einigen überraschend teuer aussehenden Ringen wurde ihr entgegengestreckt.

«Cathy. Cathy Crowley. Schön, Sie kennenzulernen.»

«Das finde ich auch.» Die beiden Frauen standen da, lächelten einander an und nickten, bis Elizabeth das Wort ergriff. «Glauben Sie, Ihre Mutter könnte mir helfen?»

Cathy öffnete die Tür ganz. «Da müssen Sie sie selbst fragen. Sie ist hochbetagt, aber sie weiß noch immer über alles und alle Bescheid. Kommen Sie rein.»

Auf der Rückseite des Häuschens befand sich eine kleine dunkle Küche. Am Tisch, der von einer Wachstuchdecke mit leuchtendem Blumenmuster bedeckt war, saß eine alte Frau. Sie war eine grauere, dünnere Ausgabe von Cathy. Sie setzte sich eine Brille mit blauem Rand auf die Nase, als die beiden Frauen ins Zimmer kamen. Eine große schwarz-weiße Katze sprang behäbig von einem Stuhl und schlich in Richtung Tür.

«Mammy. Das hier ist Elizabeth ... Entschuldigung, wie war Ihr Nachname?»

«Keane.»

«Keane», wiederholte Cathy, aber lauter.

«Keane? Ich glaube nicht, dass ich irgendwelche Keanes kenne.» Die alte Dame musterte ihren Gast durch ihre Brille.

«Das ist meine Mutter, Ann Lynch. Mammy, möchtest du noch Tee?»

«Ich nehme ihn, wenn noch welcher da ist.»

«Ist er. Ich habe ihn gerade aufgefüllt. Elizabeth? Für Sie auch eine Tasse?»

«Danke, ja, gern.»

«Setzen Sie sich», sagte Cathy und stellte gleichzeitig eine Tasse mit Untertasse auf den Tisch. «Milch ist in dem Kännchen. So, und jetzt müssen Sie mich entschuldigen. Ich muss zum Optiker in Clonteer, und ich bin schon zu spät dran. Mammy, ich bin rechtzeitig zurück, um dir Mittagessen zu machen, also stell nicht den Herd an.»

Die alte Mrs. Lynch entließ ihre Tochter mit einem Winken.

«Schön, Sie getroffen zu haben», sagte Cathy von der Tür aus zu Elizabeth.

«Und Sie. Danke für den Tee.»

«Keine Ursache.» Dann das Zuschlagen der Haustür.

«Ich bin ein wenig taub. Sie müssen laut sprechen.» Ann Lynch wirkte wie eine Frau, für die es normal war, dass Fremde vorbeikamen, um sie auszufragen.

«Verstehe. Ist es so gut?», fragte Elizabeth und erhob dabei die Stimme.

«Glasklar. Sie müssen nicht schreien. Also, was kann ich für Sie tun?»

«Man hat mir gesagt, Sie kannten die Foleys von Castle House?»

Die alte Frau sog an ihren Zähnen und hob die Augen zur Decke.

«Das stimmt. Das stimmt. Gott hab sie selig.»

Elizabeth blieb stumm und wartete darauf, dass Mrs. Lynch zu einer Litanei über alle Tragödien aus den letzten Jahrzehnten ansetzte, doch stattdessen schien sie auf eine weitere Frage zu warten. Elizabeth griff in ihre

Tasche und holte das Hochzeitsfoto heraus, das sie in Abbey Court gefunden hatte. Sie schob es der alten Dame über den Tisch.

«Ich habe mich gefragt, ob Sie mir vielleicht sagen können, wer diese Leute sind?»

Mrs. Lynch nahm das Foto und sah es sich genau an.

«Grundgütiger», sagte sie leicht gerührt. «Ist das nicht Teddys Hochzeit? Ich war selbst dabei. Was für ein glücklicher Tag. Schauen Sie sich nur an, wie Mrs. Foley strahlt. Und die arme Mary, in ihrem ganzen Aufputz. Furchtbar traurig.»

Elizabeth beugte sich vor.

«Was war so traurig?»

«Na ja ...» Plötzlich hielt sie inne und nahm die Brille ab. «Wer, sagten Sie, sind Sie? Was bedeuten Ihnen die Foleys?»

Elizabeth zögerte. «Ich bin ... mein Vater war, ist, Edward, Teddy Foley.»

Mrs. Lynch sah verdattert aus, und dann war es, als lichtete sich der Nebel. Schnell setzte sie sich ihre Brille wieder auf. Ein Lächeln breitete sich über ihr Gesicht aus, und in ihren Augen schwammen Tränen.

«Elizabeth? O mein Gott. Nach all den Jahren, sieh dich nur an! Elizabeth Foley, erwachsen und zurück in Muirinish!»

«Kannten Sie mich als Baby?» Elizabeth fand den Gefühlszustand der alten Dame ansteckend. Sie war ebenfalls den Tränen nahe.

«Ob ich dich kannte? Natürlich, ich habe dich doch aufgezogen! Ich habe dich nebenan auf den Knien gewiegt, und deine Flaschen konnte ich dir kaum schnell genug wieder auffüllen. Du warst ein reizendes kleines Ding, Elizabeth Foley. Ich kann es kaum glauben.»

«Sie haben mich großgezogen?» Nun war es an Elizabeth, verblüfft auszusehen.

«Na ja, die ersten sechs oder sieben Monate deines Lebens. Weißt du, nachdem deine Mutter gestorben war.»

«Ich verstehe nicht. Meine Mutter ist erst letztes Jahr gestorben.»

«Nein.» Mrs. Lynch nahm das verblichene Foto zur Hand und schüttelte den Kopf. «Nein, Liebes», wiederholte sie sanft und zeigte auf die Braut. «Mary Foley war deine Mutter, aber sie ist bei der Geburt gestorben. Es hat die alte Mrs. Foley beinahe in den Wahnsinn getrieben. Da bin ich eingesprungen und habe ausgeholfen. Es war vollkommen undenkbar, dass sie mit dir fertiggeworden wäre, und der arme alte Edward hätte gar nicht gewusst, wo er anfangen sollte. Sie war wirklich am Boden zerstört, diese Familie. Dann war es also wohl die andere, die dich aufgezogen hat?»

«Die andere?» Elizabeths Mund war trocken. So viele Fragen schossen ihr durch den Kopf. Hatte diese alte Frau recht? Möglicherweise war sie nur verwirrt.

«Patricia. Meine Mutter hieß Patricia.» Sie sprach, so deutlich sie konnte, in der Hoffnung, Mrs. Lynchs Gedächtnis auf die Sprünge zu helfen.

«Patricia!», rief sie triumphierend aus. «Und wenn du mir eine Waffe an die Stirn gehalten hättest, wäre mir der Name dieser Frau nicht mehr eingefallen! Und wohin hat sie dich noch mal mitgenommen?»

«Buncarragh. Das liegt an der Grenze zwischen Laois und Kilkenny.» Elizabeth sprach die Worte ruhig aus, aber innerlich war sie vollkommen durcheinander. Die Wahrscheinlichkeit, dass das, was diese Frau sagte, wahr sein könnte, schien mit jedem Augenblick größer zu werden.

«Ach ja, ich erinnere mich, ich habe gehört, dass es im Norden war.»

Elizabeth hörte gar nicht mehr zu. Ihr Atem ging schnell und flach. Ihr war eingefallen, was Rosemary darüber gesagt hatte, dass sie ihr als Baby älter vorgekommen war. Es war, als sei ein schwerer Vorhang zurückgeschlagen worden, und nun strömte Licht herein. Ihre Mutter war nicht schwanger gewesen, als sie nach Cork ging. Sie war niemals schwanger gewesen. Mit Entsetzen bemerkte Elizabeth, dass sie gleich in Tränen ausbrechen würde. Sie hoffte, sich noch fangen zu können, aber nein, da brach es schon wie eine Flutwelle aus Schluchzern und Schleim aus ihr heraus. Sie versuchte zu sprechen, aber es gelang ihr nicht. Ihr Gesicht war zu einer schmerzerfüllten Maske verzerrt. Sie hörte, wie ihre eigene Stimme zitternd stöhnte.

Mrs. Lynch sah entsetzt aus. «Oh. Oh, das tut mir leid. Es muss ein Schock für dich sein. Es tut mir leid.» Sie hievte sich auf die Füße und drehte sich ein paarmal sinnlos um die eigene Achse. «Hier muss doch irgendwo ein Taschentuch sein.» Als sie eine Küchenrolle neben dem Spülbecken entdeckte, ging sie hinüber und holte sie. Elizabeth versuchte verzweifelt, ihren Atem in den Griff zu bekommen, aber die Schluchzer schüttelten ihren Körper. Warum traf sie das so? Es war ein Schock, aber auch ein durchdringendes, stechendes Gefühl des Bedauerns. Ihre Mutter hatte sie auf eine Weise geliebt, die sie bisher nicht verstanden hatte. Sie hatte das Kind einer anderen Frau angenommen und als ihr eigenes großgezogen. Irgendwie erschien ihr diese Liebe reiner. Sie hatte keine Tochter am Hals gehabt, sondern sie hatte sich entschlossen, für sie zu sorgen und sie zu lieben und sie vor ihrer Vergangenheit zu schützen. Die Wahrheit jetzt zu erfahren, da ihre Mutter fort war, erschien ihr so grausam, so unfair.

Mrs. Lynch stopfte Elizabeth einen dicken Bausch Küchenrolle in die Hand, und langsam versiegten ihre heftigen Tränen.

DAMALS

Das Zimmer war ganz dunkel und still. Die Glühbirne in der Nachttischlampe schien mehr Schatten zu werfen, als Licht zu verbreiten, und das einzige Geräusch, abgesehen vom gelegentlichen Pfeifen des Windes um die Hausecken, war der Atem dreier Körper. Ein Baby, eine Frau und ein sehr verwirrter Mann.

Den ganzen Tag hatte sie darauf gewartet, dass er kam, aber erst nach dem Abendessen, als das ganze Haus zu schlafen schien, ertönte ein leises Klopfen an der Tür, und Edward glitt ins Zimmer. Er sah weder Patricia noch das Baby an, sondern schlängelte sich sofort hinüber auf die andere Seite des Zimmers.

Patricia sprach im Flüsterton, um Elizabeth nicht zu wecken.

«Du wusstest von diesem Baby?» Sie stand am Fußende des Betts, während Edward zusammengesunken und mit auf den Boden gerichtetem Blick auf dem Stuhl neben dem Schrank hockte. Er schwieg.

«Dachtet ihr wirklich, wenn ihr mir ein Baby gebt, würde ich dieses Gefängnis nicht mehr verlassen wollen? Meint ihr das ernst? Das habt ihr gedacht?»

Edward bewegte den Kopf von rechts nach links.

«Das war Mammy. Sie hat gesagt...»

Patricia verspürte ein solches Bedürfnis zu schreien, dass sie die Hände vor den Mund schlug. Edward stöhnte und schlang die Arme um seinen Kopf.

Patricia ging auf ihn zu und kniete sich vor ihn.

«Edward.» Sie versuchte so vernünftig und ruhig zu klingen, wie sie konnte. «Wir müssen dieses Baby dorthin zurückbringen, wo es hingehört. Ich weiß nicht, wo ihr das kleine Mädchen herhabt, aber sie muss zurück. Das ist eine ernste Sache.» Stille. «Hörst du mir zu? Verstehst du mich, Edward?»

Sie legte ihm eine Hand aufs Knie, und er schaute auf, begegnete zum ersten Mal ihrem Blick. «Sie ist mein Kind», sagte er mit dem leisesten Flüstern.

Patricia war sich nicht sicher, ob sie richtig gehört hatte. «Was? Dein Baby?»

«Ich bin ihr Vater.» Seine Stimme klang trocken und nüchtern.

Es fühlte sich an, als sei der gesamte Sauerstoff aus dem Zimmer gesogen worden. Wie war das möglich? Es war nicht möglich. Edward log. Er musste lügen. Wie hatten sie ein Baby, ein weinendes Baby, die ganze Zeit über versteckt halten können? Dann kehrte die Erinnerung zurück, es war, als verbände sie einen Namen mit einem Gesicht oder als böge sie um eine Ecke, um festzustellen, dass sie sich doch nicht verlaufen hatte: Sie erinnerte sich an den rosa Schnuller. Den sie in dem anderen Zimmer gefunden hatte. Sie hatte ihn ganz vergessen. Vielleicht sagte er doch die Wahrheit.

«Wo ist sie gewesen, Edward? Warum habe ich sie nie gehört?»

Nun schien Edward weniger abgelenkt. Er kannte die Antworten auf diese Fragen.

«Eine Nachbarin. Mrs. Lynch hat sie gehabt.»

«Aber die Mutter, Edward. Es muss eine Mutter geben, wo ist sie?»

Er starrte sie einen Augenblick lang bloß an, und Patricia fragte sich schon, ob er beschlossen hatte, nicht mehr zu sprechen, da fuhr er sich mit der Zunge über die Oberlippe und sagte: «Ich war schon einmal verheiratet.»

Patricia hätte ihn am liebsten sofort korrigiert. Er klang, als würde er glauben, dass sie verheiratet wären, aber sie widerstand dem Impuls.

«In Ordnung. Aber wo ist sie? Wer ist sie?»

Er beugte sich vor und nahm Patricias Hand.

«Mary.» Etwas in seinem Ton legte nahe, dass Patricia diese Tatsache bereits kennen sollte.

«Mary?», wiederholte sie.

«Bei jedem Busch, jedem Kraut, jeder wilden Blume, denk' ich an meine Mary am Ufer des Lee.»

Patricia ließ seine Hand los und lehnte sich zurück. Das Lied, das sie auf der Brücke zusammen gesungen hatten. In dem Moment, den sie für romantisch gehalten hatte, hatte er geglaubt, ihr von seiner Frau zu erzählen.

«Edward ...» Ihr fehlten die Worte. Ihr war schleierhaft, wie sein Verstand arbeitete, sie wusste nicht, wo sie ansetzen sollte, wie sie ihm ihre Gefühle erklären musste, damit er verstehen konnte.

«Ich dachte, das wäre nur ein altes Lied, Edward. Ich konnte nicht wissen, dass Mary deine Frau war.» Sie hielt inne und blickte in sein unbewegtes Gesicht. «Verstehst du?»

«Sie ist gestorben», lautete seine schlichte Antwort.

Patricia dachte daran, wie das Lied weiterging. Natürlich war sie tot. Für einen Augenblick tat ihr der zusammengesackte Mann vor ihr leid, aber dann fiel ihr das Baby ein. Die winzige Elizabeth in ihrem Körbchen. Diese Frau war vor gar nicht langer Zeit gestorben.

«Wann ist Mary gestorben, Edward?»

«Letztes Jahr. Ende letzten Jahres.»

Patricia erstarrte und bemühte sich angestrengt darum, langsamer zu atmen. Sie spürte, wie Panik in ihrer Brust aufstieg.

«Aber Edward ... Edward, du hast mir Ende letzten Jahres geschrieben, also ...»

«Es war Mammys Idee», sagte er leise.

Patricia wandte sich ab. Sie konnte ihn nicht ansehen. Endlich gab es eine Erklärung für diesen Irrsinn. Edward wollte keine Frau, Elizabeth brauchte eine Mutter. Edward sprach noch weiter.

«Mammy hat gedacht, niemand würde mich wollen, wenn sie von Anfang an wüssten, dass ich ein Baby habe. Deswegen habe ich es dir nicht erzählt. Sie hat gesagt, du würdest dich in Elizabeth verlieben, wenn du sie kennenlerntest, wenn du sie im Arm hieltest.»

Wie um Mrs. Foley Lügen zu strafen, suchte sich Elizabeth diesen Moment aus, um sich unter ihren Decken zu krümmen und einen Schrei auszustoßen, der die Nacht zerriss. Edward setzte sich augenblicklich mit panischem Gesichtsausdruck auf. Er hatte eindeutig nicht viel Zeit mit seiner kleinen Tochter verbracht. Patricia wusste nicht, was sie tun sollte. Sie wollte das Baby unbedingt ignorieren, Edward und seine Mutter nicht eine Sekunde lang glauben lassen, dass ihr Plan aufginge. Gleichzeitig war die einzige unschuldige Partei in dieser ganzen verdrehten Situation das Baby. Warum sollte sie es leiden lassen? Patricia nahm Elizabeth hoch und begann mit ihr durchs Zimmer zu gehen.

Sie blickte auf Edward hinab und sagte unfreundlich: «Ich tue das, weil es irgendjemand tun muss. Geh und hol ihr eine Flasche. Deine Mutter hat gesagt, sie hat unten welche stehen lassen.»

Er stand auf, um zu gehen, blieb aber an der Tür stehen. «Muss ich sie aufwärmen oder so?»

«Ich glaube nicht. Vorhin hat sie auch kalte Milch getrunken, vermutlich macht es ihr nichts aus.»

Edward ließ sie und das Baby zurück. Patricia wiegte sie sanft in ihren Armen und gab beruhigende Laute von sich. Elizabeth machte unmissverständlich klar, dass sie gefüttert werden musste.

Patricia blickte auf das kleine rote Gesichtchen hinab und war erleichtert, sich nicht um eine aufgelöste Mutter sorgen zu müssen, die über einem leeren Kinderwagen schluchzte. Wenigstens war dies das Zuhause des kleinen Mädchens und Edward ihr Vater. Der einzige Mensch, um den sie sich noch immer sorgen musste, war sie selbst, das begriff sie jetzt. Sie war diejenige, die gerettet werden musste, nicht dieses Baby.

Edward platzte ins Zimmer und schwenkte die Flasche, als kehrte er mit einem neuen Befehl des Generals in die Schlacht zurück.

«Hier.»

«Danke.» Patricia setzte sich auf den Stuhl, den zuvor Edward belegt hatte, und Elizabeth saugte sich energisch an dem Nuckel fest. Ihr Vater setzte sich aufs Bett. Der Hunger des Babys und sein jetzt zufriedenes, rhythmisches Schmatzen wirkte auf beide tröstlich. Edward und Patricia waren nur noch halb so angespannt und aufgebracht wie noch vor wenigen Minuten.

«Das hat sie gebraucht», sagte Edward mit bewunderndem Lächeln, als wäre essen ein Talent.

«Allerdings», stimmte Patricia zu, und dann saßen sie ein paar Minuten still da. Sie sah zu, wie Edward Elizabeth zusah.

«Wie ist sie gestorben?»

«Mary? Sie ist gestorben, als sie die da geboren hat.»

Patricia nahm diese Information zur Kenntnis und blickte hinab auf das schmatzende Baby, das nichts von all der Trauer und dem Schmerz wusste, in die es hineingeboren worden war.

«Sie hat angefangen zu bluten, und sie konnten es nicht stoppen. Als der Krankenwagen kam, war es schon zu spät. Sie war tot.»

Patricia konnte nicht anders, als Mitgefühl mit diesem Mann zu haben. Er war kein schlechter Mensch, nur naiv. Zu unschuldig, um auf dieser Welt zu leben, zumal sein Leben von seiner Mutter beherrscht wurde. Patricia fragte sich, ob Mary wohl auch gegen ihren Willen festgehalten worden war.

«Wie hast du Mary denn kennengelernt?», fragte sie und versuchte, ihren Verdacht zu verbergen.

«Durch Zufall, und wir haben uns gleich verstanden.»

Edward log nicht. Es stimmte, sie waren sich zufällig begegnet, aber das war nicht die ganze Geschichte und auch nicht ihre erste Begegnung.

Was er nicht sagte, war, dass sie bereits viele Jahre zuvor verbunden gewesen waren. In der Apotheke hinter dem Tresen hatte Edward sie zuerst nicht erkannt. Sie war bloß eine schwarz gekleidete Frau an der Arzneiausgabe. Er hatte das Rezept für die Pillen eingelöst, die seine Mutter einnahm, seit James ertrunken war. Er war Mary aufgefallen.

«Edward?», hatte sie unsicher gefragt, und ein Lächeln hatte ihr schmales blasses Gesicht erhellt. Plötzlich erblickte er den Geist eines jungen Mädchens, das er einmal gekannt hatte.

«Mary?»

Dann sprachen sie miteinander. Sie berichtete ihm von ihrer neuen Stelle, dort in der Apotheke. Die Großmutter, die sie großgezogen hatte, war gestorben, und so hatte sie beschlossen, dass es an der Zeit war, ihren eigenen Weg in die Welt zu finden. Sie erkundigte sich nach Mrs. Foley, und Edward stellte fest, dass es nicht weh tat, mit ihr zu reden. Die Worte kamen ihm leicht über die Lippen. Er genoss es sogar.

Ein Fremder hätte möglicherweise einen Mann und eine Frau über einen Tresen hinweg scheu miteinander flirten sehen, doch was sie an diesem Tage zueinander hinzog, war keine körperliche Anziehung oder Chemie. Was sie verband, war das, was sie geteilt hatten. Sie hatten beide James verloren. Mary war zum Zeitpunkt des Unfalls seine Freundin gewesen, und sein Tod hatte sie tief getroffen. Bei der Beerdigung hatte sie trotz ihrer Jugend faktisch die Rolle der Witwe eingenommen, und die Menschen hatten ihr beinahe ebenso viel Mitgefühl entgegengebracht wie der Familie. Sie hatte es sich zur Gewohnheit gemacht, Schwarz zu tragen, und geschworen, niemals einen anderen zu lieben.

So viele Jahre waren vergangen, aber sie fühlten sich in der Gegenwart des anderen lebendig. Sie verstanden einander, weil sie beide wussten, was sie verloren hatten. Edward stellte fest, dass er sie für Sonntag auf den Hof eingeladen hatte; seine Mutter würde sich freuen, sie zu sehen. Das stimmte. Mrs. Foley hatte Mary immer gerngehabt. James hatte angefangen, sich im Ort unter den Mädchen einen gewissen Ruf zu erwerben, und so war es für seine Mutter eine Erleichterung gewesen, als er sich fest mit jemandem zusammenschloss. Sie hatte sich mit Lob für Mary beinahe überschlagen. «Ein großartiges, patentes Mädchen», lautete ihr Gütesiegel.

Edward hatte nicht wirklich damit gerechnet, dass sie ja sagen würde, aber eines Sonntags, nicht lange nach ihrer Begegnung in der Apotheke, hatte sie am Küchentisch gesessen und die Marietta-Kekse, die sie mitgebracht hatte, in ihren Tee getunkt. In der Unterhaltung war es eher um Allgemeines gegangen. Den Hof, das Hinscheiden ihrer Großmutter, die neue Stelle, aber bald waren sie auf James zu sprechen gekommen.

Edward und seine Mutter sprachen nie von dem verlorenen Bruder und Sohn, aber Marys Anwesenheit im Haus gab ihnen die Erlaubnis dazu. Sie schwelgten in Erinnerungen an den jungen Mann, den sie alle vergöttert hatten, aber diesmal flossen keine Tränen. Sie lachten darüber, wie er einmal die Handbremse nicht angezogen hatte und der Wagen schließlich den Eingang zur Polizeibaracke in Clonteer blockiert hatte, wie er alle Kühe nach den Nachbarn benannt hatte, wie Dora, die Collie-Hündin, stets auf einem seiner Pullover geschlafen hatte, bis der Tod auch sie geholt hatte.

Sie vereinbarten ein neues Treffen. Einen Film in Clonteer. Einen Sonntagsspaziergang auf die Landzunge. Sie bezeichneten diese Treffen nicht als Dates, aber sie wussten, dass sie einander nicht mehr verlieren wollten. Als Edward sie küsste, war es, als sei ein Funke neu entfacht worden. In Wahrheit war das zwischen ihnen keine Romanze, sondern die Feier einer Liebe, die sie geteilt hatten. Es war Edward wie das Richtige vorgekommen, für seine Mutter, für Castle House, für James, um Marys Hand anzuhalten.

Manchmal war es schwer, sie sich in Erinnerung zu rufen, aber es hatte glückliche Zeiten gegeben. Mary, die mit ihrem wachsenden Bauch mit vorsichtigen Schritten über die Felder ging, bevor sie ihr Nachmittagspicknick im Schutz einer hohen Hecke teilten. Wie sie nach dem Abendessen zu dritt herumgesessen und über die Zukunft geredet hatten. Die alte Mrs. Foley hatte einen Bauplatz für ihren Bungalow ausgesucht, und sie hatte aus einem Buch mit Bauplänen einen Entwurf ausgewählt, der ihr gefiel. Das Geräusch von Marys Atem, wenn er nachts aufgewacht war. Der Duft ihrer Haare, die über das Kissen neben seinem ausgebreitet lagen. Castle House war verwandelt gewesen. Es schien alles zu gut, um wahr zu sein.

Ihr Tod war furchtbar gewesen. Grausam über das Ertragbare hinaus. Es war, als müssten sie James noch einmal Lebewohl sagen. Mary war eine Hüterin der Vergangenheit gewesen. Sie zu verlieren bedeutete, jede Hoffnung auf Glück fahrenzulassen. Er erinnerte sich, wie er auf den Felsen auf der anderen Seite der Wiese zitterte, als ein Krankenwagen ihren Körper mitnahm. Er glitt in den Zustand der Schuld und der Trauer zurück wie jemand, der erschöpft in ein ungemachtes Bett zurückkehrt. Es schien unmöglich, sich die Zukunft, irgendeine Zukunft, vorzustellen, als er so in die sternenlose Nacht starrte.

Seine Mutter hatte sich über Nacht verwandelt. Dieses Mal jedoch war es nicht so wie damals, als sie James verloren hatten. Seinerzeit war sie an einen dunklen Ort verschwunden und kaum in der Lage gewesen, aus dem Bett aufzustehen. Edward war von der Schule abgegangen, damit er sich um den Hof kümmern konnte, aber es gab niemanden, der sich um ihn kümmerte. Er hatte monatelang von belegten Broten gelebt, bis Mrs. Lynch vom Supermarkt ihm geraten hatte, den Arzt kommen zu lassen. Die Tabletten hatten schließlich geholfen. Seine Mutter hatte ihr Zimmer verlassen und sauber gemacht und gekocht. Es stimmte schon, sie wirkte abgelenkt und schien durch den Tag zu schlafwandeln, aber für Edward war es eine Verbesserung. Aber als Mary für die paar Jahre bei ihnen gewesen war, hatte es beinahe so gewirkt, als hätte er seine Mutter zurückbekommen: die Frau, die Entscheidungen traf, die Frau, die Aufgaben übernahm und sie erfüllte, die Frau, die genau wusste, was zu tun war. Als Mary starb, war die Veränderung, die mit Mrs. Foley geschah, eine andere, sie war weit subtiler. Sie zog sich nicht in die Dunkelheit ihres Zimmers zurück, sondern machte einen eigenartig getriebenen Eindruck. Sie durfte nicht zulassen, dass diese neue Tragödie sie beide vernichtete. Sie hatte Edward glücklich erlebt und weigerte sich zu akzeptieren, dass das vorbei war. Mary konnte ersetzt werden. Man würde eine neue Frau finden. Eine Ehefrau und Mutter. Castle House würde wieder ein Heim sein. Sie konnte das erreichen. Es war, als wollte sie eine Zukunft für Edward durch reine Willenskraft Realität werden lassen.

Ihr Plan war nicht als Vorschlag vorgebracht worden. Es war einfach das, was sie tun würden. Das neue Baby wegzugeben war das Schwierigste daran gewesen, aber Edward wusste, dass er in keiner Verfassung war, sich selbst um seine Tochter zu kümmern, und wenn seine Mutter also sagte, dass sie es tun mussten, hatte er keine Wahl.

Mrs. Foley hatte die Zeitungsanzeigen laut vorgelesen, und zusammen hatten sie sich für drei entschieden, auf die sie antworten wollten. Patricia war die Einzige, die zurückschrieb. Als sie am Küchentisch in Buncarragh saß und an ihrem Bleistift kaute, konnte sie es noch nicht wissen, aber damit hatte sie ihr Schicksal besiegelt. Mrs. Foley schien großen Gefallen daran zu haben, Teddy die Briefe vorzulesen, und manchmal schrieb und zerriss sie zwei oder drei Antworten, bis sie zufrieden war und sie ihrem Sohn zur Zustimmung vorlas. Der feste Glaube seiner Mutter an ihren Plan bedeutete, dass es kein Zurück gab. Er wagte es nicht, ihr zu erzählen, wie qualvoll die Treffen waren, aber seine Mutter musste es erraten haben. Sie kannte ihren Sohn und seine vielen Einschränkungen, aber sie glaubte auch, dass er ein guter Mann war und jede Frau sich glücklich schätzen konnte, seine Ehefrau sein zu dürfen. Der Zweck heiligte die Mittel.

Elizabeth hatte zu schreien begonnen, und der durchdringende Geruch, der das Zimmer erfüllte, wies auf den Grund hin. Patricia entrollte die Wickelmatte auf dem

Boden und legte das zappelnde kleine Mädchen mitten darauf. Edward kniete sich neben sie auf den Boden und reichte ihr eine saubere Windel von dem Stapel, den seine Mutter zuvor bereitgelegt hatte.

«Kannst du da warmes Wasser einfüllen?», fragte Patricia und gab ihm eine Plastikschüssel. Edward stand auf und verließ den Raum.

Elizabeth lag auf dem Rücken und trat ungeduldig in imaginäre Pedalen. Ihr Gesicht war himbeerrot, und ihre Schreie wurden immer lauter. Patricia konnte auf der anderen Seite des Treppenabsatzes Wasser laufen hören.

«Ich hoffe, ich mache das richtig», sagte sie beinahe zu sich selbst.

«Für mich sieht es gut aus», entgegnete Edward, der gerade mit der Schüssel zurückkam. «Es gibt irgendeinen Unterschied beim Falten. Ich glaube, für Mädchen kommen die Sicherheitsnadeln an die Seite.»

Als Patricia die alte Windel abschälte, zuckten Edward und sie angesichts des Gestanks beide entsetzt zurück. Es war schockierend, dass aus so einem süßen kleinen Wesen etwas so Widerliches gekommen war. Sie lachten, und für einen Moment verlor sich Patricia in der Aufgabe, sicherzustellen, dass ihr kleiner Schützling es sauber und behaglich hatte. Edward beobachtete sie und das Baby, und ein zufriedenes Grinsen breitete sich auf seinem Gesicht aus. Als sie seinen Gesichtsausdruck sah, schimpfte Patricia.

«Du brauchst nicht zu glauben, dass das klappt. Der verrückte Plan deiner Mutter wird nicht aufgehen. Ich sorge für diese Kleine, weil ich es muss. Sie braucht jemanden, aber ich muss fortgehen, Edward. Das weißt du, nicht wahr?»

«Ja.»

«Du musst mit deiner Mutter sprechen. Du musst sie zur Vernunft bringen. Wirst du das für mich tun, Edward? Ja?»

Er nickte langsam mit dem Kopf.

Elizabeth in ihrer frischen Windel hatte nun auch ihr Strickkleidchen und die Schühchen wieder an und gluckste zufrieden. Patricia nahm sie hoch und hielt sie Edward hin, der sie behutsam entgegennahm und in seine Armbeuge legte. Etwas an diesem Anblick von Vater und Tochter war vollkommen. Das Baby hatte einen seiner Finger gepackt, und Edward schwang damit den Arm der Kleinen hin und her.

«Du bist ein Glückspilz.»

Edward blickte nicht von seiner Tochter auf. «Davon spüre ich nichts.»

«Dieses kleine Mädchen da hat seine Mutter verloren. Sie hat so viel hinter sich. Ich muss bald gehen, Edward. Bald.»

Das Baby wandte seinen winzigen Kopf Patricia zu, lächelte dann und schien zu winken.

JETZT

Eine Nebelbank hing breit und dicht draußen über dem Meer und verdeckte den Horizont. Elizabeth saß auf der niedrigen Steinmauer vor Castle House und machte sich Gedanken über Hämorrhoiden. Sie hatte die Stimme ihrer Mutter im Ohr. «Setz dich nicht auf diesen kalten Stein, du kriegst sonst Klabuster.» Als Kind und Jugendliche hatte es auf Elizabeth immer so gewirkt, als sei ihre Mutter überzeugt davon, die Welt warte nur darauf, ihr eins auszuwischen. «Geh nicht mit den nassen Haaren aus dem Haus.» – «Du hast vor nicht mal einer Stunde zu Mittag gegessen, du kannst noch nicht zum Schwimmen.» – «Lehn dich nicht gegen den Nachtspeicherofen, du bekommst eine Wirbelsäulenverkrümmung.» Sie hatte die Augen verdreht und sich im Stillen über ihre dumme Mutter lustig gemacht, die ihr Leben in ständiger Angst und Sorge verbrachte. Nun saß sie vor diesem Haus mit seinen ausdruckslosen Fenstern und durchhängenden Regenrinnen und fragte sich, was mit ihrer Mutter hier geschehen war. Warum war sie geflohen und hatte ihren Ehemann zurückgelassen? Sie wusste so viel mehr über ihre Vergangenheit als noch vor wenigen Tagen, aber das Geheimnis um das, was vor vierundvierzig Jahren in diesem Haus vor sich gegangen war, schien undurchdringlicher denn je.

Nachdem sie Mrs. Lynchs Haus verlassen hatte, war sie vollkommen verwirrt, beinahe war ihr übel gewesen. Die grundlegende Verschiebung all dessen, was sie immer für wahr gehalten hatte, hatte sie mit unvorhergesehener Kraft getroffen. Sie setzte sich in ihren Wagen und ließ ihn beinahe von allein an ihren Geburtsort zurückfahren. Zumindest das stimmte also: Dort war sie geboren worden.

Mrs. Lynch hatte den Wasserkocher noch einmal angeschaltet und mehr Tee gekocht, bevor es Elizabeth gelang, ihr bebendes Schluchzen unter Kontrolle zu bekommen. Ganze Hände voller Küchenpapier waren von ihren Tränen in Matsch verwandelt worden. Mrs. Lynch konnte nicht damit aufhören, sich zu entschuldigen, als wäre es irgendwie ihre Entscheidung gewesen, die Geschichte neu zu schreiben.

Die beiden Frauen hatten sich an den Händen gehalten, und nach und nach enthüllte Mrs. Lynch weitere Einzelheiten von Elizabeths Vergangenheit. Der Name ihrer Mutter, der Frau, die sie geboren hatte, war Mary gewesen. Alle waren entzückt gewesen, als Edward sie gefunden hatte, nachdem er so lange allein mit seiner Mutter und der Erinnerung an seinen toten Bruder gelebt hatte. Als die Neuigkeit von der Schwangerschaft die Runde machte, hatten sich die Leute noch mehr gefreut. Die dunkle Zeit von Castle House war vorüber, und die Foleys konnten einer Zukunft voll neuen Lebens entgegen blicken.

Mrs. Lynch hatte jede Erinnerung an die Nacht aus ihrem Gedächtnis gekramt, in der Mary gestorben war. Die Sirene des Krankenwagens, die die halbe Gemeinde geweckt hatte, und wie die Leute sich am nächsten Morgen zusammengereimt hatten, wohin der Wagen in der Nacht wohl unterwegs gewesen war. Alle hatten sich gegen schlechte Nachrichten gewappnet, und so, wie dunkle Wolken Regen bringen, waren sie auch eingetroffen. Sie erzählte Elizabeth von der Beerdigung. Von Teddy, der das winzige Baby im Arm hielt, sie, sie war dieses Baby gewesen, und wie seine Mutter, Mrs. Foley, sich auf seinen anderen Arm gestützt hatte und kaum in der Lage gewesen war zu gehen, so sehr hatte der Schmerz sie gebrochen. Die Menschen hatten ihre Hilfe angeboten, Essen vorbeigebracht, am Haus geklingelt, aber alle waren wieder weggeschickt worden.

Ein paar Abende später, Mrs. Lynch sah gerade fern, hatte es plötzlich an der Tür geklopft. Es war Teddy gewesen, vom Regen bis auf die Haut durchnässt, mit seinem Baby im Arm. Er war kein Mann vieler Worte, aber soweit sie verstand, kam seine Mutter nicht gut zurecht, und er wollte fragen, ob Mrs. Lynch sich eine Weile um das Baby kümmern konnte. Natürlich hatte sie sich etwas davor gescheut, ihre eigenen Kinder waren zu der Zeit schon im Schulalter gewesen, und der Gedanke an Windeln und durchwachte Nächte hatte sie nicht gerade jubeln lassen, aber Elizabeth war ein vorbildliches Baby gewesen. Das ruhigste, zufriedenste Kind, das sie je gesehen hatte. Ein paar Monate zogen ins Land, und es gab keine Anzeichen, dass die Foleys ihr Kleines zurückholen würden. Edward kam mit Milch vorbei oder einem Eimer Kartoffeln, aber er ging stets mit leeren Händen nach Hause. Mrs. Lynch hatte begonnen zu glauben, dass dieses Kind für immer ihres bleiben würde. Dann hörte sie Gerüchte, Edward träfe sich mit einer Frau. Sie konnte das kaum glauben. Mary war doch erst seit ein paar Monaten tot. Und dann wurde ohne jegliches Tamtam verkündet, er habe wieder geheiratet.

Niemand missgönnte Teddy Foley ein wenig Glück, aber dies erschien ihnen seltsam. Nicht nur weil es so schnell passiert war, sondern weil es um einen Mann ging, der nie eine Freundin gehabt und kaum je mit einer Frau gesprochen hatte. Und nun hatte er es im Handumdrehen geschafft, eine Frau zu beerdigen und eine neue zu finden. Natürlich hatte Mrs. Lynch sich vorgestellt, dass die kleine Elizabeth nun nach Hause zurückkehren würde. Sie ging davon aus, dass diese überstürzte Hochzeit auf den Wunsch zurückzuführen war, dem Baby eine neue Mutter zu geben, aber das war nicht das, was geschah. Edward erklärte, seine Frau sei krank und nicht in der Lage, sich um ein Kind zu kümmern. Eine Woche verging, dann eine weitere, und noch immer war sie krank. Damals gab es zwei Lager. Diejenigen mit der lebhafteren Phantasie begannen zu behaupten, dass es gar keine Frau gab. Nur eine Frau war mit ihm gesehen worden, und die hatte vor Carey's einen erbitterten Streit mit ihm gehabt. Die ganze Sache mit der Heirat bedeutete doch lediglich, dass sich Edward Foley von seiner geistigen Gesundheit verabschiedete. Die Einfühlsameren in ihrer Gemeinde glaubten, dass es Edward gelungen war, eine neue Braut zu finden, er aber fürchtete, dass diese noch kränklicher wäre als Mary. Sie machten sich auf weiteres Unheil gefasst, das Castle House heimsuchen würde.

Wie bald bekannt wurde, lagen sie alle falsch. Nach wenigen Wochen erholte sich Patricia Foley, und eines Abends erschien ein nervöser Edward bei Mrs. Lynch und kehrte mit seinem kostbaren Päckchen nach Hause zurück.

An diesem Punkt ihrer Geschichte hatte Elizabeth wieder ernstlich zu weinen begonnen, und Mrs. Lynch entschied, dass ihrer Zuhörerin mehr nicht zuzumuten war. Sie beschönigte die folgenden Ereignisse und beendete ihre Geschichte schnell mit den Worten: «Und dann hörten wir, dass Teddys neue Frau den Ort verlassen und dich mit sich genommen hatte.»

«Warum? Warum ist sie gegangen?», fragte Elizabeth flehentlich. Ihr Mund war nun so rot und nass wie ihre Augen.

Mrs. Lynch stand vom Tisch auf und machte sich am Spülbecken zu schaffen.

«Das wusste keiner. Es war alles sehr traurig. Aber wenn du mich nun entschuldigen würdest, ich muss mich fertig machen. Cathy kommt gleich zurück und bringt mich zum Friseur.» Es war eine Lüge, aber sie hatte jetzt genügend Zeit mit dieser Frau verbracht, die unabsichtlich so viel Trauer weckte. Es war unglaublich, was aus dem zufriedensten Baby der Welt geworden war. Das Gespräch war vorüber, und Elizabeth war hinausgestolpert zu ihrem Wagen.

Der Nebel schien näher zu rücken. Elizabeth zog sich den Schal enger um den Hals und stand von der Mauer auf. So viele Lügen. Ihr Vater war nicht tot, und die Mutter, die sie beerdigt hatte, war nicht wirklich ihre Mutter. Hatte ihre Mutter, die Frau, die sie großgezogen hatte, sie gestohlen? Aber Edward hatte gewusst, wo sie lebten, er hätte jederzeit nach Belieben kommen und sie holen können. Warum war er nicht gekommen?

Der um das Haus pfeifende Wind frischte auf, und Elizabeth zog den Reißverschluss ihres Mantels zu, damit er nicht um sie herumflatterte. Sie stand jetzt am Fuß der Burgruine. Von diesem Blickwinkel aus wirkte das Gebäude deutlich größer als vom Innenhof des Hauses aus. Im Vergleich dazu kam sie sich vor wie ein Zwerg. Dies war die uralte Heimat der Foleys, und soweit sie wusste, war sie das letzte Glied in der Kette. Aber war sie das wirklich? Wer wusste schon, welche Geheimnisse diese Mauern bargen, und nun gab es auch noch die Aussicht auf ein ungeborenes Enkelkind. Sie zog sich die Kapuze über den Kopf. In ihrem Leben war zu viel los. Wann würde es endlich leichter werden? Wie viele weitere Dramen musste sie noch ertragen, bevor alles einfacher wurde? Das war doch alles, was sie wollte. Zur Arbeit gehen, nach Hause kommen, Käsetoasts machen und bis zum Schlafengehen ein Buch lesen. Sie drehte sich um, streckte weit die Arme aus und stieß einen wilden Schrei aus, der vom Wind aufs Meer hinausgepeitscht wurde.

DAMALS

Edward schlief zusammen mit Patricia und Elizabeth im Zimmer. Das Baby war zuerst eingeschlummert, und dann hatte Patricia, die auf dem Bett saß, den Kopf einen Augenblick aufs Kissen gelegt, und der Schlaf hatte sie ebenfalls übermannt. Edward stand auf und sah die beiden schlafenden Gestalten vor sich an. Dann dachte er an Mary. Das einfache, glückliche Leben, das sie hätten haben können anstelle dieses unchristlichen Durcheinanders. Er beugte sich hinab und schaltete die Lampe aus. Er wartete einen Augenblick und legte sich dann, wie ein Geist in der Dunkelheit, auf den Boden vor dem Bett. Das raue Geflecht des alten Teppichs fühlte sich an seiner Wange gut an, und der süße, sanfte Geruch von Babypuder und Creme schläferte ihn ein. Er horchte auf das leise Atmen und sagte sich, dass er die Dinge zurechtrücken könnte. Es musste für diese traurige Geschichte ein gutes Ende geben.

Irgendwann in der Nacht war Patricia aufgewacht. Sie lag da und horchte auf Elizabeth, doch dann bemerkte sie einen schwereren Atem. «Edward?», flüsterte sie, aber er antwortete nicht. Er musste wohl schlafen, dachte sie, und machte sich nicht die Mühe, in Frage zu stellen, warum er sich im Zimmer befand. Als sie darauf wartete, wieder ein-

274

zuschlafen, verspürte sie eine unerwartete Zufriedenheit. War das alles wirklich so schrecklich? Edward war ein netter Mann, und sie fand das Baby sehr süß. Vielleicht konnte sie ja einfach aufhören zu kämpfen und akzeptieren, dass dies nun ihr Leben war. Sie hatte irgendwo gelesen, dass es, wenn man am Ertrinken war, das Beste sei, nicht dagegen anzukämpfen. Einfach einatmen und das Wasser in die Lungen strömen lassen. Sollte sie das tun? Einfach einatmen und sich diesem neuen Leben ergeben? War etwas wirklich zu wollen so anders, als vorzugeben, man habe es selbst gewählt? Später, als Elizabeths Weinen sie geweckt hatte, schaltete sie die Nachttischlampe an und stellte fest, dass sie mit dem Baby wieder allein war.

Am nächsten Tag nach dem Frühstück wurde Patricia mit ein paar abgenutzt aussehenden gelben Staubtüchern und einer Dose Politur ausgestattet, um ein Zimmer abzustauben und zu putzen, in das sie noch nie zuvor einen Fuß gesetzt hatte. Es war eines der vorderen Zimmer bei der Eingangsdiele, und Patricia bezweifelte, dass es im letzten Jahr je benutzt worden war. Tote Fliegen lagen auf den Fensterbänken, Asseln in staubigen Gräbern in den Zimmerecken. Die Tür war offen stehen geblieben, damit sie Elizabeth hören konnte, falls sie wieder zu schreien begann.

Patricia gestand es sich nicht gern ein, aber das Putzen verschaffte ihr eine eigenartige Befriedigung. Sie ging methodisch und gründlich vor. Erst nahm sie die Fensterbänke und Fenster in Angriff, dann den Boden und schließlich die Möbel. Es irritierte sie, dass man ihr den Staubsauger nicht überließ. Sie wusste, dass es einen gab, sie hatte ihn gehört, aber aus irgendeinem Grund hielt man sie wohl nicht für verantwortungsvoll genug, ihn zu benutzen. Glaubte Mrs. Foley, dass sie darauf in die Freiheit reiten würde?

Als sie auf der Fensterbank kniete und versuchte, Spinnweben aus den Vorhängen zu entfernen, blickte sie nach draußen. Dichter Regen wurde beinahe waagerecht am Haus vorübergetrieben. Heute war kein idealer Tag für einen Fluchtversuch. Sie kletterte hinunter und sah sich um. Wie lange standen diese Möbel schon hier? Das kleine braune Sofa mit der goldenen Bordüre um die Kissen sah so alt aus, dass es vermutlich nicht einmal Mrs. Foley als rotwangige Braut in neuem Zustand gesehen hatte. Der Teppich auf dem Boden war so fadenscheinig, dass er möglicherweise aus der Burgruine geborgen worden war.

Ein Motor! Patricia warf ihr Staubtuch hin und drückte sich ans Fenster, um zu testen, ob sie ein Stück von dem Fahrzeug sehen konnte. Etwas Dunkelgrünes verschwand seitlich hinter dem Haus. Es war bloß Teddy. Sie machte sich wieder an ihre Arbeit und fragte sich, ob sie das Schicksal der Fliegen teilen und eines Tages als vertrocknete Hülse hier am Fenster gefunden werden würde.

Ein paar Augenblicke später steckte Edward den Kopf zur Tür herein.

«Hier ist ein Brief für dich.» Er hielt ihr lächelnd einen Umschlag hin.

Patricia durchquerte das Zimmer und nahm ihn wortlos entgegen. Sie musste ihn immer wieder daran erinnern, dass die Situation nicht normal war und niemals annähernd normal werden würde. Ihre Gefühle in der vorangegangenen Nacht hatten sie verstört. Begann sie schwach zu werden? Begann Mrs. Foleys Plan aufzugehen? Sie durfte es nicht einmal in Erwägung ziehen aufzugeben. Edward ließ sie allein.

Als sie den Umschlag umdrehte, sah sie, dass er an Mrs. Edward Foley adressiert war. Ihr erster Impuls war, das Papier zu zerknüllen und wegzuwerfen, aber sie war sich ziemlich sicher, dass es Rosemarys Handschrift war. Sie warf einen Blick auf den Poststempel. Er kam aus Buncarragh. Mit schneller klopfendem Herzen setzte sie sich hin und riss ihn auf.

**

7 Connolly's Quay,
Buncarragh

Liebe Patricia,
entschuldige, dass ich nicht schon früher geschrieben
habe, aber Du selbst hast dem Briefträger ja auch nicht viel
Arbeit gemacht! Ich will alle Deine Neuigkeiten hören. Wie
ist das Leben als verheiratete Frau? Hast Du das Kühe-
melken schon satt? Ich hoffe, es läuft alles bestens und ihr
beide seid sehr glücklich.
Meine große Neuigkeit steht ganz oben auf der Seite.
Ich habe ein Haus gekauft! Ich bin ganz begeistert von mir.
Es ist nur klein, aber es gehört mir. Es steht ein paar
Häuser von Busteed's entfernt und hat einen Blick auf
die Bäume am Fluss. Ich habe mein Grundstück auf dem
Hof verkauft und gedacht, mit dem Geld mache ich besser
was, bevor ich alles für Kuchen und geschäumten Kaffee
ausgegeben habe. Jetzt bin ich offiziell erwachsen! Es ist
noch nicht hundertprozentig sicher, aber ich glaube, ich

mache auch mein eigenes Geschäft auf. Mrs. Beamish ist
eine alte Kuh. Wenn ich noch einmal versuchen muss,
einen Pagenkopf zu schneiden, könnte es sein, dass ich im
Gefängnis lande. Mit einer Schere in der Hand ist mir nicht
zu trauen. Die Mutter von dem dicken Jungen kam gestern
rein und hatte ein Bild von unserer Schauspielerin Joanna
Lumley dabei. Ich hatte gute Lust, ihr zu sagen, dass
Kojaks Frisur ihr besser stehen würde ... haha!

***

Patricia wurde bei der Lektüre von Stimmen unterbrochen, die aus der Küche drangen. Sie wurden immer lauter und klangen aufgebracht. Sie steckte den Brief in die Tasche ihres Hausmantels aus Nylon und ging zur Tür, um besser lauschen zu können. Es war Edwards Stimme, aber sie konnte nur einzelne Wörter ausmachen.

«... muss gehen...» und dann etwas, das sie nicht genau verstand, gefolgt von «... nie glücklich sein.»

Mrs. Foley klang wütend. «Sei ein Mann! Du warst immer so...», und dann klang es, als habe sie sich abgewandt, denn ihre Stimme hörte sich weiter entfernt an, dann wieder in voller Lautstärke: «... mit diesem Baby.»

Edward klang noch weiter weg. Es hörte sich an, als ginge er in Richtung Hintertür. «Mammy! Es gibt nur eins, was wir...» Seine Stimme wurde gedämpft, und so schlich Patricia in die Diele und drückte sich an der Wand entlang in Richtung Küche. Mrs. Foleys Stimme donnerte durch die geschlossene Tür. «Edward Foley! Du hörst mir jetzt gut zu. Du hast deinen Bruder verloren, du hast deine Frau verloren, und jetzt willst du deine Tochter verlieren? Du

bist ein Dummkopf, und ich werde das nicht zulassen!»
Die Hintertür schlug heftig zu, und Patricia huschte zu ihrer Staubwischerei zurück, bevor man sie beim Lauschen ertappte.

Sie lehnte sich mit dem Rücken gegen die Tür und atmete schwer. Sie hatte Edward noch nie zuvor auf diese Weise sprechen gehört. Sie spürte, dass etwas in ihm nachzugeben begann. Wenn sie ihren Druck auf ihn aufrechterhielt, würde es schließlich zerreißen, und er würde endlich seiner Mutter die Stirn bieten.

Oben begann Elizabeth zu weinen. Patricia legte den Wischmopp ab und lief los, um nachzusehen, was das Baby brauchte.

Der Nachmittag war lang und dunkel. Der Wind tobte schlimmer denn je und trieb den Regen in wütenden Böen gegen das Fenster. Es war ein Tag, der Patricia normalerweise in ein Loch hätte fallen lassen, in dem sie an Buncarragh und all diejenigen gedacht hätte, die ohne sie weiterlebten, aber heute verschwendete sie kaum einen Gedanken an die nasse Dunkelheit, die das Haus umhüllte. Nachdem sie Elizabeth gefüttert und gewickelt hatte, sah sie ihr beinahe eine Stunde lang beim Schlafen zu, und als das Baby mit aufgeregten kleinen Schreien aufwachte, nahm sie es sofort auf den Arm, hielt es an die Brust gedrückt und ging mit ihm im Zimmer umher. Patricia senkte den Kopf und küsste das winzige Ohr, was zur Folge hatte, dass sich der kleine Mund zu einem Lächeln kräuselte. Sie legte das Baby aufs Bett und kitzelte sanft seinen Bauch. Aus dem Lächeln wurde ein gurgelndes Lachen, und das kleine glückliche Gesicht wurde Patricias ganze Welt. Sie zog Elizabeth die zitronengelben Strickschuhe aus und untersuchte ihre vollkommenen kleinen Füße. So schön. Sie hauchte ein paar Küsse auf die rechte Fußsohle, dann auf die linke, und Elizabeth begann zu gackern, ein Lachen, dass ein Erwachsener niemals von sich geben würde. Es war ein Ausdruck reiner Freude und nicht angelegt, um irgendjemandem zu gefallen oder etwas zu demonstrieren. Das Gefühl an ihren Füßen füllte sie einfach bis zum Platzen mit Wonne. Patricia war völlig hingerissen. Zum ersten Mal hatte sie einen Eindruck davon, was eine Mutter auf sich nehmen würde, um ihr Kind glücklich zu sehen.

Ein Schlüssel drehte sich im Schloss, und Mrs. Foley kam ins Zimmer. Die Blase voller Babyglück zerplatzte augenblicklich. Patricia blieb auf dem Boden vor dem Bett sitzen. Die Augen der alten Frau sahen rot aus, als hätte sie geweint, und in dem dämmerigen Licht vom Fenster wirkte sie müde und erschöpft.

«Patricia», sagte sie als Begrüßung. Patricia sagte nichts.

Mrs. Foley setzte sich auf den Stuhl mit der hohen Lehne neben dem Bett. Die beiden Frauen sahen das Baby auf dem Bett an. Elizabeth strampelte mit den Beinen, als spürte sie die Aufmerksamkeit.

«Süßes Kind», bemerkte Mrs. Foley.

«Ja», bekräftigte Patricia.

Es wurde ganz still im Zimmer. Die alte Frau legte ihre Hände auf die Oberschenkel, als wollte sie eine Totenklage anstimmen. Patricia konnte spüren, wie sich ihr Blick in sie bohrte. Sie spürte die vertrauten Wellen der Angst in ihrem Magen. Was hatte das alte Weib jetzt schon wieder mit ihr vor?

«Hat Teddy mit dir gesprochen?»

Patricia drehte sich um und sah ihre Besucherin an. «Gesprochen?»

«Dir Sachen erzählt? Seine Geschichte?»

«Was meinen Sie?»

Mrs. Foley seufzte entnervt auf. «Du weißt schon, dass sein Leben nicht immer eitel Sonnenschein war?»

«Ja», entgegnete Patricia vorsichtig.

«Also dann ist dir ja klar, dass er es nicht leichtgehabt hat.» Sie lehnte sich vor und starrte Patricia streng an. Mrs. Foley wählte ihre Worte sorgsam und sprach langsam und leise. «Du wirst diesen Jungen nicht noch einmal durcheinanderbringen.»

Patricias Mund war ganz trocken, und sie bemerkte, dass sie sich von der alten Frau wegneigte. Was hatte sie vor? Der Gedanke, dass Edwards Mutter versuchen könnte, sie umzubringen, schien ihr plötzlich sehr real. Sie stand auf und bewegte sich auf das Bettende zu.

«Hast du mich verstanden, Mädchen?»

«Ja. Ja, habe ich», sagte Patricia, die Mrs. Foley nicht noch weiter gegen sich aufbringen wollte.

«Also, wenn du dich nicht um dieses Baby kümmern willst, werde ich dich nicht dazu zwingen.» Mrs. Foley stand auf, und bevor Patricia reagieren konnte, hatte sie Baby Elizabeth hochgenommen. Sie trug das zappelnde Bündel zur Tür. «Jetzt zufrieden?», zischte sie Patricia an.

Die beiden Frauen sahen einander direkt an. Nur das Baby bewegte sich, und selbst das kleine Mädchen schien zu spüren, dass dies nicht der richtige Augenblick war, um zu schreien. Patricias Gedanken rasten, sie war sich nicht sicher, was sie als Nächstes tun sollte. Eindeutig war dies hier eine Art Spiel, aber was war der Gewinn, und wer entschied, wer verloren hatte? Durch ihre Verwirrung hindurch war ihr nur eines klar: Wenn Gewinnen bedeutete, dass man ihr das Baby wegnahm, hatte sie am Sieg kein Interesse.

«Warten Sie!», rief Patricia durchs Zimmer. Selbst die Art, wie Mrs. Foley das Kind hielt, nicht in ihren Armen, sondern unter den Ellenbogen geklemmt und an die Hüfte gedrückt, machte ihr Angst. Sie mochte nicht daran denken, welches Schicksal Elizabeth blühte, wenn sie aus diesem Zimmer mitgenommen wurde.

«Ja?» Mrs. Foley klang gelassen, beinahe desinteressiert. Patricia streckte die Arme aus, um das Baby zu nehmen. Ein schrecklicher Moment der Ungewissheit, dann brach Mrs. Foley den Bann, kam zu Patricia herüber und überreichte ihr Elizabeth.

«Wenn du dir da sicher bist», sagte sie mit triumphierendem Lächeln.

JETZT

Elizabeth war sich nicht sicher, warum sie wieder hergekommen war. Um ihm die letzte Ehre zu erweisen oder
weil sie hoffte, dass der alte Mann durch ihre Anwesenheit plötzlich wieder zu Bewusstsein kommen und ihre
Vergangenheit erhellen würde? Sie parkte ihren Wagen
vor Abbey Court auf dem Rechteck aus Schotter. Es waren einige Parkplätze belegt, und sie hatte Hoffnung, dass
jetzt eine bessere Zeit für Besuche war.

Im Haus stand die Tür zum Aufenthaltsraum weit of-
fen, und einige alte Leute saßen zusammengesunken auf
Stühlen und starrten vor sich hin. Ein paar von ihnen hat-
ten Besucher, die mit ihnen plauderten, andere teilten das
Schweigen der Alten. Niemand empfing sie, und so ging
Elizabeth direkt zu Edwards Zimmer.

Er sah aus, als hätte er sich seit dem Vortag nicht be-
wegt: noch immer auf die Kissen gebettet, die Arme auf
der Brust überkreuzt, die Augen geschlossen. Es war nicht
klar, ob er schlief oder bloß ruhte. Seine papierne Haut
hatte einen frischgewaschenen Schimmer, auch wenn
seine dünnen Lippen von etwas, mit dem man ihn wohl
gefüttert hatte, orange verschmiert waren. Elizabeth blieb
einen Augenblick an der Tür stehen und betrachtete ihn

einfach nur in seinem Bett. Dieser Mann, den ihre Mutter aus ihrer Kindheit getilgt hatte, war nun die einzige echte Verbindung zu ihrer Vergangenheit. Ihr Vater. Sie trat vor.

«Hallo, Daddy.» Elizabeth wusste, sie benahm sich albern, aber sie konnte sich nicht beherrschen. Sie wollte einmal hören, wie ihre Stimme diese Worte aussprach. Vom Bett kam keine Reaktion, nur der langsame, regelmäßig rasselnde Atem des alten Mannes. Sie setzte sich neben ihn. Das Hochzeitsfoto steckte noch immer in ihrer Tasche, und sie hatte vorgehabt, es zurückzugeben, aber nun wusste sie nicht mehr, ob das richtig war. Bestimmt bedeutete es ihr mehr als irgendjemandem sonst. Sie konnte sich nicht vorstellen, dass das Knochengerüst vor ihr, das von dem verblichenen Schlafanzug zusammengehalten wurde, jemals wieder das Gesicht seiner Braut würde sehen wollen. Sie saßen schweigend da. Irgendwo in der Nähe verstummte ein elektrisches Brummen. Schritte quietschten auf dem gebohnerten Linoleum im Flur an der Tür vorbei.

Wie um ihrem Besuch einen Sinn zu geben, streckte Elizabeth den Arm aus und nahm die Hand ihres Vaters. Sie war wärmer als erwartet, und die Haut war rau und rissig. Ihre Finger verschränkten sich. Sie studierte seine Nägel und Fingerknöchel und stellte sich das letzte Mal vor, als er sie berührt hatte. Wie winzig sie gewesen sein musste.

Ohne Vorwarnung wandte Edward plötzlich den Kopf und sah sie an. Sie zuckte erschrocken ein wenig zusammen. Es war, als wäre ein Toter zum Leben erwacht. Seine dunklen Augen waren geöffnet und starrten sie an, und die Zungenspitze berührte leicht die trockenen Lippen.

Elizabeth beugte sich vor und bemühte sich, nicht beunruhigt zu klingen.

«Hallo.»

Ihr Vater gab ein Hüsteln von sich und ließ den Blick zum Nachttisch schweifen. Elizabeth nahm den Plastikbecher, den er ansah, und hielt ihn an seine Lippen. Er saugte dreimal an dem Schnabel im Deckel und wandte sich dann ab. Sie stellte die Tasse zurück.

«Ist es jetzt besser?», fragte sie.

Noch ein Hüsteln.

«Ich bin Elizabeth.» Sie wollte gerade hinzufügen, dass sie seine Tochter war, besann sich dann aber eines Besseren. Sie wollte ihn nicht erschrecken. Ihre Rückkehr in sein Leben sollte dieses nicht gleich beenden.

Ein schmerzerfüllter Ausdruck erschien auf dem Gesicht ihres Vaters, und dann sprach er. Aber was hatte er gesagt? Es klang wie «Gorilla».

«Es tut mir leid. Ich habe nicht verstanden.»

Er sprach noch einmal. Dieses Mal ein anderes Wort. Kühl? Grill vielleicht?

«Hast du Schmerzen? Soll ich eine Krankenschwester rufen?»

Mit großer Anstrengung streckte er die Zunge heraus, befeuchtete seine Lippen und schluckte. Seine Hand umfasste die ihre fester.

«Was ist? Was brauchst du?» Elizabeth hoffte, es würde gleich jemand ins Zimmer kommen. Sie war überfordert. Erneut wirkte das Gesicht ihres Vaters schmerzerfüllt. Er sagte etwas anderes, was Elizabeth nicht verstand, aber dann öffneten sich seine Augen wieder, und er griff auch mit der anderen Hand nach ihrer.

«Mary!» Der Name war deutlich zu verstehen.

«Nein. Ich bin nicht Mary. Ich bin Elizabeth», versuchte sie zu erläutern, aber Edward hörte gar nicht zu. Er wiederholte nur immer wieder «Mary!» und wirkte verzweifelt.

«Was ist, Edward? Mary ist nicht hier.»

Er warf den Kopf auf das Kissen zurück und begann heftig zu zittern. Elizabeth wusste nicht, was sie tun sollte. Er schien eine Art Krampf oder Anfall zu haben. Sie rannte zur Tür und rief in den Flur hinaus.

«Eine Krankenschwester! Kann bitte eine Krankenschwester kommen? Wir brauchen bitte eine Krankenschwester!»

Da kam eine mollige dunkelhaarige Frau im Kittel einer Krankenschwester um die Ecke, und hinter ihr erschien der nette rothaarige Junge, den sie am Vortag kennengelernt hatte.

«Ich weiß nicht, was passiert ist. Es ging ihm gut, und dann...»

Die Schwester und der Pfleger standen am Bett. Gordon, der Junge, wandte sich zu ihr um. «Sie warten besser im Aufenthaltsraum.» Er klang ernst und bestimmt, und so leistete sie der Aufforderung Folge.

Erst als sie sich auf einen der Stühle mit hoher Rückenlehne sinken ließ, bemerkte sie, dass sie zitterte. Ein Mädchen, das wohl zu jung war, um Krankenschwester zu sein, bot ihr einen Becher Tee an, den sie dankbar annahm. Es konnte nicht sein, dass das ihr Abschied sein sollte. Er musst es überleben, was immer «es» war. Hatte sie ihn aus der Fassung gebracht, oder waren diese Krämpfe schon öfter vorgekommen?

Nach ein paar Minuten erschien der große rothaarige Gordon. Sie musste sehr besorgt ausgesehen haben, denn er lächelte sie an, um sie wissen zu lassen, dass es nicht so schlimm stand, wie sie befürchtete.

«Er ist in Ordnung. Wir haben ihm ein Beruhigungsmittel gegeben, und der Arzt wird bald nach ihm sehen.»

«Danke.»

Gordon setzte sich neben sie. «So etwas sieht immer viel schlimmer aus, als es ist. Wir sehen diese Anfälle oft, ich glaube, es ist erschütternder, sie mit anzusehen, als sie zu erleben.»

Elizabeth nickte skeptisch.

«Ich habe mich gestern Abend mit jemandem über Sie unterhalten.»

«Wirklich?»

«Wie sich herausgestellt hat, ist meine Tante Patty mit Teddy zur Schule gegangen.»

«Ihre Tante ist mit meinem Vater zur Schule gegangen?» Das klang wirklich unwahrscheinlich.

«Ach, sie sind ein großer Haufen. Zwölf Kinder. Mein Vater ist so was wie das Baby.»

«Aha.»

«Jedenfalls kannte sie die ganze Geschichte. Ich konnte es gar nicht glauben. Was für ein Drama. Es ist doch erstaunlich. Ich meine, wir sehen diese alten Leute hier sitzen», er wies auf die anderen Menschen im Aufenthaltsraum, «die Hälfte von ihnen ist gaga, und da vergisst man ganz, dass sie alle ein Leben gelebt haben. Wussten Sie zum Beispiel das mit seinem Bruder?»

«Der, der ertrunken ist?»

«Ja. Ist das nicht fürchterlich traurig?»

«Doch, das ist es, ja.»

«Und dann die Frau. War das Ihre Mutter?»

«Das war sie, ja.» Elizabeth begann sich unbehaglich zu fühlen. Sie war sich nicht sicher, ob es in Ordnung war, über Edwards Leben zu sprechen, als sei es bloßer Klatsch.

«Tante Patty meinte auch, dass sie das vermutlich war. Und dann die Mutter, um alldem die Krone aufzusetzen. Schrecklich.»

Elizabeth war versucht, so zu tun, als wüsste sie, wovon Gordon sprach, aber ihre Neugierde gewann die Oberhand.

«Die Mutter? Was meinen Sie?»

«Na ja, Sie wissen schon. Der schlimme Tod.»

«Schlimme Tod?»

«Also, der Selbstmord.»

«Edwards Mutter hat sich umgebracht?»

«Entschuldigung, ich dachte, Sie wussten das. Tante Patty zufolge ist sie aus dem Haus gegangen und hat sich an einem Baum im Obstgarten aufgehängt. Der arme Teddy hat sie gefunden.»

Elizabeth starrte ihn bloß an. Sie wusste nicht, was sie sagen sollte. Das konnte doch wohl nicht wahr sein, oder? Bestimmt hätte ihr jemand, die alte Mrs. Lynch wenigstens, davon erzählt?

«Ich bin mir nicht sicher, ob das…», setzte sie an, aber in diesem Augenblick erschien Sarah Cahill mit einem dicken Stapel Akten unter dem Arm im Türrahmen.

«Pfleger. Haben Sie noch Dienst?»

Gordon sprang auf.

«Entschuldigung, ich habe nur…»

«Könnte ich Sie ausleihen?», unterbrach ihn Sarah mit einem verkrampften Lächeln.

«Natürlich.» Und damit waren die beiden verschwunden.

Elizabeth dankte der jungen Frau für den Tee und stellte sich in den Empfangsbereich, weil sie unsicher war, was sie tun sollte. Edward schlief bestimmt, und obwohl sie ziemlich überzeugt davon war, dass Tante Patty da etwas verwechselte, hatte sie das Bedürfnis, ganz sicherzugehen zu wollen. Mrs. Lynch war die Person, die sich für eine Klärung anbot, aber wenn sie wieder nach Muirinish zurückfuhr, würde sie es nicht bis zum Abend nach Buncarragh schaffen. Als sie sich auf den Weg hinaus zu ihrem Wagen machte, klingelte ihr Telefon. Brian.

«Hallo?»

«Hallo. Wo bist du?»

«Ich stehe vor Abbey Court und bin auf dem Weg zum Auto.»

«Großartig. Hast du noch Lust auf ein Mittagessen?»

Elizabeth wurde es ganz bange. Sie war nicht in der Stimmung für einen albernen Flirt beim Mittagessen. Ihre Entscheidung war gefallen.

«Es tut mir wirklich leid, aber ich muss wieder nach Muirinish rausfahren, um etwas zu klären.»

«Oh.» Er wirkte ernüchtert. «Na ja, macht nichts. Ich habe sowieso jede Menge Zeug zu erledigen.»

«Danke.» Sie kannte diesen Mann kaum, warum fühlte sie sich so schäbig?

«Schön, dich kennengelernt zu haben.»

«Dich auch. Danke für alles. Tschüs.»

«Tschüs.» Sie legte mit dem Gefühl auf, gerade mit jemandem Schluss gemacht zu haben.

Als sie in Muirinish angekommen war, wartete Elizabeth lange vor der Haustür und war schon kurz davor aufzugeben, bis doch noch die winzige grauhaarige Gestalt von Mrs. Lynch hinter dem Milchglas auftauchte. Als sie sah, wer ihre Besucherin war, wirkte sie nicht sehr begeistert.

«Ich verspreche Ihnen, nicht in Tränen auszubrechen!»

Mrs. Lynch gab ein halbherziges Kichern von sich.

«Entschuldigung. Ich muss wohl im Sessel eingeschlafen sein. Hast du etwas vergessen?»

«Nein. Ich war nur, also, ich wollte bei Ihnen etwas überprüfen. Es ist wahrscheinlich nichts.»

«Also, dann kommst du besser rein. Meine Beine stehen nicht mehr so gern. Um ehrlich zu sein, tun sie überhaupt nichts mehr gern», sagte die alte Frau auf dem langsamen Rückweg durchs Haus in Richtung Küche.

«Tee?», bot sie an, aber ihr Ton verriet, auf welche Antwort sie hoffte.

«Nein, vielen Dank. Ich habe alles, was ich brauche.»

Mrs. Lynch setzt sich auf denselben Platz wie am Morgen. Die große schwarz-weiße Katze wirkte nicht so, als würde sie während dieses Besuchs irgendwohin verschwinden, also setzte sich Elizabeth einfach neben sie.

«Also, was kann ich für dich tun?» Mrs. Lynch legte in einer professionell wirkenden Geste die Hände auf den Tisch. Sie erinnerte Elizabeth an eine Sparkassenleiterin oder Schulrektorin.

«Es ist vermutlich nur ein Missverständnis, aber ich wollte es einfach überprüfen. Jemand hat mir gesagt, Edwards Mutter, sie, also, sie hat sich nicht das Leben genommen, oder?

Der Gesichtsausdruck der alten Dame beantwortete Elizabeths Frage vollkommen. Bevor Mrs. Lynch etwas sagen konnte, fragte sie: «Warum haben Sie mir das nicht erzählt?»

Eine Hand der alten Frau drehte nun an der kleinen Goldkette um ihren Hals. «Du warst so am Boden zerstört. Ich wollte es dir sagen, aber dann dachte ich, es wäre zu viel für dich.»

Obwohl sie noch immer ein wenig ungehalten war, konnte Elizabeth diese Erklärung nachvollziehen.

«In Wirklichkeit hat es auch keinen Unterschied mehr gemacht. Nicht für dich. Es ist einfach eine Tragödie mehr, die den Foleys aufgeladen wurde.»

Elizabeth dachte an den armen Edward, der ganz allein in Castle House zurückgeblieben war.

«Wann ist das denn passiert?»

«O Gott. Das ist so lange her. Ich erinnere mich, dass es ungefähr um dieselbe Zeit war, in der die zweite Frau sich mit dir davongemacht hatte.»

Elizabeth fragte sich, auf welche Weise diese Nachricht in ihrer Geschichte eine Rolle spielte.

«Ist es passiert, bevor meine Mutter gegangen ist? War das der Grund, warum sie weggegangen ist?»

Mrs. Lynch schüttelte traurig den Kopf. «Es tut mir leid. Ich weiß es wirklich nicht. Du musst immer daran denken, dass ich diese Frau nie zu Gesicht bekommen habe. Ich wusste weder, dass sie hier war, noch wusste ich, dass sie fort war. Es hat sich herumgesprochen, so war das damals. Mit der alten Mrs. Foley, Gott hab sie selig, war es etwas ganz anderes. Die Polizei war hier, hat überall Fragen gestellt, deswegen wussten es natürlich alle.»

«Und ...» Elizabeth zögert. «Sie wurde im Obstgarten gefunden?»

Mrs. Lynch saugte an ihren Zähnen. Solche Details waren eindeutig zu viel für sie. «Soweit ich weiß, ja. Und», fuhr sie fort, als könnte sie Elizabeths Gedanken lesen, «es war Teddy, der sie gefunden hat.»

«Verstehe.»

«Hast du ihn besucht?»

«Ja.»

«Und wie geht es ihm?»

Elizabeth wusste nicht recht, was sie darauf erwidern sollte. «Gut. Ich meine, er wirkt nicht sehr ...» Sie verstummte.

«Ich weiß. Aber wenn du solche Erinnerungen hättest, wärst du nicht auch froh, sie loszuwerden?»

Die Katze neben Elizabeth streckte sich ausgiebig und begann dann, ihre Hinterpfote zu lecken.

DAMALS

Zwei ganze Tage waren verstrichen, seit Patricia Edward zuletzt gesehen hatte. Mied er sie? War der Streit, den sie mitgehört hatte, bereits das Ende seiner Bemühungen, sie zu befreien? Ließ er seine Mutter im Glauben, sie hätte beschlossen zu bleiben? Sicher, seit sie sich bereit gezeigt hatte, das Baby zu behalten, behandelte Mrs. Foley sie anders. Sie verfolgte nicht mehr jede von Patricias Bewegungen, gelegentlich blieb sogar ihre Zimmertür unverschlossen. Sie war gekommen und hatte zugesehen, wie Patricia versucht hatte, Elizabeth mit Babynahrung aus dem Gläschen zu füttern, und sie hatte ihr geholfen, den orangefarbenen Karottenglibber aufzuwischen, den die Kleine kurz danach wieder ausgespuckt hatte. Patricia wollte fliehen, sie musste fliehen, aber ihr war auch klar, dass das nun weit komplizierter geworden war. Sie konnte nicht einfach barfuß in die Nacht hineinspazieren, sie hatte keine Ahnung, wie weit sie mit ihrem geschwächten Körper kommen würde, und wieso sollte sie das auch tun, wo sie doch noch immer auf Edwards Unterstützung hoffte? Dann gab es noch das Baby. Konnte sie diesen Ort wirklich verlassen und Elizabeth aufgeben? Sie war nicht ihr eigenes Baby, das rief sie sich ständig in Erinnerung, aber sie gehörte auch niemand anderem. Wer sonst würde sich um sie kümmern, und ja, sie lieben? Patricia hätte ihre Gefühle nicht benennen können, aber es war gut, gebraucht zu werden. Sie liebte das Gewicht des warmen kleinen Bündels in ihrem Arm, wenn sie im Zimmer auf und ab ging. Das kleine Mädchen war noch verletzlicher als sie selbst, und das gab ihr eine Geduld und eine Stärke, die sie zuvor nicht besessen hatte. Sie konnte nicht überstürzt handeln, nicht jetzt, da sie für jemand anderen mitdenken musste.

Mrs. Foley rief von unten. Sie brauchte Hilfe. Patricia verdrehte die Augen und malte sich aus, wie sie auf Händen und Füßen einen Kaminrost putzte, in dem sie nie ein Feuer hatte brennen sehen. Sie sah nach Elizabeth in ihrem Kinderbettchen. Gefüttert und gewickelt schlief sie, ihre Hände über der Decke zu Fäusten geballt, mit kleinen Spuckebläschen am Mundwinkel. Patricia lächelte und ging ihren Hausmantel holen. Er hing nicht auf dem Haken neben der Tür, Mrs. Foley musste ihn in die Wäsche getan haben. Ihr fiel ein, dass in dem Schrank noch einer hing. Sie zog ihn an, und da spürte sie etwas in der Manteltasche. Rosemarys Brief! Nach dem Streit hatte sie ihn ganz vergessen. Sie setzte sich auf das Bett und holte ihn heraus, glättete das zerknitterte Papier auf ihrem Schoß. Sie fand den Punkt, an dem sie aufgehört hatte zu lesen.

... dass Kojaks Frisur ihr besser stehen würde ... haha!
Der große Skandal hier ist, dass Fiona Dunn Tony sitzen-
gelassen hat! Seine Mutter war bei uns im Salon und hat
uns die ganze Geschichte erzählt. Anscheinend sind sie im
Urlaub nach Lanzarote gefahren und haben da dieses Paar
aus Dublin kennengelernt. Jedenfalls ist sie mit dem Herrn

durchgebrannt, und der hat seine Frau verlassen. Tonys
Mutter hat wüst über sie geschimpft. Vermutlich haben sie
alle vergessen, wie Fiona mit Tony zusammengekommen
ist. Sie hatte doch den armen John Hickey aus großer Höhe
fallenlassen, anscheinend hatte er schon einen Ring gekauft
und alles. Wenigstens gibt es keine Kinder! Was für ein
Skandal!
Ich weiß nicht, ob Du mit Deinem Bruder Kontakt hast,
aber falls er es Dir nicht gesagt hat: Vor ein paar Wochen
ist Mrs. Cronin gestorben. Ich weiß, dass sie eine Freundin
Deiner Mutter war. Sie hatte einen Schlaganfall, und dann
war es wohl das Herz. Vermutlich ist es so am besten.
Ich war traurig, als ich das ‹Zu verkaufen›-Schild vor
Deinem Haus gesehen habe …

Patricia hielt inne. Sie las den Satz erneut durch. «‹Zu verkaufen›-Schild vor Deinem Haus». Wovon redete sie da?

Ich weiß, dass Du Dir da unten in Cork ein Leben auf-
gebaut hast, aber das macht es so endgültig.

Nein. Das musste ein Fehler sein.

Ich hoffe, es macht Dir nichts aus, wenn ich das so schreibe,
aber ich vermisse Dich wirklich. Ich würde Dich so gerne
sehen. Vielleicht könnte ich mir im Sommer ein paar
Tage freinehmen und Dich besuchen kommen und den
berühmten Edward kennenlernen!

Die Worte auf der Seite tanzten vor ihren Augen. Das
konnte nicht wahr sein! Dieses Haus gehörte ihr. Es war

ihr Lohn dafür, dass sie ihre Mutter gepflegt hatte, der Lohn für all das, was sie geopfert hatte. Jerry musste dahinterstecken und diese Gillian, die ihm stetig Gift in die Ohren träufelte. Sie wusste, dass sie diesem hinterlistigen Schleimer-Anwalt Murphy nicht hätte trauen sollen. Er würde alles tun, was Jerry sagte, denn der brachte ihm mit seinem Laden Geschäft ein. Das war nicht richtig. Sie musste ihn aufhalten.

Mit dem Brief in der Hand ging sie zur Tür. Sie war offen. Sie rannte die Treppe hinunter.

«Edward! Wo bist du, Edward?», rief sie.

Mrs. Foley kam aus der Küche und wischte sich die Hände an der Schürze ab.

«Was ist? Geht es dem Baby gut?»

«Ja, ja», sagte Patricia ungeduldig und drängte sich an ihr vorbei in die Küche. «Wo ist Edward? Ich muss mit ihm sprechen!» Ihre Stimme klang nun lauter. Langsam wurde sie hysterisch. Etwas Schreckliches geschah, und sie musste es stoppen.

«Er ist draußen bei der Arbeit. Er kommt zum Mittagessen nach Hause.» Mrs. Foley hatte mit solchem Verhalten wie ihrem keine Nachsicht. «Du musst dich beruhigen, mein Mädchen», sagte sie streng, aber Patricia hatte Edward durch das Fenster gesehen. Er war auf der anderen Seite des Hinterhofs und ging gerade auf den Melkstand zu. Sie machte einen Satz auf die Hintertür zu. Sie war unverschlossen. Dann stürzte sie nach draußen und rief seinen Namen. «Edward!»

Er drehte sich um, erstaunt, sie draußen zu sehen. Sie lief barfuß über den unebenen Wirtschaftshof.

Mrs. Foley stand in der Tür und fauchte ihr hinterher:

«Patricia! Komm zurück.» Auf unsicheren Beinen nahm sie die Verfolgung auf.

Edward rannte auf Patricia zu, und nun standen sie mitten auf dem Hof. Ein Windstoß blähte ihren leichten Hausmantel.

«Was ist?» Er legte seine Hände auf ihre Schultern, um sie zu beruhigen. Patricias Gesicht war nun tränenüberströmt, und es war nur schwer zu verstehen, was sie sagte.

«Jerry. Mein Bruder Jerry, er versucht, mein Haus zu verkaufen!» Sie schwenkte Rosemarys Brief zum Beweis, aber der Wind packte ihn und trug ihn hoch in den grauen Himmel, ließ ihn um die Burg herum ins Nichts segeln. Patricia sackte auf die Knie, Edward versuchte sie zu stützen.

Jetzt war seine Mutter bei ihnen angekommen. Mit einer Hand hielt sie sich das Haar aus dem Gesicht. «Was ist los? Was stimmt nicht mit ihr?»

«Ich bin nicht sicher. Schlechte Nachrichten.»

Patricia lehnte sich an ihn und bettelte: «Bitte. Ich muss nach Hause. Ich muss!» Sie wandte ihren Kopf zu Mrs. Foley. «Lassen Sie mich das Telefon benutzen. Ich muss jemanden anrufen! Ich muss!» Sie war vor Frustration und Panik völlig hysterisch. «Bitte, Edward! Bitte!»

Sein Gesicht ließ kein Gefühl erkennen. Er griff sie am Arm und hob sie hoch. Seine Mutter hielt ihren anderen Arm fest.

«Wir müssen sie wieder ins Bett bringen.» Es war Mrs. Foley, die das sagte, aber Edward widersprach ihr nicht. Patricia war außer sich. Das konnte er doch nicht machen.

«Edward, du hast gesagt, ich könnte gehen. Du hast

gesagt, du würdest mir helfen. Bitte. Bitte lass mich gehen. Ich muss gehen!»

Sie verspürte plötzlich einen scharfen Schmerz auf der linken Gesichtshälfte. Mrs. Foley hatte sie geohrfeigt.

«Du musst dich beruhigen.» Sie trugen sie halb zurück zum Haus, halb schleiften sie sie hinter sich her. Patricia kämpfte gegen sie an, aber es war sinnlos. Sie spürte, wie die Haut an ihren Füßen riss und zerkratzt wurde, als sie sie über den Hof in die Küche brachten. Sie heulte nun, schrie, so laut sie konnte. Ihr fehlten die Worte.

Sie zerrten sie die Treppe hinauf und warfen sie dann aufs Bett.

«Halt sie fest», befahl Mrs. Foley, und Edward, ihr Edward, drückte sie mit beinahe geschlossenen Augen hinunter, als hätte er Schmerzen dabei. Währenddessen durchquerte seine Mutter den Raum und nahm Elizabeth hoch, die mit Patricia zu schreien begonnen hatte.

«Jetzt lass sie los», blaffte die alte Frau, ohne einen Blick zurück zu werfen, und Edward heftete sich an ihre Fersen. Sie schlugen die Tür zu und schlossen sie ab.

Patricia sprang vom Bett und begann gegen die Tür zu hämmern.

«Edward! Bitte! Tu das nicht!» Sie prügelte mit den Fäusten auf das Holz ein, bis sie schmerzten. «Nur ein Anruf! Bitte! Bitte!» Sie sank zu Boden und vergrub den Kopf zwischen den Knien. Sie schluchzte. Erschöpfung übermannte sie. Ihr Haus. Das Einzige, was sie auf dieser Welt besaß. Sie hatte das Gefühl, langsam ausradiert zu werden. Bald würde keine Spur mehr von ihr übrig sein.

Die Stunden krochen vorüber. Gelegentlich konnte sie Elizabeth in einem anderen Teil des Hauses weinen hören. Sie sehnte sich danach, diejenige zu sein, die sie hochnahm und auf den süßen weichen Kopf küsste.

Patricia versuchte zu schlafen, aber ihre Fußsohlen pulsierten vor Schmerz. Sie fragte sich, ob sie sich entzünden würden und sie dann allein in diesem Zimmer sterben müsste. Erneut begann sie zu weinen.

Viel später (hatte sie geschlafen?) hörte sie, wie ein Schlüssel ins Schloss gesteckt wurde. Patricia drehte sich mit dem Gesicht zur Wand.

«Patricia?» Es war Edwards Stimme. Er sprach flüsternd.

Sie wandte sich um und sah seinen Umriss vor dem erleuchteten Flur. Er hielt das Baby. Sie streckte die Arme aus, und er legte Elizabeth hinein. Patricia hielt das Baby ganz fest, drückte ihre Wange gegen das Gesicht des Kindes und atmete tief ein.

Noch immer drang Licht ins Zimmer, und Edward hatte sich nicht gerührt.

«Es tut mir leid.»

Patricia funkelte ihn an und zischte über den Kopf des Babys hinweg: «Es tut dir leid? Du behauptest, mein Freund zu sein, du sagst, du wolltest mir helfen, aber du bist genauso bösartig wie sie!»

«Nein. Ich ... bitte, Patricia. Ich will wirklich helfen. Ich werde helfen. Das verspreche ich.»

«Ich glaube dir nicht, und wieso sollte ich dir auch glauben?» Sie schloss die Augen und hoffte, dass er aus dem Zimmer gehen würde.

«Ich habe dir heißes Wasser hochgebracht.»

«Was?» Sie begriff nicht.

«Für deine Füße. Sie müssen gewaschen werden.»

Sie wollte schreien. Wenn sie nicht Elizabeth im Arm gehabt hätte, hätte sie nach ihm geschlagen. Wie konnte dieser Mann, der sie gegen ihren Willen gefangen hielt, der zusah, wie man ihr das alte Leben wegnahm, auch der Mann sein, der sich um sie kümmern wollte?

«Edward, bitte sag mir, dass du es verstehst.»

«Dass ich was verstehe?» Er trug eine dampfende Schüssel aus dem Flur herein.

«Dass du verstehst, dass ich gehen muss. Ihr könnt mich nicht hierbehalten. Lass mich das Telefon benutzen. Bitte, Edward.» Sie setzte sich nun auf und versuchte, seinen Gesichtsausdruck zu entschlüsseln.

«Es gibt kein Telefon.»

«Doch. Ich habe es klingeln hören.»

«Mammy hat es aus der Wand gerissen. Schon vor Wochen.»

Patricia war entgeistert.

«Und du hast sie das einfach tun lassen?»

«Sie hat mir nicht gesagt, dass sie es tun würde.» Er klang so vernünftig, als unterhielten sie sich darüber, dass seine Mutter eine alte Zeitung weggeworfen hatte.

«Hast du nicht daran gedacht, es reparieren zu lassen?»

Er sah sie einen Augenblick lang ausdruckslos an und blinzelte lediglich.

«Das würde ihr nicht gefallen.»

Patricia stieß einen langen Seufzer aus. Es war sinnlos.

Edward kniete nun auf dem Boden und seifte im heißen Wasser in der Schüssel einen Waschlappen ein. Sanft nahm er Patricias rechten Knöchel und begann behutsam die zerrissene Haut einzuweichen.

«Ist das zu heiß?»

Sie fühlte sich geschlagen, von ihm, seiner Mutter, seiner Freundlichkeit. «Nein. Das ist gut so.»

Sie schloss die Augen, und der warme Lappen strich erst über einen Fuß und dann über den anderen. Unter dem Fußbogen hindurch, zwischen die Zehen, über den Ballen, die Ferse hinauf. Patricia stellte sich Edward auf den Knien vor, wie er einem kranken Kalb half oder ein neugeborenes Lamm abtrocknete. In diesem Mann steckte solche Zartheit, und doch schien er den Schmerz nicht erfassen zu können, den er ihr verursachte.

Als er mit dem Waschen ihrer Füße fertig war, schlug er sie in ein altes Handtuch ein und tupfte sie sehr sanft trocken.

«Gut. So ist es besser.»

Er schenkte ihr ein breites Lächeln, und bevor sie sich davon abhalten konnte, hatte sie dankbar zurückgelächelt.

Edward faltete das Handtuch zusammen und stand auf. Er sah traurig aus. Trauriger, als sie ihn jemals zuvor gesehen hatte. Hatte er vielleicht Mary die Füße gewaschen?, fragte sie sich. Er stellte die Schüssel vor die Tür und sah dann erneut Patricia an.

«Also, gute Nacht.»

«Gute Nacht.»

«Patricia?»

«Ja?»

Das Licht war hinter ihm, daher konnte sie sein Gesicht nicht sehen, aber seine Stimme klang gepresst, sie brach beinahe vor zu viel Gefühl.

«Ich werde dir helfen.»

JETZT

Natürlich war ihr der Ort vertraut, aber es war mehr als nur das. Elizabeth stellte fest, dass sie ein albernes Grinsen im Gesicht hatte, als sie an der Renault-Niederlassung vorbei nach Buncarragh hineinfuhr. Es war eine Erleichterung, in eine Welt zurückzukehren, die für sie keine Geheimnisse barg. Es fühlte sich nach dieser Büchse der Pandora von Muirinish an wie ein Zufluchtsort.

Die Weihnachtsbeleuchtung hing noch immer, aber die Stadt sah nicht so melancholisch aus wie bei ihrer Ankunft vorige Woche. Die Geschäfte hatten geöffnet, Menschen waren auf den Straßen unterwegs, hatten ein Ziel, grüßten Nachbarn, blieben stehen, um Klatsch auszutauschen. Elizabeth beschloss, nicht in der Stadt anzuhalten, sondern direkt zum Convent Hill hinaufzufahren. Sie musste ein Stück an Nummer 62 vorbeifahren, um einen Parkplatz zu finden, und als sie zum Haus zurückging, hatte sie einen weiten Ausblick auf die gesamte Stadt. Die Kapelle, die Kirche, die Bäume, die den Weg am Fluss entlang säumten. Buncarragh. Als sie hier aufgewachsen war, hatte sie sich immer wie eine Außenseiterin gefühlt. Das war der Grund, warum sie es so eilig gehabt hatte, von hier wegzukommen, aber nun ergab es Sinn. Sie stammte tatsächlich von woanders her. Vor dem Haus, in dem sie großgezogen worden war, blieb sie stehen und dachte an ihre Mutter. Die Frau, die sie immer für konservativ gehalten hatte, für jemanden, dem es wichtig war, was die anderen dachten, hatte sich als jemand völlig anderes entpuppt. Sie hatte alles riskiert und ihr Leben hier zurückgelassen, um einen Ehemann zu finden, und war dann allein zurückgekehrt, aber mit dem Kind einer anderen Frau. Elizabeth wünschte, sie könnte ihre Mutter nur noch einmal sehen, um sich für ihr Leben zu bedanken, um ihr zu sagen, wie viel ihr ihre Opfer bedeuteten, aber auch um sie zu fragen, warum sie das alles bis zu Ende geheim gehalten hatte. Warum war sie nie nach Muirinish zurückgekehrt und hatte Edward allein auf dem Hof zurückgelassen? Vielleicht hatte sie ihre Lüge so viele Jahre lang erzählt, dass sie die Wahrheit vergessen hatte. Elizabeth betrachtete den angelaufenen Türklopfer und dachte an die Stunden, die ihre Mutter mit ihrer Dose Brasso und einem alten Lappen beim Polieren verbracht hatte, damit er glänzte wie Gold.

Morgen würde sie hier wegfahren und, wenn sie ehrlich zu sich war, nie wieder herkommen. New York. Sie freute sich darauf, zu Hause zu sein und wieder zu arbeiten, aber sie fürchtete sich vor dem Wiedersehen mit Zach und davor, die hochschwangere Michelle zu treffen. Am Vorabend, sie saß in ihrem Zimmer im internationalen Flughafen-Hotel von Cork, hatte sie endlich mit ihrem Sohn gesprochen. Es war nicht einfach gewesen. Sie wusste nicht mehr, wie sie sich ihm gegenüber verhalten sollte. Wie konnte sie ihm am besten eine Mutter sein? Ein Teil von ihr wollte ihn anschreien dafür, dass er so dumm und unverantwortlich gewesen war, aber als sie die Furcht in seiner Stimme hörte, während er gleichzeitig versuchte, patent und reif zu klingen, wollte sie ihn auch fest an sich drücken und vor diesem riesigen Ereignis beschützen, das sein Leben aus den Fugen heben würde. Falls Zach wusste, was die Mutter seines Kindes Elliot und Elizabeth über seine Rolle bei der Erziehung gesagt hatte, schien er es zu ignorieren. Er sprach ausführlich darüber, wie er seine Rolle als Vater sah. Sie erwähnte die E-Mail nicht. Sein naiver Wunsch, dem Baby mehr ein Freund als ein Vater zu sein, brach Elizabeth das Herz. Er war so ahnungslos, selbst noch solch ein Kind. Eines war ihrer Überzeugung nach sicher: Es würde alles erst viel schlimmer werden, bevor es besser würde. Sie hatte auch mit Elliot gesprochen. Wie es schien, hatten ihm die letzten paar Tage gereicht, in denen er Vater hatte spielen müssen. Will hatte ihm zu Weihnachten einen Weimaraner Welpen geschenkt, deswegen würde er es zur Geburt nicht nach New York schaffen. Dafür zumindest war Elizabeth dankbar.

Auf der langen Fahrt zurück nach Buncarragh hatte sie Entscheidungen getroffen. Die erste und wichtigste war, dass Convent Hill keine Rolle spielte. Elizabeth würde keine einzige Schublade mehr öffnen oder Kisten packen, um sie nach Hause zu verschiffen. Sie würde ihre Tante Gillian und Noelle auf das Haus loslassen und es dann zum Verkauf anbieten. Nachdem sie diese Entscheidung getroffen hatte, fühlte sie sich wie befreit, als sei eine Last von ihr abgefallen. Sie hatte außerdem entschieden, dass sie Castle House verkaufen würde. Zwar musste sie sich eingestehen, dass sie einen gewissen sentimentalen Drang

verspürte, es zu behalten, vielleicht eines Tages zu reno-
vieren und dort ihren Lebensabend zu verbringen oder
es als Ferienhaus zu nutzen, aber falls sie nicht im Lotto
gewann, würde das nicht passieren. Abgesehen davon war
das Haus vielleicht Teil ihrer Lebensgeschichte, aber es
war ein so dunkler, trauriger Teil, dass es sinnvoller war,
sich davon zu trennen.

In Nummer 62 ging Elizabeth langsam durch die Zimmer. Haufen von blauem und weißem Rattengift waren im
Haus verteilt, aber glücklicherweise begegnete sie keinen
tierischen Bewohnern. Sie hatte gedacht, sie würde vielleicht noch ihre Meinung, dass sie nichts behalten wollte,
ändern, aber Zimmer um Zimmer war angefüllt mit De-
korationsartikeln, Bildern und Möbelstücken, ohne die sie
sehr gut leben konnte. Wenn sie kein Patricia-Keane-Mu-
seum eröffnen wollte, was sollte sie dann damit anfangen?
Ja, ihre Mutter hatte all diese Gegenstände geliebt, aber
sie zu behalten brachte sie nicht zurück und machte sie
auch nicht präsenter. Ihr Nähkorb oder die alte Bonbon-
dose mit den einzelnen Knöpfen machte ihre Abwesenheit allenfalls noch anschaulicher.

Das letzte Zimmer, in das sie ging, war das Schlafzimmer
ihrer Mutter. Die Vorhänge waren seit der Nacht, als Elizabeth hier geschlafen hatte, zugezogen. Sie zog sie auf.
Den Ausblick hätte sie mit geschlossenen Augen beschreiben können. Den Telegrafenmast. Das Dachfenster im
Haus gegenüber, das sie immer an eine Skihütte erinnert
hatte. Den langen vertikalen Riss in dem Haus daneben,
der da war, seit sie denken konnte. Elizabeth erinnerte
sich daran, dass sie diese Zeichen ihrer Vergangenheit nie

wiedersehen würde, stellte aber fest, dass sie bei diesem Gedanken nichts spürte. Diese Dinge waren bloß vertraut, das war alles, sie waren nichts Besonderes. Sie war überrascht, so wenig sentimental zu sein. Sie fragte sich, ob sie sich anders fühlen würde, wenn sie einen Bruder oder eine Schwester hätte, die mit ihr durchs Haus gingen. Einen Menschen, mit dem man Erinnerungen teilte. Was machte es schon aus? Dann fiel ihr plötzlich ein, warum sie in dieses Zimmer gekommen war. Sie öffnete die Schranktür und holte die Holzkiste heraus. Als sie sie öffnete, um das Paket mit den Briefen herauszuholen, fand sie den Babyschuh. Sie hatte ihn ganz vergessen. Er musste ihr gehört haben. Sie roch an der Wolle und lächelte.

Noelle stand im Schaufenster des Ladens und veränderte gerade die Auslage, als Elizabeth ankam. Sie winkte ihr begeistert durch die Glasscheibe zu und bahnte sich vorsichtig durch eine Auswahl von Staubsaugern und Rasentrimmern hindurch ihren Weg zurück ins Geschäft. Noelle führte Elizabeth nach oben, damit sie sich von Onkel Jerry und Tante Gillian verabschieden konnte. Sie lenkte sie schnell von Fragen nach ihrer Reise nach Cork ab, indem sie ihnen sagte, sie könnten sich in Convent Hill bedienen, und wenn sie fertig wären, würde sie einfach eine Firma schicken, die Haushaltsauflösungen organisierte. Gillian strahlte bei diesen Neuigkeiten, wohingegen Noelle den Eindruck von jemandem machte, der sich bereits gründlich umgesehen und nichts gefunden hatte, was nach ihrem Geschmack war. Wie Elizabeth erwartet hatte, bot Paul sofort an, ihr den Hausverkauf abzunehmen. «Dann kannst du dir die Maklergebühren sparen», erklärte er.

Aber sie blieb standhaft. Es sei sehr nett von ihm, sagte sie, aber sie wolle alles ganz geschäftlich angehen und nicht mit Familienangelegenheiten vermischen. Paul verbarg seine Enttäuschung und schlug vor, dass sie Donal Fogerty damit betrauen sollte, das Haus für sie zu verkaufen.

«Ist das der Donal, der dein Trauzeuge war?»

«Ja.»

Elizabeth lächelte. «Na ja, dann werde ich auf alle Fälle darüber nachdenken.»

Man bot ihr für die Nacht ein Bett an, aber sie hatte bereits beschlossen, direkt nach Dublin zu fahren, damit sie den Wagen abgeben konnte und am nächsten Tag in keinen Stau kommen würde. Sie war fertig mit Buncarragh.

Die Keanes versammelten sich auf dem Gehweg, um ihr zum Abschied zu winken. Sie versprachen, in Kontakt zu bleiben. «Bis bald!», riefen sie und klangen beinahe so, als meinten sie es auch. Elizabeth winkte und fuhr davon. Sie war noch nicht weit gekommen, als sie den Blinker setzte und nach links in eine Nebenstraße abbog. Diese führte sie hinunter zu Busteed's Bar und Connolly's Quay. Sie war sich nicht sicher, ob sie wirklich anhalten würde, aber da war ein großer Parkplatz direkt vor Rosemarys Haus, und das nahm sie als ein Zeichen.

Auf die Türglocke folgte aufgeregtes Kläffen, dann erschien Rosemary an der Tür. Sie trug einen langen schwarzen Samtmantel und eine violette Strickmütze, die an ein Abba-Plattencover erinnerte. Sie schien nicht übermäßig überrascht, Elizabeth Keane vor ihrer Tür zu sehen.

«Sie sind wieder da.»

«Ja. Aber ich bin eigentlich schon auf dem Weg zum Flughafen.»

«Verstehe. Wie war es in Cork?»

Die Frage wirkte so aufgeladen, dass Elizabeth Verdacht schöpfte und mit einer Gegenfrage antwortete.

«Wussten Sie Bescheid?»

Rosemary schürzte die Lippen.

«Tja, da müssen Sie wohl einen Spaziergang mit mir machen.» Sie hielt ein rot-blaues Einkaufsnetz voller Bücher in die Höhe. «Wenn ich die heute nicht abgebe, muss ich eine Strafgebühr bezahlen.»

«Perfekt.» Die Bibliothek war nicht allzu weit entfernt.

Rosemary legte ein erstaunliches Tempo an den Tag, und Elizabeth musste ein paar große Schritte machen, um sie einzuholen.

«Also?»

Rosemary starrte geradeaus und machte noch ein paar Schritte, bevor sie antwortete.

«Ich hatte das Gefühl, es ist einfach nicht mein Geheimnis, also darf ich es auch nicht verraten. Wenn Ihre Mutter es nicht für angemessen gehalten hat, es Ihnen zu sagen, dann ist es auch nicht an mir, habe ich mir gedacht.»

«Hat sie Ihnen erzählt, was passiert ist?»

«Ja. Nun ja, jedenfalls vieles davon. Sie hatte eine schlimme Zeit hinter sich dort unten. So wie ich es verstanden habe, war sie praktisch eine Gefangene.»

«Eine Gefangene?» Elizabeth war erschrocken. Sie hatte geglaubt, alle Geheimnisse zu kennen. «Mein Vater hat sie eingesperrt?»

«Nein. Ich glaube nicht. Gerechterweise muss man sagen, dass sie von ihm immer nur Gutes erzählt hat. Nein, es war hauptsächlich die Mutter. Heutzutage sagt man dazu psychische Probleme, aber für uns damals war sie einfach eine Verrückte. Sie klang völlig durchgeknallt. Wenn man sie traf, hätte man das aber nie gedacht. Sie hat mich reingelegt. Ihre Mutter hat mir nie Details erzählt, aber sie hat mir von Ihnen berichtet und wer Ihre Mutter war.»

Sie hatten nun eine Ecke erreicht und warteten, um die Straße zu überqueren.

«Und mein Vater?»

Rosemary sah verblüfft aus. «Ihr Vater?»

Elizabeth hielt inne, für einen Moment war sie unsicher, wie viel sie preisgeben sollte, doch dann entschied sie, dass völlige Offenheit das Beste war.

«Er lebt. Ich meine, er lebt noch immer.»

Rosemary gab sich keine Mühe, ihre Überraschung zu verbergen.

«Was war sie nur für ein stilles Wasser, Ihre Mutter. Ich hätte geschworen, dass sie mir alles gesagt hat. Haben Sie ihn getroffen?» Sie ging mit großen Schritten über die Straße. Nicht einmal diese Nachricht brachte sie von ihrer Mission ab.

Elizabeth nickte. «Ja, aber er ist jetzt in einem Pflegeheim. Er ist mehr oder weniger unansprechbar. Ich konnte nichts Sinnvolles aus ihm herausbekommen.» Sie dachte an die dunklen Augen, die in ihre sahen, und die Stimme, die den Namen ihrer Mutter rief.

«Ich frage mich, warum Patricia das vor mir geheim gehalten hat.»

«Sie waren also noch Freundinnen, als sie wiederkam?»

Rosemary zögerte. «Ja.» Sie klang zweifelnd. «Jedenfalls eine Zeitlang.»

«Was ist passiert?»

Die alte Frau blieb stehen und sah Elizabeth in die Augen.

«Entschuldigung», sagte Elizabeth. «Sie müssen es mir nicht sagen.»

«Nein. Nein, es lag an Ihnen, ehrlich gesagt.»

«An mir?»

«Ich bin nicht stolz darauf, wie ich mich damals verhalten habe. Ich war jung. Das ist meine einzige Entschuldigung.» Rosemary schenkte ihr ein trauriges Lächeln und ging weiter die Straße hinunter. «Als Ihre Mutter zurückkam, hatte sie es nicht leicht. Sie war verändert. Viel schwächer und vollkommen erschüttert von dem, was ihr passiert war, es war schwer. Ihr Onkel Jerry hatte versucht, hinter ihrem Rücken Convent Hill zu verkaufen, und dann wollte natürlich jeder alles über das Baby erfahren und was geschehen war. Die Leute waren schamlos, sie klopften einfach an die Tür und fragten, ob sie Sie sehen könnten. Jedenfalls hat es nicht lange gedauert. Die Geschichte war in aller Munde.»

«Welche Geschichte?»

«Die ich Ihnen erzählt habe. Dass sie schon schwanger gewesen sein musste, als sie Buncarragh verlassen hat. Man muss Ihrer Mutter zugestehen, dass sie dieser Version der Ereignisse nie widersprochen hat. Ihr Vater war gestorben, und sie ist mit Ihnen nach Hause zurückgekehrt. Selbst der Priester versuchte sich einzumischen. Er bot an, eine Messe für Ihren toten Vater zu lesen. Er war äußerst erbost, als sie es abgelehnt hat. Sie wissen das wahrscheinlich nicht mehr, aber als kleines Kind sind Sie nie zur Kirche gegangen.»

«Nicht?» Elizabeth hatte angenommen, sie sei schon immer mit in die Kapelle geschleppt worden.

«Nein. Nicht bis Father Lawlor gestorben war. Es hat lange gedauert, aber langsam verzog sich der Geruch nach Skandal. Andere, schockierendere Dinge sind passiert, und deine Mutter hat dafür gesorgt, dass sie nicht zum zweiten Mal als Sünderin angeprangert werden konnte.» Sie bog bei der Post um die Ecke und begann den Anstieg zu dem kleinen Hügel, der zur Bibliothek führte. «Es kann nicht einfach gewesen sein, aber es ist ihr gelungen, ihren Ruf wieder reinzuwaschen.»

«Aber wieso haben Sie sich mit ihr zerstritten?»

«Ich schäme mich, es zuzugeben, aber ich glaube, ich war eifersüchtig. Sie bedeuteten alles für sie. Ich war zu jung, um zu verstehen, dass sie nur Sie brauchte. Sie hat einen Riesenwirbel um Sie gemacht, sie hat über nichts anderes gesprochen, es ging nur noch um Baby Elizabeth. Jedenfalls bin ich eines Tages explodiert. Bitte urteilen Sie nicht zu hart über mich, aber ich hatte die Nase voll. Ich habe sie mit deutlichen Worten daran erinnert, dass Sie nicht ihr Kind waren. Sie waren das Baby einer anderen. Im Rückblick wollte ich sie vermutlich verletzen, und das muss mir wohl auch gelungen sein, denn wir haben nie wieder miteinander gesprochen. Kein Wort.»

Elizabeth war unsicher, was sie darauf entgegnen sollte.

«Das tut mir leid», sagte sie leise.

«Es gibt einiges, was ich in meinem Leben bereue. Das hier auch.»

Sie waren vor der Bibliothek angekommen.

Elizabeth streckte den Arm aus und nahm Rosemarys Hand.

«Danke.»

«Keine Ursache. Keine Ursache. Eine gute Reise.» Sie hob zum Abschied ihr Büchernetz hoch und betrat zügig die Bibliothek, als müsste sonst die ganze Stadt auf sie warten.

DAMALS

Sie hatte das Gefühl, schon seit Stunden mit dem Glöckchen zu läuten. Wieso kam niemand? Sie wusste, dass Edward um diese Zeit mit dem Melken fertig sein musste, also sollten er und seine Mutter beide unten sein. Sie musste dringend zur Toilette, und Elizabeth hatte zu quengeln und zu weinen begonnen. Patricia wollte gerade noch einmal klingeln, als sie auf der Treppe schwere Schritte hörte. Ihre Tür öffnete sich. Es war Edward.

Patricia war erschrocken. Er sah schrecklich aus. Sein Gesicht war mit Schweiß bedeckt, und er war außer Atem. Seine Kleidung war vom Regen ganz durchnässt, Schlammspritzer bedeckten seine Hose. Eine Rötung rund um seine Augen legte den Verdacht nahe, dass er geweint hatte. Er trug einen Mantel über dem einen Arm und hielt eine große, schwere Tasche in der anderen Hand.

«Das wirst du brauchen», sagte Edward ernst und hielt ihr den grauen Wollmantel hin.

«Ich muss zur Toilette.»

«Dann mach schnell.»

«Nimm sie einen Moment.»

Patricia hob ihm Elizabeth entgegen, und Edward ließ

Tasche und Mantel aufs Bett fallen, bevor er sie nahm. «Beeil dich», wiederholte er.

Als sie aus dem Bad kam, wartete Edward oben an der Treppe. «Zieh das an.» Sie nahm den Mantel von ihm, und während sie ihn anzog, ging er in ihr Zimmer zurück und griff nach der Tasche. «Ich habe ein paar Windeln und Flaschen eingepackt. Das sollte reichen.» Er schob ihr Elizabeth wieder in die Arme und rannte beinahe die Treppe hinunter.

«Wohin gehen wir?», rief Patricia ihm nach.

«Buncarragh», sagte er, ohne zurückzublicken. «Du gehst nach Hause.»

Patricia traute ihren Ohren nicht und blieb wie festgefroren stehen. «Was?»

Edward blieb kurz vor der Küchentür stehen und blaffte sie an. «Beeil dich!»

Sie hielt sich mit einer Hand am Geländer fest, mit der anderen hielt sie Elizabeth und stieg so schnell hinab, wie sie sich traute. In der Küche brannte Licht, aber es deutete nichts auf ein Abendessen hin.

«Wo ist deine Mutter?»

«Egal. Zieh die an.» Edward kickte ein Paar Stiefel mit Schafsfell und Reißverschluss in ihre Richtung. Sie erkannte sie wieder. Mrs. Foley hatte sie oft an.

«Was ist mit deiner Mutter?»

«Mach dir um sie keine Sorgen. Wir müssen uns beeilen. Komm schon!» Er hielt die Hintertür auf, und die kalte Abendluft drang durch Patricias Nachthemd. Sie knöpfte ihren Mantel zu, schlüpfte in die Stiefel und folgte Edward hinaus in den Hof. Er riss ihr die Beifahrertür auf, dann rannte er um den Wagen herum und setzte sich auf den Fahrersitz. Patricia stieg ein und hielt Elizabeth eng an ihre Brust gedrückt. Sie zog die Tür zu und war erleichtert, nun vor dem Wind geschützt zu sein. Der Motor sprang an, die Scheinwerfer malten eine Bahn den Feldweg hinunter, und sie fuhren los. Patricias Atem ging schnell und flach. Fuhr sie wirklich nach Hause? War ihr Albtraum endlich zu Ende? Plötzlich warf sich Edward auf ihre Wagenseite und drückte ihren Kopf nach unten.

«Duck dich!» Er klang beinahe hysterisch, und so tat sie wie geheißen. Sie fuhren schweigend weiter, ruckelten über den Weg voller Schlaglöcher in Richtung Straße. Sie bogen aus dem Tor, und Edward beschleunigte.

«Jetzt kannst du hochkommen», sagte er, und sie setzte sich auf und küsste das Baby beruhigend auf den Kopf.

«Hast du eine Decke für Elizabeth?»

Er sah am Boden zerstört aus. «Nein. Die habe ich vergessen. Ich habe nicht richtig nachgedacht. Entschuldige. Es tut mir so leid.»

Patricia hatte Sorge, dass er gleich einen Unfall bauen würde, so gestresst sah er aus. Sie versuchte, ihn zu beruhigen und sagte: «Keine Sorge. Ich wickele sie einfach in den Mantel.» Und das tat sie.

Der Lichttunnel vor ihnen führte sie über die Dammstraße und unter ein paar Bäumen hindurch. Sie ließen Castle House hinter sich. Patricia rechnete halb damit, Mrs. Foley vor ihnen aus einem Graben springen zu sehen und sie alle zum Haus zurückzuzerren. Sie warf einen Blick auf Edward. Er hielt das Lenkrad fest umklammert und beugte sich vor, konzentrierte sich auf jeden Zentimeter Straße. Sein Atem schien immer noch schwer zu gehen, und noch im schwachen Schein des Armaturenbretts nahm sie den schweißnassen Glanz auf seiner Stirn wahr. Elizabeth begann zu weinen.

«Ich glaube, sie muss gewickelt werden.»

«Wir können noch nicht anhalten. In Bandon tanken wir. Da kannst du es machen. Tut mir leid.»

Sie hätte ihm gern Fragen gestellt, wollte ihn aber nicht ablenken. Er brachte sie von Muirinish fort und zurück nach Buncarragh, und wenn das bedeutete, dass Elizabeth die ganze Fahrt über schreien musste, dann würde es eben so sein.

Sie hatte keine Ahnung, was in Edwards Kopf vor sich ging, als sie über die dunklen Straßen rasten. Patricia sah die warmen Lichter in den Fenstern der Häuser, an denen sie vorüberfuhren. Manche standen direkt an der Straße, andere waren zurückgesetzt, neue Bungalows, Cottages, große Landhäuser. In jedem von ihnen wurden Leben gelebt. Das Abendessen wurde auf den Tisch gestellt, man versammelte sich um den Fernseher. Waren sie glücklich? Weinte jemand hinter einem Vorhang, aus dem Licht in die Dunkelheit heraussickerte? Was würden sie von diesem seltsamen Trio halten, das hier durch die Nacht raste?

Hinter Bandon schlief Elizabeth ein. Zuerst standen in den Dörfern, durch die sie fuhren, Leute vor Pubs herum, und in den Fenstern brannte Licht, aber nachdem sie mehr Meilen zurückgelegt hatten und mehr Stunden verstrichen waren, lagen die Bars im Dunkeln, und die Fish-and-Chips-Restaurants hatten ihre letzten Kunden hinauskomplimentiert. Das ganze Land schien verlassen. Telegrafenmasten und Hecken flogen vorüber, und Elizabeths warmer, regelmäßiger Atem war das einzige Geräusch im Wagen.

Patricia dachte daran, wie er schweigend mit ihr aus Cork hergefahren war. Wie quälend diese Fahrt gewesen war. Sie dachte daran, wie sie sich um ihre Frisur gesorgt hatte und darum, ob ihr Rock zerknittern könnte. Nun saß sie im Auto und hatte keine Ahnung, wie sie aussah oder auch nur wann sie zuletzt gebadet hatte, und diese Fahrt schien ein ganzes Leben her zu sein. Sie warf Edward einen verstohlenen Blick zu. Sie hatten noch nicht einmal die Hälfte geschafft, und ein Teil von ihr fürchtete, er könne es sich anders überlegen. Der Wille seiner Mutter würde über die dunklen, leeren Meilen hinweg nach ihm greifen und sie zurückzerren zur Burg der Foleys. Schließlich wirkte Edward etwas ruhiger, und Patricia wagte ihm eine Frage zu stellen.

«Was ist dein Plan?»

Edward reagierte nicht, und sie fragte sich, ob er sie nicht gehört hatte.

«Plan?», sagte er, ohne sie anzusehen.

«Fährst du wieder zurück?»

«Natürlich.»

«Was ist mit deiner Mutter? Wird sie nicht nach mir suchen? Bleibt ...», sie fürchtete sich vor der Antwort, «bleibt Elizabeth bei mir?»

«Mach dir keine Sorgen um meine Mutter. Mach dir keine Sorgen.»

Er erwähnte das Baby nicht. Patricia bekam Angst.

«Elizabeth, Edward. Was geschieht mit Elizabeth?»

Er gab ein eigenartiges, ersticktes Husten von sich und antwortete dann: «Ich, wir, können uns nicht um sie kümmern. Ich schicke dir Geld.»

Geld. Sie war tatsächlich auf dem Weg zurück in die

wirkliche Welt, wo man sich über solche Dinge Gedanken machen musste. Sie fragte sich, ob sie noch ein Haus hatte, in das sie zurückkehren konnte. Sie drückte das Baby ein wenig fester an sich.

«Ich danke dir.»

Irgendwo nördlich von Clonmel sank Patricias Kopf auf die Brust, während verschwommene Katzenaugen und Baumstämme vorüberflogen. Da sagte Edward ihren Namen.

Sie sah zu ihm hinüber.

Er saß noch immer über das Lenkrad gebeugt und starrte angespannt geradeaus.

«Ich habe dich gerngehabt. Ich hoffe, das weißt du.» Seine Worte klangen heiser.

Patricia schloss die Augen. Sie hatte noch immer so viel Wut in sich. Wenn er sie gernhatte, warum hatte er all das zugelassen und zugelassen, dass es so lange dauerte? Wie konnte er so grausam sein, wenn er Gefühle für denjenigen hegte? Dann dachte sie daran, wie er allein nach Castle House zurückkehren würde. Um mit seiner Mutter und ihrer Wut zu leben ... für immer. Er würde nie entkommen. Edward war ebenso sehr ein Opfer wie sie selbst. Sie ließ den Flaum auf dem Kopf des Babys über ihr Gesicht gleiten.

«Ich weiß, Edward. Du bist kein schlechter Mensch.» Sie erwog, noch mehr zu sagen, ihn aufzufordern, seine Mutter zu verlassen oder wenigstens Hilfe für sie zu holen, entschied sich aber dagegen. Es war zwecklos, ihn noch mehr aufzuwühlen.

Nur ein Fuchs, der am Fuß des Sträßchens hinauf zur städtischen Müllkippe stand, wurde Zeuge von Patricias

Rückkehr nach Buncarragh. Als der Wagen unter den Straßenlaternen hindurchglitt, stellte sie fest, dass sie den Atem anhielt. Alles war genau so, wie es bei ihrer Abreise gewesen war, aber verwaist und still. Wie konnte dieser Ort noch genau so aussehen, wo sie sich doch selbst kaum an die naive junge Frau erinnerte, die ihn vor so langer Zeit verlassen hatte? Das künstliche Licht ließ die Stadt beinahe zweidimensional wirken. Die Worte kamen aus ihrem Mund wie eine Beschwörung, die sie schon viele Male wiederholt hatte. «Da arbeitet meine Freundin. Das ist das Familiengeschäft. Hier ist eine neue Ampel. Geradeaus. An der Gabelung links. Den Hügel hinauf.»

Sie waren angekommen. Der Wagen hielt vor Nummer 62. Das Erste, was ihr ins Auge fiel, war das «Zu verkaufen»-Schild vor dem Grundstück.

«Schau dir das an!» Sie zeigte wütend darauf.

«Es ist nicht verkauft», entgegnete Edward schlicht.

«Stimmt.»

Der Motor erstarb, und sie saßen schweigend im Wagen. Noch immer fürchtete Patricia, dass in letzter Minute Hindernisse auftauchen würden oder ein Unglück geschah. Er würde das Baby packen oder plötzlich den Motor starten und gegen eine Wand rasen.

«Hast du Schlüssel?», fragte er.

«Unter dem Pflanzenkübel.»

«Gut.»

Edward holte tief Luft und stemmte seine Tür auf. Patricia öffnete ihre ebenfalls, und da kam er schon um den Wagen herum, um ihr zu helfen. Sie stand auf dem Gehweg, während Edward die Tasche vom Rücksitz holte.

Er trug sie herüber und stellte sie zu ihren Füßen ab.

«Danke.» Sie hatte in der Nachtluft zu zittern begonnen.

«Du gehst besser rein.»

«Ja.» Doch sie rührte sich nicht.

Der Dampf ihres Atems mischte sich zwischen ihnen zu einer gemeinsamen Wolke.

Edward legte die Hand unter das Kinn des Babys und hob ihr kleines Gesicht ein Stück an. Er beugte sich hinunter, und Patricia hörte, wie er seiner Tochter zuflüsterte.

«Sei ein braves Mädchen. So ist es am besten. Es ist alles am besten so.»

Als er den Kopf hob, konnte er Patricia nicht ansehen, sein Mund war zu einem krummen Strich verzogen.

«Also, auf Wiedersehen.» Seine Stimme klang hoch und gepresst, und er tauchte in den Wagen ab, so schnell er konnte.

Patricia kam sich auf einmal grauenhaft vor. Sie hatte nur an sich selbst und Elizabeth gedacht und daran, was für sie beide am besten wäre. Sie hatte nie die Kosten in Betracht gezogen. Nun sah sie entsetzt, wie dieser Mann, dem die Tränen über das Gesicht strömten, versuchte, den Motor des Wagens zu starten. Ohne nachzudenken, machte sie einen Schritt nach vorn und klopfte mit den Fingerknöcheln hart gegen das Autofenster. Edward stieg wieder aus dem Wagen aus und richtete sich auf. Nur das Baby zwischen ihnen trennte sie voneinander. Patricia hob ihm ihr Gesicht entgegen, und er küsste sie auf die Lippen. Sie stellte sich auf die Zehenspitzen und erwiderte den Kuss. Es war ein zärtlicher Kuss, ohne jede Spur von Lust oder Leidenschaft. Seine Lippen fühlten sich viel weicher an, als sie es sich vorgestellt hatte, aber die Stoppeln an seinem Kinn kratzten ihr Gesicht. Sie trat zurück und hob die Hand, um ihm die Tränen abzuwischen.

«Danke, Edward. Pass auf dich auf.»

Er sagte nichts, beugte sich nur hinab, küsste das Baby auf den Kopf und stieg wieder ins Auto.

Die Kraft der Vergebung.

Sie zog den Mantel einer anderen Frau über den Kopf des Babys einer anderen Frau und sah den Mann, den sie nie geheiratet hatte, davonfahren.

Als die roten Rücklichter den Fuß des Hügels erreicht hatten und verschwanden, hob Patricia Elizabeth hoch und küsste sie auf beide Wangen.

«Wir sind zu Hause, mein Baby!»

Die Schlüssel waren dort, wo sie mit ihnen gerechnet hatte, und als sie die Tür öffnete, hüllte sie der vertraute Geruch ein. Hätte sie je gedacht, dass es sich so herrlich anfühlen konnte, diese Diele zu betreten?

Sie öffnete die Tür zum Wohnzimmer, trug Elizabeth zum Sofa hinüber und legte sie zwischen zwei Kissen. Vom Kamin nahm sie den längsten Schürhaken und marschierte nach draußen. Niemand sah, wie sie die schwere Eisenstange über den Kopf hob und das «Zu verkaufen»-Schild in zwei Teile zerschmetterte.

JETZT

1

Sie fühlte sich ein bisschen betrogen. So viel war ihr passiert, während sie fort gewesen war, und New York schien es gar nicht anzuerkennen. Dieselben Filmplakate wie damals, als sie losgefahren war, hingen an den Werbetafeln. Im Schaufenster von Inspirations, diesem seltsamen Laden auf der Ecke der 33. Straße, hatten sie noch immer das hässliche rote Kleid ausgestellt. Armando an der Fleischtheke bei D'Agostino begrüßte sie, als wäre sie erst gestern hier gewesen. Sogar Shelly die Katze weigerte sich, eine Reaktion zu zeigen, als Linda Jetter sie ihr in die Wohnung zurückbrachte. Als Elizabeth am nächsten Morgen aufwachte, hatte sie schon begonnen, an sich selbst zu zweifeln. Irland schien so weit weg. Bei der täglichen Tonspur von Autohupen und Sirenen draußen vor dem Fenster fragte sie sich, ob sie jemals vor Castle House auf einer Mauer gesessen und aufs Meer hinausgeblickt hatte. Hatte ihr Vater ihr wirklich die Hand gedrückt? Durchforsteten Gillian und Noelle gerade Convent Hill, während sie im Bett lag und die Risse in ihrer Zimmerdecke betrachtete? Als sie sich aus dem Bett kämpfte, beschloss sie, sich nicht mehr mit der Irland-Reise zu beschäftigen. Heute ging es nicht um die Vergangenheit. Sie musste sich auf ihr Leben im Hier und Jetzt konzentrieren. Zach würde bald nach Hause kommen, und es fiel ihr schwer, sich vorzustellen, wie das sein würde. Vor einer Woche hatten sie sich noch über Bewerbungen fürs College und seine Hausaufgaben unterhalten, jetzt wurde er Vater. Um Himmels willen, sie würde Großmutter sein! Es war vollkommen abwegig. Sie stieß einen manischen Schrei aus, um ihrer Fassungslosigkeit Ausdruck zu verleihen, und trat in die Dusche.

Zachs Heimkehr war natürlich nicht das, was sie erwartet oder sich erhofft hatte. Er kam mit einem Rucksack, der ihn wie einen Zwerg aussehen ließ, und der hochschwangeren Michelle zur Tür herein. Die Wohnung war deutlich zu klein für drei Leute. Elizabeth konnte nicht glauben, dass ihr die Schwangerschaft im Dezember entgangen war, wie konnte sie das übersehen haben. Sie zwängten sich ins Wohnzimmer und setzten sich. Zach starrte mürrisch zu Boden und gab auf die Fragen seiner Mutter zu seiner Reise einsilbige Antworten. Michelle versuchte sein Verhalten auszugleichen, indem sie breit lächelte, und berichtete noch die allerkleinsten Einzelheiten über irgendein vegetarisches Restaurant, in das Elliot sie in San Francisco ausgeführt hatte. Elizabeth fragte sich, wann sie zur Sprache bringen würden, was offensichtlich im Raum stand.

«Ich bringe mal meine Sachen weg.» Zach stand auf und wuchtete sein Gepäck hoch. Als er fort war, beugte sich Michelle vor, setzte einen reumütigen Gesichtsausdruck auf und sagte in verschwörerischem Flüsterton: «Ich fürchte, Zach ist nicht sehr glücklich über mich.»

Damit sind wir schon zu zweit, dachte Elizabeth. «Ach?» Sie konnte sich nicht überwinden, eine richtige Frage zu stellen.

«Ich habe ihm das mit dem Baby erläutert.»

«Erläutert?»

«Dass ich die erste Bezugsperson sein werde. Dass ich nicht möchte, dass dieses Ereignis sein Leben unter sich begräbt.» Sie lächelte Elizabeth auf eine Weise an, die den Eindruck erwecken sollte, dass sie bei diesem Plan Geistesverwandte waren.

«Vielleicht ist es am besten, wenn du uns alleine lässt. Ich glaube, wir haben viel zu besprechen, und das ist vielleicht leichter, wenn ...»

«Natürlich», sagte Michelle und stand mit einer Geschwindigkeit vom Sofa auf, die für jemanden mit ihrem Umfang beachtlich war. «Ich gehe.»

Und dann ging sie. Einfach so. Ohne sich von Elizabeth oder Zach zu verabschieden.

In dem Augenblick, in dem sich die Haustür schloss, steckte er den Kopf aus seiner Zimmertür. «Ist Michelle gegangen?»

«Ja. Ja, ist sie.»

Zachs Gesicht verdüsterte sich. «Hast du sie weggeschickt?»

«Nein. Ehrlich, Zach. Habe ich nicht. Ich glaube, sie hatte einfach das Gefühl, dass wir beide reden müssen.»

Er lehnte sich an den Türrahmen und sah seine Mutter nicht an.

«Komm schon», sagte sie sanft. «Komm und setz dich hin. Ich habe dich vermisst. Irland war ziemlich verrückt.»

Er tat einen Schritt auf sie zu, und sie umarmten einander. Es fühlte sich gut an, ihren Jungen im Arm zu halten.

«Hast du Hunger?»

Er nickte an ihrer Schulter. «Sterbe vor Hunger.»

Seine Mutter machte ihm ein Sandwich, und Zach setzte sich auf den Hochstuhl in der Küche.

«Saure Gurke?»

«Nein, danke.»

«Mayo?»

«Ja, bitte.»

Elizabeth stützte sich mit der Hüfte an der Spüle ab und sah ihrem Sohn beim Essen zu. Er verschlang sein Sandwich mit riesigen Bissen und ging dann zum Kühlschrank und holte sich ein Glas Milch.

«Danke.» Er wischte sich den Mund mit dem Ärmel ab.

Sie lächelten einander an. Sie wollte nicht böse auf ihn sein.

«Michelle hat mir erzählt, was sie dir gesagt hat.»

Zach starrte in seine Milch.

«Es fühlt sich nicht fair an. Wieso ist sie diejenige, die das entscheidet?»

Elizabeth spürte, dass sie vorsichtig sein musste. Sie wusste, dass es hier nicht nur darum ging, dass er Vater wurde, es ging auch um sie und Elliot. Wie ihre Scheidung ihn beeinflusst hatte. Die Vorstellung verletzte sie, dass er wohl dachte, er habe etwas verpasst. Ihrer Ansicht nach war alles so viel besser gewesen, als sie nur noch zu zweit gewesen waren.

«Natürlich wird sich das Baby einen Vater wünschen, aber, na ja, du musst jetzt Entscheidungen treffen, die dich zum bestmöglichen Dad werden lassen.»

Zach stellte sein Glas auf den Küchentresen. «Was meinst du damit?», fragte er abwehrend.

«Es ist eben so, wenn du aufs College gehst...»

«Aber, Mom!»

«Wenn du aufs College gehst», wiederholte sie und ignorierte seinen Einwurf, «wirst du eher in der Position sein, für dein Kind sorgen zu können. Dann wirst du jemand sein, dem es nacheifern kann.»

«Nacheifern kann?»

«Ja.» Sie versuchte vernünftig zu klingen.

Seine Augen blitzten vor Zorn. «Und du denkst vermutlich, dass ich so enden will wie du!» Dabei zeigte er mit einer Mischung aus Mitleid und Abscheu auf seine Mutter, ging dann aus der Küche und knallte die Zimmertür hinter sich zu.

Elizabeth seufzte und wandte sich dann dem Spülbecken zu, wusch sein Glas aus und trocknete es ab.

Später am Abend, als sie im Wohnzimmer saß und für ihre Rückkehr ins Büro Gedichte heraussuchte, stieß Zach seine Tür auf.

«Es tut mir leid, Mom.»

Sie nahm ihre Brille ab und senkte das Buch auf die Sessellehne.

«Ist schon in Ordnung. Aber Zach, sei bitte nicht wütend, wenn ich dir jetzt etwas sage, ja?» Sie sah ihn prüfend an, und er nickte.

«Kinder knallen mit Türen, nicht Eltern. Bitte hör auf Michelle.»

Zach durchquerte den Raum mit wenigen Schritten und sank neben ihren Füßen zu Boden. Er legte seinen Kopf in ihren Schoß und schlang die Arme um ihre Beine, wie er es als kleiner Junge getan hatte. Sie streichelte über sein Haar und beugte sich vor, um ihn zu umarmen. Ihr Sohn, der sich an die letzten Minuten seiner Kindheit klammerte.

In den nächsten Wochen sickerte die Normalität wieder wie ein Betäubungsmittel in ihr Leben. Zach ging zur Schule, und Elizabeth kehrte zur ihren Tutorials, Vorlesungen und Hochschullehrerkonferenzen zurück. Natürlich berichtete sie Freundinnen wie Laura und Jocelyn von allem, was passiert war, aber es kam ihr vor, als beschriebe sie das Leben von jemand anderem, die verrückte, außer Kontrolle geratene Familie einer anderen Frau. Sie kaufte Lebensmittel ein, benotete Klausuren, zeichnete Zeugnisse ab, brachte Wäsche zur Reinigung. Manchmal vergingen zwei oder drei Tage, ohne dass Michelles Name fiel. Elizabeth wechselte E-Mails mit Immobilienmaklern in Irland, aber das alles schien ihr so weit entfernt von ihrem echten Leben zu sein, in dem sie ihre schwere Tragetasche voller Bücher die Treppen aus der U-Bahn hinaufschleppte oder ihren Vermieter anrief, damit die Glühbirnen im Treppenhaus ausgewechselt wurden.

Es war Anfang Februar, und der angekündigte Schneesturm brach gerade los. Schwere Flocken fielen vor den Fenstern der Wohnung, und Elizabeth wusste, dass sie vermutlich liegen bleiben würden, denn die Geräusche des Verkehrs auf der Third Avenue klangen eigentümlich gedämpft. Sie war gerade ins Bett gekrochen, als es an ihrer Tür klopfte.

«Ja?»

Sie öffnete sie, und Zach trat ins Zimmer. Sein Gesicht war ganz blutleer, und er hielt ihr das Telefon hin wie ein Geschenk.

«Michelle hat angerufen. Ihre Fruchtblase ist geplatzt. Sie hat Wehen.»

Elizabeth sprang aus dem Bett. Es passierte wirklich.

«Okay. Alles ist gut, Zach. Wo ist sie jetzt?»

«Im Krankenhaus.»

«Ja, Zach, das ist prima, aber in welchem? Da draußen schneit es ziemlich stark.»

«Sie ist in der Murray-Hill-Klinik.»

«Also, das ist gut. Großartig. Du kannst zu Fuß dorthin.»

Sie sah ihn an und erwartete, dass er seine Jacke und die Stiefel schnappen und losgehen würde, aber er rührte sich nicht von der Stelle.

«Willst du nicht dabei sein?»

«Doch, schon.» Zach nahm sein Telefon abwechselnd in die eine und dann in die andere Hand, als wäre es zu heiß, um es festzuhalten. «Mom?»

«Ja.»

«Kommst du mit mir mit?»

Elizabeth konnte sehen, dass seine Unterlippe zu zittern begonnen hatte, aber sie blieb fest.

«Nein, Zach. Ich finde, das solltest du alleine machen. Oder nicht?»

«Glaub schon», antwortete ihr Sohn, aber er hatte sich noch immer nicht von der Stelle gerührt.

«Na, dann geh los!», sagte sie lachend und schubste ihn in den winzigen Flur. Er nahm seine Jacke und schlüpfte in seine großen aufgeschnürten Stiefel. An der Tür blickte er sich zu seiner Mutter um, und sie streckte die Arme aus und umarmte ihn. «Ruf mich an, wenn du ein Daddy bist!»

Es war kurz nach sieben Uhr am Morgen, als sie von ihrem Telefon geweckt wurde. Zach. Hastig hangelte sie danach.

«Hallo, hallo! Ist alles gut?»

«Ja. Hier ist alles gut. Dein Sohn ist Vater.»

Elizabeth spürte, wie ihr die Tränen in die Augen stiegen und über die Wangen rannen. Trotz der Umstände verspürte sie solche Freude. Ein neues kleines Lebewesen.

«Was ist es geworden?»

«Ein Junge!» Er klang triumphierend. «Du hast einen Enkel, Mom. Komm und schau ihn dir an!»

Elizabeth lachte. «Das mache ich. Lass mich nur kurz duschen, dann bin ich sofort da. Gib mir dreißig Minuten.»

Da sie über die Schneewehen an den Straßenecken steigen und über Gehwege trippeln musste, auf denen kein Salz gestreut worden war, dauerte es eher 45 Minuten, bevor sie bei Zach ankam. Er saß in einem kleinen, gesichtslosen Wartebereich. Ein dünner glatzköpfiger Mann über dreißig schlief in einem Stuhl. Zack winkte seine Mutter hinaus auf den Flur. Sie umarmten sich.

«Willst du ihn sehen?»

«Klar! Wie geht's Michelle?»

«Gut, glaube ich. Ich war nicht bis zum Schluss dabei.»

Elizabeth hütete sich davor, Fragen zu stellen. Sie nahm an, dass es für ihn alles ein bisschen zu viel gewesen war. Sollte ein Siebzehnjähriger bei einer Geburt dabei sein? Würde die Erfahrung von jetzt an all seine Beziehungen zu Frauen beeinflussen? Sie verbot sich solche Gedanken und folgte ihrem Sohn den Flur hinunter.

«Er ist gleich hier auf der Neugeborenenstation.»

«Ich dachte, heutzutage lässt man die Babys bei ihren Müttern.»

Zach hielt vor einer großen Glasscheibe an und zeigte ungeduldig hinein. «Das ist er. Der ganz rechts.»

Elizabeth spähte durch die Scheibe und sah nichts als ein fleckiges rotviolettes Gesicht, den Mund weit aufgerissen in einem stummen Schrei.

«Oh, Zach. Er ist wunderschön.» Sie umarmte ihren Sohn.

Sie wollte ihn gerade nach dem Namen fragen, als das Klatschen der Schwingtür ihrer beider Aufmerksamkeit auf sich zog. Ein älterer Mann, ein Arzt, wie Elizabeth annahm, kam auf sie zu. Als er das ungleiche Paar vor der Neugeborenenstation erreicht hatte, nahm er seine dicke Brille ab und fuhr sich mit der anderen Hand durch das graue Haar. Er sah ernst aus.

«Mr. Kleinfeld?»

«Ja», antwortete Zach.

«Ich bin Dr. Rice. Alan. Wir haben uns gestern Abend kennengelernt.»

«Ja. Ich heiße Zach.»

Die beiden Männer schüttelten sich die Hand.

«Ich bin seine Mutter», erläuterte Elizabeth.

Die drei standen schweigend beisammen. Irgendetwas fühlte sich falsch an. Die Leute warteten nur bei schlechten Nachrichten, bis sie damit herausrückten. Zach griff nach der Hand seiner Mutter.

«Vielleicht möchten Sie in eines unserer Familienzimmer kommen.» Der Arzt zeigte auf eine Tür ein Stück den Gang hinunter.

«Ja, nein», korrigierte Zach sich. «Sagen Sie es uns einfach hier.» Seine Stimme klang ganz dünn und hoch. Elizabeth drückte seine Hand fester.

«Ich glaube wirklich, dass es für Sie angenehmer ...»

«Bitte!» In Elizabeths Ohren klang Zach genau so, wie er als kleiner Junge geklungen hatte, wenn er um eine Süßigkeit gebettelt hatte oder um die Antwort auf ein Rätsel.

Dr. Rice fuhr sich mit der Zunge über die Innenseite seiner Unterlippe, dann begann er zu sprechen.

«Wir sind uns nicht sicher, aber wie es scheint, hatte Miss Giardino eine Unverträglichkeitsreaktion auf die Epiduralanästhesie. Nach den Tests werden wir mehr wissen.» Ein kurzes Husten, dann fuhr er fort. «Kurz nachdem Ihr Sohn geboren wurde, hatte die Mutter einen Atemstillstand. Es wurden Reanimationsversuche unternommen, aber ich muss Ihnen leider mitteilen, dass diese Versuche gescheitert sind.»

Zach sah seine Mutter an. Er sah verängstigter aus, als sie ihn je gesehen hatte.

«Es tut mir furchtbar leid, Michelle ist tot.»

Zach schnappte nach Luft und machte einen Satz zurück, als sei er geschlagen worden. Elizabeth musste einen Arm um ihn legen, um ihn zu stützen. Er sackte gegen sie. Sie spürte seine heißen Tränen an ihrem Hals, seine Schluchzer durchnässten ihre gefütterte Jacke.

Dr. Rice stand betreten neben ihnen.

«Es ist schwer, das zu begreifen. Wie gesagt, das Familienzimmer steht zu Ihrer Verfügung.»

Elizabeth wünschte nur, er würde sie allein lassen.

«Falls Sie Fragen haben, egal welche, hier ist meine Karte. Bitte rufen Sie mich jederzeit an.» Er hielt inne, bevor er weitersprach. «Es tut mir so leid», und dann entfernte er sich.

«Danke», murmelte Elizabeth, die seine Visitenkarte in der einen Hand hielt, mit der anderen den Rücken ihres Sohnes auf und ab strich und versuchte, ihn zu trösten. Als könnte man ihn mit irgendetwas trösten. Das hier war nicht richtig. Der Junge war für solchen Schmerz nicht gemacht. Plötzlich erfüllte Elizabeth schreckliche Wut. Was stimmte nicht mit dieser Welt? Warum? Warum hatten sich die Götter verschworen, ihr Kind dermaßen zu prüfen?

Über Zachs Schulter hinweg konnte Elizabeth ihren Enkel gegen die eng gewickelte Decke kämpfen sehen. Sein Gesicht war noch röter als zuvor. Es war, als teilte dieser winzige Mensch ihren Zorn. Ihre Wut auf die Welt verband sie beide. Sie wusste, was sie zu tun hatte.

2

Erinnerungen verschwinden nicht einfach, sie verstecken sich nur. Wie ein kleines Boot, das in schwere See geraten ist und manchmal für kurze Augenblicke Land sieht, scheinen gelegentlich flüchtige Fetzen der Vergangenheit auf. Doch an manchen Tagen flaut der Wind ab, die Wolken teilen sich, und das Land liegt klar und unverstellt vor uns.

Edward lag im Morgengrauen in seinem Bett im Pflegeheim Abbey Court, und alles offenbarte sich ihm. Der dürre Ausblick auf sein Leben. Er durchsuchte seine Erinnerungen nach den glücklicheren; ein Sommerabend, an dem er die Kühe hereingeholt hatte, gebratener Hering zum Frühstück, Mary am Tag ihrer Hochzeit, aber es nutzte nichts. Er hatte keine Wahl. Nur ein einziger dunkler Tag rückte immer wieder drohend in sein Blickfeld.

Er stand am Küchentresen und bereitete Patricias Tee zu, wie er es bei seiner Mutter gesehen hatte. Er zerdrückte die Tabletten mit der Rückseite des Löffels und warf sie in die Teekanne. Es waren die Tabletten, die der Arzt seiner Mutter nach James' Tod verschrieben hatte, aber sie hatte schon vor Jahren aufgehört, sie zu nehmen. Patricia hatte immer höchstens eine oder zwei bekommen, aber er musste sichergehen, also zerdrückte er sechs Stück.

«Machst du Tee?» Seine Mutter war in die Küche getreten.

«Ich hatte Lust auf eine Tasse. Ist das in Ordnung?»

«Lass dich von mir nicht aufhalten. Das ist ja ein seltenes Vergnügen, bedient zu werden.»

Das Wasser kochte, und so füllte Edward die Kanne und stellte einen Becher für sich und eine Tasse mit Untertasse für seine Mutter auf den Tisch.

«Was ist mit der Dame oben?»

«Ich frage sie gleich.»

Er ließ den Tee ein paar Minuten ziehen und schenkte dann ein.

Er nahm seine Tasse und blies darauf, trank aber nicht. Verstohlen beobachtete er seine Mutter. Sie schlürfte laut.

Er wusste noch, dass sie miteinander gesprochen hatten, erinnerte sich aber nicht mehr an die Worte. Worüber hatten sie geredet? Eigenartig, dass ihm von allen ihren Unterhaltungen ausgerechnet diese nicht im Gedächtnis geblieben war.

Allerdings wusste er noch, dass seine Mutter gegähnt und gesagt hatte: «Ich weiß nicht, was mit mir los ist. Ich kann kaum die Augen offen halten.»

War da ein Augenblick gewesen? Hatte seine Mutter erraten, was er getan hatte? Hatte es einen Blick gegeben? Er hoffte nicht. Er betete, dass sie es nie geahnt hatte.

Ihr Kopf war nach vorn auf die Brust gefallen und ihr Körper auf dem Stuhl zusammengesackt. Edward hatte dann noch ein paar Minuten gewartet, bevor er ihr auf den Arm getippt hatte. Nichts. «Mammy?» Seine Mutter blieb zusammengesunken sitzen und reagierte nicht.

Er ging zur Hintertür und zog seine Jacke und den Schal an. Draußen dämmerte es. Er eilte über den Hof und holte die Schubkarre, die vor einem der Schuppen stand. So schnell er konnte, schob er sie zurück zur Hintertür. Er wusste nicht, wie viel Zeit er hatte.

Im Haus hob er seine Mutter hoch, trug sie hinaus und legte sie, so vorsichtig er konnte, in die Schubkarre. Es hatte zu regnen begonnen. Er schob seine Ladung am Haus entlang auf den Feldweg. Der unebene Boden zusammen mit dem Tempo rüttelte Mrs. Foley durch, einer ihrer Arme fiel seitlich über die Kante der Schubkarre und schrappte an der Steinmauer entlang. Edward sah Blut. Er erstarrte und wartete darauf, dass seine Mutter eine Reaktion zeigte. Ihr Gesicht blieb unbewegt, die Augen geschlossen, der Mund stand offen. Edward kämpfte mit dem Gewicht seiner Ladung und bog scharf nach links in den Obstgarten ab. Hier ging es viel langsamer voran. Mühsam manövrierte er das Vorderrad über den weichen Boden und durch das hohe, nasse Gras. Sie kamen an den schwarzen Stümpfen der Bäume vorbei, die er in Brand gesetzt hatte, um Patricias misslungene Flucht zu decken. Weiter vorne lag ein Seil zusammengerollt am Fuß eines der stattlichsten Apfelbäume. Allein es da so liegen zu sehen wie eine Schlange kurz vor dem Angriff ließ Edward anhalten. Sein Atem, der von der Anstrengung stoßweise ging, schwebte in einer Wolke vor ihm. Tat er das Richtige? War dies wirklich die einzige Lösung? Er sah hinunter und betrachtete den zur Seite geneigten Kopf seiner Mutter, das rosa Stück Zunge auf der Unterlippe. Edward begann zu weinen. Nein. Er musste weitermachen. Dies war sein Plan, und es war der beste Ausweg, der ihm einfiel. Nicht nur für Elizabeth und Patricia, auch für seine Mutter.

Ihr Plan würde niemals aufgehen. Das hatte er ihr gesagt. Die Briefe. Er hatte zu seiner Mutter gesagt: «Und was, wenn sie es herausfinden?»

Mrs. Foley hatte seine Vorbehalte vom Tisch gefegt. «Kommt Zeit, kommt Rat.» Bloß dass er nicht gekommen war. Sie waren in dem Schlamassel versunken, das sie angerichtet hatten.

Er warf das Seil über den höchsten, dicksten Ast und verzurrte es weiter unten um den Stamm. Machte ein Stück weiter unten eine Schlaufe.

Seine Mutter hätte mit ihrem Versagen nicht umgehen können. Edward hätte ihre Enttäuschung ertragen können, damit hatte er ja schon den Großteil seines Lebens gelebt, aber sie hätte keine Zukunft ausgehalten, an der sich nichts verbessern konnte. Irgendwie hatte sie selbst nach allem, was geschehen war, noch immer den Glauben daran aufgebracht, dass es in ihrer Macht läge, die Dinge zu ändern, ihn zu retten. Edward wusste nicht, wie sie eine solche Enttäuschung hätte überleben sollen. Dies hier war das Gütigste, was er tun konnte. Es war vor all den Jahren seine Mutter gewesen, die das Gewehr herausgeholt und ihm gezeigt hatte, wie man das Kalb erschoss, das sich das Bein gebrochen hatte. Er wusste noch, wie sie zusammen auf dem Feld gestanden hatten und er sich bemüht hatte, seine Tränen zu verbergen, als der Schuss in der Dunkelheit nachhallte. Sie hatte sich zu ihm umgedreht und ihm gesagt, dass es so besser wäre. Er bückte sich und hob ihren Körper auf. So war es besser. Das war es.

Er legte seine Mutter auf das nasse Gras, der Regen prasselte auf ihr Gesicht. Um besser sehen zu können, wischte er sich die Tränen aus den Augen, ging dann zur Mauer und holte die kleine hölzerne Trittleiter, die sie immer beim Apfelpflücken benutzt hatten. Er klappte sie auf und bemühte sich, sie gerade auf den unebenen Boden zu stellen. Er hob den Körper seiner Mutter an und lehnte ihn gegen die Leiter. Er streckte die Hand nach der Schlinge aus, aber sie hing zu weit oben. Dann verlagerte er sein Gewicht und stürzte auf den nassen Körper seiner Mutter. Er spürte ihren flachen, warmen Atem auf seinem Gesicht. Hastig richtete er sie wieder auf und kletterte ein paar Sprossen hinauf, um das Seil zu erreichen. Dann wuchtete er seine Mutter unter Aufbietung aller Kräfte hoch. Vor Anstrengung stöhnte er laut. Sie entglitt ihm, er fing sie wieder auf. Die Leiter begann zu wackeln, aber mit einer letzten Anstrengung gelang es ihm, die Schlinge um den Kopf seiner Mutter gleiten zu lassen. Einen Augenblick lang war ihr Gesicht genau vor seinem. Er fragte sich, ob er sie zum Abschied küssen sollte. Nein.

Er schaute weg und ließ los. Ihr Körper fiel nach unten, stieß die Leiter um und ließ Edward rücklings auf dem Boden landen. Er ließ die Leiter so liegen, wie sie war, und stand auf. Entsetzt sah er, wie seine Mutter sich wand und um sich trat. Was passierte da? Es sollte doch vorbei sein. Ihr Körper drehte sich zu ihm um, und er sah dankbar, dass ihre Augen noch immer geschlossen waren. Er taumelte auf die Schubkarre zu. Er hatte so viel zu erledigen. Noch immer traten die Füße seiner Mutter aus. Einer ihrer Schuhe hatte sich gelockert und landete wie ein Fallapfel im Gras. Edward wusste nicht, was er tun sollte. Das war so nicht vorgesehen.

Er schob die Schubkarre in Richtung Haus und gab ein lautes Wimmern von sich. Als er das Tor erreicht hatte, blickte er sich um. Das rechte Bein seiner Mutter zitterte. Er konnte es nicht ertragen. Er würde sie herunterschneiden! Gerade als er auf den hängenden Körper zurannte, wurde plötzlich alles still. Das Seil schaukelte noch leicht, und der Regen tropfte von den Bäumen, aber seine Mutter war fort. Edward sank auf die Knie. Er senkte den Kopf vor der am Seil baumelnden Leiche seiner Mutter und verspürte Erleichterung. Eine gewaltige, lebensverändernde Erleichterung. Es war vorbei, endlich vorbei. Ihr Schmerz, ihre Enttäuschung, ihre Sehnsucht, all das. Sie hatte Frieden.

Die Nacht war hereingebrochen. Edward stand auf und schob die leere Schubkarre durch die Dunkelheit zurück auf den Hof. Noch bevor er ins Haus zurückging, konnte er Patricias Glocke läuten hören.

Nun, über vierzig Jahre später, lag ein alter Mann in Clonteer im Morgendämmerlicht und glaubte, dieses Geräusch noch einmal hören zu können. Vielleicht konnte er das, vielleicht war es nur der Frühstückswagen, der im Flur klapperte. Er fragte sich, ob Patricia seinen Brief erhalten hatte. Den, den er eigenhändig geschrieben hatte. Er hatte zwei Versuche gebraucht, am Küchentisch sitzend und den Stift wie einen Löffel in der Hand. Er hatte das Wort von dem Stück Papier abgemalt, auf dem Mrs. Lynch es für ihn aufgeschrieben hatte. Miss Buggy auf dem Postamt hatte für ihn die Adresse geschrieben. Tagelang hatte er sich darüber den Kopf zerbrochen, was er tun sollte, falls Patricia antwortete. Wen sollte er bitten, ihm vorzulesen? Er hätte sich keine Sorgen zu machen brauchen, denn es kam keine Antwort. Dann, drei oder vielleicht vier Jahre später, wartete ein Briefumschlag auf ihn, als er nach der Arbeit in das leere Haus zurückkkam. Nichts außer der Fotografie eines kleinen Mädchens war dort. Sie trug ein rotes Kleid und lachte über etwas, das er niemals sehen würde. Elizabeth. Er hatte das farbige Foto niedergelegt und sich umgeblickt. Die cremefarbenen Wände mit den dunklen, nassen Wolken in den Ecken. Altes Linoleum auf dem Boden, vor der Tür bis zur Zementplatte darunter abgetreten. Das Ticken der Uhr, um ihn daran zu erinnern, dass die Zeit verging. Da hatte er gelächelt. Was er getan hatte, war so das Beste gewesen.

Im Aufenthaltsraum lachten zwei Pflegerinnen über einen Witz. Das Geräusch ihres Lachens erreichte das Zimmer von Edward Foley. Seine Augenlider flatterten, und sein Atem wurde unregelmäßig. Sein Herz flatterte in der Brust, und dann, gerade als er bei sich dachte, das war es, es ist vorbei, war es das.

DANACH

Es herrschte Flut, und der Himmel war von einem vollkommenen Blau. Elizabeth konnte kaum glauben, wie
anders alles wirkte. Als sie auf der Dammstraße entlang-
fuhren, glitzerte das Wasser in der Sonne, und sie wusste, dass es die richtige Entscheidung gewesen war. «Sind
gleich da!», rief sie den Jungen auf dem Rücksitz zu. Ihren
Jungen. So nannte sie sie. Zach saß bei seinem Sohn, der
in einen Kindersitz geschnallt war, den weder er noch Elizabeth für vorschriftsmäßig angebracht hielten.

Es war nicht leicht gewesen, aber in den knapp über
zwei Jahren, seit sie zum letzten Mal in Muirinish gewesen war, hatte sich das Leben sehr verändert. Nach
Michelles Tod hatte Elizabeth einen solch starken, un-
erschütterlichen Glauben an das gehabt, was sie zu tun
hatte. Sie sprach mit Zach, und er war von dem Plan begeistert. Es dauerte ein wenig länger, um Michelles Eltern
zu überzeugen. Doch sie mussten sich eingestehen, dass
sie zu alt waren, um sich um ein Baby zu kümmern, und
stimmten mit ihr darin überein, dass es für ihren Enkel
Sinn ergab, wenigstens in der Nähe seines Vaters auf-
zuwachsen, während gleichzeitig eine verantwortungs-
bewusste Erwachsene für ihn sorgte. Elliot hielt sie für

verrückt, aber es war ihm ja nicht einmal gelungen, sich um einen Welpen zu kümmern. Will und der Weimaraner waren längst ausgezogen.

Zuerst war es schwierig gewesen, geradezu ein Kampf, Zach davon zu überzeugen, dass er weiterhin zur Schule gehen sollte, und sich selbst vom Hunter College beurlauben zu lassen, aber sie hatte sich durchgewurstelt. Sie hatte Hausarbeiten von zu Hause aus benotet und es geschafft, das noch immer nicht verkaufte Convent Hill zu vermieten. Dann war eine unerwartete, aber extrem willkommene Veränderung ihrer Lebensumstände eingetreten: Die Familie Giardino einigte sich mit der Klinik außergerichtlich auf eine Entschädigung für die schlecht ausgeführte Epiduralanästhesie und beschloss, die Hälfte des Geldes in einen Fonds für ihren Enkel zu stecken und den Rest Elizabeth zu geben, um sie bei der Erziehung ihres Enkels zu unterstützen. Das Geld war ein Geschenk des Himmels. Sie war damit in der Lage, in Teilzeit am Hunter zu unterrichten, und ihre kleine Familie zog in eine bescheidene Maisonette-Wohnung in den obersten zwei Stockwerken eines der wenigen nicht gentrifizierten Stadthäuser in Williamsburg um.

Elizabeth genoss es, wieder Mutter zu sein. Es war jetzt, beim zweiten Mal, so viel leichter, und das lag, das wusste sie genau, nicht bloß daran, dass diesmal kein Elliot da war. Natürlich gab es Nächte, in denen sie nicht schlafen konnte oder in denen ihr Enkel sich weigerte zu schlafen. Dann saß sie im Dunkeln, hielt das Baby im Arm und dachte an Michelle. Die arme Frau. Elizabeth schrieb die Geschichte nicht um, sie gab nicht vor, die Frau gemocht zu haben, aber es brach ihr das Herz, wenn sie daran dachte, dass Michelle jedes Augenblicks mit ihrem Sohn beraubt worden war. Er war ein zauberhafter kleiner Junge. Elizabeth dachte auch an ihre eigene Mutter. Sie hatte sich gefragt, ob es ihr wohl Einsicht in die Gedanken von Patricia Keane verschaffen würde, sich ebenfalls um das Kind einer anderen Frau zu kümmern, aber sie verstand sie nur noch weniger. Elizabeth konnte es kaum erwarten, ihrem Enkel von seiner Mutter zu erzählen, ihm Bilder zu zeigen, seine Fragen zuzulassen. Hatte sich ihre Mutter nie veranlasst gefühlt, ihr die Wahrheit zu sagen? Es war vermutlich eine andere Zeit gewesen, trotzdem störte es sie. Die Wahrheit hatte doch einen Wert. Oder vielleicht war damals alles andere wichtiger gewesen? So musste es gewesen sein, oder warum sonst war das Leben mit Geheimnissen damals so normal gewesen?

Castle House hatte einen neuen Besitzer gefunden. Dieser wartete nun auf sie, als ihr Wagen über den Weg zum Haus hoppelte. Mit zurückgegeltem Haar und in einem frischen Hemd winkte Brian ihnen entgegen. Es war ein rein pragmatischer Kauf gewesen. Er wollte einen Hof, der an sein Land angrenzte, und der Preis war vernünftig gewesen. Er hatte noch nicht entschieden, was er mit dem Haus tun würde, vermutlich würde er einfach warten, bis es zusammen mit der Burg zur Ruine geworden war. Elizabeth hatte nicht gewusst, dass er der Käufer war, bis er ihr eine SMS geschrieben und sie vom Tod ihres Vaters in Kenntnis gesetzt hatte. Im Testament war nichts mehr zu vererben gewesen, das Land war schon Jahre zuvor an Brian verkauft worden, und Elizabeth hatte bereits das Haus. Nur die Frage war noch offen, was mit Edwards leiblichen Überresten geschehen sollte.

Der bevollmächtigte Anwalt hatte Brian angerufen und wissen wollen, ob er die Nummer der Vorbesitzerin von Castle House habe, und die hatte er tatsächlich gehabt. Elizabeth hatte nicht recht gewusst, was sie tun sollte. Da sie so weit weg war, konnte sie kaum eine Beerdigung organisieren, und sie wusste auch nicht, wo Mary begraben lag, also hatte sie um einen kleinen privaten Gottesdienst in einem Krematorium in Cork gebeten. Heute ging es um die Asche.

Elizabeth stieg aus dem Wagen und gab Brian ein Küsschen auf die Wange.

«Schön, dich zu sehen.»

«Dich auch. Du hast dir einen herrlichen Tag dafür ausgesucht.»

«Ja.»

Sie schauten sich beide in den Ruinen um. Der blaue Himmel blitzte durch die schmalen, unförmigen Fenster. Ein Klopfen ließ sie beide wieder zum Wagen sehen.

Zach schlug gegen das Autofenster.

«Mom, lass uns raus!»

Elizabeth lachte. «Sorry, tut mir leid.»

Sie öffnete die hintere Tür, und dann kämpften Zach und sie beide mit dem Kindersitz.

Ein großer weißer Range Rover fuhr die Auffahrt herauf. Er schien die gesamte Breite des Weges zu beanspruchen. Elizabeth sah hinüber und winkte. «Oh, gut. Sie haben es geschafft.»

Der Wagen parkte hinter den beiden anderen, und Cathy Crowley stieg aus, bevor sie um das Auto herumging und ihrer Mutter Ann Lynch aus dem Beifahrersitz half.

«Brauchen Sie Hilfe?»

«Ich brauche eigentlich eine Leiter. Ich hasse dieses Auto.» Schließlich berührten die Füße der alten Dame den Boden, und sie ging vorsichtig zu den Wartenden herüber. Elizabeth bemerkte, wie elegant sie angezogen waren. Sie hoffte, sie erwarteten keine förmliche Zeremonie oder danach eine Feier mit Häppchen.

«Schön, Sie beide wiederzusehen. Ich bin so froh, dass Sie kommen konnten.» Elizabeth lächelte und schüttelte beiden die Hand.

«Und das ist mein Sohn Zach. Cathy Crowley, Mrs. Lynch.» Hoffentlich machte sie das richtig. Zach trat verlegen vor und hielt beiden die Hand hin.

«Und wer ist dieser kleine Mann?», fragte Mrs. Lynch und nahm den kleinen Fuß in die Hand, den das Kind auf Zachs Arm vor ihrem Gesicht herumwedelte.

«Das ist mein Enkel. Er heißt Foley.»

Mrs. Lynch lächelte. «Foley. Ist das nicht hübsch?»

«Also, da wir alle hier sind, hole ich wohl besser mal seinen Urgroßvater aus dem Wagen.»

Elizabeth lud einen großen Plastikbehälter mit Drehverschluss aus.

«Ich war noch nie bei so was dabei», erklärte Mrs. Lynch stolz.

«Ich muss zugeben, ich auch nicht», fügte ihre Tochter hinzu. «Was passiert jetzt?»

Elizabeth sah Brian und Zach an in der Hoffnung, dass einer von ihnen etwas zu sagen hätte, aber sie starrten nur zurück und warteten darauf, dass sie Erklärungen abgab.

«Ich bin mir auch nicht ganz sicher. Es gibt keine festen Regeln. Ich dachte einfach, wir verteilen seine Asche auf dem Meer. Falls jemand etwas sagen möchte, kann er das tun. Ich glaube, das war es dann schon.» Sie zuckte mit den Schultern.

«Das Erste, was ich gern sagen würde, ist, dass wir es nicht hier machen sollten.» Brian zeigte auf die Wiese vor dem Haus. «Der Wind kommt direkt vom Meer, und wir werden ihn ins Gesicht kriegen.»

Mrs. Lynch gab ein Geräusch von sich, das so klang, als fände sie das nicht besonders angenehm. «Wir gehen besser um das Haus herum, an der Ruine ist es ein bisschen windgeschützt.»

Elizabeth sah Mrs. Lynch an. «Ist es für Sie in Ordnung, bis dort hinten zu laufen?»

«Sie hat einen Gehstock. Sie kommt zurecht», antwortete Cathy für ihre Mutter.

Am Fuß der Burgmauer drehte Elizabeth den Deckel von der Plastikurne und zögerte dann.

«Möchte jeder eine Handvoll nehmen?» Sie hielt ihnen den Behälter hin.

Die Damen wirkten etwas unsicher, taten aber wie geheißen. Fünf Hände voll Asche wurden in die Luft geworfen, und der Wind nahm einen Teil davon auf, trug ihn hoch hinauf und hinaus aufs Meer, aber einiges davon landete einfach im Gras zu ihren Füßen.

Mrs. Lynch seufzte und bekreuzigte sich. «Der arme Edward. Er ist erlöst.» Die Erwachsenen nickten in düsterem Einverständnis.

Wie um die Stimmung aufzuheitern, begann Foley mit seinen kleinen pummeligen Armen zu rudern und der dunklen Aschewolke hinterherzulachen. Lächelnd drehte sich Elizabeth um und betrachtete ihren Enkel. Kleine Aschepartikel ließen sich auf seiner Haut nieder.

TEXTNACHWEIS

S. 152   John Keats, *Auf das Meer*. In: Keats, John: *Gedich-te*. Leipzig [1910], S. 88–89. Übertragen von Gisela Etzel

DANKSAGUNG

Der Aspekt des Schreibens, an dem ich den größten Gefallen finde, ist seine Einsamkeit – und doch haben so viele ihr Talent, ihre Mühen und ihre Geduld hineingesteckt, bis Sie dieses Buch in den Händen halten konnten.

An erster Stelle bin ich meiner Lektorin Hannah Black zu tiefem Dank verpflichtet. Sie hat genau die richtige Mischung aus Disziplin und Nachsicht, um mich über die Ziellinie zu bringen. Ihre Anmerkungen sind unfehlbar und nützlich, und ihr Lob ist all die Tage des Zweifels und der Verzweiflung wert.

Das gesamte Team bei Hodder leistet wunderbare Unterstützung und gibt mir das Gefühl, ein vollwertiger Romanautor zu sein. Aufrichtigen Dank an Carolyn Mays, Lucy Hale, Alice Morley, Louise Swannell, Emma Herdman und Ian Wong. Claudette Morris hat dieses Buch gemacht. Alasdair Oliver und Kate Brunt haben es schön gemacht. Dominic Gribben hat mir die Hand gehalten, als ich es laut vorgelesen habe, und falls Sie dieses Buch außerhalb des Vereinigten Königreichs entdeckt haben, verdanken wir beide das Joanna Kaliszewska.

Ich muss meinen ersten Lesern danken, Gill, Jonathan, Niall, Paula und Rhoda. Ihre Adleraugen und rationalen Hirne waren unschätzbar wertvoll.

Wie immer bin ich Melanie, Dylan und Hannah bei Troika so dankbar dafür, dass sie mich auf Trab halten, aber nicht so sehr, dass ich keine Zeit mehr habe, um einen Roman zu schreiben.

Becky und Kelly danke ich dafür, dass sie mein Leben so nahtlos managen.

Und schließlich muss ich meiner Mutter danken, für, na ja, für so vieles, aber in diesem Fall dafür, dass sie mir die Samen der Geschichte geschenkt hat, aus denen dieses Buch erwachsen ist.

Ich habe sehr gern Zeit in Muirinish und Buncarragh verbracht, und ich hoffe sehr, dass es Ihnen ebenso geht.

Weitere Titel

Ein irischer Dorfpolizist

Eine irische Familiengeschichte

Graham Norton
Ein Ort für immer

Carol hätte nie gedacht, dass sie sich noch
einmal verliebt. Bis sie dem wesentlich
älteren Declan begegnet. Bereits nach
wenigen Monaten zieht sie bei ihm ein. In
der irischen Kleinstadt tuschelt man über
das Paar, und auch Declans erwachsene
Kinder lehnen Carol ab. Als Declan
erkrankt und in ein Pflegeheim umziehen
muss, setzen seine Kinder sie einfach vor
die Tür und wollen das Haus verkaufen,
das für Carol zum Zuhause geworden ist.
Und so muss sie mit fast fünfzig Jahren

384 Seiten

wieder bei ihren Eltern einziehen. Carols Mutter Moira erträgt es
nicht, ihr Kind so leiden zu sehen. Kurzerhand kauft sie das Haus für
ihre Tochter, nicht ahnend, welch dunkles Geheimnis sich dort ver-
birgt …

«Ein Roman über neue Anfänge und alte Geheimnisse. Norton ist
der König des irischen Kleinstadtkrimis.»
ANNE GRIFFIN